D1697723

Schattenvolk

Can Xue

Schattenvolk

Aus dem
Chinesischen von
Eva Schestag

Matthes & Seitz Berlin

Inhalt

Geschichten aus dem Slum

Teil 1

Der Slum ist mein Zuhause. Ich wohne dort nicht in einem bestimmten Haus; solange es ein Zimmer mit einem Ofen gibt, kann ich überall bleiben. Hier wird Kohle gefördert, und alle lassen nachts ein Feuer an. Ich lege mich in eine Ecke der Herdstelle, um nicht zu frieren; nachts habe ich Angst vor der Kälte.

Am unteren Ende der Treppe ist eine große Senke, und genau in dieser Senke liegt der Slum. Für die Menschen ist dieser Ort eine Qual, besonders die Kinder finden nachts kaum Schlaf. Sie schreien vor Schreck auf, springen aus dem Bett und rennen barfuß aus dem Haus. Sie laufen und laufen durch die engen Gassen, sobald sie stehen bleiben, erstarren sie vor Kälte. Ihre Eltern kommen erst im Morgengrauen, um sie einzusammeln. Die Väter und Mütter sind ganz schwarze, ganz magere Leute, solche, in deren Gesichtern man nur noch die Augäpfel hin und her rollen sieht. Meiner Beobachtung nach schlafen sie nachts nicht wirklich, sondern liegen nur halb wach auf dem Bett. Obwohl sie halb wach sind, träumen sie viel, und nicht nur Eheleute reden miteinander im Traum, sondern auch zwischen Nachbarn ergeben sich hinter dünnen, aus Bambusstäbchen gewebten Trennwänden Gespräche. Sobald ich höre, worum es geht, weiß ich, dass es Traumreden sind. Manchmal streiten sie im Traum, prügeln sich, doch ihre Körper berühren sich dabei nicht, jeder Faustschlag geht ins Leere.

Ich habe vergessen, die Häuser zu erwähnen. Sie sind alle miteinander verbunden und in langen Reihen angeordnet. Haben diese Menschen ihre Häuser vielleicht aus Angst so gebaut? Ich habe das Gefühl, wenn man ein solches Haus bewohnt, dann ist es, als lebe man mit allen anderen zusammen. Jedes Haus hat eine große Tür, doch die Zimmer darin haben nur wenige, kleine Fenster und sind dunkel und dämmrig. Im Winter kann ich mich nie ganz daran erinnern, welches Haus einen Ofen hat und welches nicht. Wenn ich aus Versehen in ein Haus ohne Ofen gehe, dann halten die kleinen Kinder im Haus oft meine Füße fest und lassen mich nicht wieder fort. Wenn ich mich gewaltsam befreie, reiße ich mir die Haut an den Füßen auf. Die Familien, die nicht am Herd kochen, essen wahrscheinlich rohe Speisen und sind nur deshalb so wild.

Die Hausratte lernte ich am helllichten Tag kennen. Am helllichten Tag war es im Haus nicht recht viel heller als nachts. Ich hörte etwas an einem Knochen nagen und dachte, es sei die Katze. Also sprang ich vom Ofen hinunter und lief hin, um nachzusehen. Ah, es war nicht die Katze, es war eine Hausratte, sie war doppelt so groß wie eine gewöhnliche Hausratte. Verdammt! Sie nagte an Großväterchens Ferse. Ich sah den nackten weißen Knochen, doch kein Blut. Die Hausratte war freudig erregt, zitterte am ganzen Körper, als knaknakna-knabbere sie am besten Knochen der Welt. Ich kannte Großväterchen ziemlich gut. Hinter dem Haus hielt er zwei Schweine, und gerade schrien sie in ihrem Stall vor Hunger. Er war doch nicht etwa tot? Ich lief ans Kopfende seines Betts und sah nach. Er war nicht tot, er spielte mit seiner Brille gegen Alterssichtigkeit. Normalerweise trug er diese Brille, wenn er mit einem Blatt Papier in Händen vor der Haustür saß und das Muster darauf betrachtete, sehr, sehr lange. Wie sollte er mit einer abgeknabberten Ferse seine Schweine füttern gehen? Schließlich war die Hausratte satt, drehte sich zu mir um, nickte unmerklich und fiel – beschämt über ihren vollgefressenen Bauch – mit einem Knall zu Boden. Ich fragte mich neugierig, wie sie wohl zurück in ihr Loch schlüpfen würde. In diesem Raum gab es vermutlich gar kein so großes Loch. Doch die Hausratte schlüpfte in überhaupt kein Loch. Behäbig drehte sie eine Runde durch das Haus, und fast schien es, als habe sie Schmerzen vom vielen Essen. Bei dem Gedanken, was sie alles gefressen hatte, wurde mir speiübel. Nachdem sie ihre Runde gelaufen war, fühlte sie sich vom Essen müde, nickte gegen eine Wand gelehnt ein und würdigte mich keines Blickes mehr.

Großväterchen erhob sich vom Bett und wollte einen Lappen um seine Ferse wickeln, den er als Verband bereits zurechtgelegt hatte. Ritsch, ratsch zerriss er den Stoff und war offensichtlich gut bei Kräften. Er wickelte und wickelte, bis er seine Ferse zu einem großen Stoffbündel geschnürt hatte. Die Schweine im Pferch quiekten immer lauter, als würden sie gleich über den Zaun springen. Er stieg aus dem Bett. An den verletzten Fuß zog er keinen Schuh, sondern trat damit direkt auf den Boden. Tatsächlich ging er hinter das Haus, um die Schweine zu füttern. Was war hier eigentlich los? Warum hatte er zugelassen, dass die Hausratte an seinem Fuß nagte? War es möglich, dass dort ein Tumor wuchs und er die Hausratte einen chirurgischen Eingriff an sich vornehmen ließ? Was für eine beachtliche Willenskraft!

Als ich wieder auf die Hausratte blickte, stellte ich fest, dass ihr Körper ganz deutlich angeschwollen war und auch ihre Beine dick geworden waren. Ob das Zeug, das sie gefressen hatte, giftig war? Sie schlief. Ich fühlte mich bedrückt. Mit schwerem Herzen ging ich vor die Tür, um Luft zu schnappen. Der Winter war vorbei. Die Kinder, die draußen hin und her rannten, wollten nicht ins Haus zurückkommen. Manche schliefen sogar am Straßenrand. Ihre Eltern hatten es gar nicht eilig, sie hereinzuholen, und ließen sie so lange schlafen, wie sie wollten. Die Kinder mussten ohnehin nicht arbeiten. Wenn sie nicht herumliefen, schliefen sie. Manche konnten wahrscheinlich Tag und Nacht nicht voneinander unterscheiden, was sie nicht weiter interessierte. Es gab nur eine Sache, die sie interessierte, und das war die Ankunft des Schubkarrenkonvois. Wenn der Konvoi von Schubkarren, die Getreide geladen hatten, mit quietschenden Rädern durch die engen Gassen gefahren kam, liefen alle Kinder herbei, kletterten jeweils auf einen Karren und setzten sich stolz und hohen Mutes auf das Mehl. Die Kärrner, die aus fremden Provinzen stammten, lächelten geradeheraus und jagten sie nicht fort. Dem Hörensagen nach stammten sie aus den Ebenen von ewigem Schnee und Eis. Beim Abladen des Mehls rannten die Kinder weg. Die stirnrunzelnden Eltern öffneten die Türen weit und taten so, als sei ihnen das Getreide gleichgültig. »Wie ist das Wetter im Norden?«, fragten sie die Kärrner. »Es wird noch einen Kälteeinbruch geben.«

Für gewöhnlich bleibe ich nicht allzu lange bei einer Familie wohnen, um zu vermeiden, dass sie mich als Mitglied ihres Haushalts behandeln. Doch ich brauche nur einmal aufzutauchen, da bemerken sie mich schon. Sie stellen mir Reste auf den Herd, und ich komme in der Stille der Nacht, um sie mir zu holen. Die Sache mit dem Essen erfüllt mich immer mit Scham, in der Hinsicht gab es zwischen mir und den Hausratten einen himmelweiten Unterschied. Ich esse ganz vorsichtig, gebe dabei möglichst keinen Laut von mir, doch in Wirklichkeit bin ich so gierig, dass ich die kleinen Teller ganz sauberlecke. Was das Essen anbetrifft, so gibt es keine Familie, die mich schlecht behandelt. Was immer sie essen, sie geben mir etwas davon ab. Natürlich sind es stets nur Reste. Wofür halten sie mich wohl? Sehr selten höre ich, wie sie über mich sprechen. Sie verwenden nur kurze Sätze, um auszudrücken, wie sie mich wahrnehmen: »Schon gekommen?«, »Ja.« »Schon gegessen?« »Ja, ratzeputz!« Sie haben großes Mitgefühl mit mir, aber das wollen sie keinesfalls aussprechen. Diese knappen Gespräche in dem stockdunklen Raum klingen für mich wie ein Donnerschlag. Vom Boden aus auf den Herd zu springen, kostet mich sehr viel Kraft. Das bemerken sie und rücken einen Schemel an den Herd. Sie sind mir gegenüber derart rücksichtsvoll, dass es zu einer mentalen Last für mich wird. Ich will kein zu enges Verhältnis mit ihnen, insbesondere will ich nichts mit ihrem familiären Krach zu tun haben, ich meine den Krach, den die Kinder mitten in der Nacht auslösen. Von welchen Dämonen werden die Kinder denn erschreckt? Ist das Zuhause in ihren Augen etwa der Ort, an dem sich Dämonen verstecken? Fühlen sie sich denn, nachdem sie hinausgelaufen sind, in Sicherheit? In solchen Momenten stehen die Mütter in der weit geöffneten Tür und rufen immer wieder: »Komm zurück, mein Schatz, wohin willst du denn?« Die Beine dieser Mütter zittern, sind sie überhaupt wach?

Früher war ich diese Treppe viele Male hinaufgestiegen, um dem Wirrwarr hier unten zu entkommen. Die Sonne schien, und die zarte Haut auf meinem Rücken wurde rissig. Auf der großen Straße hatte ich auf einmal keinen Schatten mehr, ach! Ich ging und ging auf der asphaltierten Straße, mein Mund war trocken und ausgefranst, alles, was ich suchte, war ein schwarzdunkler Ort, um mich auszuruhen und einen Schluck zu trinken. Doch wo in dieser Stadt gab es einen dunklen Ort? Die Außenmauern der Häuser waren ganz aus Glas, die Dächer aus einem Metall, das in Flammen aufzugehen drohte, wenn die Sonne darauf brannte. In jedem dieser Häuser waren Menschen, die sich still und schweigsam bewegten. Sie trugen zwar irgendwelche Lumpen, die wohl eine Art Kleidung waren, doch ich vermochte durch sie hindurch ihre inneren Organe und ihr Knochengerüst zu sehen. Ich stieß eine Glastür auf und ging hinein. Sofort war mir, als träte ich in einen großen Ofen, als schlügen mir Hitzewellen entgegen, die alle Flüssigkeit in meinem Körper verdunsten ließen. Eilig machte ich kehrt, lief in Richtung Ausgang und stieß dabei mit ihr zusammen – der Hausratte. Wachsam und kampfbereit, wie mit gezücktem Schwert, hielt sie sich an der Tür. Ihr Fell glänzte ölig, ihre Augen leuchteten, und sie schien eigens für dieses Glashaus geboren zu sein. Ich erinnerte mich daran, wie sie an Großväterchens Ferse nagte, und wagte nicht, mit ihr die Klingen zu kreuzen. Ich tat so, als sei nichts geschehen, und ging einfach weiter. Doch wie sollte ich das Gefühl haben, es sei nichts geschehen? Die Haut an meinem gesamten Körper drohte sich abzulösen. Ich hörte in dieser Halle den Widerhall vieler, vieler Echos, und mir wurde schwindelig. Meinen letzten Mut zusammennehmend hob ich den Kopf und blickte auf und, ja, ich sah ... ich sah diesen Traum, diesen Traum, der sich nachts hinter all den anderen Träumen verbarg. Dann begann ich zu weinen. Doch meine beiden kleinen Augen blieben trocken, hatten keine Tränen. Ob ich bald tot sein würde? In der Halle herrschte ein unablässiges Kommen und Gehen von Leuten, diesen durchsichtigen Kerlen. Beim Vorbeigehen streiften sie mich manchmal, und dabei nahm ich ihren trockenen, klaren Duft wahr und spürte, dass diese Menschen keinerlei Flüssigkeit im Körper hatten, so dass sich für sie auch nicht das Problem des Verdunstens stellte. Ich aber stank. Obwohl ich gleich tot sein würde, stieg mir der üble Geruch meines Körpers immer noch schubweise in die Nase. In dem Moment hörte ich die Tür, die Hausratte zog sie auf. Ich nahm all meine Kraft zusammen und stürzte an ihr vorbei hinaus. Ihr Blick strafte mich mit Verachtung. Wie mochte sie wohl die Tür aufgezogen haben? Sie war doch so winzig klein?

Draußen war es viel angenehmer. Man war zwar der sengenden Sonne ausgesetzt, doch die Temperatur war deutlich niedriger. Ein Zwerg gab mir ein Eis am Stiel, ich nahm es und hatte es mit ein, zwei Happen aufgegessen. Die asphaltierten und betonierten Straßen waren von ofenartigen Glashäusern gesäumt, nirgendwo gab es ein Versteck. Ausnahmslos schwarz gekleidete Menschen hasteten vorbei, sie wirkten gefasst, keiner von ihnen schwitzte. Man konnte vielleicht sagen, dass aus ihrem Blick Kälte drang. Sie erinnerten auch an die Menschen in den Glashäusern. Ob das wohl eine andere Art von Menschen war, oder ob die Menschen, sobald sie diese betraten, durchsichtig wurden? Mir kam eine gängige Metapher in den Sinn: »Arm und Reich leben unter zwei Himmeln.« Ich wollte wieder nach unten gehen, hier oben hielt ich es nicht aus.

Den Kopf zwischen den Schultern vergraben rempelte ich jemanden an, der daraufhin stolperte und langsam fiel. Ich sah, wie er dabei die Augen zur Sonne rollte und sprach: »Kalt, es ist kalt ...« Er blieb liegen, woran dachte er bloß? Ich hielt mich nicht damit auf, ihn noch länger zu beobachten, ich musste weitergehen, um nicht wie er hinzufallen. Er rief mir hinterher: »Du hässliches Wesen!« War ich hässlich? Ich hatte keine Ahnung, das war mir ganz neu.

Ah, endlich zurück! Wie gut, zurück zu sein. Zuerst einmal in Großväterchens Futtertrog eintauchen, die Haut befeuchten. Das tat wirklich wohl, machte gute Laune! Doch warum grunzten diese zwei Schweine nur unaufhörlich? Gab es wieder etwas Dringendes? Ich ging in Großväterchens Zimmer und sah, dass er sich gerade den Fuß einwickelte. Neben ihm saß sein Enkel, der krakeelend verlangte, Großväterchens Wunde zu sehen. Dieser ausgemergelte Junge, der so heimlich und verstohlen tat, hatte noch nie einen guten Eindruck auf mich gemacht. Als Großväterchen mit dem Einwickeln fertig war, zerrte der Junge an dem Verband, verhedderte alles, wälzte sich auf dem Boden und sagte, wenn er ihm die Wunde nicht zeige, solle er zur Hölle fahren! Schließlich saß der Verband fest, und Großväterchen stand auf, um die Schweine hinter dem Haus zu füttern. Der Junge hockte mit weit aufgerissenen Augen in einem dunklen Winkel, was sah er bloß? Ha, er krabbelte unter das Bett, versteckte er sich? Ich hörte, wie Großväterchen den Schlunz in den Schweinetrog goss, und ich hörte einen Konvoi von Schubkarren vor dem Haus vorbeifahren. In diesem Haus fühlte ich mich heute nicht sicher, ich musste mir einen anderen Ort zum Ausruhen suchen. Mit diesem Gedanken stahl ich mich aus der Tür und schlüpfte in das gegenüberliegende Haus.

Die Familie hier hielt keine Schweine, aber sie hatte eine schwarze Ziege. Diese schwarze Ziege war ganz mager, sie war hinter dem Haus festgebunden und knabberte an einem Rettich. Womit wurde sie wohl normalerweise gefüttert? Sie musterte mich und hörte auf, an dem Rettich zu knabbern. Obwohl ihre Füße festgebunden waren und sie keinen Schritt laufen konnte, fühlte sie sich in keiner Weise minderwertig, im Gegenteil, ihr Blick war so strahlend, dass ich anfing, mich minderwertig zu fühlen. Mir kamen die Speisen in den Sinn, die die Leute normalerweise für mich zubereiteten, sie waren alle fein säuberlich auf Tellern angerichtet, doch ihr gaben sie nur einen alten, mickerigen Rettich. Ob sie deshalb so hochmütig war?

Der Besitzer des Hauses feilte unter dem Licht einer Acetylenlampe einen Schlüssel, auf dem Tisch lag eine kleine Schraubzwinge. Er feilte und feilte blitzschnell, und das schneeweiße Licht, das auf sein grimmiges Gesicht fiel, ließ ihn aussehen wie einen Geist. In einer Holzschachtel lagen die Schlüssel, die er bereits gefeilt hatte, es waren Hunderte. Welche Schlösser mochten all diese Kupferschlüssel wohl öffnen? Ich hatte solche Schlösser nie gesehen, aber vielleicht existierten sie auch gar nicht. In dem Haus roch es nach Schwefel, ich begann zu niesen, nieste und nieste, der Rotz lief mir dabei aus der Nase in den Mund. Schließlich gewöhnte ich mich daran. Ich kletterte nicht den Herd hinauf, sondern blieb auf dem Schemel hocken und ruhte mich aus. Da hörte ich, wie der Hausherr und die Hausherrin sich unterhielten. Die Hausherrin saß im Dunkeln und putzte Gemüse. Ihre Stimme war ganz schwach, zunächst sah ich sie gar nicht.

»Also ich, ich habe mich einfach gebückt und es aufgehoben. Was immer es auch war, ich habe es aufgehoben und erst einmal mit nach Hause genommen.« In ihrer Stimme schwang Selbstzufriedenheit.

»Das hast du richtig gemacht«, sagte der Mann dumpf.

»Anfangs ging ich immer ganz weit hinaus, als hätte ein Geist an meinen Füßen gezogen.«

»Dieser Geist war doch ich.«

»Das Haus war voll von diesen Dingen.«

»Dazwischen herumzugehen war jedenfalls gut.«

»Eigenartige Dinge! Allein bei dem Gedanken schauert mich. In dem Jahr, als ich aus Longxian eines mitbrachte …«

Ihre Unterhaltung brach abrupt ab. Der Hausherr hörte auch auf zu feilen. Eine Sache verwirrte mich: Redete das Ehepaar im Schlaf? Es ist nämlich nicht allzu lange her, dass ich hörte, wie die beiden sich im Traum über diese Sache unterhielten. Was machten sie jetzt bloß? Sie horchten ganz aufmerksam auf diese Ziege. Die Ziege schien draußen gegen die Mauer zu rammen, immer wieder. Ob das Seil gerissen war? Die zwei hatten ein wirklich schwarzes Herz. Die Ziege rannte noch eine Weile gegen die Mauer, dann hörte sie auf. Vielleicht hatte sie sich verletzt. Der Hausherr begann erneut, Schlüssel zu feilen. Auf dem Kupfer erzeugte die Feile ein schrilles Geräusch, das mich beinah um den Verstand brachte. Ich hielt mir den Kopf und stürzte hinaus.

Das Hanfseil am Bein der Ziege war gerissen, doch sie lief nicht weg. Sie reckte ihren Kopf in Richtung schwarzes Haus und schaute und schnupperte an allem. Sie war wirklich eine Sklavennatur. Da kam die Hausherrin heraus, um den Arm hatte sie ein neues Seil gewickelt. Die Ziege wollte weglaufen, doch die Hände der Frau packten sie mit eisernem Griff. Sie weinte erbärmlich, als ihr Bein wieder festgebunden und das Seil um die alte, scheußliche Wunde gewickelt wurde. Als die Herrin zurück in ihr Haus ging, schien die schwarze Ziege alle Lebenskraft verloren zu haben, sie lag wie ausgepumpt reglos auf dem Boden. Ich konnte es nicht mehr mitansehen, hockte mich neben sie und versuchte, das Seil durchzubeißen. Es war ein neues

Hanfseil und ziemlich stark, aber meine Zähne sind auch nicht schlecht. Ich hockte also da und biss und träumte zugleich. In meiner Phantasie verhelfe ich der schwarzen Ziege wie einem Bruder zur Flucht ans östliche Ende des Slums, wo es einen leeren Schweinestall gibt, in dem früher ein geflecktes Schwein aufgezogen und später mit irgendetwas vergiftet worden ist. Dort finden wir Zuflucht und leben in gegenseitiger Abhängigkeit. Ich nehme sie überallhin mit, sodass sie keinesfalls in Sklaverei endet. Als ich mir das alles ausdachte, bekam ich einen heftigen Schlag auf den Kopf und wäre beinahe in Ohnmacht gefallen. Es war die Ziege, die mich mit dem Bein, das nicht festgebunden war, bösartig getreten hatte. Es tat so unbeschreiblich weh, dass ich mich im Dreck wieder und wieder hin und her wälzte. Als der Schmerz endlich ein wenig nachließ, hielt ich meinen Kopf und stöhnte schwach, und erst da bemerkte ich, dass die schwarze Ziege einfach dastand, als sei nichts geschehen. Dieser Bursche war eine Ausgeburt der Bosheit. Warum hielt man hier im Slum ein derartiges Tier? Schwer zu sagen, gab es nicht auch unter den Hausratten solche Typen? Wenn man keinen Umgang mit ihnen pflegte, dann begriff man auch nicht, wie böse sie im Grunde ihres Herzens waren. Der Bursche stand tatsächlich einfach da, als sei nichts geschehen, sonnte sich und knabberte hin und wieder an einer bereits stinkenden Karotte. Seine Gemütsverfassung war genauso wie die der beiden im Haus, wahrhaft geheimnisvoll.

Irgendetwas stieß und stieß mich in den Rücken, es war der Zwerg. Gehörte der Zwerg nicht nach oben, wie war er hierhergekommen? »Ich bin mit dem Lift heruntergefahren«, sagte er. »Dieses Gerät hat den Vorteil, dass es mich zugleich oben und unten sein lässt. Also deine Haut ist zu weiß.« War meine Haut weiß? Meine Haut war gelb wie die Erde, warum redete er so einen Unsinn? Lassen Sie mich nachdenken, richtig, er war farbenblind, womöglich waren alle Leute, die in den Glashäusern wohnten, farbenblind. Der Zwerg und die schwarze Ziege sahen einander kurz an. Ich hatte den Eindruck, sie tauschten Blicke aus. Vielleicht war ich auch überempfindlich. »Ich bin der Sohn einer Familie hier unten«, sagte er. Dieser Satz überraschte mich. Sohn? Warum hatte ich ihn noch nie gesehen? »Weil ich im Lift stecke, hahaha!«

Der Zwerg nannte mich »Maus«. Über diese Anrede war ich ganz und gar nicht glücklich. Warum sollte ich eine Maus sein? Ich war doch viel größer als eine Maus. Er ließ mich zusammen mit sich selbst ins Haus treten. Als wir hineingingen, waren die beiden Hausbesitzer wer weiß wohin verschwunden, es herrschte vollkommene Stille. Ich begann wieder zu niesen. Der Zwerg sagte, der Hausbesitzer streue zur Desinfektion immer Schwefelpulver aus, er fürchtete nichts so sehr wie den Tod. Kaum hatte der Zwerg diesen Satz beendet, stieß er plötzlich einen seltsamen Schrei aus und stürzte mit dem Gesicht voraus zu Boden. Ich bückte mich, um nach ihm zu sehen, da bemerkte ich erst, dass seine Fußknöchel mit einem Fahrradschloss an dem eckigen Tisch befestigt waren. Wer hatte das getan? Unter dem Tisch war die Holzschachtel, in der all die Hunderte von Schlüsseln lagen, die der Hausherr gefeilt hatte. Ich schob dem Zwerg die Holzschachtel vor die Augen, so dass er sich aufrichten und ausprobieren konnte, welcher Schlüssel das Schloss öffnete. In dem Moment versetzte mich der Raum in Angst und Schrecken. Hätte nicht die schwarze Ziege draußen zweimal geschrien, hätte ich fast vermutet, sie habe dem Zwerg einen bösen Streich gespielt. Die Geschwindigkeit, mit der er die Schlösser aufzuschließen versuchte, wurde immer größer, und er wurde zunehmend ungeduldig. Dutzende von Schlüsseln hatte er bereits auf den Boden geworfen. Ganz undeutlich dämmerte es mir, ich musste sofort weg von hier.

Ich rannte nach draußen und lief direkt Großväterchen über den Weg. Nach wie vor war Großväterchens Fuß mit einem dreckigen Stofffetzen umwickelt, und in der Hand hielt er einen Gehstock. Im Unterschied zu vorher war jetzt das andere Hosenbein mit ziemlich viel Blut bespritzt. Er zeigte auf das Haus und sagte, ich solle hineingehen und schauen. Vorsichtig stieß ich die Tür auf, und kaum hatte ich den Kopf hineingesteckt, zog ich ihn erschrocken wieder zurück. Wovor hatte ich Angst? Es war doch gar nichts in dem Raum, er war völlig leer, nicht einmal Möbel standen darin. Großväterchen kam auf mich zu und sagte: »Also der Schlüssel, der ist hier.« Welcher Schlüssel? Ich verstand nicht. Dann fügte er hinzu: »Der Schlüssel, den du suchst, den hat A-yuan genommen.« Ich warf noch einmal einen Blick hinein, konnte aber seinen Enkel nicht sehen. Auf den Stock gestützt überquerte er die Straße – ging er zu dem Zwerg?

Ich lief weiter, immer weiter geradeaus. In diesem Slum ist es so, dass die Sonne plötzlich herauskommt und sich ebenso plötzlich wieder zurückzieht. Hier ist es überall düster und dunkel, besonders außerhalb der Häuser. Und in den Häusern ist es mehr oder weniger genauso, es herrscht die gleiche Dunkelheit, die man nicht mehr spürt, sobald man sich daran gewöhnt hat. Ein kleines Kind lag am Straßenrand und schlief. Es sah ein wenig aus wie A-yuan, doch es war bestimmt nicht A-yuan. Wer also war es? Mir fielen vor allem die Knöchel seiner nackten Füße auf, sie waren ganz wund gerieben. Ob das Spuren von einem Seil waren? Ich stupste gegen seinen Kopf, da spuckte er eine ganze Reihe von Blumennamen aus und lachte. Ein Ferkel kam herbeigelaufen, es war das gefleckte Schweinchen, das Großväterchen hielt. Das Ferkel beschnupperte den Jungen und lief wieder weg, da lachte der Junge noch mehr. War das überhaupt ein Lachen? Ein »kikikiki«, das kaum nach einem Lachen klang. Gehörte er denn in dieses Haus da? Die Tür stand offen, ich ging hinein.

Da ich mich plötzlich müde fühlte, kletterte ich auf den fremden Herd hinauf und legte mich schlafen. Kaum war ich einge-

nickt, kam der Hausherr und machte Feuer. Der Hausherr war
ein Metzger mit einem langen Bart. Er zog eine rotglühende Zange aus dem Feuer und hielt sie mir vors Gesicht. Ganz leicht
streifte die Feuerzange dabei meinen Pelz auf der Brust, und es
roch verbrannt. Gerade als ich dachte, er wolle mich töten, ließ
er die Feuerzange fallen und setzte sich auf den Boden. Im vorderen Zimmer sangen Kinder. Zarte Stimmen erhoben sich in dem
trostlosen Raum, als nahe der jüngste Tag. Ich blickte wieder auf
den Metzger, sein Bart zitterte, welche schrecklichen Erinnerungen mochten ihn wohl plagen? Ich sprang vom Herd hinunter,
doch er rührte sich nicht, als habe er mich nicht gesehen. Als ich
in das vordere Zimmer schlüpfte, waren die Kinder schon weg,
und ich sah nur noch die Silhouette eines Mädchens. Ich dachte, es sei die Tochter des Metzgers, die vielleicht jede Nacht im
Traum das heiße Blut aus dem Hals der Schafe spritzen sah. Ob
dieser Traum der Grund war, warum sie Kinderlieder sang? Wer
stieß mich da in den Rücken? Ha, es war schon wieder der Zwerg,
er hatte das Schloss endlich geöffnet. »Schau, er ist auch da«, sagte er zu mir. Das kleine Kind, das wie A-yuan aussah, war her-
eingeschlüpft. Dann machte es »peng«, der Metzger hatte die Tür
verriegelt! Wir waren alle drei eingesperrt. Der Knabe schluchz-
te gequält, doch der Zwerg hielt ihm den Mund zu und versuchte, ihn zu beruhigen. Auch mir war nach Weinen zumute, als ich
an die rotglühende Feuerzange dachte. Was trödelte der Metzger
nur so lange in der Küche herum? Endlich hörte der Junge auf zu
weinen, und der Zwerg sagte: »Ich bin wirklich froh.« Vielleicht
war er froh, zu sehen, dass wir erledigt waren, während zu seiner Rettung schon bald der Lift kommen würde. Jetzt saß er auf
einem Stuhl und hielt den Jungen im Arm. Der Kleine schluchz-
te leise an seiner Brust, wobei seine Schultern sich gleichmäßig
hoben und senkten. Plötzlich fiel mir ein, dass er es gewesen sein
könnte, der mir dort oben, sozusagen in dem Ofen, ein Eis am
Stiel gegeben hatte. Der Zwerg war wirklich barmherzig.

Der Metzger ließ sich überhaupt nicht sehen. Der Knabe (der Zwerg nannte ihn Gu) lag in den Armen des Zwergs und sprach im Traum. Er sagte, dass er selbst der Lift sei und ziemlich viele Leute hier auf ihn angewiesen seien und ohne ihn nicht leben könnten. Er spuckte im Traum große Töne, und der Zwerg stimmte mit ein: »Ja, ja. Du bist ja so ein hübscher, kleiner Junge.« Plötzlich riss Gu sich von ihm los, ritzte ihm mit irgendetwas übers Gesicht, und der Zwerg fiel auf der Stelle um. Gu hielt das Ding in seiner Hand hoch, so dass es hell aufblitzte. Endlich konnte ich es erkennen, es war ein Kupferschlüssel. Der Zwerg lag stöhnend am Boden und sagte leise immer wieder: »Ach Gu, ach Gu.« Wie konnte ein Schlüssel nur solch eine vernichtende Kraft haben? Ich dachte an den Mann, der die Schlüssel feilte. Es war ein schweigsamer Mensch mit vielen senkrechten Furchen im Gesicht. Seine Hände waren wie das Wurzelwerk eines alten Baums. Einmal hatte ich beobachtet, wie er eine ziemlich große Feile entzweigebrochen hatte. Den Schlüssel hoch erhoben kam Gu auf mich zu. Zuerst wollte ich mich verstecken, aber dann tat ich es doch nicht. Ich wollte sehen, wie groß die Zerstörungskraft dieses kleinen Dings tatsächlich war. Doch als Gu dicht vor mir stand, reichte er mir den Schlüssel und bedeutete mir durch Gesten, dass ich mit dem Schlüssel auf ihn einstechen sollte. Der Schlüssel war groß, er sah aus wie ein kleines Messer. Ich stand völlig ratlos da. Aus der Küche hörten wir den Metzger, der Geräusche machte, als sei er wütend. Wollte er uns verjagen?

In dem Moment, als ich den Schlüssel in seinen Hals stechen wollte, ergriff er ihn mit beiden Händen und stieß ihn selbst ganz tief hinein. Das Blut strömte hervor, und er sank sanft neben dem Zwerg zu Boden. Mich ekelte so, dass ich mich umdrehte und mich übergab. Da stieß der Metzger die Küchentür auf und kam herein. In der Hand hielt er die rotglühende Feuerzange. Er hob sie vor mein Gesicht, aber ich duckte mich ganz schnell weg. Da roch ich wieder den Gestank meines verbrannten Pelzes. »Maus, ach Maus, das ist aber eine seltene Gelegenheit«, sagte er. Verdammt nochmal, auch er nannte mich Maus. Er öffnete die große Tür. Zuerst trug er den Zwerg hinaus und warf ihn in die Gosse, dann Gu. Als er zurückkam, verriegelte er wieder die Tür. Ich dachte, jetzt sei ich dran, aber er ließ mich in Ruhe. Nach einer Weile schlugen die beide Kerle gegen die Tür, sie wollten unbedingt hereinkommen. Wie waren denn ihre Wunden so schnell verheilt? Sie schlugen mit solcher Kraft gegen die Tür, dass sie nachgab. Ich war verdutzt, und der Metzger nutzte diese Sekunde meiner Unaufmerksamkeit, um mir mit der Feuerzange mehrmals in die Brust zu stechen. Zuerst zitterte ich und zagte, dann fiel ich in Ohnmacht. Im Dämmerzustand sah ich mich selbst auf einem brennenden Berg. Das Feuer ergriff meinen ganzen Körper, doch ich spürte keinerlei Schmerz, und plötzlich kam mir folgender Gedanke: Sobald das Feuer abgebrannt ist, wird alles gut. Mir gegenüber war noch ein Berg, der auch lodernd brannte. Kinder sangen in den Flammen, warum waren mir ihre Stimmen nur so vertraut? Ja, genau, waren das nicht die Töchter des Metzgers? Sie sangen so schön! Da warf ich einen Blick auf meinen Körper, ach, die Beine waren bereits verbrannt! Ich konnte mich nicht bewegen! Hatte er nicht neben mir gesagt, »Maus, ach, Maus, das ist aber eine seltene Gelegenheit.« Da schubste er mich nochmals, wollte mich nicht einschlafen lassen; doch ich hatte solche Angst, dass ich mit geschlossenen Augen hemmungslos in den Traum hinüberglitt.

Als ich aufwachte, blickte ich in ein großes, graues Auge, das mich anstarrte. Es gehörte einer der Töchter des Metzgers. Ihre beiden Augen waren nicht symmetrisch, eines war groß und eines war klein. Ich fand das große Auge unbeschreiblich schön, deshalb empfand ich ihre Augen auch überhaupt nicht unsymmetrisch. Ihr Blick war traurig. War diese kleine Person um mich besorgt? Als ich mich bewegte, um sie zu berühren, rückte sie etwas ab. Diese Geste ließ mich kalt erschauern. »Du, was bist du denn eigentlich?«, fragte sie. Ihr Tonfall war so traurig, dass mir fast die Tränen kamen. Ich war doch so oft in ihrem Haus gewesen, wie konnte sie das fragen? Ob es mein Aussehen war, das sie so traurig machte? Erst in dem Moment begutachtete ich mich selbst. Es ging mir gut, keinerlei Veränderung. Ah, auf einem meiner Füße waren Brandspuren, aber das fiel kaum ins Auge, ich hatte ja nur ein Stück Fell verloren. Was bin ich eigentlich? Ist das tatsächlich eine Frage? Jahr für Jahr komme ich in ihr Haus, bleibe dann jeweils oben auf dem Herd, wo der Metzger mir immer die köstlich duftenden Reste von Innereien hinstellt und wo ich nach dem Essen regelmäßig eindöse. In ihrem Haus bin ich immer schläfrig, dämmernd, nie habe ich diese Mädchen klar gesehen. Lautlos hantieren sie in der Küche, ohne mich je zu beachten. Nun schien es, als habe ich mich getäuscht. Sie hatten mich nicht nur beachtet, sondern auch genauestens begutachtet und miteinander über mich gesprochen. Warum sonst hätte sie mich das gefragt? Offenbar setzte sie noch Hoffnung in mich. Ich fragte mich erneut, was bin ich eigentlich? Aber ich wusste es nicht. Wie vermochte ich also die Traurigkeit im Herzen dieser kleinen Schönheit zu zerstreuen? Ich wagte nicht, ihr in die Augen zu sehen, sonst hätte ich geweint. »Ich bin die Drittälteste, die Jüngste«, sagte sie auf einmal. »Papa nagelt dort hinten den Holzkäfig fest.«

Ich verstand nicht, was das Mädchen sagte, und ehe ich wusste, wie mir geschah, fiel ein schwarzes Netz über meinen Kopf und wickelte mich ein. Irgendjemand schleifte mich hinters Haus, während das Mädchen danebenherlief und fragte: »Wirst du ihn in den Brunnen werfen?« Ihre Stimme klang ein klein wenig aufgeregt. Ich hatte keine Möglichkeit, mich zu wehren, ich konnte mich gar nicht bewegen.

Der Ort, wo sich mich hinwarfen, war jedenfalls nicht der Brunnen, sondern die kleine Gasse hinter dem Haus. Eingewickelt in das, was mir wie ein Fischnetz vorkam, konnte ich mich überhaupt nicht bewegen, und durch diese kleine Gasse kam für gewöhnlich kein Mensch. Es schien, als wollten sie mich hier sterben lassen. Was sollte ich bloß tun? Es war kurz vor Einbruch der Dunkelheit, und die Nächte im Slum waren immer so kalt. Ich rollte mich zusammen. Da hörte ich wieder das Singen der Metzgerstöchter, und ich konnte erkennen, dass die mit der klangvollsten Stimme das Mädchen war, das gerade zu mir gesprochen hatte. Es war so kalt, so kalt. Mein verbrannter Fuß war völlig gefühllos. Ich stieß einen jähen Schrei aus, den die Leute im Haus wohl hörten, denn der Gesang hielt kurz inne, ehe er sich wieder erhob. Beim genauen Hinhören konnte man eine tiefe Traurigkeit aus dem Gesang heraushören. Sobald meine Aufmerksamkeit davon gefesselt wurde, vergaß ich vorübergehend die Kälte. Bei der geringsten Geistesabwesenheit schnitt die Kälte sich wie mit zahllosen kleinen Messern in meine Haut. Wahrscheinlich war die Haut an meinem ganzen Körper angeschwollen. Ich hoffte, dass meine Haut bald unempfindlicher würde, was blieb mir sonst noch zu hoffen? Ich dachte an den Zwerg und an Gu, ob die zwei noch in dem Haus waren? Oder waren sie wie ich hinausgeworfen worden? Was für ein Leben führten der Metzger und seine drei Töchter?

Durch das Netz hindurch sah ich einen Lichtstrahl. Leute kamen mit einer Laterne. »Warum werfen sie ihre Beute nur immer in die Gosse?«, fragte der, der die Laterne trug, vorwurfsvoll seinen Gefährten. Ich stieß einen schrillen Schrei aus, und sie blieben stehen. Sie besprachen sich über meinen Kopf hinweg und schienen irgendwie unentschlossen. Derjenige, der zuerst gesprochen hatte, erhob plötzlich seine Stimme und sagte: »Viertältester, wie lange sind wir nicht mehr durch diese Gasse gekommen?« Der andere antwortete: »Fünfzehn Jahre. Damals hat es nachts immer geregnet, und von den Dachsparren haben Eiszapfen von fast einem halben Meter gehangen. Jetzt sind die Temperaturen viel wärmer. Warum schreit er die ganze Zeit?«

Während die beiden sich unterhielten, bückten sie sich und hatten mich im Nu aus dem Netz befreit. Ich lag immer noch auf dem Boden. Da mein ganzer Körper taub war, konnte ich mich nicht bewegen. Was war nur los? Ich spürte ganz deutlich, dass es zwei Menschen waren, die mir halfen, doch ich sah nichts als die Laterne, die einsam auf dem Boden stand. Sie warf ihren Lichtschein auf das Netz, das mich fest umwickelt hatte, obwohl es eigentlich nur so etwas wie eine Art dünne Membran war. Ich stieß wieder einen Schrei aus, versuchte, durch Schreien mein Bewusstsein wiederzuerlangen. Genau in dem Moment öffnete die jüngste Tochter des Metzgers die Tür. Ich hörte, wie sie die beiden höflich grüßte, und ich sah, dass sie einen Umhang trug, in dem sie stolz und tapfer, geradezu heldenhaft wirkte, doch die zwei anderen sah ich nicht. Sie gingen ins Haus, die Laterne nahmen sie mit. Ringsum wurde es wieder stockdunkel.

Nun versuchte ich, mich zu rollen. Ich konzentrierte mich darauf, einen Schrei auszustoßen, kraft dessen es mir endlich gelang, meinen Körper zu bewegen. Mit einer Rolle rollte ich bis an die Ecke des Häuschens des Metzgers. Hier war es nicht so kalt wie an dem Ort vorhin. Ein Teil meines Bewusstseins kam langsam wieder zurück. Ich konnte die Gespräche im Haus ganz deutlich hören. Die drei Mädchen stritten sich darum, die beiden Männer, die ich nicht sehen konnte, zu küssen. Sie fluchten und rauften, bis die jüngste ihre zwei älteren Schwestern vermutlich mit einem scharfen Gegenstand verletzte und die zwei großen fürchterlich schrien. Doch kurz darauf kehrte im Haus wieder Ruhe ein. Hatte die Kleine ihr Ziel erreicht? Quietschend öffnete sich die Tür einen Spalt, zuerst kam die Laterne heraus, dann stand die Kleine da. Sie sah aus wie die Boshaftigkeit in Person. Ihr großes Auge versprühte elektrische Funken. Die Laterne schwebte durch die Luft und entfernte sich nach und nach, bis sie schließlich westwärts um eine Ecke bog und entschwand. Da beugte sich das Mädchen unvermittelt zu mir herab und sprach: »Hast du alles gesehen? Du kleines Kerlchen, du hast alles gesehen! Hm, mein Leben ist wirklich bitter, nicht wahr?« Sie bedeckte ihr Gesicht mit beiden Händen und begann zu weinen. Nach wenigen Sekunden hielt sie plötzlich inne und sagte boshaft: »Ich und weinen? Pah! Das war kein Weinen, das war ein Lachen! Ich will vor Lachen sterben!« Sie schob ihre Hände seitlich unter meinen Oberkörper, hob mich mit einem Satz auf ihre Schultern und kehrte ins Haus zurück. Dort warf sie mich auf die Kochstelle und ging weg. Ich sah den Metzger, der mit hängendem Kopf auf einem Schemel saß und rauchte.

Der Slum ist mein Zuhause. Ich bin hier geboren und aufgewachsen. Nachts suche ich Unterschlupf bei Familien mit einem Ofen, tagsüber schnüffle ich in ihren privaten Dingen herum. Ich bin im Besitz von vielerlei Geheimnissen hier, doch das Geheimnis dieser Geheimnisse kenne ich nicht. Diese Geheimnisse haben ein schönes und zugleich furchterregendes Äußeres. Ob ich deshalb nicht anders kann als darin herumzuschnüffeln?

Teil 2

Ich lebe in einem Tunnel unter dem Slum. Der Slum selbst liegt in einer Senke im Westen der Stadt. Wenn man an der Mauer um die Chemiefabrik entlanggeht, dann sieht man eine ganz lange Treppe. Wenn man die hinuntersteigt, dann kommt man in unseren Slum – – eine große Fläche mit Reihen von dicht beieinander stehenden einfachen Häusern. Früher suchte ich bei fremden Leuten, die einen Ofen hatten, Unterschlupf. Erst später, an einem düsteren Tag, entdeckte ich zufällig den Tunnel. An jenem Tag hatte mir der Hausherr giftige Pilze ins Essen gegeben, und als ich es bemerkte, ergriff ich wie ein Vertriebener die Flucht. Das war mitten in der Nacht, alle Leute hatten ihre

Türen fest verschlossen. Bei wildfremden Leuten anzuklopfen, traute ich mich nicht. Zitternd vor Kälte lief ich ziellos umher und begegnete einem Köter, der mich verjagen wollte. Je schneller ich rannte, desto näher rückte er mir. Schließlich achtete ich gar nicht mehr auf den Weg, lief irgendwohin, bis ich völlig orientierungslos in den Tunnel fiel.

Anfangs, als ich gerade hier heruntergefallen war, war es sehr ungewohnt, denn ringsum war es stockdunkel, ich konnte überhaupt nichts sehen. Die Augen, mit denen ich geboren wurde, waren zu nichts nutz, ich hätte genauso gut blind sein können. Anfangs herrschte große Stille, später erst merkte ich, dass der Eindruck täuschte, denn ganz viele kleine Tierchen gruben und hämmerten und werkelten unablässig. Das Seltsamste war, dass mittendrin noch drei Menschen saßen, die überhaupt keine Arbeit verrichteten, außer gelegentlich wenige Worte auszutauschen. Ich kam näher an sie heran, lauschte aufmerksam und hörte zwei extrem langweilige und hohle Sätze. Der eine lautete: »Auch wenn du ein Haus gebaut hast, brauchst du darin nicht zu wohnen, lebe einfach in der Wildnis.« Der andere lautete: »Der Mensch aber erkenne sich selbst.« Die drei wiederholten abwechselnd diese beiden Sätze. Bewegen konnte man sich dort nicht, sonst stieß man womöglich gegen einen der drei Kerle, deren Körper so aussahen, als seien sie hart wie Eisen. Notgedrungen saß ich also reglos auf dem Boden. Irgendwo über mir bellte immer noch der Köter. Es kam zwar von weit her, schreckte jedoch ab. Ich blickte nach oben zum anderen Ende, und da sah ich wahrhaftig ein trübes Licht. Von dem Ort mit dem Licht dort war ich also heruntergefallen.

Ich hockte an diesem schwarzen Ort und erinnerte mich, was zwischen dem Hausherrn und mir vorgefallen war. Es war am Nachmittag, ich hielt gerade auf der Kochstelle mein Mittagsschläfchen, als er vorbeikam und mir wie in einem Anflug von Sentimentalität übers Rückenfell strich. »Maus, ach Maus, was hast du nur auf dem Herzen?«, sprach er mit rauer Stimme. Ich hasste es, dass er mich Maus nannte, und ich hasste seine Gefühlsduselei. Soweit ich sah, hatte dieser Mensch überhaupt nichts Männliches an sich. Wenn er nichts zu tun hatte, saß er in der offenen Tür und wusch sich seine blassen Füße. Der Kerl war von seinem eigenen Körper geradezu hingerissen. Normalerweise baute ich anderen gegenüber keinen Schutzwall um mich herum auf, doch dieses Mal hatte ich wohl eine vage Vorahnung. Wer hätte gedacht, dass dieser Mensch derart heimtückisch war? Als er die giftigen Pilze frittierte, saß ich neben ihm auf dem Haufen mit den Holzscheiten und bemerkte, wie seine Hände zitterten und sich auf seinem schwermütigen Gesicht noch ein paar zusätzliche Falten gebildet hatten. Zu dem Zeitpunkt glaubte ich noch, dass er mit den Pilzen Mäuse und Ratten vergiften wollte. Nie hätte ich gedacht, dass ich mit der Maus gemeint sein könnte. Er verbarg die giftigen Pilze unter dem Reis, es waren insgesamt drei, und als ich in dem Reis herumstocherte, entdeckte ich sie. Was hatte er sich bloß gedacht? Dachte er, ich würde sie brav aufessen? Ich wusste schon immer, dass dieser Mensch so ruchlos war, dass er jede Kakerlake in seinem Haus tötete und nicht eine verschonte. Doch im Großen und Ganzen behandelte er mich nicht schlecht. Er war ein Witwer und kochte für sich selbst. Wenn ich bei ihm wohnte, bereitete er zwei Portionen zu, anstatt mir wie alle anderen die Essensreste zu geben. Ich erinnere mich nicht daran, was der Auslöser für seinen Sinneswandel war. Vielleicht war gar nichts geschehen, vielleicht wollte er mich nur wissen lassen, wie krass er war. Wie krass konnte ein alter, an Asthma leidender Mann überhaupt sein? Vergiften war eine feige Methode, doch ich wusste, dass nur ein einziger von diesen Pilzen einen Menschen töten konnte und er entschlossen war, mich zu vergiften. Deshalb war ich geflohen. Das war gerade eben, am Nachmittag, geschehen; und nun hockte ich an diesem höllenartigen Ort und wartete auf den Spruch des Schicksals. In mir war eine Stimme, die hartnäckig immer wieder fragte: Was war eigentlich geschehen? Ich wusste es nicht, ich wusste es wirklich nicht, es war mir völlig rätselhaft. Jemand ging vorbei. Ich sah ihn zwar nicht, konnte aber das Gewicht seiner Schritte im Schlamm spüren. Er blieb neben mir stehen und sagte: »Auch wenn du ein Haus gebaut hast, brauchst du darin nicht zu wohnen.« Ich fand diesen Mann widerlich, und ohne einen Laut von mir zu geben entfernte ich mich von ihm. Ich konnte nicht ahnen, dass er in dem Moment, da ich mich bewegte, seine Hand auf meinen Rücken drücken würde. Er war sehr kräftig, und es blieb mir nichts anderes übrig, als reglos auf dem Bauch zu liegen. In meinem Kopf blitzten die Worte auf: »Der Mensch aber erkenne sich selbst.« Doch ich war kein Mensch, ich brachte kein Wort heraus.

Er hielt mich auf den Boden gedrückt, doch nach einer Weile wurde er abgelenkt und lockerte unwillkürlich seinen Griff. Natürlich war ich sofort entwischt. Hier schien der Boden blank und eben zu sein, und die Erde war voll von grabenden Tierchen. In der Dunkelheit stieß und prallte ich andauernd gegen sie. Ich spürte, dass sie sehr kleine Körper hatten, konnte aber nicht sagen, was für Tiere es waren. Ein Kerlchen steckte zur Hälfte in dem Loch, das es gegraben hatte, und kam nicht mehr heraus. Es schrie und jammerte schrill. Ich beugte mich zu ihm hinunter, biss in sein Bein und versuchte es mit aller Kraft herauszuziehen. Ich hätte doch nie gedacht, dass es sich wie ein Irrer auf mich stürzen und angreifen würde. Immerhin war ich um ein Vielfaches größer, und ich hatte es schnell bezwungen. Ich schlug seinen Kopf ein Dutzend Male gegen den Boden, und erst als es keinen Laut mehr von sich gab, ließ ich von ihm ab. Aus Angst, diesen Leuten wieder zu begegnen, wollte ich mich verstecken oder mich dem Grabungskommando anschließen. Als ich mich den Tierchen ringsum zu nähern versuchte, spürte ich eine Feindseligkeit. Ihre Haltung schien mir zu sagen, dies sei kein

Ort, an dem ich mich aufhalten solle. Sie schubsten mich herum, beschimpften mich böse, verstießen mich. Immer wenn ich mich hinhocken und ausruhen wollte, kam einer von den Kerlen, beanspruchte meinen Platz und tat alles, um mich zu vertreiben. Warum waren sie meiner Existenz gegenüber nur so überempfindlich? Panisch hob ich den Kopf und blickte zu der Stelle hinauf, von wo immer noch der Lichtstrahl kam. Ich horchte ganz aufmerksam, auch der Köter bellte tatsächlich noch. Vielleicht sollte ich nach oben steigen und dorthin zurückkehren. Er hatte mich ja nicht gebissen, wie aber hätte ich einschätzen können, ob er mich totbeißen würde? Jetzt bereute ich meinen Leichtsinn. Außerdem dachte ich, dass ich mich völlig gedankenlos an diesen Ort hatte fallen lassen, ohne hierherzugehören. Ich habe auf den Herden dieser Leute so viele friedliche Nächte verbracht und, ja, vielleicht war ich ein wenig zu neugierig, aber das konnte doch kein Grund sein, mich zu verjagen? Und diese giftigen Pilze sollten mich wahrscheinlich nur erschrecken. Er weiß, dass ich sehr vorsichtig bin und nicht einfach blind etwas esse. Ach, es ist überflüssig, jetzt davon zu sprechen.

Schließlich war ich umzingelt. Diese kleinen eisenharten Dinger prallten eins aufs andere gegen mich, prallten gegen meinen Bauch, gegen mein Gesicht, gegen meine Füße. Ich stieß unablässig hysterische Schreie aus, und je mehr ich schrie, desto kräftiger schlugen sie zu. Ich stand kurz davor, vor Schmerz ohnmächtig zu werden. Dann kam dieser Mann, trat mich mit den Zehenspitzen in den Bauch und sagte: »Er ist völlig ungeeignet, in der Wildnis zu leben.« Als der Mann sich näherte, versteckten sich die Tierchen irgendwo. Warum hatte er das hier eine »Wildnis« genannt? Es war doch ganz eindeutig ein Tunnel im Slum? Wenn es wirklich eine Wildnis wäre, warum sah man dann den Himmel nicht? Egal. Soll er es doch nennen, wie er will. Ich hatte ihm angehört, dass er der von vorhin war. Ich konnte mich vor Schmerz nicht bewegen, hätte mich sowieso nicht getraut, sonst würde er wieder mit seiner eisernen Hand auf meinen Rücken drücken. »Du kannst nicht sehen, und genau das ist unser Vorteil«, sagte er. »Du kannst uns nicht sehen. Wozu brauchst du in dieser Wildnis Augen? Hier, nimm, das ist dein Abendessen« – ein ganz rundes Ding rollte unter meinen Hals. Ich nahm es und biss hinein. Die Schärfe trieb mir sofort Tränen in die Augen. Ähnlich wie bei einer Zwiebel, aber doch nicht ganz. Der Mann sagte von der Seite her, dass dies ein Geschenk von dem Besitzer des Hauses sei, in dem ich gewohnt hatte. Dieser Schurke, er war tatsächlich um mich besorgt. Insgeheim hoffte ich, er würde noch etwas mehr über den Hausherrn erzählen, doch er wurde wieder abgelenkt, stand pfeifend auf und ging weg. Ich versuchte mich zu bewegen und, siehe da, meine Wunden taten auf einmal nicht mehr weh. Ob das die Wirkung der Zwiebel war? Ich ließ meinen Tränen freien Lauf, knabberte an der Zwiebel und spürte in und an mir eine Art Heiterkeit. Ah, ich musste etwas tun, ich wollte graben! Mit meinen zwei Vorderbeinen kam ich schnell voran und hatte nach Kurzem schon ein Loch gegraben. Ich konnte gar nicht mehr damit aufhören, mein ganzer Körper war voller Erde. Da hatte ich eine Halluzination. Mir war, als würde ich irgendein Ding ausgraben und als würde dieses Ding beim Weitergraben unter meinen Pfoten hochhüpfen. Was war das für ein Ding? Komm schon, komm heraus, lass es mich wissen!

Ich grub und grub, und obwohl ich jedes Mal tatsächlich spürte, dass gleich etwas herauskommen würde, grub ich nichts als Erde aus. Ich hatte bereits ein Loch gegraben, das Ding dort unten lockte mich noch, und ich wünschte, ich könnte mich selbst in der Erde vergraben, um dieses Ding herauszuziehen. Da fiel es mir plötzlich wie Schuppen von den Augen, und ich erinnerte mich an den kleinen Kerl von vorhin, der sich halb in das selbst gegrabene Loch gebohrt hatte und nicht mehr herauskam. Ich hatte die Schreie, die er ausstieß, falsch gedeutet. Er schrie nämlich vor Entzücken und nicht, wie ich dachte, vor Schmerz. Was für wunderbare Schätze barg dieser Boden, dass es so viele Tiere zum Graben hierher zog?! Stießen sie auf das, wonach sie lechzten? Und was machten diese Männer immer noch hier? Hatte der da mir nicht vorhin von meinem Hausherrn etwas zu essen gebracht? Möglicherweise gab es hier einen geheimen Weg nach oben? Verdammt! Neben mir grub ein anderer Kerl und oh, gleich hatte er die Wand meines Lochs durchbohrt. Jetzt brach er in mein Loch ein! Es war ein schweigsames Kerlchen, ich strich über seinen ganzen Körper und fühlte auf seinem fleischigen Rücken plötzlich ein Paar ganz harter Flügel. So etwas hatte ich noch nie gesehen! Ich schubste ihn kräftig, um ihn hinauszuschieben, doch plötzlich begann er laut zu schnarchen. Er war in meinem Loch eingeschlafen. Da mein Loch und sein Loch jetzt miteinander verbunden waren, tastete ich mich hinüber. Ah, dieser Kerl, er hatte also einen Tunnel gegraben – einen Tunnel im Tunnel. Ob sämtliche Kerlchen so ein Ding drehten? Ich wagte nicht, mich weit zu entfernen, fühlte mich in Gefahr, denn im Tunnel waren verdächtige Geräusche zu hören. Vielleicht buddelten andere Tiere ganz in der Nähe, und der Lärm drang bis hierher. Vielleicht lag dort etwas auf der Lauer, wer wusste es schon? Ich tastete mich wieder in mein Loch zurück, wo ich mit dem Kerl zusammen war. So fühlte ich mich etwas sicherer. Seit ich heruntergefallen war, fehlte mir jedes Gefühl von Sicherheit. Obwohl mich das Graben in der Erde reizte, wollte ich mich nicht noch tiefer in die Erde begeben, ich gehörte nicht zu den unterirdischen Tieren.

Mit diesem wie betäubt schlafenden Kerl in einem Loch zu hocken, war gar nicht schlecht, man wurde nicht von anderen Tieren hin und her geschoben. Ich hob den Kopf, sah wieder dieses Licht und konnte erkennen, dass dort oben offensichtlich eine Tür war, die sich öffnete und schloss, und auch der trübe Lichtstrahl sich subtil veränderte. Mit einem Mal wuchs in mir

ein trauriges Gefühl von Heimweh. Auf diesen sauberen Herd-
stellen zu liegen, war so gemütlich gewesen, die Nächte dort waren ein nicht enden wollendes Abenteuer … Ließ der Slum mich
im Stich? Aber war dies hier nicht auch der Slum? Standen die
Leute von gerade eben nicht in direkter Verbindung mit denen
dort oben? Plötzlich wurden meine Gedanken von einem heftigen Gestank unterbrochen. Ah, der Kerl furzte! Es war kein gewöhnlicher Gestank, sondern ein so übler Geruch, dass mein
Kopf davon zu zerbersten schien! Nach Luft schnappend, sprang
ich wütend aus dem Loch. Am liebsten hätte ich den Kerl, der
dieses giftige Gas freisetzte, umgebracht!

Er wachte auf, schlug mit seinem bizarren Flügelpaar und flog
mehr als zwei Meter hoch in die Luft. Der üble Geruch war wie
weggeweht. Ich wollte mich davonmachen, doch entweder trat
ich einem auf die Füße oder wurde von einem anderen hart gestoßen. Sie ließen mich nicht weg. Der Kerl in der Luft schwebte kurz, ehe er peng! zurück ins Loch plumpste. Immerhin furzte er nicht mehr und schien wieder zu schlafen. »Manche von
diesen Kerlen sind so rastlos, dass sie im Schlaf auffliegen«, sagte der Mann neben mir. Er wedelte mit einem Fächer und wusch
sich wie der Besitzer des vorherigen Hauses die Füße in einem
Holztrog. »Das ist eine Fledermaus. Manchmal gräbt sie in der
Erde, manchmal fliegt sie auf. Doch sie kann nicht hoch fliegen,
vielleicht zwei Meter oder drei.« Während er sprach, plätscherte
er mit dem Wasser. Das Verhalten des Mannes machte mich arg-
wöhnisch, was war das eigentlich für ein Ort? Gab es hier in der
Nähe Häuser? Da die kleinen Tierchen mich schubsten und stießen, blieb mir nichts anderes übrig, als wieder in mein Erdloch
zu hüpfen. Schlaftrunken legte ich mich auf den Rücken der Fledermaus. Ich strich über ihre dünnen, harten Flügel und dachte, wenn sie noch einmal auffliegt, dann träume ich gemeinsam
mit ihr in der Luft. In Gedanken versunken schlief ich ein. Kaum
war ich eingeschlafen, hörte ich, wie der Besitzer jenes Hauses

mich rief: »Maus! Maus! Komm, flieg schnell nach oben! Kannst du mich sehen?« Als ich den Kopf hob, sah ich ihn in dem Lichtstrahl, ganz weit weg. Ich hatte doch keine Flügel, warum befahl er mir zu fliegen? Ich war noch nicht zur Besinnung gekommen, da trug mich die Fledermaus neben mir schon in die Luft. Ich lag auf ihrem Rücken und hatte das Gefühl, in die höchste Glückseligkeit hinaufzusteigen. Sie hatte Riesenkräfte! Doch innerhalb kurzer Zeit waren wir wieder in das Loch gefallen. Die Fledermaus war überhaupt nicht aufgewacht, sie schnarchte die ganze Zeit! Was für ein glückliches Kerlchen. »Unter dem Boden des Lochs ist noch ein Loch. Du traust dich wohl nicht hinunterzugehen?« Es war wieder der Mann, der seine Füße in dem Holztrog wusch. »Haha, oben ist also unten.« Seine Stimme klang schrill und versetzte mich in große Unruhe.

Da erinnerte ich mich plötzlich an ein Erlebnis aus meiner Kindheit. Damals verstand ich mich bestens mit einer der Töchter des Hausherrn, und sie nahm mich zum Schwimmen mit an einen Teich. Ehe wir ins Wasser gingen, sprach sie ganz ernst zu mir: »Du, schwimm nicht in die Mitte, sonst gerätst du in einen Strudel und gehst unter.« Ich verstand nicht, was sie meinte. Wir blieben am Ufer und schlugen mit Weidenwurzeln aufs Wasser. Das Mädchen hieß Lan, wie die Orchidee, und Lan sagte zu mir: »Falls du weglaufen willst, ich kann mit dir laufen.« Damals wollte ich solche Reden nicht hören. Wohin sollte ich laufen? Auf der Feuerstelle des Hausherrn war es urgemütlich, außerdem ertrug ich die Kälte nicht. Wenn ich im Winter nach draußen ins Freie ging, würde ich doch erfrieren. Lan konnte meine Gedanken lesen und meinte: »Wir brauchen gar nicht irgendwohin zu laufen, auch am selben Fleck kommen wir weg von hier.« Damals dachte ich, sie rede dummes Zeug. Jetzt, da ich mich erinnere, habe ich das Gefühl, dass sie die ganze Zeit von dem Geheimnis unter dem Slum wusste und dass vielleicht alle Kinder im Slum ähnlich frühreif sind wie sie. Diese Kinder waren doch absichtlich

aus den Häusern nach draußen gerannt, um in der Kälte steif-
zufrieren. Wer wusste schon, welche absonderlichen Gedanken
sie nachts in ihren Köpfen wälzten? Dieses Mädchen heiratete
später weit weg und verließ den Slum. Ob das als »Weglaufen«
zählte, wusste ich nicht. Zuhause war sie nämlich ein sittsames
Mädchen gewesen, war immer fromm und scheu. Ihr Papa sagte oft lächelnd, sie sei »am falschen Ort geboren«. Jetzt erinnerte
ich mich an das Mädchen und an ihr Weglaufen und fragte mich,
ob ich in ihren Augen auch weggelaufen bin. Ob das der Ort war,
an den sie hoffte, dass ich kommen würde? Hier war es warm,
es gab weder Tag noch Nacht, du konntest nach Lust und Laune schlafen und brauchtest nicht in irgendeinem Haus zur Herdstelle hinaufzuklettern; es genügte, ein Loch zu graben und dich
hineinzuhocken, damit die anderen dich nicht schubsten. Ach
ja, es gab kein Licht, doch sobald die Augen sich daran gewöhnt
hatten, spielte es keine Rolle mehr.

Verdammt! Der Mann goss das Wasser, in dem er seine Füße
gewaschen hatte, in unser Loch. Ich konnte zwar noch rechtzei-
tig herausspringen, doch die Fledermaus schlief im Schlamm.
Es war ihr offenbar völlig gleichgültig, sie schnarchte leise weiter. »Sie lebt im Traum«, sagte der Mann. Ich wurde nicht gerne
schlammig und schon gar nicht von anderer Leute Fußwaschwasser. Bei dem Gedanken allein ekelte es mich. Wie die Fledermaus davon völlig unberührt bleiben konnte, war mir unbegreiflich. Und was den Mann anbetraf, so war er vielleicht ein Sadist,
und ich hielt mich besser von ihm fern. Doch sobald ich ging,
verfolgte er mich und rief: »Wohin gehst du? Wohin gehst du?
Du wirst des Todes sein!« Er sprach so bösartig, dass ich wieder
nicht wagte, mich zu bewegen. Ich stand neben einem großen
Stein, die Tierchen stießen mich mit vereinten Kräften, so dass
ich immer wieder gegen den Stein schlug und alle meine Knochen auseinanderzufallen drohten. Erst als ich auf dem Boden
lag und mich nicht mehr bewegen konnte, ließen sie von mir

ab. Ich hörte, wie die Fledermaus wieder über mir flog, und der Mann sagte: »Schau, mit welcher Gelassenheit sie fliegt. Kann man so eine Haltung erlernen? Nein, es ist angeboren.« Ich sah, dass dieser Lichtstrahl sich weiter entfernt hatte und zu einer flimmernden Fackel geworden war. Die Fledermaus flog in der Dunkelheit vorbei, wahrscheinlich an einen anderen Ort. Ein Paar Flügel zu haben war wirklich gut! Ich berührte ihren Körper, er war meinem ähnlich. Offenbar sind die Flügel eine Folge der Evolution. Nach Belieben glitt sie in den Schlaf, blieb und flog, wo und wohin es ihr gefiel. Welch ein ungezwungenes Leben. Das also bedeutete, im Traum zu leben. Wie war sie innerhalb unserer Gattung so privilegiert geworden? Selbst wenn ich mich weiterentwickelte, würden mir auf dem Rücken wohl keine Flügel wachsen. Sie war andersartig. Welcher Art gehöre ich wohl an? Die Leute nennen mich Maus, doch ich bin keine gewöhnliche Maus, mein Körper ist viel größer. Ich bin ein Einzelgänger. An meine Eltern habe ich nur undeutliche Erinnerungen. Am Verkehr mit dem anderen Geschlecht bin ich nicht interessiert und werde deshalb auch keinerlei Nachkommenschaft haben. Ich bin so ein Kerl, der wie eine Maus aussieht, aber keine Maus ist. Ein aus Blödheit in den Tunnel des Slums gefallener, jämmerlicher Wurm.

Ich begann erneut, ein Loch zu graben. Sobald ich grub, verspürte ich wieder diese Erregung. Meine Vorder- und Hinterfüße fingen an zu jucken und unwillkürlich wie wild in der Erde zu buddeln. Mit Fleiß, mit Kraft, da war wirklich etwas, das heraus wollte. Neben mir war ein Kerl, der auch buddelte und buddelte, bis er plötzlich au! au! aufschrie. Bestimmt hatte er etwas ausgegraben. Ich wollte auch etwas ausgraben, ich konnte nicht aufhören, ich hielt mich links, grub um den großen Stein herum! Ach du lieber Himmel! So viele Ameisen, ich hatte in ein Ameisennest gefasst!! Mit einem Satz sprang ich aus dem Loch, kratzte und klatschte meinen Körper, als sei ich toll geworden, hätte mir am liebsten die Ohren abgerissen, diese kleinen Dinger bohrten sich alle in mich, sie zerbissen zuerst meine Haut und drangen dann ein. Wahrhaftig, es war schlimmer als der Tod. Meine Lage schien völlig ausweglos, als der Mann kalt zu mir sagte: »Du, du solltest mal ein Bad nehmen.« Er ruckelte an dem Trog mit dem Fußwaschwasser, so dass es klatschte. Ungeachtet meines Ekels sprang ich kopfüber in seinen Trog. Er drückte mit beiden Händen auf mich und befahl mir, einen großen Schluck von seinem Fußwaschwasser zu trinken. Wie von Sinnen trank ich davon, und nicht zu wenig. Jetzt schüttete er mich mitsamt dem Wasser im Holztrog aus und schrie: »Geh wieder graben!«, also ging ich. Wie konnte ich denn noch graben? Ich schlug unentwegt mit dem Kopf gegen den Boden und dachte insgeheim: »Lieber sterben! Lieber sterben …« Dann wälzte ich mich wieder auf dem Boden hin und her, und auf einmal wurde es mir klar. Ich biss die Zähne fest zusammen und begann erneut zu graben. Als meine Pfoten sich dieses Mal in die Erde gruben, spürte ich deutlich, wie diese kleinen Dinge direkt durch meine Pfoten wieder in die Erde zurückkehrten. Ich hatte noch nicht lange gebuddelt, da wurde ich frisch und heiter. Wie war das nur möglich, wie konnte das sein? Diese Erde wurde mir unheimlich.

Ich saß in dem neu ausgebuddelten Loch, umgeben von diesen kleinen, umtriebigen Tierchen. Aus Angst, sie könnten mich stoßen, grub ich meinen Kopf ganz tief in die Erde. Doch aus Angst, wieder auf die menschenfressenden Ameisen zu stoßen, wagte ich nicht mehr tiefer zu graben. Als ich so mit dem Gesicht nach unten dahockte, hörte ich aus tiefster Tiefe eine Art Klingklang. Wenn ich mich konzentrierte, war dieser Ton ganz klar, sobald meine Konzentration nachließ, war er nicht mehr zu hören. Während ich aufmerksam lauschte, erinnerte ich mich an einen Vorfall, der sich damals, als ich im Haus des Schmieds schlief, ereignet hatte. Ein Junge in der Familie wurde »Nachbarsbrüderlein« genannt. Nachbarsbrüderlein stand jeden Tag noch vor dem Morgengrauen auf und lief, ohne sich etwas überzuziehen, auf die Straße hinaus. Der Schmied und seine Frau lagen noch im Bett und schrien: »Brüderlein! Ach, Brüderlein!« Sie machten ein Geschrei, als habe er sich das Leben genommen. Doch warum kamen sie nicht aus dem Bett? Ich lief zur Tür und sah, dass Nachbarsbrüderlein noch dort stand und mit jemandem sprach. »Hörst du mich? Hörst du mich?«, fragte er besorgt und hielt den Kopf gesenkt, als ob sein Gegenüber sich unter der Erde befände. Er stampfte mit den Füßen. Das Ehepaar hier im Bett strampelte ebenfalls: »Brüderlein! Ach, Brüderlein!«, sie waren verrückt vor Sorge. Ich wusste auch nicht, warum mir gerade die Sache mit Nachbarsbrüderlein einfiel. Das Gefühl, diese Familie nie wieder zu sehen, machte mich ganz betrübt. »Du kannst mich nicht hören, aber ich höre dich«, sagte ein Mädchen (offenbar war es Lan). Wo sprach sie denn? Warum schien sie unter der Erde zu sein? Hatte sie nicht weit weg geheiratet? »Du kannst mich nicht hören, aber ich höre dich«, sagte sie noch einmal. Aha, sie war tatsächlich unter der Erde! Ich legte mich hin und drückte mein Ohr ganz fest auf den Boden des Lochs. Jetzt konnte ich hören – – das war kein Klingklang, das war Lan, die mit glockenheller Kinderstimme sprach. War Lan etwa noch ein Kind? Hatte sie gar nicht weit weg geheiratet? An dem Tag, an dem sie als Braut auszog, hatte ich doch ganz deutlich gesehen, dass sie ihren kleinen Pferdehocker mitnahm. Trotz ihrer glockenhellen Stimme konnte ich nicht verstehen, was sie sagte, da sie nicht die örtliche Mundart sprach. Ihr Dialekt ging mir nach einer Weile auf die Nerven, wurde unerträglich. Daraufhin setzte ich mich und hörte nicht mehr zu. Eine Schubkarre kam vorbei, das Rad ächzte wie ein schluchzendes Kind. Gab es hier unter der Erde also auch Schubkarren? Immer schon? Oder war sie durch das Loch heruntergefallen? Der Mann blieb neben mir stehen, hockte sich hin und gab mir zwei Kekse. Die Kekse stanken. Sie rochen ähnlich übel wie die Furze, die die Fledermaus vorhin abgelassen hatte. Doch sobald ich etwas zu essen hatte, knurrte mein Magen. Ich hatte ja schon eine ganze Weile nichts mehr gegessen. Gierig wie ein Wolf verschlang ich die Kekse, und im Nu waren sie in meinem Magen. Der Mann lachte und ging dann woandershin, um Essen auszuteilen. Es hatte den Anschein, als sei die Gesellschaft hier doch relativ geordnet. Wie mochte der Ort aussehen, wo Lan sich befand, dort, noch tiefer unten?

Schließlich konnte ich mich beruhigen und dem Mädchen Lan zuhören. Ich legte mich hin und presste mein Ohr ganz fest auf den Boden des Lochs, so drang ihre Stimme zu mir. Jetzt hörte ich ganz deutlich. Es war keine donnernde Stimme, aber auch keine silberhelle Kinderstimme, sondern die Stimme eines vierzehn- oder fünfzehnjährigen Mädchens. Es war also Lan, das Mädchen, das ich so gut kannte und das mich zum Spielen an den Teich mitgenommen hatte. Ich will nicht sagen, dass ich verstand, was sie sagte, denn das tat ich immer noch nicht. Eine fremdartige Sprache, in der jedes Wort verständlich schien, doch im Zusammenhang wusste man überhaupt nicht, wovon die Rede war. Ich konnte nicht sagen warum, doch jetzt wollte ich zuhören. Vielleicht lag es daran, dass ich von den stinkenden Keksen von der Schubkarre gegessen hatte. Vielleicht hatte ich jetzt die Geduld, weil mir ihre Stimme die guten Zeiten in Erinnerung rief, die ich damals mit ihr zusammen erlebt hatte. Kurz gesagt, ich lag bäuchlings auf dem Boden und lauschte aufmerksam. Wie kam sie nur an einen solchen Ort? Obwohl es hier finster war, sah man, wenn man den Kopf hob, von oben einen Lichtstrahl durch das Loch schießen. Der Ort, an dem sie sich befand, musste eine stockfinstre Welt sein. Zum Teufel, was hatte sie sich eigentlich dabei gedacht, so weit weg, an einen solchen Ort zu heiraten! Der Tonfall ihrer Sprache klang so, als erzähle sie eine Geschichte, vielleicht war es eine Geschichte über den Teich. Während ich lauschte und zuhörte, erinnerte ich mich an unsere Freundschaft, und ich spürte, dass ich mich in sie verliebt hatte. Ich, eine »Maus«, war in ein Mädchen verliebt?! Ich erschrak und verscheuchte den Gedanken schnell wieder. Dann rief ich zweimal laut nach unten, meine Stimme klang ganz fiepsig, wie die eines Kindes, bloß konnte ich nicht wie sie sprechen. Meine Rufe hatten nur die Absicht, Lan zu sagen, dass ich sie hörte und dass ich sie vermisste. Sobald ich verstummte, brach dort unten Chaos aus. Etliche Stimmen begann sich zu zanken. Sie hörten sich alle an wie Lans Stimme, dann aber auch wieder nicht, sondern eher wie eine Gruppe fremdländischer, sich streitender Frauen. Ich holte tief Atem, hob die Stimme und rief noch einmal. Unten wurde es sofort still. Nach einem Augenblick der Stille erhob sich der Lärm wieder und noch mehr Stimmen überlagerten sich zu einem Klang, der wie eine Welle anschwoll.

»Maus hat mit seiner Arbeit gute Aussichten für die Zukunft«, sagte der Mann. »Nachdem er unsere Methode gelernt hat, kann er bestimmte Aufgaben übernehmen. Er ist hier, um zu lernen.«

Er ging seitlich von mir hin und her, und ich fühlte, dass er mit sich selbst redete. Warum führte er Selbstgespräche? Ich konnte zwar seinen Dialekt verstehen, aber nicht, was er wirklich meinte. Meine Aufmerksamkeit verlagerte sich auf ihn. War er von oben hier heruntergefallen? Oder befand er sich seit jeher hier?

»Ich habe ihn vorhin rufen gehört und setze daher Hoffnung auf ihn. Er hat zu denen dort Kontakt aufgenommen. Später wird er jeden Tag ein paar solcher Rufe ausstoßen können. Die Luft und die Kost hier bekommen ihm gut.«

Er sagte, dass ich zu »denen dort« Kontakt aufgenommen hätte. Sollte ich denn überhaupt noch tiefer graben? Jemand benutzte mich, benutzte mich wozu? Unten wurde der Lärm immer stärker, sogar die Erde unter meinen Füßen bebte ganz leicht. Irgendwie wollte ich gar nicht durch diese Erde graben, die mich von diesen weiblichen Wesen trennte, ich hatte ein wenig Angst. Insgeheim sagte ich zu mir: »Lan, oh Lan! Wir sind wieder zusammen.« Dieser Gedanke spendete mir Trost. Jedes Mal, wenn Lärm und Gezänk einhielten, hörte ich Lan ganz allein sagen: »Du kannst mich nicht hören, aber ich höre dich.« Ich verstand nur diesen einen Satz, doch warum sagte sie das? Anscheinend sprach sie nicht mit mir, sondern es gab vielleicht jemanden dort unter der Erde, mit dem sie sprach. Die Fledermaus flog über meinen Kopf, ich hörte den Schlag ihrer Flügel. Wie frei sie war! Lan war dort unten eingesperrt, doch sie sprach, als sei sie völlig unbekümmert, wenn nicht gar stolz. Ich erinnerte mich wieder an das, was sie mir einst über das Weglaufen erzählt hatte. Es gab vielleicht zwei Arten des Weglaufens. Die eine war, in Richtung Stadtzentrum oder in Richtung einer auswärtigen Provinz zu laufen und in unendlicher Ferne zu verschwinden. Die andere Art war, wie Lan es getan hatte, nach unten zu laufen. War sie im Teich in einen Strudel geraten und untergegangen? Damals lachte ihr Papa sie aus, da sie »am falschen Ort« geboren sei. Möglicherweise hatte er sie untergehen lassen. Sehr wahrscheinlich sprach Lan mit ihrem Papa. Was für eine Situation, dass eine Person, die an einen so tief unter der Erde gelegenen Ort gekommen war, dennoch das Treiben ihrer Familie oben hören konnte! Die weiblichen Wesen dort unten beruhigten sich, gurr gurr gurrten wie Tauben, vielleicht schliefen sie ein. Lan sagte plötzlich streng: »Dorthin kann man nicht gelangen!« Ihre Stimme war so laut, dass ich erschrak, und dann wurde es ganz still. Ich setzte mich auf, hörte das geschäftige Treiben meiner Umgebung und das Geschimpfe dieses Mannes, der sich die Füße wusch und dabei schimpfte. Kleine Tiere verabscheute er wegen ihrer Faulheit seit je.

Ich dachte die ganze Zeit an den Satz, den Lan gesagt hatte, was meinte sie, wohin könne man nicht gehen? In dem schwarzen Tunnel verbarg sich gewiss etwas Furchterregendes. Ich musste in Zukunft äußerst vorsichtig vorgehen, der Vorfall mit den Ameisen war eine gute Lektion. Um Unheil zu vermeiden, war es am besten, einfach nur reglos dazusitzen. Das neu ausgebuddelte Loch war jetzt mein Zuhause. Gerade hatte ich diesen Gedanken gefasst, da kam der Mann mit dem Holztrog, in dem er seine Füße wusch, herüber und schrie: »Pass auf!« Dann schüttete er das Fußwaschwasser in mein Loch. Wieder sprang ich nach Luft schnappend, wütend heraus. Auf der einen Seite war mein Fell völlig durchnässt. Er war immer gegen mich. Schwer vorstellbar, dass die Tierchen hier unten alle unter seiner Obhut standen? In dem Loch konnte ich Lan sprechen hören. Jetzt hatte er mein Loch wieder unbewohnbar gemacht. Wenn ich nun erneut umzog, war es wohl schwer vorherzusagen, ob ich Lans Stimme noch hören würde. Falls nicht, würde ich mich sehr einsam fühlen. Die Fledermaus flog wieder vorüber. Dabei streifte sie meine Nase und ließ einen unvergleichlich stinkenden Furz ab. Ich wollte diesen Mann unbedingt wieder loswerden. Er war stets darauf bedacht, dass ich nicht zur Ruhe kam. Ich spürte, er hegte Böses im Herzen. Vielleicht hoffte er gar, ich würde sterben, sein Verhalten legte das nahe. Konnte ich nicht versuchen, zu entwischen?

Ich wollte auf jeden Fall entwischen. Es war mir nur nicht klar, wohin man hier gehen konnte und wohin nicht. Ich lief also irgendwohin. Ah, hier gab es einen Zaun und, ich konnte es kaum glauben, innerhalb des Zauns war ein Gemüsegarten? Dort waren, wie man hören konnte, noch viel mehr Tierchen zugange. Schnüffelnd lief ich am Zaun entlang. Schon bald entdeckte ich ein Loch. Ich schlüpfte hindurch und gelangte an einen noch geschäftigeren Ort. Dort zu sein war allerdings viel unangenehmer. Alle Vorübergehenden schubsten mich, was bedeutete, dass ich nicht willkommen war. Nach einer Weile bemerkte ich den Unterschied. Die Tierchen hier gruben keine Löcher, manchmal bewegten sie sich, manchmal hielten sie sich still. Wenn sie still waren, dann ertönte in der Ferne ein Pfeifen. Sobald der Pfeifton aufhörte, sausten alle wie der Wind in diese Richtung. Wenn sie rannten, ertönte das Pfeifen nicht mehr, und die Schritte der Kerlchen wurden zögerlicher, bis sie schließlich innehielten und wieder ganz still lauschten. Kurz darauf ertönte das Pfeifen wieder aus einer anderen Richtung, und alle sausten dorthin. Nach nur einer kurzen Strecke blieben sie erneut stehen. Ich war mitten unter ihnen und fühlte mich sehr angespannt. Hier herrschten Chaos und Ordnung zugleich. Alles wurde von diesem seltsamen Ton bestimmt, von dem man nicht wusste, woher er kam. Nein, ich konnte mich hier nicht anpassen. Sie liefen so schnell, und wenn sie losrannten, stießen sie mich um und trampelten über mich. Während sie das nächste Mal innehielten und lauschten, tastete ich mich zu der Stelle vor, wo das Loch im Zaun war. In dem Moment, als ich hinausschlüpfen wollte, schlug mir der Mann mit der Faust auf die Nase und brüllte: »Du bist des Todes!!« Das war ein wirklich harter Schlag, beinah wäre ich ohnmächtig geworden. Ich saß auf dem Boden und hörte noch, wie er sagte: »Wer sich drücken will, soll's nur versuchen! Ich werde dann prüfen, ob sein Schädel aus Eisen ist! Ha!« Ich wagte natürlich nicht, es ein zweites Mal zu versuchen. Der einzige Weg, der mir jetzt blieb, war es, mit diesen Kerlen hier drin durchzudrehen, denn stillsitzen ging nicht, da sie mich sonst tottrampelten. Oh, sie rannten wieder los. Trotz meiner schmerzenden Nase lief ich mit ihnen. Doch nach nur wenigen Schritten blieben sie stehen, und da ich nicht reagierte und weiterlief, stolperte ich über irgendein Tier. Es war ein großes, eines mit Reißzähnen, das mit seinem Maul lange an meinem Bauch schnupperte. Ich schloss die Augen und wartete auf den Tod. Zum Glück erklang in dem Moment wieder der Pfeifton, und es ließ von mir ab und rannte los. Ich lag bäuchlings auf dem Boden und ließ diese Kerle über meinen Rücken trampeln. Ich befürchtete, sie würden mich zu Fleischbrei treten, doch nach einer Weile trampelten sie nicht mehr über mich, sondern liefen seitlich um mich herum. Aus Versehen kam ich wieder mit dem Zaun in Berührung, der hier ein weiteres Loch hatte. Sollte ich hinausschlüpfen oder nicht? War es möglich, dass der Mann auch an dieser Stelle Wache hielt? Nein, er war nicht hier. Ich kam raus. Ringsum war es ganz still. War das die Wildnis? Ah, ich sah ein Haus mit einer Öllampe vor dem Fenster! Wie konnte es so etwas unter der Erde geben?

Als ich auf das Haus zuging, dachte ich an die Worte des Mannes, ich sei »des Todes«. War ich gerade dabei, den Tod aufzusuchen? Was mochte wohl in dem Haus sein? Ha! In der Tür stand ein kleines Kind, das sich die Zähne putzte und mir das Wasser ins Gesicht spuckte! »Wenn er reinkommen will, lass ihn reinkommen«, rief jemand von drinnen. War das nicht der Hausherr, der mir giftige Pilze zu essen gegeben hatte? Ich ging also hinein. He, das war wirklich sein Haus! Sehr gut, sehr gut, ich war also in den Slum zurückgekehrt. Tatsächlich hatte ich gerade auf der Straße schemenhaft ein paar Häuser gesehen, doch ich wagte kaum, meinen Augen zu trauen. Ich kletterte auf die Herdstelle und war dankbar, wieder zu Hause zu sein. Der Herr nahm eine Schale, füllte sie mit Essen und stellte sie vor mich hin. Mit einem Blick sah ich, dass giftige Pilze darin waren – drei Stück im Reis. Obwohl mein Magen vor Hunger knurrte, zögerte ich. War ich wirklich gekommen, um des Todes zu sein? Ich dachte nicht daran zu sterben! Der Hausherr starrte auf mich. »Isst du? Wenn nicht, dann nehme ich es wieder weg.« Er schien zu lächeln. Sofort vergrub ich meinen Kopf in die Schüssel und aß, ohne auch nur irgendetwas zu schmecken, alles restlos auf. Mein Gehirn war völlig leer. Der Mann klatschte zweimal in die Hände und sagte: »Gut! Gut!« Was war denn nun gut? Jetzt musste es Nacht sein. Doch ich hörte, wie er sagte: »Ich gehe die Straße reparieren.« Mit einer Hacke auf dem Rücken ging er hinaus. Draußen war es stockdunkel, und er ging die Straße reparieren! Ich sprang

vom Herd hinunter und inspizierte das Haus. Es war das Haus
von damals, die Möbel von damals. Der kleine Junge saß unter
dem achteckigen Tisch und spielte mit einem Kreisel. Beim Drehen gab der Kreisel ein lautes Summen von sich, das mich ganz
nervös machte. Es war also wohl kaum Nacht, die Leute waren
alle aktiv. Aber diese Dunkelheit und außerdem die Lampe, wie
konnten sie überhaupt etwas sehen? Der Junge hielt den Metall-
kreisel mit einer Hand an und sagte zu mir: »Maus, ach Maus,
wozu bist du in unser Haus gekommen? Papa hebt im Hof ein
Grab aus. Komm schnell hierher. Lass uns zusammen Kreisel
spielen. Hauptsache der Kreisel bleibt nicht stehen, dann kann
Papa dir nichts anhaben.« Auf wundersame Weise übte er auf
den Kreisel eine solche Kraft aus, dass er sich wie im Flug drehte und dabei ein derart lautes Summen von sich gab, dass es mir
den Kopf zu spalten drohte. Da kam der Typ wieder ins Haus,
legte die Hacke ab und sah sich in alle Richtungen um. Vielleicht
suchte er mich. Ich hörte, wie er die Schale nahm, aus der ich gegessen hatte, und sie abwusch. Dabei fluchte er vor sich hin. Der
Junge rückte dicht an mich und sagte: »Am allermeisten fürch-
tet Papa den Kreisel.« Er hielt ihn an und sagte, ich solle es versuchen. Meine Nase hatte das Ding kaum erschnüffelt, da drehte es sich so schnell, dass es beinah vom Boden abgehoben hätte.
Der Kleine lobte mich: »Du hast großes Geschick.«

Dennoch ertrug ich den Ton nicht, den der Kreisel beim Drehen von sich gab. Bei mehreren Runden wollte ich sogar weglaufen, doch schon nach zwei Schritten kehrte ich wieder unter
den Tisch zurück, denn der Junge schrie mich an: »Du bist des
Todes!!« Seltsam, seine Stimme und die Stimme des Mannes, der
sich unterirdisch in einem Holztrog die Füße wusch, klangen genau gleich. Dann steckte der Junge den Kreisel in seine Jackentasche und sagte: »Ich will Papa eine Lektion erteilen.« Er ließ
mich mit ihm zusammen unter dem Tisch schlafen. Der Hausherr kam herein, blieb mitten im Zimmer stehen, stampfte mit

den Füßen und rief ängstlich, »Tusheng! Erdensohn!« Er rief seinen Jungen. Kaum zu glauben, dass er uns nicht unter dem Tisch sitzen sah? »Tusheng! Erdensohn!« Er brüllte und plötzlich stieß er gegen die Bambuswand, so dass der Verputz aus getrocknetem Kuhdreck zu Boden bröckelte. Tusheng klammerte sich ganz fest an mich, denn sein ganzer Körper bebte von seinem unterdrückten Lachen. Ich bebte auch, aber aus Angst vor Tusheng. Dieser kleine Junge beherrschte sogar seinen Vater. Wäre es für ihn nicht ein Leichtes, mich zu töten? Ich sah, wie dem Hausherrn Blut übers Gesicht rann, als er sich vom Boden aufrappelte und mutlos zum Herd zurückkehrte, um das Geschirr weiter aufzuräumen. Er hatte tatsächlich Angst vor seinem Sohn.

Tusheng wollte, dass ich von nun an mit ihm gemeinsam unter dem Tisch schlief, »wann immer wir mit dem Kreisel spielen wollen, können wir das tun«. Er holte ihn aus seiner Jackentasche und sagte mir, ich solle ihn an mein Gesicht reiben. Bei jeder Berührung blühte in meinem Gehirn dröhnend eine goldene Blume auf. Obwohl es kaum auszuhalten war, wirkte es doch außerordentlich belebend. »So ist es gut«, sagte Tusheng, »unter diesem Tisch sei ab jetzt unsere Domäne; du brauchst auch nicht mehr auf der Herdstelle zu schlafen.« Bei diesen Worten dachte ich an seinen Papa. Er war ein freundlicher Mann, der gut zu mir war. Und ich argwöhnte, er wolle mich vergiften! Gerne wäre ich zu ihm, dem Hausherrn, gegangen, um meine Reue zum Ausdruck zu bringen. Ich hörte, dass er weinte, vielleicht hielt er seinen Sohn für verloren. Tusheng ließ mich nicht einen Schritt machen. Er sagte, wenn sein Papa weine, dürfe man ihn nicht stören. Ich hörte Geräusche von der Tür, jemand kam von draußen ins Haus. Tusheng schnitt eine Fratze, zog den Kreisel hervor und drehte ihn kräftig. Der Besucher schrie entsetzt auf und rannte auf der Stelle weg. Ich aber gewöhnte mich allmählich an den Kreisel, er war mir leichter erträglich. War es denn möglich, dass dieses Ding mich und Tusheng unsichtbar machte? Warum sah uns sein Papa bloß nicht? Ein Zauberkreisel! Zauberei! Wie konnte es auf der Welt ein derart seltsames Ding geben!

»Tusheng! Tusheng! Ich kann dich nicht sehen; ich weiß, du kannst mich sehen; antworte doch.«

Dieser Satz klang sehr vertraut, wen hatte ich das nur sagen hören? Tiefbetrübt nahm er den Korb und ging einkaufen. Mir war, als drücke ein schwerer Stein auf mein Herz.

Tusheng sagte mir, ich solle den Kreisel beim Schlafen fest umklammern, dann würde etwas Gutes geschehen. Im Traum schlief ich auf einer riesigen sich drehenden Scheibe, und alles, was mir ins Auge fiel: Blumen, Bäume, Steine, kleine Tiere usw. schwebte nach oben. Die Sonne aber kam herab, rollte vor meinen Augen hin und her, und es schien, als könne ich sie mit den Pfoten berühren. Jemand war unter der Drehscheibe und schrie ängstlich: »Kannst du mich sehen? Kannst du mich sehen?!«

Ich habe mich in diesem Haushalt niedergelassen. Der Slum ist mein Zuhause, hier bin ich geboren und aufgewachsen. Ich erinnere mich nicht an mein Alter, aber ich erinnere mich an sehr weit zurückliegende Ereignisse. Damals waren die Häuser in der Senke gerade erst gebaut worden. Sie hatten gar nicht wie Häuser ausgesehen, sondern eher wie Arbeiterbaracken. Nachdem die Häuser fertig gebaut waren, hatte die Sonne sich zurückgezogen und nur noch auf die Einfriedung geschienen. Die Kinder waren zu Boden gefallen und eingeschlafen. Der feine Morgenfrost hatte ihre kleinen Gesichter rotfrieren lassen. An all das erinnere ich mich.

Teil 3

Meine Verflechtungen mit den Menschen sind wahrscheinlich der Hauptgrund, warum ich stets im Slum geblieben bin und ihn nie verlassen habe. Damals war ich noch sehr, sehr klein, mein Körper war nur ganz leicht behaart, und jemand hatte mich auf die Herdstelle eines Hauses gesetzt. Ob mich Mama dort zur Welt gebracht oder die Familie bei sich aufgenommen hatte? Ich blieb in einer Tonschale, deren Boden mit ein paar Stofffetzen ausgelegt war. Wenn das Herdfeuer wild flackerte und die Schale brühheiß wurde, verbrannte ich mir bei der kleinsten Unachtsamkeit die Haut. Lange Zeit war mein Körper derart mit Wunden übersät, dass ganze Hautstücke sich verfärbt hatten. Zu essen gab mir der Hausherr eine Art Brei, braun und scharf, auf einem kleinen Tellerchen. Möglicherweise wirkte dieser Brei auch hypnotisierend. Nachdem ich ihn gegessen hatte, schlief ich den ganzen Tag, und der Verbrennungsschmerz ließ deutlich nach. Doch weil ich nicht wach war und mich in der Tonschale hin und her wälzte, verbrannte ich mich noch an viel mehr Stellen. Man kann sagen, dass mein Körper zu jener Zeit kaum ein Stück intaktes Fleisch aufwies. Sobald ich aufwachte und die Augen öffnete, verspürte ich Schmerzen. Ich wollte aus der Tonschale herausspringen, doch eine Blase an meinem Fuß war geplatzt und eitrig geworden, wie sollte ich da springen? Manchmal hörte ich, wie der Hausherr und seine Frau über mich sprachen: »Ob das Kerlchen darin sterben kann?« »Der stirbt nicht, der ist zu schlecht.« Rösteten sie mich denn absichtlich, oder hatten sie überhaupt keine Ahnung?

Obwohl ich am ganzen Körper Verletzungen hatte, wuchs ich allmählich heran. Eines Tages kippte eines der Kinder im Haus die Tonschale um, und ich entkam. Kaum war ich draußen, sah ich, dass die Tonschale über den Rand der Feuerstelle hing und jeden Augenblick hinunterrollen würde. Das Herz schlug mir bis zum Hals, und ich stieß mit dem Kopf so heftig gegen die Tonschale, dass sie tatsächlich umfiel. Ich streckte mich, um hinunterzublicken – sie war in große Scherben zerbrochen. Dann sah ich mich in dem Zimmer um. Überall waren für mich fremdartige Dinge. Ich wusste nicht, was das für Dinge waren, es wurde mir erst nach und nach klar. Nur eines dieser Dinge verstand ich erst, als ich erwachsen war. Es war das Bildnis eines alten Mannes mit weißem Bart, das in einem Rahmen an der Wand hing. Ich hatte die ganze Zeit gedacht, es sei ein wirklicher Mensch, da der Hausherr und die Hausherrin immer mit dem Alten sprachen. Wenn sie ausgingen, sagten sie: »Papa, ich gehe jetzt.« Wenn sie zurückkamen, sagten sie: »Papa, ich bin wieder da.« Wenn sie draußen etwas zu tun hatten, kamen sie zurück und fragten: »Papa, habe ich das richtig gemacht?« Nachdem sie etwas gesagt hatten, begann der Rahmen zu wackeln und machte »ding dang«, als antworte er ihnen.

Meine Wunden waren schnell verheilt, und schon bald konnte ich von der Feuerstelle springen. Ich sprang auf den Tisch, stellte mich auf die Hinterbeine, lehnte mich mit den Vorderbeinen gegen die Wand und mühte mich ab, an den Alten mit dem weißen Bart ranzukommen. Plötzlich bekam ich einen dumpfen Schlag auf den Hinterkopf und verlor das Bewusstsein.

Als ich aufwachte, stellte ich fest, dass ich am Straßenrand geschlafen hatte, und so erfuhr ich, dass es außerhalb der Häuser auch Straßen gab und diesen großen Slum. Und von dem Moment an wurden alle meine Erinnerungen an den Slum und an die Stadt hier oben wieder lebendig. Innerhalb eines Tages wurde ich mit dem ganzen Viertel vertraut, denn alle seine Ecken und Winkel waren seit je in meinem Gedächtnis. Nachts kehrte ich in das Haus jener Familie zurück und schlief auf der Herdstelle. Ich war dort offenbar willkommen, sie gaben mir sogar zu essen. Der jüngste Sohn sagte: »Er war den ganzen Tag unterwegs, jetzt ist er wieder zurück.« Doch ich war ganz bestimmt nicht selbst hinausgegangen, jemand hatte mich auf die Straße gesetzt. Wer wohl? Unwillkürlich hob ich den Kopf und blickte auf Großväterchen an der Wand. Ah, unter der Öllampe konnte ich Großväterchens Gesicht nicht sehen; nur seine beiden feuerspeienden Augen. Ich erinnerte mich daran, was mir am Morgen geschehen war, stieß einen schrillen Schrei aus und stürzte aus dem Haus. Der Hausherr und seine Frau kamen hinterher, ergriffen mich, klopften mir auf den Rücken und riefen immer wieder: »Maus, ach Maus! Komm zurück, komm zurück!« Ich gab allen Widerstand auf und ließ mich zurück ins Haus bringen. Zitternd und zagend blieb ich auf der Herdstelle. Ich war davon überzeugt, dass Großväterchen an der Wand mich mit einem Stock bewusstlos geschlagen und dann nach draußen geworfen hatte. Schließlich verriegelte der Hausherr Fenster und Türen, so dass ich sie nicht mehr öffnen konnte, und ging dann schlafen. Das hätte ich auch gerne getan, doch ich spürte, wie diese beiden brennenden Augen mich anstarrten, und fand keinen Schlaf. Mein ganzer Kopf war voller Flammen. Ich zwang mich, nicht auf diese Wand zu schauen, sondern richtete meinen Blick auf eine dunkle Ecke und dachte dabei an die Stadt. Die Stadt war riesengroß, doch menschenleer; die Häuser aus Glas waren unbewohnt, denn die Menschen lebten alle hier unten im Slum. Es war wirklich traurig. Ich erinnerte mich an diese Glashäuser, eines neben dem anderen. Sobald ich den Kopf senkte, kamen sie mir in den Sinn. Ich beschloss, mich eines Tages dort oben umzusehen. Der Hauswirt hatte einmal gesagt, dort oben wären auf alle Fälle Menschen, die sich in Holzfässern, Abfalltonnen, Mülldeponien verstreut versteckten. Bei Sonnenuntergang kämen sie alle herausgeschlüpft, liefen auf die verlassenen Straßen und machten Krach.

Also erging ich mich in wilden Fantasien, während ich mich überall im Haus wie ein Dieb versteckte. Später merkte ich, dass ich mich dem Blick dieser Augen nicht entziehen konnte, ganz gleich an welchem geheimen Ort ich mich auch verbarg. Ich verstand nicht, warum der Alte nicht aus dem Spiegelrahmen herauskam. Hatte er sich selbst hinter das Glas gesperrt oder war es seine Familie? Tiefschwarze Nacht herrschte in dem Haus, als das Wirtsehepaar eng umschlungen auf dem Bett lag und beide nach einer Weile mit leiser Stimme riefen: »Ein Gespenst!« Sie steckten tief in ihrem eigenen Alptraum und scherten sich nicht darum, ob sie mich störten. Ob ich in einem Eimer mit Reis oder in einem großen Schrank schlief, sie beachteten mich nicht. Natürlich gab es beim Essen ein Riesentamtam, wenn ein Haar aus meinem Fell in den Reis gefallen war. Sie kamen nicht auf die Idee, dass ich es gewesen sein könnte. Gedankenverbindungen waren nicht ihre Stärke. Ein anderes Mal hatte ich mich unversehens in ihrem großen Bett schlafen gelegt. In einer Ecke an der Wand versteckt belauschte ich das Gespräch zwischen den beiden Eheleuten aus nächster Nähe. Der eine sagte: »Du meinst also, Papi kann uns nicht sehen.« Darauf der andere: »Ich kann mich immer in einem Traum verstecken.« Seltsam, bei diesem Wortwechsel blickte ich wieder zu der Wand, konnte aber diesen feuerspeienden Blick nicht mehr sehen. Ich erschrak und fragte mich, ob ich etwa den Traum dieser beiden Menschen betreten hatte. Doch da schrie die Frau: »Ein Gespenst!« Auf diesen Schrei hin nahm mich der Blick dieser zwei Augen wieder ins Visier. Diesmal war es der Mann, der sagte: »Papa, ach Papa; Papa, ach Papa.« Mann und Frau schlüpften unter die Decke, so dass sie sich wie ein Hügel wölbte. Ich bekam Angst und glitt verstohlen vom Bett. All meinen Mut zusammennehmend wagte ich mich nach draußen, und was sah ich? Im düsteren Licht der Straßenlaterne hockte jemand und schlachtete eine weiße Katze ab. Das Geschrei ließ mich ein paar Schritte zurückweichen und die Tür mit dem Kopf schnell wieder zustoßen. Also, im Vergleich zu dem Grauen draußen war das Haus geradezu ein Zufluchtsort. Das Mondlicht schien herein, und die zu einem Hügel gewölbte Bettdecke war wie verschleiert. Ich erinnerte mich an das Stück Weideland meiner Vorfahren. Die Weide war groß und mit einem Blick nicht zu ermessen. Damals rannten die Kerle aus unserem Klan dort hin und her, und auch sie versteckten sich vor irgendetwas, genau wie die beiden hier im Haus. Oft stürzten sie sich in den Teich in der Mitte der Weide, und am nächsten Tag trieben die Leichen dieser Kerle, die nicht schwimmen konnten, auf dem Wasser. Ich versank in Erinnerungen und versuchte mir klar darüber zu werden, wovor meine Ahnen sich eigentlich versteckten.

Eines Tages, ich war allein zu Hause geblieben, geriet der Sohn der Familie, er hieß Xiaomu, Holzklötzchen, in große Schwierigkeiten. Er zerschlug das Glas des Bilderrahmens mit einer Steinschleuder, und die Scherben zerkratzten Großväterchens Gesicht. Nachdem Xiaomu dies verbrochen hatte, rannte er weg und kam auch nachts nicht wieder zurück. Das Hauswirtspaar schwieg darüber. Sie warfen den kaputten Bilderrahmen samt Großväterchen in einen alten Kasten und schenkten ihm keine Beachtung mehr. Jeden Tag trieb mich die eine Frage um: Ob Großväterchen noch lebte? Da ich aus meiner Erfahrung gelernt hatte, wagte ich nicht, den Kasten zu öffnen. Großväterchen stellte keine Bedrohung mehr dar, doch die Atmosphäre im Haus blieb angespannt. Das Schweigen war im Vergleich zu vorher, wo ein Schrecken den nächsten jagte, noch beängstigender. Vielleicht waren die zwei Leute nach dem Verschwinden ihres Sohnes bereits abgestumpft? Ich wäre gerne rausgegangen, Xiaomu zu suchen und ihnen ein wenig zu helfen. Doch aus einer Art Selbstachtung wollte ich das Haus tagsüber nicht verlassen. Ich empfand meine eigene Erscheinung als nicht sehr elegant, weder sah ich aus wie eine Maus noch wie ein Hase (an das Aussehen dieser beiden Tiere erinnerte ich mich), und gewiss würde ich viel Aufmerksamkeit erregen. Ich wollte nicht von glotzenden Leuten umringt sein. Nachts öffnete ich die Tür zweimal und jedes Mal sah ich, wie dieser Mann unter der Straßenlaterne hockte und eine Katze tötete. Bald eine schwarze, bald eine hellbraune. Die Schreie der Katzen raubten mir beinahe die Besinnung. Das Ehepaar im Haus versteckte sich nicht mehr unter der Decke. Ohne ihre Kleider abzulegen saßen sie gegen die Wand gelehnt auf dem Bett und hielten ein Nickerchen. Ganz langsam kam ich unter ihrem Bett hervor und hörte aus dem Kasten Seufzer dringen, einen nach dem anderen. Ich stellte mir vor, dass Großväterchen zerschlagen war. Mir war unerklärlich, warum dieses Ehepaar, das ihm zuvor völlig ergeben war, ihn jetzt achtlos und respektlos in einen alten Kasten sperrte. Worauf warteten sie, während sie bekleidet auf dem Bett saßen? Sie schienen von den Seufzern im Raum unberührt, da sie beide leise schnarchten. Lautlos schlich ich zu dem Kasten und klebte mein Ohr daran. Ich hörte, wie darin Glas zersprang, und erschrak. Plötzlich sprach der Hauswirt: »Was ist mit unserem neuen Bilderrahmen? Wir dürfen nicht vergessen, ihn morgen aufzuhängen.« Daraufhin fing die Hauswirtin an zu kichern; ganz unvermittelt, als träume sie.

Ich begann, Xiaomu zu vermissen. Ohne Kind war es zu Hause einsam geworden. Xiaomu hatte im Haus kein Bett, er schlief mal hier, mal dort. Früher fand ich das merkwürdig, mit der Zeit fand ich aber auch, dass er kein Bett haben sollte. Er schlief nämlich extrem wenig, schlüpfte herein und wieder hinaus, in einer Nacht ging er fünf oder sechs Mal vor die Tür. Es war mir nicht ganz klar, was er eigentlich machte. Ich wusste nur, dass das Hauswirtspaar mit dem frechen Sohn sehr zufrieden war. Oft lagen sie nachts im Bett und besprachen die Zukunft ihres Sohnes. Offenbar glaubten sie, dieses Kind sei in der Lage, an der Armut der Familie etwas zu ändern. Gleichzeitig hatten sie aber große Angst vor dieser Veränderung. Sie sagten, falls eine Veränderung eintrete, würden sie alle beide weggehen. Xiaomu verhökerte oft Sachen aus dem Haus, und einmal beobachtete ich, wie er mit jemandem an der Tür verhandelte. Wenn die Hauswirtin beim Kochen den Pfannenwender nicht fand, dann sagte Holzklötzchen ihr, ich hätte ihn verschlampt. »Er schert sich um nichts, außer um seinen eigenen Spaß.« Bei diesen Worten glotzte sie mich an, als wolle sie mich verprügeln. Doch verprügelt hatten sie mich noch nie. Dann nahm sie vorerst mit einem Holzstab anstatt des Pfannenwenders vorlieb. Zwar behandelte Xiaomu mich überhaupt nicht gut, aber dennoch fand ich ihn interessant, ja ich hing geradezu an ihm. Ich hatte den Eindruck, als ginge es dem Hauswirtspaar ähnlich wie mir. Dieses Kind war entzückend, für mich ebenso wie für alle anderen. In diesem Augenblick saß er brav im Haus, im nächsten Augenblick war er auf dem Dach des Nachbarn. Wie er dorthin kam, wusste kein Mensch.

Konnte es sein, dass der weißbärtige Großvater gestorben war? Es ließ sich nicht feststellen. Ich wusste nur, dass der Hausherr und die Hausherrin ihn bereits aus den Augen verloren hatten. Der Gedanke an Großväterchen, der in dem Kasten eingeschlossen und dessen Gesicht von dem Glas zerkratzt war, machte mich irgendwie traurig. Ich erinnerte mich an jenen Vorfall und dachte, vielleicht war er gar nicht derjenige gewesen, der mich bewusstlos geschlagen und auf die Straße geworfen hatte? Doch wer war es dann? Holzklötzchen, also Xiaomu? Wollte er mich etwa nicht in die Nähe von Großväterchen lassen? Zwei Tage später hängten sie tatsächlich einen neuen Rahmen an die Wand. Doch in dem Rahmen war nicht mehr Großväterchen, sondern eine gelbe Chrysantheme. Diese gelbe Chrysantheme blieb weit hinter denen, die ich in Erinnerung hatte, zurück. Sie wirkte etwas kraftlos, welk, und der Hintergrund war ein nebelverhüllter, grauer Himmel. Nachdem sie die gelbe Chrysantheme aufgehängt hatten, sprach das Ehepaar nicht mehr mit dem Rahmen. Sie standen da und starrten auf die Blume, doch man wusste nicht, was in ihren Köpfen vorging. Ich fragte mich, ob die Blume vielleicht einen Ersatz für ihren Vater darstellen sollte.

Ich war alles andere als zufrieden mit ihnen, denn nachts, wenn ich mein Ohr an den Kasten presste, konnte ich aus dem Inneren noch immer ein schwaches Stöhnen hören. Jetzt kümmerten sie sich gar nicht mehr um ihren »Papa«, sondern nur noch um diese Blume. Schließlich wurde mir klar, wie leicht sich die Gefühle der Menschen veränderten, sie waren ja so unbeständig! Ich dachte, wir waren wahrscheinlich anders. Ich, ein Waisenkind, das in einer Tonschale auf der Herdstelle bei glühendem Feuer zurückgelassen worden war, erinnere mich heute noch an meine Eltern, meine Ahnen und an meine Heimat – die Weide und sogar an den Teich in der Mitte der Weide. All das war ganz fest in meinem Gedächtnis, und ich konnte es mühelos in Erinnerung rufen. Doch diese beiden Menschen, die gestern noch dauernd »Papa« riefen, als könnten sie nicht von seiner Seite weichen, hatten ihn heute gründlich vergessen und brachten nur noch für eine Blume Mitgefühl auf. Und ihren Papa hatten sie in einen alten Kasten gesperrt, aus dem er bis in alle Ewigkeit nicht mehr herauskam. Ich befand mich noch in einem Alter, wo ich ein Abbild von der wirklichen Person nicht unterscheiden konnte, deshalb entwickelte sich meine Unzufriedenheit über meine Wirtsleute zu einer richtiggehenden Empörung, und ich beschloss, ihr Haus zu verlassen und mich draußen irgendwie durchzuschlagen.

Da sah ich, wie die beiden, einer vorne und einer hinten, ein Lastenrad auf die Straße schoben. Ich wusste, sie gingen Reis verkaufen, denn so verdienten sie ihren Lebensunterhalt. Normalerweise blieben sie den ganzen Tag aus und kamen erst am Abend wieder zurück. Sobald sie weg waren, kletterte ich auf die Herdstelle und aß mich richtig satt. Dann sprang ich hinunter und verließ das Haus. Meinen Wirtsleuten gehörte das letzte in der Reihe. Ich lief eine ganze Weile am Sockel einer Mauer entlang, ohne einem einzigen Menschen zu begegnen. Die Haustüren standen alle offen, wohin waren sie alle gegangen? Plötzlich kam aus einer Tür ein Kind herausgestürmt, gefolgt von einem schrillen Fluch. Ja, genau, ich sah ganz richtig, es war Xiaomu, der durch eine Gasse lief und dann hinter einem Haus von seltsamer Gestalt verschwand. Ich folgte ihm durch die schmale Gasse bis vor das Haus. Dieses Haus sah allerdings nur aus wie ein Haus, es hatte ein Dach, das mit Gras bewachsen war. Bei näherer Betrachtung zeigte sich jedoch, dass es weder Türen noch Fenster und nicht einmal Wände hatte. Es war echt, es war massiv, und es hatte zwei höhlenartige Löcher, die ins Innere führten. Ich stand da, wagte aber nicht, einen der beiden Höhlengänge zu betreten. Kurz darauf kam Holzklötzchen durch einen heraus, wobei er sich ganz leicht bückte, damit er mit dem Kopf nicht gegen die Kante stieß. Als er mich sah, kam er zu mir herüber, hob mich dreimal hoch, tätschelte mir dann den Kopf und setzte mich wieder ab. »Maus! Maus! Maus!«, rief er. »Ich habe dich vermisst!« Seine Kleider waren schmutzig, voller Löcher, und sein ganzer Körper stank. Was für ein Leben mochte dieses Kind jetzt wohl führen? Da sah er, wie ich auf dieses schwarze Loch starrte, und fing an zu lachen: »Das ist ein Knast, ein Knastloch.« Bei dem Wort »Knast« erinnerte ich mich sofort an die Käfige meiner Vorfahren. Diese Käfige standen reihenweise auf der Steppe, und jeder hatte an der Vorderseite eine Tür. Wenn man hineinging, schloss sich die Tür automatisch und ging nicht wieder auf. Die Artgenossen, die hineingingen, waren anfangs ganz erregt, gereizt, stießen andauernd gegeneinander, so dass die Eisenkäfige hin und her wankten. Erst als die Nacht hereinbrach, beruhigten sie sich. Man kann sich die Kraft einer solchen kalten und klaren Nacht über der Steppe kaum vorstellen! Meine Artgenossen in den Käfigen hatten sich beruhigt. Doch sie mussten noch lange ausharren, ehe sie sterben würden, und das wussten sie. Wenn die Eltern an den Käfigen vorübergingen, waren die Kinder im Inneren bereits tief in Gedanken versunken. Als ich daran dachte, stupste Xiaomu mich scherzhaft und fragte:

»Willst du hineingehen? Ja, willst du?« Ich überlegte noch und wich dabei immer weiter zurück. Holzklötzchen lachte laut auf und erzählte mir, dass das keine richtige Höhle sei: man ging vorne hinein und gelangte hinten wieder hinaus. »Schau mich an, es geht mir doch gut.« Da ich ohnehin nicht wollte, meinte er, sei es egal und wir könnten draußen noch ein wenig herumgehen. Wir spazierten um das Haus herum, doch sosehr ich auch schaute, ich konnte an der Rückseite einfach keinen Ausgang der beiden höhlenartigen Löcher sehen. Xiaomu sagte mir, dass man die Ausgänge mit bloßem Auge nicht sehen könne.

Auf die Begegnung mit Xiaomu hin vergaß ich den eigentlichen Sinn und Zweck meines Ausflugs und war wild entschlossen, ihm zu folgen. Ich wusste nicht, warum mir jegliche Willenskraft fehlte. Unter meinen Ahnen, an die ich mich damals erinnerte, gab es niemanden, der ähnlich stark an den Menschen hing. Ach! Meine Vorfahren waren alle mutige Einzelkämpfer, keiner fürchtete den Tod. Xiaomu ging immerfort und hielt zwischendurch nur an, um mich zu tätscheln. Was hatte das zu bedeuten? Ich wurde nervös, erinnerte mich daran, wie er mit einer Steinschleuder das Glas von Großväterchens Rahmen zerschlagen hatte. Eigentlich war er geradezu böse. Ich bemerkte ein paar Leute, die am Straßenrand standen und uns verblüfft beobachteten und uns noch lange hinterhersahen, selbst als wir schon weit entfernt waren. Was zum Teufel hatte Xiaomu vor? Wir gingen an einer Häuserzeile nach der anderen vorbei. Ich wusste gar nicht, dass der Slum so groß war. Ich war immer nur vor der Tür von Holzklötzchens Haus gestanden und hatte bloß Orte in allernächster Nähe gesehen. Manchmal trat eine Frau auf die Straße, und wenn sie mich erblickte, glaubte sie, ein Gespenst vor sich zu haben, und lief schnurstracks zurück ins Haus. Damals wusste ich also, dass der Slum groß war, doch wie groß er war, das ahnte ich nicht. In meiner Erinnerung war die Steppe das Größte unter dem Himmel überhaupt.

Ich weiß nicht, wie weit wir gegangen waren, als ich bemerkte, dass wir wieder vor dem massiven Haus standen. Holzklötzchen sagte: »So, Maus, wir sind da.« Inzwischen war es dunkel
geworden, und die beiden höhlenartigen Löcher sahen mich
furchterregend an. Xiaomu sagte, er wolle sich ausruhen, und
schlüpfte in die rechte Höhle. Verängstigt stand ich da und
wusste nicht, was ich tun sollte. Unter der Straßenlaterne vor
mir erschien wieder dieser Mann. Er hockte auf dem Boden
und schlachtete einen schwarzen Kater. Als der zum ersten Mal
schrie, wäre ich beinahe wahnsinnig geworden und schlüpfte
in die linke Höhle. Nachdem ich hineingeschlüpft war, drangen
diese furchterregenden Schreie wieder in mein Ohr. Ich rannte einfach weiter, sah nach fünf oder sechs Schritten den Ausgang, schlüpfte durch das Loch hinaus, blickte um mich und befand mich natürlich hinter diesem seltsamen Haus. Da ich den
Kater immer noch schreien hörte, wollte ich wieder durch das
Loch hineinschlüpfen. Doch wo war es nur? Ich erinnerte mich
daran, was Xiaomu mir erzählt hatte, und versuchte, es an der
Mauer zu ertasten. Ich tastete und tastete, vergeblich, ich fand
den Eingang nicht mehr. Schließlich gab ich auf und ruhte mich
unter der Dachtraufe aus. Wenn ich planlos herumlief, könnte
mir etwas zustoßen. Die Schreie des Katers waren übrigens leiser geworden, vielleicht krepierte er. Ich kauerte mich zusammen, damit mir wärmer wurde. Über der Mauer vor mir zitterten zwei Sterne. Die Nacht wurde immer kälter, selbst die Sterne
zitterten immer heftiger und schienen herabzufallen. Ich dachte an die Sterne früher über der Steppe, die einer neben dem anderen reglos am Nachthimmel standen. Das waren die Sterne
der Ewigkeit. Was war mit diesen zwei zitternden Sternen nur
los? Ich war um sie besorgt. Und tatsächlich, als der Kater seinen letzten kurzen Schrei ausstieß, fiel einer von ihnen herab,
machte dabei zwei Sprünge in der Luft und zeichnete mit einer
weißen Linie den Buchstaben W. »Hey, Maus, du darfst dich von

so etwas nicht durcheinanderbringen lassen«, sagte Xiaomu aus der Höhle heraus zu mir. Bestimmt hatte er sich an einem warmen Ort versteckt, während er mich draußen in der Kälte ließ. Er schien nichts davon zu halten, dass ich in die Sterne guckte. Nun gut, ich würde damit aufhören und die Augen schließen. Doch ich öffnete sie sofort wieder. Es war so furchtbar, ich sah – nein, ich konnte nicht sagen, was ich sah, nie würde ich es sagen können. Ich wagte nicht, die Augen wieder zu schließen. Mein Herz pochte und klopfte, der Schreck steckte mir in den Gliedern. Mein Blick senkte sich zum Boden. Was ist nur mit Xiaomu los? Er kehrt nicht nach Hause zurück, geht aber auch nicht fort, sondern bohrt sich durch den Slum. Er ist wirklich ein sonderbares Kind. Ob er die Sterne über der Steppe gesehen hat? Ich fürchte nein. Falls doch, wäre er längst nicht mehr hier. Was sind denn die Glashäuser in der Stadt im Vergleich zum Himmel über der Steppe? Das ist, als würde man einen Elefanten mit einem Spinnenläufer hinter dem Herd vergleichen! Hey, was habe ich da gerade gedacht? Habe ich etwa auf die Spinnenläufer hinter dem Herd herabgeblickt?! Diese dunklen Gestalten sind krass, du weißt nie, was in ihnen vorgeht; außerdem versammeln sie sich gerne, und wenn sie alle auf einem Haufen sind, überkommt dich der Ekel. Ah, da begann dieser Wind, den ich am allermeisten fürchtete, wieder zu wehen; es war, als knabberte er an deinen Knochen. Xiaomu, Xiaomu, du bist herzlos, du hättest mich wenigstens an einem windstillen Ort zurücklassen können! Ich öffnete den Mund, versuchte zu schreien, doch meine Stimme versagte, und trotz enormer Kraftanstrengung vermochte nur ich sie zu hören. Ab und zu schaute ich auf, oberhalb der Einfriedungsmauer war alles schwarztrüb und, wie oft ich auch hinschaute, von den Sternen war keine Spur mehr zu sehen. Meine Augen waren befreit, ich konnte meinen Blick aufs Geratewohl schweifen lassen. Ich sah den Mann mit dem toten Kater rittlings auf der Mauer sitzen, die Straßenlampe schien auf sein bleiches

Gesicht. Ab und zu berührte er mit der Nasenspitze den Körper des Tiers, als würde er an dem Kater riechen. Es gab so schrullige Menschen auf der Welt. Er hatte den Eindruck erweckt, als tötete er Katzen zum Spaß. Doch nun sah er unendlich traurig aus.

Es war wohl fast Mitternacht, als Holzklötzchen wieder aus der Höhle herauskam. Als ich ihn sah, beugte er sich bereits über mich und tätschelte meine Nase. Ich sprang auf, seine Hand war eiskalt. Er sagte, er habe die halbe Nacht in der eisigen Höhle gehockt. »Ich war dort drin gefroren wie ein Fisch und konnte mich überhaupt nicht bewegen. Also, wenn ich lange draußen bin, muss ich reingehen, um kurz zu überfrieren, sonst fängt mein Körper an zu stinken.« Da erinnerte ich mich, dass Xiaomu zu Hause nie gebadet hatte. Ich hatte nicht geahnt, dass es da drin so kalt war; hatte gerade eben noch gemeckert, dass er mich nicht hineinließ. Solch eine Kälte hätte ich nicht ertragen. Xiaomu meinte, »an deinem Körper gibt es nichts, das verwesen könnte, du brauchst nicht zu gefrieren«. Er bat mich, ihm zu folgen. In der Dunkelheit passierten wir mehrere Häuser und gelangten schließlich in eine Strohhütte, in der ganz überraschend eine Öllampe brannte. Auf dem Boden stand ein kleines Kupferbecken, das zur Hälfte mit Wasser gefüllt war. Holzklötzchen zog aus seiner Jackentasche ein Päckchen mit einem Pulver und schüttete es in das Becken. Das Pulver verströmte einen intensiven Duft und zog eine Schar von Hausratten, mindestens zehn oder zwanzig, an. Sie kletterten eine nach der anderen auf den Beckenrand, plumpsten hinein und trieben mit dem weißen Bauch nach oben auf dem Wasser. Sie vollzogen dies mit solcher Hast, dass alles im Nu vorbei war. Ich sagte mir immer wieder: »Verflixt! Verflixt!« und war insgeheim beunruhigt. Holzklötzchen bückte sich, um die Kadaver herauszufischen, und legte sie in eine Pappschachtel. In dem Moment nahm ich diesen ungewöhnlichen Duft immer stärker wahr, so dass mir schwindelig und fast übel wurde. Xiaomus Stimme schien in der Luft zu treiben: »Maus, Maus, schnell, geh rein!« Irgendetwas schien mich von hinten zu schubsen, und ich sprang mit einem kräftigen Satz hinein. Als ich untertauchte, wurde mir schwarz vor Augen, und ich hatte nur noch einen Gedanken: Das war's.

Erst am nächsten Tag wachte ich wieder auf. Es war wohl Holzklötzchen gewesen, der mich auf einen Felsen gelegt hatte, damit ich in der Sonne trocknete. Ich hatte am ganzen Körper unerträgliche Schmerzen. Als ich die Augen öffnete, sah ich, dass meine Haut mit blutigen Risswunden übersät war. Und Xiaomu, Holzklötzchen? Er war nicht da. Eine Schubkarre nach der anderen fuhr, manchmal haarscharf, seitlich an mir vorbei. Ich dachte, wenn ich hier nicht wegkomme, werde ich zweifellos sterben. Mit einem kräftigen Ruck versuchte ich, zur Seite zu rollen, und wäre vor Schmerz fast ohnmächtig geworden. Ich rollte bis vor irgendjemandes Türschwelle. Dort waren lauter Urinlachen, und ich schlief darin ein. Der Urin, der in meine Wunden drang, brannte wie Messerstiche. Im Haus unterhielten sich ein Mann und eine Frau mit lauter Stimme, und zu meiner Überraschung waren es meine Wirtsleute. Er fragte: »Ist von dem Duftstoff, den Xiaomu stibitzt hat, noch etwas übrig?« Sie antwortete: »Es gibt noch ein Päckchen. Er hat zwei Päckchen mitgehen lassen.« Nach diesem Wortwechsel ertönte eine greise Stimme: »Ihr seid wohl lebensmüde!« Dann wurde es in dem Haus still. Die Wirtsleute unterhielten sich nur noch leise, seufzten. Bestimmt hatten sie mich gesehen, denn besprachen sie jetzt nicht, was mit mir geschehen sollte? Ich hoffte inständig, sie würden mich vom Boden aufheben und ins Haus bringen. Ich sehnte mich nach der Zeit, die ich dort verbracht hatte. Nirgends war es schöner als zu Hause. Was brachte es, wund und zerschunden am Straßenrand zu liegen. Doch die Wirtsleute hatten gar nicht die Absicht, sich um mich zu kümmern, sie sprachen über Holzklötzchen. Insgeheim sagte ich immer wieder, Xiaomu, du kleiner Strolch, schmiedest du mit deinen Eltern ein Komplott? Da erschallte wieder diese greise Stimme, woraufhin der Mann und die Frau panisch herausgelaufen kamen. Sie sahen mich an, aber würdigten mich keines Blickes; so war es, ganz sicher. »Du bist doch die Maus in dem Haus hier«, sprach der Alte über mir. Mit einem Ruck drehte ich mich zur Seite und blicke nach oben. Im Türstock hing der alte Bilderrahmen; er zitterte ganz leicht und ließ feine Glassplitter fallen. Es war Großväterchen; sein Gesicht konnte ich allerdings nicht sehen, nur die Glassplitter, die am Rahmen klebten. Plötzlich ertönte drinnen ein Schrei, der Bilderrahmen flog aus dem Haus und landete auf der Straße. Kurz darauf kam eine Schubkarre und rollte darüber. Ich versuchte mehrmals, mich aufzurappeln, aber vergeblich. Aus dem Haus der Familie kamen zwei Kinder herausgelaufen. Neugierig bückten sie sich zu mir hinunter und musterten mich eingehend, ehe sie mich Weiqi, Hüne, nannten. Ich hatte keine Ahnung, warum sie mir den Namen eines Menschen gaben, ich hatte mich schon daran gewöhnt, dass die Familie mich Maus nannte. »Hüne wird eine Weile bei uns bleiben, wir sollten ihn aber gut verstecken.« Der Größere von beiden hob mich auf, da sah ich, dass er nur ein Auge hatte – nein, er hatte zwei Augen, die zusammengewachsen waren. Seine beiden Augen konnten keine Gegenstände wahrnehmen, sondern sie sahen nur einander, was ganz eigenartig auf mich wirkte. Wie sollten zwei Augen einander sehen? Es war aber wirklich so, ich sah es doch selbst. Kaum hatte ich mich an diesen Anblick gewöhnt, sperrten sie mich an einen tintenschwarzen Ort. Dort waren ganz viele Federn, und sobald ich mich darauf legte, flogen die Daunen auf. Ich hatte zwar Schwierigkeiten zu atmen, doch ich hatte kaum mehr Schmerzen. Ich hörte, wie die beiden Jungen im Zimmer miteinander stritten, bis sie schließlich wie mit einer Stimme riefen: »Lass Uropa entscheiden! Lass Uropa entscheiden!« Dann ging klirrend eine Glasscheibe zu Bruch. Ja, gab es denn in dem Haus noch einen zweiten Bilderrahmen?

Als sie die Kiste, in der ich mich befand, öffneten, sah ich mir die beiden Brüder genau an – jeder von ihnen hatte zusammengewachsene Augen, die nicht nach außen, sondern nur auf sich selbst gerichtet waren. Sie gaben mir eine Art rote Paste auf einem Teller zu essen. Die Paste war ganz scharf, sie schien meinen Hals und meinen Magen zu verbrennen. Doch ich fühlte mich wohl, verspürte überhaupt keine Schmerzen mehr.

Ich wollte eine Weile bei dieser Familie bleiben. Der Slum war mein Zuhause. Ich konnte bei jeder beliebigen Familie wohnen. Wie mich der Junge mit den zwei zusammengewachsenen Augen wohl behandeln würde? Von jetzt an hieß ich also Weiqi, Hüne, und musste mich an diesen Namen gewöhnen – Hüne. Oh, er war hereingekommen! Zwar konnte er mich nicht sehen, doch ich fühlte mich beim Anblick seiner Augen, die sich gegenseitig ansahen, sofort unwohl und wollte mich in dem Holzhaufen in seinem Zuhause verstecken.

Teil 4

An einem Tag im Spätherbst kletterte ich auf das Strohdach des Hauses. Ah, hier konnte ich meiner Wut freien Lauf lassen. Die zwei dort unten stritten immer noch heftig. Tonschalen, Krüge und Kannen, sie hatten alles zerschlagen. Seit zwei Monaten war mir jeden Tag nur angst und bange. Besonders beim Anblick des älteren Bruders mit seinen beiden an einer Stelle zusammengequetschten gelbunterlaufenen Augen war mir, als habe meine letzte Stunde geschlagen. Zwar bedrohte dieses Paar Augen nicht mich, sondern jedes nur das jeweils andere, dennoch spürte ich, dass es etwas mit mir zu tun hatte. Aus irgendeiner Ecke des Hauses drangen Tag und Nacht Geräusche von Messern, die geschliffen wurden; wieso gab es so viele Messer zu schleifen?

Ich hockte auf dem Dach und hatte große Angst, dass man mich entdeckte. Wäre ich unten, würden sie, sobald sie genug aufeinander eingedroschen hatten, ihre Wut an mir auslassen. Der Ältere von beiden hätte mir einmal beinahe die Ohren abgeschnitten. Daraufhin dachte ich im Stillen darüber nach, wegzugehen. Mehrere Monate lang hatte ich in dieser Familie mit diesen beiden Brüdern ohne irgendeinen Lichtblick gelebt. Ich verbarg mich meist in einem Pappkarton unter dem Bett und kam kaum heraus. Weil ich nichts zu tun hatte, hing ich dort meinen Gedanken nach; trüb und schwer lastete die Sorge um den Slum auf mir, insbesondere die Angst vor einer Flut. Wenn die Flut die Stadt überschwemmte, dachte ich, würde aus dem Slum unweigerlich ein unermesslicher Ozean. Ich erinnerte mich, dass es vor über hundert Jahren eine Flut gegeben hatte, vor der alle Menschen im Slum geflohen waren. Nur die Hausratten waren geblieben. Später kamen alle Hausratten in nur einer Nacht um. Warum waren die Hausratten nicht geflohen? Sie müssten doch ein ganz feines Gespür für solche Naturkatastrophen haben. Ich wollte nicht, dass der Slum sich in einen unermesslichen Ozean verwandelte, er war ja mein Zuhause! Sobald ich mich in irgendeinem Haushalt niedergelassen hatte, ging ich nicht mehr aus, doch im Geiste unternahm ich täglich Reisen in die Nachbarschaft und ordnete die Häuser an oder brachte sie durcheinander, wie es mir gefiel … manchmal verbrachte ich auf diese Weise die einsamen, unendlichen langen Nächte. In meiner Phantasie trennte ich die zu Reihen verbundenen Häuser in einzelne auf, von denen jedes einen Keller hatte, und in jedem dieser Keller befand sich ein Steinmetz aus der Stadt, der Steine bearbeitete. Ich empfand diese Vorstellung als ein schönes Bild, und genau wie jener Vorfahr in meiner Erinnerung war ich ein Ästhet. Dieser Vorfahr verbrannte bei lebendigem Leib, weil er sich in der Steppe mit der giftigen Sonne unterhielt. Damals erzählte man im ganzen Weideland von seiner Heldentat.

Ich musste mich ganz still verhalten, denn sie hatten schon gemerkt, dass ich weg war. »Weiqi!« Sie riefen mich, stellten das ganze Haus auf den Kopf, gerieten völlig außer sich. Dann dachten sie wahrscheinlich, ich sei weggelaufen, und gingen einer nach dem anderen hinaus. Als das Haus leer war, schlüpfte ich aus meinem Loch. Ich war todmüde und wollte schlafen. Überall lagen Tonscherben, die beiden Betten waren mit Wasser übergeschüttet, und auch den Pappkarton, in dem ich schlief, hatten sie nassgespritzt. Mir war egal, ob er nass war oder nicht, ich kroch hinein und wollte erst einmal schlafen. In dem Moment kamen die beiden Brüder zurück. Der Jüngere schrie wie ein Schwein auf der Schlachtbank. Ich streckte meinen Kopf hinaus, und tatsächlich war sein rechter Fuß von einem Bambusspieß durchbohrt. Der große Bruder stand mit zu Fäusten geballten Händen da und glotzte aus zwei blutunterlaufenen Augen, die sich gegenseitig anschauten. Mist, ich konnte wieder nicht schlafen! Wer erlaubte dem Kleinen nur immer barfuß zu laufen? Sein Gesicht war erschreckend fahl, er sah aus, als würde er vor Schmerz ohnmächtig werden. »Weiqi! Weiqi! Lass mich nicht so sterben!« Weiqi, er rief nach mir, hatte ich denn mit seiner Verletzung etwas zu tun? Ich schlüpfte leise aus dem Karton mitten ins Zimmer hinein. Der Kleine fuchtelte wild mit seinen Händen herum, als prügle er sich mit jemandem. Mir fiel auf, dass seine beiden Augen nirgendwo hinblickten und er die Pupillen nach oben rollte. Er würde doch wohl nicht etwa sterben? Der große Bruder ließ den Kopf hängen, von hinten wirkte er traurig. Ich ging zu ihm; ohne mich auch nur anzusehen trat er mich mit dem Fuß, stieß mich unter das Bett zurück. Was? War ich etwa nicht willkommen? Doch warum rief der Kleine dann meinen Namen? Da rief er wieder: »Weiqi, ich nehme dich mit!« Bei diesen Worten streckte er die Hand aus, als wollte er den Bambusspieß herausziehen. Hielt er mich denn für den Bambusspieß? Ah, er hatte ihn tatsächlich herausgezogen, den bluttriefenden Bambusspieß! Er stürzte vom Stuhl auf den Boden, den Kopf im Nacken und beide Arme vor der Brust verschränkt. Ich wusste nicht, ob er tot war. Heimlich kroch ich unter dem Bett hervor und schnupperte an dem Bambusspieß auf dem Boden. Oh, was war das? Der Bambusspieß unter meiner Nase machte zwei Sprünge und wurde zu etwas Weichem, Fleischigem, etwas klebrig Länglichem mit zwei kleinen Augen. Das waren die Augen unseres Volks. Ganz rund und schamlos. Kein Wunder, dass der Kleine dieses Ding vorhin »Weiqi« genannt hatte. Ich blickte nochmals auf seinen Fuß, die Wunde war weg. »Friss dieses Ding da!«, sagte der große Bruder zu mir. Ich wandte den Kopf und sah ihn an – seine beiden Augen waren zu einem geworden! Dieses eine ovale Auge befand sich zwischen seinen Brauen; darin waren nebeneinander zwei Pupillen, in denen sich meine Gestalt widerspiegelte. Dieser Anblick war entsetzlich; schnell drückte ich meinen Kopf auf den Boden und wartete auf die Schläge. Doch der große Bruder griff mich nicht an, sondern legte das längliche Ding vor meine Nase und redete mir gut zu: »Weiqi, iss es auf, es wird dir nichts passieren.« Ich versuchte, an dem Ende hineinzubeißen, wo die Augen waren, da sprang der Augapfel heraus und glitt meinen Schlund hinunter; das brachte mich so durcheinander, dass ich das ganze Ding verschlang, ohne mir die Zeit zum Beißen zu nehmen. Ich spürte, dass es mir im Magen lag, und ein salziger Geschmack füllte meinen Mund. Ob es das Blut des Kleinen war? Ich fühlte mich unwohl, hockte mich in eine Ecke und schnappte nach Luft. Am liebsten hätte ich mich übergeben. Der große Bruder sagte: »Weiqi, gleich geht es wieder besser, mach dir keine Sorgen.« Vielleicht war es das Auge, das so salzig schmeckte? Ach, du guter Himmel! Wenn man auf dem Weideland ganz genau hinblickte, dann konnte man unter den Grashalmen versteckt diese Augen sehen. Das waren Augen wie die meiner Eltern, sie waren überall, überall … mir war schwindelig, ich schloss die Augen und versuchte einzuschlafen.

Ich hörte, wie die beiden Brüder sich mit gedämpfter Stimme unterhielten. Sie stritten weder noch prügelten sie sich, sondern sie schienen alte Rechnungen zu begleichen. Mir war derart unwohl, dass ich mich fragte, ob ich es war, der bald sterben sollte. Ich spürte, wie mein Mund und mein Rachen anschwollen, wie meine Zunge zu einem Felsbrocken wurde, der unbeweglich in der Mundhöhle lag. »Drei mal fünf sind doch fünfzehn«, sagte der Kleine. »Ja, zieh fünfzehn davon ab«, antwortete der große Bruder und ergänzte: »Was meinst du, seit wie vielen Tagen wohnt er schon bei uns?« Der Kleine murmelte vor sich hin, während er rechnete. Zählten die beiden meine Lebensjahre oder berechneten sie den Zeitpunkt meines Todes? Auf einmal spürte ich, dass meine Augen sich nicht mehr bewegten, dass mein Blick starr auf die Wand vor mir gerichtet war, auf der ein roter Skorpion saß, der geradewegs auf mich zugekrabbelt kam. Ob er ein Mörder war? Ich konnte es nicht erkennen, denn mein Blick verschwamm, und der Skorpion wurde immer größer, immer furchterregender. Dann stach mich etwas in die Nase, und an alles Weitere habe ich keine Erinnerung.

Als ich aufwachte, hörte ich sie sagen: »Weiqi hat noch dreißig Tage.« Ein kalter Schauer durchfuhr mich, mir wurde schwarz vor Augen, und auf einmal entspannte ich mich. Da ich mich rundum wohl fühlte, ging auch die Schwellung zurück. Ich vergewisserte mich noch einmal: Nicht ich war tot, sondern der rote Skorpion – er klebte ganz platt am Boden, alles Leben war aus seinem Körper gewichen. Mit einer Feuerzange nahm der große Bruder ihn auf und warf ihn in den Mülleimer.

Die beiden verließen das Haus, und es wurde still. Ich hockte da und erinnerte mich an das Auge und das längliche Ding, das ich gegessen hatte. Plötzlich, ich hatte mich noch gar nicht umgedreht, sah ich eine Hausratte hinter mir. Wie merkwürdig! Ich sah mit meinem Rücken, auf meinem Rücken war ein Auge! Ob es das Auge war? Bestimmt! Wachsam kam die Hausratte aus dem Loch, vergewisserte sich, dass niemand da war, kletterte dann behänd zur Feuerstelle hinauf und fraß mein ganzes Essen restlos auf. Ohne mich eines Blickes zu würdigen, stolzierte sie mit sattem Bauch zurück in ihr Loch. Zum Glück hatte ich keinen Appetit, das Gefühl von Übelkeit war noch nicht vorüber. Was bedeutete »er hat noch dreißig Tage«, was wollten sie damit sagen? Ich kannte die Redewendung »ein Tag ist wie ein Jahr«; sollten dreißig Tage also dreißig Jahre bedeuten? Ich wusste es nicht. Diese Redewendung löste ein Gefühl von Dringlichkeit in mir aus. Drohte denn etwa ein Unheil? Ich warf einen Blick in den Mülleimer und erschrak! Der Skorpion war nicht nur nicht tot, sondern sein Körper war aufgebläht und im Vergleich zu vorher etwa vier- oder fünfmal so groß. Er richtete sich auf und kletterte auf den Rand des Mülleimers. Gleich würde er herauskommen! Ich stürzte zur Tür, stieß sie auf und rannte hinaus auf die Straße. Ich wollte auf keinen Fall nochmals von ihm gestochen werden!

Als ich an der Ecke abbog, traf ich auf die beiden Brüder. Der Ältere packte mich am Ohr und sagte: »Weiqi ist herausgekommen, jetzt hat er einen Tag weniger.« Sie befahlen mir, zurück ins Haus zu gehen. Ich lief voraus und hörte, wie die beiden sich hinter mir gegenseitig ohrfeigten. Vor der Haustür drehte ich mich um und sah, wie sie einander am Kragen packten und am Boden hockten, als seien sie festgefroren. Ihre zwei Augenpaare waren nun so dicht beieinander, dass ich mich fragte, ob denn dieses Mal einer dem anderen in die Augen schaute. Ich schob mich zwischen sie, um nachzusehen. Huch! Nach wie vor blickten die Augen eines jeden nur sich selbst an, und der eine schien für den anderen nicht zu existieren. Ich verstand das einfach nicht. Der große Skorpion war schon aus dem Haus gekommen und befand sich dicht am Türrahmen. Plötzlich ließen sie jeweils von ihrem Gegenüber ab und standen auf. In dem Moment wankte der Skorpion wie betrunken auf die Straße, bog rechts ab und lief weg, ich weiß nicht wohin. Der Kleine flüsterte: »Weiqi geht irgendjemanden besuchen.« Was? Sie nannten den Skorpion Weiqi? War es möglich, dass der Skorpion, weil er sich etwas von mir einverleibt hatte, sich mir jetzt anverwandelte?

Genug! Ich ging zurück ins Haus. Ha, hier war es doch am schönsten. Ich kletterte zur Feuerstelle hinauf, um zu schlafen. Ich war todmüde. In dem Moment, als ich die Augen schließen wollte, beobachtete ich draußen vor dem Fenster eine schreckliche Szene: Dieser hinterhältige schwarze Kater verschlang den roten Skorpion! Ach, das war wirklich schlimm, eklig! Die Hinterbeine des Skorpions strampelten noch in seinem Maul. Der Kater reckte und streckte seinen Hals und verschlang den Skorpion vollständig. Bei dieser Szene wurde ich schlagartig wach und spürte auf einmal, dass sich mein ganzer Körper in Augen verwandelt hatte und ich nicht nur das sehen konnte, was vor mir, sondern auch das, was hinter mir war, und nicht nur von außen, sondern auch von innen. Ich konnte zum Beispiel sehen, wie der Skorpion im Magen des Katers immer noch zappelte oder wie genau das Auge, das ich verschluckt hatte, in meiner eigenen Bauchhöhle ins Bauchfell eingewickelt lag. Der Skorpion war also nicht tot, und binnen Kurzem würde er womöglich aus dem Körper des Katers wieder herausschlüpfen. Ich traute mich nicht, noch länger hinzuschauen, und schloss die Augen. Doch das war noch schlimmer! Ich sah in meinem Inneren so viele Menschen und Dinge. Da war ein Stück Weideland mit unzähligen Löchern im Gras, aus denen meine Artgenossen ihre Köpfe streckten. Am Himmel flog ein Adler vorüber; er war so groß, dass er die Sonne verdunkelte. Ein Tier, dem Aussehen nach war es etwas zwischen Maus und Krähe, lief flugs über das Grasland – lief ein Stück, flog ein Stück. Es flog nicht hoch, sondern schien ganz dicht über der Grasfläche zu gleiten. Ich wollte nicht hinsehen, doch diese Szenen verschwanden nicht. Oh,

dachte ich, wie konnte das Kerlchen den Fängen des Adlers entkommen?! Dann stürzte der Adler herab, und die ganze Szenerie
verschwand. Doch die weite, blanke, blendend blanke Leere war
nicht verschwunden, und ganz undeutlich war das Weinen eines
Babys zu hören. Da vernahm ich die Stimme des kleinen Bruders: »Schau, Weiqi schläft ganz fest; er hat gewiss keinen einzigen Traum. Ich wette darauf.« Der Ältere fragte: »Was wetten
wir?« »Um deine Schubkarre. Komm hierher, dann siehst du's.«
    Ich war nicht eingeschlafen. Oder vielleicht doch? Wer wuss-
te das schon? Egal. Jedenfalls schaute ich die ganze Zeit in mich
hinein, ohne dabei zu ermüden. Zwar verschwand dann alles
wieder, und nur die blendend blanke Leere blieb, doch ich roch
den Wind über der Steppe und schmeckte die Tierfelle. Als die
Hausratte mich aufweckte, sprang ich jemandem, den ich als
Großväterchens Schatten erkannte, wie wild an die Brust. Die
Hausratte biss mich in den Po, beinahe wäre Blut gespritzt. Ihre
Augen glänzten, ließen eine klare Absicht erkennen; ganz anders als die Augen unserer Sippe. Wozu war sie gekommen?
Sie hatte es auf mein Essen abgesehen. Als sie auf dem Herd
kein Essen fand, wollte sie an meinem Fleisch knabbern. Diese
Hausratte war wirklich außergewöhnlich; sie hielt mich tatsächlich für ihr Essen, in das sie nach Belieben hineinbeißen konnte. Ich glotzte sie an, sie glotzte zurück. Sie hatte überhaupt keine Angst vor mir. Als sie sah, dass ich aufgewacht war und sie
keine Chance hatte, mich zu fressen, sprang sie verärgert hinunter. Dann drehte sie noch eine Runde durchs Zimmer, und als
sie wieder nichts zu essen fand, schlüpfte sie unwillig zurück in
ihr Loch. Ich begann, über diese Hausratte nachzudenken. Sie
hatte schon immer hier gelebt und war offenbar eine Abart unseres Geschlechts. Natürlich gehörte sie auch zu unserer Familie; das ließ sich an der Form ihrer Augen ablesen – wenngleich
sie einen völlig anderen Ausdruck hatten. Ihr Körper war vermutlich so geschrumpft, weil die Umgebung sich verändert hat-

te. Wir und unsere Vorfahren haben nie Artgenossen gegessen, doch ihr war dieses Tabu völlig fremd, sie betrachtete mich als ihre Speise. Möglicherweise hielt sie mich gar nicht für einen Artgenossen; doch ich war um ein Vielfaches größer als sie, wie konnte es sein, dass sie überhaupt keine Angst vor mir hatte? Da! Jetzt streckte sie wieder ihren Kopf aus dem Loch; als sie mir in die Augen blickte, setzte mein Herzschlag aus, denn zweifelsohne betrachtete sie mich immer noch als ihr Mittagessen. Beim Schlafen musste ich von nun an etwas vorsichtiger sein. Eine Sache verstand ich allerdings immer noch nicht: Warum hatte sie mich in all den Jahren nie überrascht und angegriffen? Stand der gegenwärtige Angriff etwa in Verbindung mit dem roten Skorpion? Hatte sie jegliche Hemmung verloren, weil die Wirtsleute meinten, ich habe nur noch dreißig Tage zu leben?

Um dem Blick der Hausratte auszuweichen, sprang ich vom Herd und lief nach draußen. Warum war es hier draußen nur so still? Waren alle Menschen weg? Ich drehte mich um und sah, dass die Hausratte mir gefolgt war. Warum tat sie das? Wo waren die zwei Brüder hingegangen? Auf keinen Fall durfte ich einnicken, dieser Kerl war mir doch auf den Fersen! Ich ging zu dem Haus auf der gegenüberliegenden Straßenseite und horchte an der Tür; drinnen war jemand, der schwer atmete. Die Tür war nur angelehnt, ich stieß sie auf und sah eine fettleibige Frau auf dem Bett sitzen, die nach Atem rang. Da die Tür offen stand, hatte die Hausratte die Gelegenheit genutzt, hineinzulaufen. Sie kletterte auf das große, mit Schnitzereien verzierte Bett und auf den Leib der Frau. An ihrem Hals biss sie eine Vene auf und saugte Blut. Das Keuchen der Frau ließ langsam nach, und sie schloss, offensichtlich entspannt, die Augen. Ich sah, wie der Bauch der Hausratte anschwoll. Als sie vom Bett herunterkam, schien sie kaum laufen zu können. Wankend ging sie zum Wandsockel, wo ein Loch war; das Loch war für ihren Körper viel zu klein, doch mit aller Kraft quetschte sie, quetschte sie sich hinein. Sie steckte fest und stieß einen schrillen Schrei aus. Bestens, die war ich los. Ich drehte mich um und ging nach Hause zurück, wo ich ein gutes Schläfchen halten wollte. Oh, ich konnte nicht ins Haus, jemand hatte die Tür von innen verriegelt. Aber wer? Es blieb mir nichts anderes übrig, als mich davorzuhocken und zu warten. Nach einer Weile kehrten die zwei Brüder zurück nach Hause. Als sie sahen, dass die Tür verriegelt war, kletterten sie durchs Fenster; doch irgendetwas im Haus griff sie an, das die beiden ihre Augen verdecken und zu Boden stürzen ließ. Nach einer Weile öffnete sich die Tür, und eine alte, weißhaarige Frau trat heraus. Die Alte hielt ein Papiertütchen in der Hand. Sie öffnete es und zeigte mir, immer noch in der Tür stehend, was darin war. Es war Arsenik. Ich erkannte es, denn als ich klein war, gaben meine damaligen Wirtsleute in die Tonschale mit meinem Essen regelmäßig eine winzige Menge Arsenik. Dann ging sie weiter zu einem anderen Haus.

Ich trat ein und sah die Hausratte blutüberströmt auf dem Boden liegen. Kopf und Rumpf waren voneinander getrennt, daneben lag ein Küchenmesser. Hatte die alte Frau das getan? Wie war es möglich, dass die Hausratte hier ums Leben gekommen war? War sie nicht vorhin auf die gegenüberliegende Straßenseite gelaufen? Ah ja, der Tunnel. Sie hatte einen langen Tunnel gegraben; durch den war sie gekommen und hier gestorben. Ihr Bauch war von dem Blut, das sie getrunken hatte, immer noch aufgebläht. Was hatte sich hier in diesem Zimmer abgespielt? Vermutung 1: Die alte Frau hatte irgendeinen Köder ausgelegt, um die Hausratte aus dem Loch zu locken, hatte sie ergriffen und ihr den Kopf abgehackt. Vermutung 2: Ihrem Naturell gemäß hatte die Hausratte der Alten ins Bein gebissen, woraufhin die ihr den Kopf abgehackt hatte. Vermutung 3: Nachdem die Hausratte den von der Alten ausgelegten Köder gefressen hatte, wurde sie von Todessehnsucht ergriffen, die Alte zog ein Messer und streckte es aus, woraufhin die Hausratte so kraftvoll gegen die Klinge rannte, dass es ihr den Kopf vom Rumpf trennte. Weitere Vermutungen ließen sich anstellen, und es gäbe noch viele andere Möglichkeiten; doch die wahren Umstände waren nun nicht mehr zu ermitteln. Woher kam der seltsame Gestank hier im Raum? Ich erroch den Ursprung des Gestanks: Ganz bestimmt war es die Hausratte. Sie war doch gerade erst gestorben, konnte sie denn schon verwesen? Aber, hey, so war es tatsächlich! Da! Aus dem Bauch rann eine gelbliche Flüssigkeit, an der Wunde am Hals wanden sich winzige graue Würmer. Vielleicht war ihr Körper bereits vor ihrem Tod am Verfaulen; warum hatte ich es ihr bloß nicht angesehen? Mit einer Feuerzange versuchte ich, den Kadaver aufzunehmen, um ihn hinauszuwerfen; doch bei der ersten Berührung mit der Zange fiel das Fleisch vom Leib, und auch die Knochen im Inneren zerbrachen. Es war grässlich! Grässlich! Sie wurde zu einem Haufen Matsch, nur ihr graues Fell war noch nicht zerfallen. Von Entsetzen gepackt warf ich die Feuerzange fort, versteckte mich auf dem Herd, und die wildesten Gedanken jagten mir durch den Kopf. Unwillkürlich fiel mein Blick auf das Fenster – ah, dort waren die Gesichter der beiden Brüder; jedes Gesicht hatte nur ein Auge, und zwar jene Art Auge mit den zwei Pupillen! Immer noch sahen sie nirgendwohin, sondern nur einander an. Plötzlich vermeinte ich, es waren gar nicht die beiden Brüder. Wer waren sie dann? Waren sie hier, um mich zu verhaften? Ich glitt von der Herdstelle und versteckte mich im Brennholz. Hier unten, dachte ich, würden sie mich nicht sehen, und ich schlief seelenruhig ein.

In der Tat waren es nicht die beiden Brüder, sie sahen ihnen nur ein wenig ähnlich. Diese zwei einäugigen Jugendlichen hatten die ursprünglichen Bewohner des Hauses abgelöst. Ich erinnerte mich, dass ich beim letzten Mal gesehen hatte, wie der ältere Bruder einäugig wurde; waren diese zwei also eine Variation der anderen beiden? Es sah nicht so aus. Ich schlief in einem Pappkarton unter dem Bett. Mitten in der Nacht schrien die

beiden über mir auf einmal auf: »Eine Flut kommt! Eine Flut!!«
Daraufhin rannten sie, ohne auch nur die Schuhe anzuziehen,
aus dem Haus. Als sie fort waren, kletterte ich von der Herdstelle aus auf das strohgedeckte Dach. Ich blickte in die Ferne, am
Himmel zogen schwarze Wolkenmassen auf; in allen Häusern
im Slum gingen die Lichter an. Doch niemand ging hinaus; warteten sie ab? Aber nichts passierte. Zum Warten hatte ich keine Geduld und lief nach unten. Wohin konnte ich fliehen? In
die Stadt konnte ich nicht gehen, denn dort gab es vor der sengenden Hitze kein Entrinnen, und innerhalb eines Tages wäre
ich tot. Ich konnte auch nicht weit reisen, denn unterwegs würde ich vor Angst sterben. Ich kehrte also lieber wieder in meinen Pappkarton zurück. Was war das? Ah, das waren die zwei
Einäugigen! Sie trugen Leichen aus einem Haus – sie nutzten
das Chaos, um zu plündern und zu morden! Doch niemand kam
und sah sie. War es möglich, dass sie keinerlei Geräusch verursachten? Nein! Ha, noch eine Leiche! Waren diese Menschen
etwa längst tot, und die beiden halfen nur, die Leichen zu ent-
sorgen? Kein Regen fiel, doch die schwarzen Wolken lasteten
schwer. Jetzt war nichts mehr klar zu sehen, selbst die Lichter
in den Häusern waren zu verschwommenen Flecken geworden.
Kam denn wirklich eine Flut? Also gut, ich würde auf dem Dach
schlafen; im unwahrscheinlichen Fall einer Katastrophe war das
eventuell ein Strohhalm zum Überleben. Ich hörte, wie ein paar
Leute vom Abdichten der Türen bei Hochwasser sprachen und
dass alle Menschen in Häusern mit abgedichteten Türen sterben
würden. Es heißt, dass man in einer solchen Situation, egal wie
schlau oder wie stark man ist, Türen und Fenster nicht finden
könne. Hier im Slum wusste das doch jeder, warum also kletterten sie nicht aufs Dach, genau wie ich? Als die beiden Jugendlichen vorhin laut riefen »eine Flut kommt« und panisch auf die
Straße liefen, mussten es doch alle Leute gehört haben. Sie hatten es gehört, sie hatten es gehört!

Das Wasser stieg ganz langsam, die Türen waren keineswegs auf einmal »dicht«. Ich hörte, wie das gesammelte Wasser aus der Stadt tosend, krachend die Treppen herunterstürzte. Vermutlich war es fünfzehn Zentimeter, dreißig Zentimeter, sechzig Zentimeter tief … dennoch hörte ich noch niemanden weglaufen. Wenn sie wegliefen, wären bestimmt ihre im Wasser watenden Schritte zu hören. Ringsum herrschte eine beängstigende Stille; wie hoch das Wasser letztendlich gestiegen war, konnte ich nicht sehen. Irgendetwas kitzelte mich am Fuß, es waren ein paar Schnecken, die an mir hochzuklettern versuchten. Ich streckte meine Hinterbeine bis über den Rand der Dachschräge, um die Tiefe des Wassers auszuloten. Es war klar, der ganze Slum stand unter Wasser. Doch offenbar stieg das Wasser nicht weiter an. Die Menschen, wo waren die Menschen? Hatten sie die Türen abgedichtet und waren alle tot? Ich begann zu weinen – lautlos, nur tränenfeucht. Der Himmel über mir klarte auf, ich horchte noch einmal, das Rauschen des Wassers hatte aufgehört. Irgendjemand rief mich, »Weiqi, Weiqi«. Waren das nicht die beiden Brüder? Außer ihnen gab es niemanden, der mich bei diesem Namen rief. Ich blickte um mich: Der Nebel hatte sich bereits aufgelöst; obwohl die Häuser unter Wasser standen, brannten die Lichter irgendwie noch, und ich konnte die wankenden Schemen der Menschen im Fensterglas sehen. Was war das für eine Flut? Jemand kam aus dem Haus und putzte sich an der Straße stehend die Zähne. Die wogenden Wellen verzerrten den Schatten der Gestalt. »Weiqi! Weiqi!« Die Stimme kam aus dem Wasser. Es wurde gleich hell, um wie viel Uhr brach der Morgen an?

»Weiqi, komm runter! Komm runter!« Die Stimme aus dem Wasser klang jetzt dringend. In der Schräglage ließ ich mich herabgleiten und fiel vor die Tür des Nachbarhauses. Merkwürdig, ich hatte es vorhin ganz deutlich gesehen und das Wasser berührt. Warum war jetzt kein Wasser mehr da, sondern lediglich eine riesige, transparente Membran, die den ganzen Slum bedeckte? Es war helllichter Tag, die Sonne schien, doch durch die Membran drang kein Sonnenlicht. Die Tür des Nachbarhauses stand weit offen, ich lief hinein und sah das alte Ehepaar auf dem Boden liegen; beider Augen waren verdreht, und aus ihren Mündern schwappte Wasser. Hatte es tatsächlich eine Flut gegeben? Wo war das Wasser jetzt? Der Mann und die Frau hatten früher hinter ihrem Haus sehr große, graue Speisetauben gezüchtet. Diese Vögel waren außergewöhnlich hässlich, doch ihr Gurren war wie ein Traum. Immer wenn Dutzende von ihnen zugleich gurrten, drohten selbst die Fußgänger schlaftrunken zu werden. In meiner Erinnerung befanden sich die beiden Eheleute, wann immer sie an unserer Tür vorbeigingen, im Traum. Meist führte der Alte seine Frau an der Hand und ging ein paar Schritte vor ihr; mit der anderen Hand fuchtelte er vor sich in der Luft herum, als sei er blind. Die alte Frau, die quasi hinterhergezogen wurde, meckerte: »Kannst du nicht etwas langsamer gehen? Kannst du nicht etwas langsamer gehen?« Der Fußboden im Haus war ganz trocken, keine Spur von einer Flut; nur spürte ich vor mir immer lichtleichte Sommerfäden fliegen, die ich in einem unaufmerksamen Moment durch die Nase einatmete, was mich ohne Ende niesen ließ. Ich kam ganz nah an die alte Frau und stupste sie mit meiner Nase gegen die Wange. Da erwachte sie und schrie auf: »Mann! Mann! Wir sind nicht gestorben! Wir sind nicht tot!« Sie setzte sich zunächst auf, erhob sich dann zitternd und wankend, ging zum Kleiderschrank und sperrte sich darin ein. Ich hörte, wie sie drinnen weinte. Der Alte stand ebenfalls auf und schrie: »Was soll das heißen, wir sind nicht gestorben? Hä? Was redest du da für einen Unsinn?« Da er seine Frau im Haus nicht finden konnte, stellte er sich vor die Tür. Er hielt die Hand schützend über die Augen und schaute in die Ferne; er schaute und schaute, als wartete er darauf, dass etwas geschehe. Ich schlüpfte zur Tür, um auch hinauszuschauen, doch als ich den Kopf hob, sah ich über- und überall die licht-leichten Sommerfäden von vorhin durch die Luft fliegen und mit dem Auge kaum auszumachende Wellen bilden. War das eine Flut? Nein, natürlich nicht. Ich hatte überhaupt nicht das Gefühl, inmitten von Wasser zu sein. Warum also waren die beiden Alten in Ohnmacht gefallen? Gerade schwappte ihnen noch Wasser aus dem Mund, als ob ihr Bauch voll Wasser wäre. Schreiner Wen ging mit einer Balkenwaage in der Hand an uns vorüber und sagte zu dem Alten: »Ich will das da mal wiegen, ich muss es wiegen.« Dann tat er so, als würde er mit der linken Hand in der Luft nach irgendetwas greifen, und legte dieses »Etwas« anschließend in eine der Waagschalen. Das Merkwürdige war, dass der Balken der Waage an einem Ende hochschnellte. Was mochte das Schweres gewesen sein? Fliegende Sommerfäden? Doch in der Waagschale lag gar nichts. Der Alte schaute genau zu, bis der andere mit dem Wiegen fertig war, und sagte: »Hm, das Wiegen ist wirklich eine wichtige Sache.« Schreiner Wen er-widerte mit sorgenvoller Miene: »Seit gestern, als die Flut kam, wiege ich unentwegt. Ich bin erschöpft.« Jetzt sah ich die beiden Brüder auf der gegenüberliegenden Straßenseite stehen. Von ih-rer Haltung her schienen sie Schreiner Wen geradezu anzustar-ren, doch ich wusste, dass ihre Augen nur sich selbst anglotzten. »Was ist das?«, fragte der Alte den Schreiner und zeigte auf die fliegenden Sommerfäden. »Das ist es, was ich wiege.« Bei diesen Worten strahlten seine Augen. Dann hob er die Balkenwaage hoch, griff nach etwas in der Luft und legte es in eine der Scha-len. Nachdem er es gewogen hatte, warf er es fort und wog von Neuem. Bei seinem Tun geriet er völlig außer Atem. Der Alte sah ihm hilflos zu, verfolgte seine Bewegungen mit dem Kopf und quasselte unablässig: »Hier ist keine Flut mehr zu befürch-ten, nicht wahr?« Beim Sprechen sammelte sich in seinen Mund-winkeln weißer Schaum, und seine Hände zitterten; er wirkte wie ein gebrechlicher Greis, der mit einem Fuß bereits im Grab stand. Er war kurzsichtig, deshalb rückte er immer näher, um die Skala auf der Waage abzulesen. Auf diese Weise stand er Schreiner Wen im Weg. Verärgert gab dieser ihm einen Stoß, so dass er umfiel und auf dem Boden saß. In dem Moment kam auch die Alte, die sich im Schrank versteckt hatte, aus dem Haus und setzte sich ebenfalls vor die Tür. Sie lachte und entblößte dabei die schwarze Höhle ihres zahnlosen Munds. Gerade hatte sie noch geweint, was machte sie jetzt nur so fröhlich? »Ich, ich, ich ...«, sagte sie mit ihrem eingefallenen Mund. Plötzlich machte es »dong«, Schreiner Wen setzte die Waage auf dem Boden ab, der Schweiß stand ihm auf der Stirn. Der Alte stand auf, als erwache er gerade aus einem Traum, und fragte ihn: »Was ist los? Was ist los?« »Ich habe es vier-, fünfmal gewogen, aber es hat kein Gewicht – das ist doch nicht ...« Entmutigt hielt er den Kopf mit seinen Händen fest, als würde der gleich zerspringen. »Das kommt oft vor, sehr oft.« Der Alte bemühte sich, ihn zu trösten. Doch er brüllte und rannte, sich immer noch den Kopf haltend, davon. Selbst die Waage ließ er zurück. Der Alte hob sie auf. Er wollte lernen, diese schimärischen Dinge in der Luft nach dem Vorbild Schreiner Wens zu wiegen. Nun kam auch die Alte interessiert herbei. Doch egal, wie sie wogen, es ließ sich absolut kein Gewicht ermitteln. Die Balkenwaage fiel jedes Mal herunter. Gemeinsam hantierten sie einen halben Tag lang herum, ohne dabei irgendetwas zu erreichen. Schließlich blieb ihnen nichts anderes übrig, als aufzugeben. Währenddessen hatten die beiden Brüder sie unentwegt beobachtet.

Die beiden Alten standen da und blickten zum Himmel; die durch die Luft fliegenden Sommerfäden wurden immer dichter; binnen Kurzem kondensierten sie und tropften in großen Wasserperlen herab. Ich suchte im Haus Schutz vor dem Regen und fragte mich, warum die beiden den Regen nicht scheuten. Auf der gegenüberliegenden Straßenseite riefen die zwei Brüder: »Eine Flut! Eine Flut ...!« Ihre Stimmen verloren sich in der

Ferne. Die alte Frau hielt ihr Gesicht zum Himmel, als trinke sie den Regen. Der alte Mann legte sich einfach auf den Boden, ließ den Regen sein Gesicht mit Sand und Schlamm bespritzen und schlief ein. In der Hoffnung, etwas Essbares zu finden, lief ich in ihrem Haus herum. Seltsam, es gab kein einziges Möbel. Waren sie von der Flut fortgespült worden, oder hatte es hier nie welche gegeben? War es möglich, dass die beiden immer auf dem Boden geschlafen hatten? Auf der Herdstelle stand ein Tonkrug; ich kletterte hinauf, um einen Blick hineinzuwerfen; dabei erschrak ich so sehr, dass ich beinahe hineingefallen wäre. Lange Zeit danach schlug mein Herz immer noch wie wild. Der große Krug war voll mit den roten Skorpionen, die ich zuvor gesehen hatte! Da erinnerte ich mich an den roten Skorpion, der nicht sterben wollte, und bekam am ganzen Körper eine Gänsehaut. Aha, sie hatten das Zeug also zu Hause gezüchtet. Ich schaute zu dem Krug und sah, wie zwei von ihnen auf den Rand kletterten und herauszukommen drohten. Auf der anderen Seite der Herdstelle war ein Weidenkorb, in dem mein Lieblingsspeck lag; doch jetzt traute ich mich nicht, davon zu essen. Da kam die Alte herein und fragte: »Suchst du etwas zu essen, Maus?« Woher wusste sie das? Dann gab sie mit ihrer Hand einen Wink, zischte zweimal »psst«, und die zwei Skorpione krabbelten herunter. Sie holte den Speck aus dem Korb, schnitt ihn in Streifen, die sie auf einen Teller legte, ehe sie sich setzte, um das Fleisch in ihrem zahnlosen Mund langsam zu zerkauen. Meinen Hunger hatte sie wohl bereits vergessen. Ich zupfte an ihrem Hosenbein, doch sie verharrte gedankenversunken und schien völlig teilnahmslos. Da wurde ich böse, biss ein Stück Fleisch samt Haut aus ihrem Bein und verschlang es. Ach! Aus mir war eine Hausratte geworden. Ich schämte mich so sehr! Gekrümmt lehnte sie sich gegen die Wand und murmelte: »Oje, ich habe solche Schmerzen …« Ich hatte ihr tief ins Bein bis an den Knochen gebissen, doch die Wunde blutete nicht. Das Fleisch der Alten schmeckte leicht säuerlich, es war gar nicht schlecht. Wie benommen starrte ich auf die Wunde und bekam Lust, noch einen Bissen zu nehmen. Doch der Alte kam herein und griff nach einem Stock, um mich zu schlagen. Beim ersten Hieb hatte ich das Gefühl, er habe mir das Rückgrat gebrochen; bäuchlings lag ich auf dem Boden, unfähig, mich zu rühren. »Lass sie einfach krepieren!!«, schrie die Alte plötzlich auf. Dann gingen die beiden, sich gegenseitig stützend, hinaus und sperrten die Haustür hinter sich ab.

Ich konnte nur noch meine Augen drehen, mein restlicher Körper war gelähmt. Würde ich bald sterben? Sie sagte doch, er solle mich krepieren lassen, hieß das nicht, ich hatte noch ein wenig Zeit bis zu meinem Tod? Ich lag bäuchlings auf dem Boden und dachte lange nach, da erinnerte ich mich an das Weideland, über dem jeden Tag ein Adler kreiste; dieser Anblick war mir so vertraut. Doch eines Tages war er so hoch geflogen, dass ich ihm trotz meiner scharfen Augen nur noch hinterhersehen konnte, wie er im blauen Himmel verschwand. Damals war das ganze Grasland in Aufruhr, meine Artgenossen kamen alle aus ihren Verstecken heraus und liefen auf der Weide wild durcheinander. Der Adler tauchte nie wieder auf. Während mir dies durch den Kopf ging, sah ich die Hausratte – war sie nicht tot? Ich hatte doch mit eigenen Augen gesehen, dass ihr Kopf vom Rumpf getrennt war. Vielleicht waren die beiden ja Brüder, aber Himmel nochmal, sogar der Ausdruck in ihren Augen war völlig identisch! Ich spürte eine undeutliche Erregung, ohne zu wissen warum. Sie kam näher und schnupperte an meinem Po. Seltsam, es war, als pickte ein Vogel mit seinem Schnabel ganz leicht an meinem Po; und durch das Kitzeln kam ich wieder zu Bewusstsein. Da sah ich, dass ihr Maul blutverschmiert war, oje, sie fraß mich auf! Vor Aufregung verschwanden die Symptome der Lähmung. Ich drehte den Kopf und sah, dass sie schon ein Loch in meinen Po gebissen hatte. Obwohl es schmerzte, war der Schmerz, das Bewusstsein wiedererlangt zu haben, im Vergleich zu der Lähmung erträglich. In der Hoffnung, sie würde mich nochmals beißen, rückte ich näher an sie heran. Doch sie war satt, sie war allzu satt, sie schnupperte nicht einmal mehr an mir, sondern zog sich zurück und beobachtete mich. Je länger ich sie anschaute, desto mehr fand ich, dass sie jener Ratte ähnlich sah; vielleicht waren sie Zwillingsbrüder? Die hier hatte auf dem linken Bein auch einen weißen Fleck … gab es solche Zufälle? Da erinnerte ich mich wieder an die Alte, die zu ihrem Mann gesagt hatte, er solle mich krepieren lassen; würde ich jetzt noch sterben? Auf welche Weise? Ich und diese Ratte schauten einander an. Binnen Kurzem war ihr aufgeblähter Bauch verschwunden; ihre Verdauungskraft war wirklich erstaunlich. Als sie mich wieder mit hungrigen Augen anstarrte, wurde ich kribbelig. Ich zeigte ihr meine stattliche, fleischige Brust und hoffte, sie würde noch einen Bissen nehmen. Sie sah mich von oben bis unten an, biss aber nicht zu. Einen Moment lang meinte ich, sie würde zubeißen, doch sie leckte nur an meinem Fell, als sei sie noch unentschlossen, nur um es dann schließlich doch zu lassen. Nachdem sie mir einen letzten verschlagenen Blick zugeworfen hatte, verschwand sie durch das Loch im Wandsockel. Ich war enttäuscht! Auf seltsame Weise enttäuscht. Was wollte ich eigentlich? Wollte ich vielleicht so werden wie sie? Sie hatte ein klar definiertes Ziel im Leben, ein Zuhause (dieses Loch); sie streunte nicht wie ich umher, um bei fremden Leuten Unterschlupf zu suchen. Ach, diese Ratte, warum verschlang sie mich nicht? Ich, ich wusste nicht, was ich mit meinem Körper anfangen sollte; dieser Leib war mir jetzt eine Last. In einer Ecke des Zimmers leckte ich das Loch, das sie in meinen Po gebissen hatte; das Loch blutete weder noch schmerzte es; war der Speichel einer Ratte etwa ein Betäubungsmittel? Ich versuchte, mir das Gefühl im Augenblick des Gebissenwerdens in Erinnerung zu rufen, doch ich erinnerte nur vage, dass es war, als picke mich

der Schnabel eines Vogels. Vielleicht war selbst dieses Gepickt-
werden nur eine Illusion? Vielleicht hatte sich das Anknabbern
vollkommen in meinem Unterbewusstsein abgespielt? Da, die
Ratte war wieder aus ihrem Loch gekrochen und schaute mich
mit glänzenden Augen gierig an; doch sie verharrte dort und
hatte nicht die Absicht, hierherzulaufen. Ich näherte mich ihr
ein wenig, woraufhin sie sich ein Stück ins Loch zurückzog, was
mich betrübte. Ganz allmählich bekam ich Klarheit über meinen
Status im Slum.

Der Slum ist mein Zuhause, zugleich ist es der für mich am
schwersten zu verstehende Ort. Im Grunde versuche ich gar
nicht, ihn bewusst zu verstehen; mein Leben treibt mich von einem Ort zum andern. Ich habe unter der Erde gewohnt, in der
Stadt und in allen möglichen Behausungen im Slum. Mein Leben war oft von Krisen, Todesgefahren bedroht, doch bisher
habe ich mich ganz gut durchgeschlagen. Ob es daran liegt, dass
meine Ahnen tief in meinem Gedächtnis leben und mich be-
schützen? Ah, dieses grenzenlose Weideland, der in den Lüften
verschwindende Adler, meine Artgenossen, die im Gras liegen
und die Brust fest auf die feuchte Erde drücken! Bei dem Gedanken an sie fühle ich mich allwissend und allmächtig! Doch das
gilt nur in meiner Erinnerung, in Wirklichkeit ist es vollkommen
anders. In Wirklichkeit weiß ich kaum etwas und habe so vieles erlebt ...

Teil 5

Ich kletterte auf diesen einfach gebauten Wehrturm und blickte auf den Slum. Ringsum standen Reihe für Reihe die strohgedeckten Häuser inmitten von Nebelschwaden und verneigten
sich schweigend. Ich wusste, dass ihre Demut nur vorgetäuscht

war. Unter jedem dieser Dächer verbarg sich ein hinterlistiges, böses Herz. Doch wo sonst sollte ich Quartier finden? Ich war ein Sohn dieser wundersamen Erde. Hier war es finster, doch daran hatte ich mich gewöhnt. Ich war ja damals in Finsternis herangewachsen, und nun gebar ich in dieser Finsternis unentwegt tiefe Gedanken. Dennoch hatte ich kein klares Bild von dem Inneren der strohgedeckten Häuser, es war zu dunkel darin; ihre Bauweise sah völlig über das Leistungsvermögen des Auges hinweg.

Einmal, als ich in das Haus einer Familie zog, hatte ich den Eindruck, dort wohnten nur zwei Menschen; später entdeckte ich dann, dass es ein Dutzend waren! Ängstlich verharrte ich in einer Ecke der Herdstelle, wo wild züngelnde Flammen beinah mein Fell leckten. Zwölf Bäuche mussten gefüllt werden, deshalb wurde unablässig gebraten, frittiert und gekocht. Da es nur ein Zimmer gab, legten sie sich zum Schlafen einfach irgendwohin, zwei schliefen sogar unter dem Bett. Um Mitternacht dann konnte ich sie nicht mehr finden, sie waren gänzlich verschwunden. Ich stand damals auf der Herdstelle und dachte, während mein Blick das leere Haus streifte, warum nur kann ich den Denkwegen dieser Menschen nicht folgen?

Ein anderes Mal wiederum wohnte ich bei ganz gewöhnlichen Leuten, und ich war froh, nachts gut schlafen zu können. Doch um Mitternacht warf mich ein Beben beinahe von der Herdstelle auf den Boden! Ich konnte mich gerade noch an dem Eisenhaken an der Wand, an dem der Speck hing, festhalten. Als ich mich umdrehte, sah ich sieben oder acht Leute inmitten des Erdbebens tanzen. Sie schienen betrunken, wurden von einer Seite des Zimmers auf die andere geworfen. Sie sahen einander ähnlich und gehörten wohl alle zu der Familie dort. Wo also waren sie tagsüber? Manche Hütten waren ganz und gar menschenleer, allerdings erweckten sie den Anschein, als seien sie bewohnt – am Eingang standen Mülleimer und Besen, die

Tür war nur angelehnt. Ich stieß die Tür auf, sprang hinauf zur Herdstelle und schlief in einer Ecke. Um Mitternacht erwachte ich und sah immer noch keine Menschenseele. Ich sprang hinunter und suchte nach etwas Essbarem. Wo gab es eigentlich etwas Essbares? Der Raum roch modrig, als hätte hier lange Zeit niemand gewohnt. Als ich vorsichtig durch die Dunkelheit schlich, hörte ich jemanden seufzen. Die Stimme kam irgendwie von oben, von der Zimmerdecke. Die Frau, die die Seufzer ausstieß, schien keine Schmerzen zu haben, sondern müde zu sein. Doch das Seufzen hörte gar nicht mehr auf, ich ertrug es nicht mehr, meine Brust wollte zerbersten, ich rannte hinaus in die Kälte und trieb mich die ganze Nacht herum. In den meisten Fällen passte ich mich natürlich dem Leben meiner Wirtsleute an; ich hasste sie, weil sie mich immer bedrängten, doch gleichzeitig interessierte ich mich auch für ihr Leben, ein Leben, das mir oft unverständlich blieb. Mit jedem Mal wurde jedoch das Verhältnis zwischen ihnen und mir schlechter, bis ich schließlich ging und anderswo Quartier suchte. Der Gedanke daran beunruhigte mich. Wann war dieser Wehrturm errichtet worden? Soweit ich mich erinnere, wurden hier im Slum alle möglichen Ränke geschmiedet, doch nie gab es einen großen Tumult. Wozu also war dieser Wehrturm errichtet worden? Um Feinde von außen abzuwehren? Die Leute aus der Stadt kamen doch nicht in diese Senke, zwischen hier und dort lagen Welten. Ich konnte mir nicht vorstellen, welche Feinde es sonst noch geben könnte.

Es wurde dunkel, und ich lief von dem Wehrturm, auf dem es immer kälter geworden war, nach unten und sah vor mir einen meiner Artgenossen laufen. Er war etwas länger als ich, sein Kopf war etwas größer, und am linken Hinterbein hatte er einen weißen Fleck im Fell, ähnlich wie die zwei Hausratten, die ich so gut kannte. Doch es war keine Hausratte! Er lief zu dem kleinen Teich und sprang hinein. Guter Himmel! Nie hätte ich gewagt, in das eiskalte Wasser zu springen! Zuerst konnte ich ihn noch sehen, er schwamm und schwamm, dann war er verschwunden, offenbar tauchte er. Eine Weile stand ich am Teichrand und starrte aufs Wasser; dabei dachte ich an den vergangenen Morgen, als mich meine Wirtin aus dem Haus gejagt hatte, weil sie mich verdächtigte, die Herdstelle in ihrem Haus beschmutzt zu haben. In Wirklichkeit hatte ich gar nichts schmutzig gemacht. Ich schlief und aß jeden Tag auf der Herdstelle, und es war doch normal, dabei geringe Spuren zu hinterlassen. Aber sie konnte es einfach nicht ertragen! Sie hatte eine krankhafte Angst vor Schmutz. Wenn sie nichts zu tun hatte, fegte und wischte sie im Haus. Nie zuvor hatte ich hier im Slum eine solch krankhafte Angst vor Schmutz erlebt, es war völlig unnötig. Das Haus war derart schäbig, dass es sich, selbst wenn man es blitzblank putzte, nicht von all den anderen unterschied. Doch diese Frau (ich wusste, dass sie Tante Krabbe genannt wurde) war unnachgiebig. Wenn ich von draußen nur ein bisschen Erde ins Haus trug, dann schwang sie den Besen und beschimpfte mich den Rest des Tags; beim Essen gestand sie mir nicht zu, auch nur ein Reiskorn oder ein Blatt Gemüse auf dem Herd fallen zu lassen; jeden Tag schrubbte sie mein Fell mit einer schrecklichen Bürste ab und hörte nicht auf damit, bis ich laut schrie. Sie selbst bereitete sich, wann immer sie Zeit hatte, in einem Holzzuber ein heißes Bad. Es war, als hätte sie sich am liebsten die ganze Haut abgewaschen. Tante Krabbe redete gerne mitten in der Nacht. Ich wusste nicht, ob sie im Traum sprach. Von Anfang an nannte sie mich Mäuschen. Sie wälzte sich in dem großen Bett und sagte unablässig: »Mäuschen versteht nichts von Hygiene. Das ist sehr gefährlich, in unserem Viertel grassieren viele ansteckende Krankheiten; wenn man sich nicht anstecken will, muss man sich täglich gnadenlos reinigen. Diesen Trick haben mir meine Eltern verraten. Damals, als sie in den Norden reisten, ließen sie mich zu Hause und bläuten mir ein, mich täglich zu säubern. Ich war ein verständiges Mädchen ...« Eines frühen Morgens stand sie unvermittelt vom Bett auf und fragte mich mit lauter Stimme: »Mäuschen, hast du dich heute schon gewaschen? Es riecht hier so faulig!« Danach schrubbte sie mich mit der Bürste ab, so fest, dass ich höllisch schrie. Der Streit an dem Tag, an dem ich wegging, kam so: Ich hatte immer auf der Herdstelle geschlafen, doch auf einmal missfiel ihr das, und sie sagte, ich würde die Herdstelle zu etwas machen, das keine Herdstelle mehr sei; wenn es so weiterginge, dann würden ich und sie an der Pestilenz erkranken. Mit diesen Worten warf sie die Tonschale weg, in der ich schlief. Ich war sehr traurig und wollte von der Herdstelle springen. In dem Moment, als ich zum Sprung ansetzte, sah ich die mörderische Miene in ihrem Gesicht. Oh, wollte sie mich denn töten? Sie wurde hochrot, in der Hand hielt sie das Gemüsemesser. Wenn ich von der Herdstelle herunterspringe, dachte ich, hackt sie mich in Stücke. Ich zögerte, zog mich in eine Ecke zurück, um ihr Platz zum Fegen zu machen. Ich konnte doch nicht ahnen, dass sie gar nicht fegen würde, sondern immer näher an mich herankam und sagte: »Kommst du denn nicht herunter? Kommst du denn nicht herunter?« Während sie sprach, schwang sie das Messer in ihrer Hand und drohte mir mit der Klinge. Es blieb mir nichts anderes übrig, als todesmutig den Sprung zu wagen. Sie holte mit dem Messer aus, doch zum Glück konnte ich entwischen, und sie hackte in den feuchten Boden. Die Tür war nicht geschlossen, und ich rannte, ohne mich noch einmal umzudrehen, nach draußen. Hinter meinem Rücken hörte ich sie noch keifen, wenn sie nur die geringste Spur von mir entdeckte, würde sie mich töten. Wie war es möglich, dass meine Beziehung zu ihr sich so entwickelte? Als ich damals in ihr Haus hereinschneite, war sie so eine reizende alte Dame! Sie gab mir nicht nur gutes Essen, sondern auch eine Tonschale zum Schlafen und, wie sie meinte, zum Schutz vor den züngelnden Flammen des Herdfeuers. Kurz darauf machte ich erstmals Bekanntschaft mit ihrer krankhaften Angst vor Schmutz. Damals dachte ich nicht, dass es sich um ein ernsthaftes Leiden handelte. Bis sie eines Tages vorschlug, meine Klauen abzuhacken (weil sich Dreck darin angesammelt hatte). Da wurde ich vorsichtig und fragte mich, was für eine Frau sie wohl sei. Ich begann, ihr aus dem Weg zu gehen. Zum Glück blieb es bei dem Vorschlag, und sie ließ keine Taten folgen, daher waren meine Klauen nach wie vor intakt.

Dadurch, dass sie das Haus so sauber hielt, schuf sie sich unzählige Probleme. Zum Beispiel musste sie jedes Mal, wenn sie das Haus betrat, ihre Schuhsohlen abbürsten; die Fenster- und Türöffnungen waren mit dickem Tuch verhangen, so dass der Raum finster wie ein Keller war; zum Gemüseputzen, Geschirrspülen, Baden und für sonstige Hygiene verbrauchte sie deutlich mehr Wasser als andere Leute, und sie musste dauernd zum Brunnen gehen, um welches zu schöpfen. Ständig war sie im Haus beschäftigt, und ich wusste nicht, wovon sie lebte; vielleicht hatten ihre Eltern ihr etwas Geld vermacht. An Männern schien sie kaum Interesse zu haben; es beschränkte sich darauf, in der Tür zu stehen und dem Schatten irgendeines Typen blöd hinterherzuglotzen. Doch nie brachte sie einen Mann mit nach Hause. Wahrscheinlich war sie in Sorge, ein Fremder könne Schmutz in ihr Haus tragen. Doch wie war es überhaupt dazu gekommen, dass sie ein Auge auf mich geworfen und mich bei sich aufgenommen hatte? War ich nicht noch schmutziger als diese Leute? Darüber hinaus wusch ich mich nur selten mit Wasser. An dem Tag, an dem ich ankam, nahm sie einen großen Kamm, dem viele Zähne fehlten, und kämmte mein ganzes Fell, bis kein struppiges Haar mehr an mir war; danach warf sie den Kamm in den Müll. Zufrieden mit sich selbst stellte sie fest, ich sei jetzt »sehr sauber«. Ich hatte den Eindruck, jedenfalls in meiner Erinnerung, sie mache sich selbst und anderen etwas vor. Doch sie hielt an ihrer Meinung fest; sie war eingebildet und glaubte, alles schaffen zu können. Von da an bürstete sie mich jeden Tag und fügte mir dabei große Schmerzen zu; jedenfalls bürstete sie mich ganz sauber, viel sauberer als je zuvor. Ursprünglich konnte ich mich mit ihr arrangieren, auch wenn ich ihr ständiges Saubermachen hasste; solange ich in der Tonschale auf der Herdstelle blieb und mich nicht bewegte, gab es keine großen Probleme. Doch niemand hätte gedacht, dass ihre krankhafte Angst vor Schmutz noch schlimmer werden könnte!

Eines Tages fand sie sogar eine Eisenbürste, mit der sie mich schrubbte, und das so heftig, dass ich ganz wund wurde und wie ein Schwein auf der Schlachtbank schrie. Als sie von mir abließ, rannte ich davon. Unter der Dachtraufe eines anderen Hauses hielt ich inne, kauerte mich blutend zusammen. Nachdem die Sonne untergegangen war, wurde die Kälte unerträglich, und ich fürchtete, ich würde die Nacht nicht überstehen und auf der Straße sterben. Ein Mädchen mit einem spitzen Gesicht entdeckte mich, bückte sich zu mir und beäugte mich im schwachen Schein einer Laterne. Sie trug einen kurzen Rock und zitterte ebenfalls vor Kälte. »Großer Mäusekönig«, so nannte sie mich, »du darfst hier nicht bleiben, sonst stirbst du, denn heute Nacht gibt es Frost. Du hast dir wohl diese Kinder zum Vorbild genommen? Die härten sich schon seit vielen Jahren ab. Seit sie laufen können schlafen sie unter freiem Himmel und sind daran gewöhnt. Geh nach Hause, Großer Mäusekönig, sonst wirst du sterben.« Daraufhin ging ich nach Hause, ganz langsam, zuletzt nur Schritt für Schritt; mir war so kalt, dass es weh tat und ich beinahe das Bewusstsein verlor. Als ich zu Hause ankam, war es fast Mitternacht. Im Haus brannte noch Licht, Tante Krabbe lag schnarchend im Bett. Ich kletterte auf einen Stapel Feuerholz neben dem Herd, wo ich mich endlich hinhockte. Dann erwachte Tante Krabbe, wahrscheinlich, weil ich so laut stöhnte, aus dem Schlaf. Sie stand auf und leuchtete mich eine ganze Weile lang mit einer Öllampe an. Dann setzte sie die Lampe ab und holte aus dem Schränkchen hinter sich einen Tiegel mit Salbe, die sie mir geduldig auf meine Wunden auftrug. »Ach Mäuschen, ich habe dich wundgekämmt, warum hast du mir nichts davon gesagt?«, fragte sie vorwurfsvoll. Ihre Worte brachten mich völlig durcheinander. Was war mit dieser Person nur los? Was war für sie Illusion, was war Realität? Die Salbe auf meinen Wunden wirkte. Endlich durfte ich Atem schöpfen, auf dem Stapel mit Feuerholz schlief ich kurz darauf wie bewusstlos ein.

Dann ereignete sich der Vorfall vom frühen Morgen. Bis zu dem Zeitpunkt waren mir Tante Krabbes wahre Gedanken nicht klar. Nachdem ich allerdings von Tante Krabbes Haus weggelaufen war, empfand ich sofort, dass es draußen tatsächlich schmutzig war! Dagegen ließ sich nichts tun, es war eben ein Slum. Beinahe jeder Schritt, den ich tat, landete in menschlichen Exkrementen; der Straßenrand war voller Müll, Hundekot, Urinlachen, Haufen von verfaultem Gemüse, Innereien von Tieren und so weiter; Mücken und Fliegen schwirrten durch die Luft und bohrten sich in meine Nase. All der Gestank ekelte mich schließlich so an, dass ich auf diesen Wehrturm stieg. Ich saß lange hier oben, doch ich kam kaum zur Besinnung. Ich verstand nicht, wie sich in den wenigen Monaten, die ich bei Tante Krabbe gewohnt hatte, die Umgebung derart verschlechtern konnte. Die Leute sagten, dass der Slum auch früher schmutzig gewesen sei, doch das hatte ich gar nicht so empfunden. Inzwischen hatte der Dreck die ganze Luft so verpestet, dass einem kotzübel davon wurde. Selbst hier auf dem Wehrturm spürte ich, dass sich unter mir eine große Müllhalde befand, denn der Wind trug den Gestank in Böen nach oben. Die Menschen auf der Straße achteten darauf, wohin sie traten, und hielten sich beim Gehen die Nase zu. In den Monaten bei Tante Krabbe war ich selten ausgegangen, und wenn ich ausging, dann lief ich nur unter den Dachtraufen der Nachbarhäuser, denn sonst hätte Tante Krabbe mir unzählige Male die Füße gewaschen und mich gnadenlos ausgeschimpft. War es also nur dieser Kontrast, der mich den

Slum als dreckig empfinden ließ? Hatte Tante Krabbe während dieser Monate etwa mein Empfinden konditioniert? Vielleicht hatte ich früher nicht darauf geachtet, dass die Leute sich beim Gehen die Nase zuhielten; vielleicht hatte sich im Slum seit je der Müll am Straßenrand gehäuft, und es war mir nur nicht aufgefallen. Die Erinnerung an die Monate bei Tante Krabbe, wo ich wie in Knechtschaft lebte, der Versuch, mich sowohl in ihre als auch in meine Lage hineinzudenken, ließ mich wahrlich kalt erschaudern. Dennoch war ich Tante Krabbe dankbar – früher war mein Körper mit Pusteln übersät, mein ganzer Leib vergiftet gewesen, ich aß wer weiß wie viel schmutziges Zeug. Doch während der Zeit in ihrem Haus wuchs mir keine einzige Pustel, was bewies, wie wichtig Reinlichkeit war. Die Bewohner des Slums waren vom Wesen her zu behäbig. Wie konnten sie nur so träge werden und dabei zusehen, wie sich vor den Türen ihrer Häuser Kothaufen und Müllhalden bildeten? Schmutz quoll nicht nur aus den Poren der Luft im ganzen Viertel, sondern er drang auch unter die Erde. Der Asphalt auf der Straße und der Kies auf dem Gehweg waren mit einer ganz dicken Schicht von etwas Schwarz-Schmierigem befleckt, so dass selbst die Erde dreckig war, voller Asche und Öl. Warum war mir das nie zuvor aufgefallen? Im Gegensatz dazu war es oben auf dem Wehrturm sehr sauber, als sei niemand je auf diesen Ort gestiegen und als hätten Wind und Regen ihn auf natürliche Weise gereinigt. Dieses Bauwerk aus Granit hatte bestimmt viele Zeitalter überdauert; doch beim Durchforsten der Tiefen meines eigenen Gedächtnisses fand ich davon keine Spur. War es deshalb so sauber, weil noch nie jemand hierhergekommen war? Warum stieg niemand anderes hier hinauf?

Ich stand, als ich über all dies nachdachte, am Teichrand und war schon halb erfroren. Meine vordringlichste Aufgabe war es, bei irgendjemandem unterzukommen, um mein Leben zu retten. Da entdeckte ich ein Haus, dessen Tür nicht verriegelt war, und überlegte hineinzugehen und dann weiterzusehen. »Wer da?«, fragte eine gebrechliche Stimme aus dem Dunkeln. Ich kauerte mich mucksmäuschenstill an den Wandsockel, aus Angst, der Hausherr könnte mich entdecken. Doch der stand unversehens auf und leuchtete mich mit einer Öllampe an: »Ach so, da ist eine Schlange.« Wie? Hatte ich mich in eine Schlange verwandelt? Er nahm einen Knüppel und schlug nach mir; ich aber nutzte die Gelegenheit, ins Haus zu schlüpfen. Seltsam, seltsam, eine Hitzewelle rollte durch den Raum; mir wurde sofort warm. An der Herdstelle brannte kein Feuer, woher also kam die Hitze? Da sah ich die mir wohlbekannte Ratte, die ihren Kopf aus dem Loch streckte; und unter dem Bett standen nebeneinander drei magere Hähne. Der Hausherr war von winziger Statur; um seinen Kopf war ein weißes Tuch gewickelt, so dass sein Gesicht nicht deutlich sichtbar war. Mit dem Knüppel jagte er die Hähne. Sie flatterten alle auf; einer flog aufs Fensterbrett, woraufhin es im ganzen Haus nach Geflügelfedern roch. Als der kleine Hahn mit dem roten Schwanz an mir vorbeiflatterte, versengte ich mich, denn sein Körper brannte wie rotglühende Kohlen! Da bückte sich der Hauswirt zu mir herunter und musterte mich. Ich sah deutlich, dass er ein dreieckiges Gesicht hatte und böse Augen sich unter den buschigen Brauen verbargen. Mit dem Knüppel fegte er meine Füße weg, und ich sprang auf. »Diese Schlange ist wirklich seltsam …«, murmelte er. Er hielt mich immer noch für eine Schlange. Lag es daran, dass mein Körper keine Hitze abgab? Was war nur mit diesen Hähnen los?

Plötzlich lachte er seltsam und sagte mit Grabesstimme: »Tante Krabbe …« Ich drehte mich um und sah das Gesicht von Tante Krabbe tatsächlich in der Tür. Sie lächelte verlegen, kam aber nicht herein. Er winkte, und ich dachte immer noch, er wolle mich schlagen; doch er wedelte mit seiner Hand nur kurz vor meinem Gesicht herum, so dass mir ein Schwall heißer Luft entgegenkam; ich blinzelte und stellte fest, dass Tante Krabbe verschwunden war. Der kleine Hahn auf dem Fenstersims sprang auf seine Schulter. Er stand auf und drehte, den Knüppel hinter sich her schleifend, eine Runde durch den Raum. Als die zwei Hähne auf dem Boden vor mir vorbeirasten, verbrannten sie meine Nase, auf der sich sofort eine Blase bildete. Was war hier nur los? Der Alte wollte offenbar die zwei Hähne finden, doch die liefen an ihm vorbei, ohne dass er sie sah; er schlug mit dem Knüppel wild durch die Luft. Der kleine Kerl auf seiner stark bewegten Schulter, der dieser wie bei hohem Seegang ausgesetzt war, gackerte, während er sich in seinem Hemd festkrallte. Aus Angst, er würde auch mich schlagen, versteckte ich mich unter dem Bett. In dem Moment, als ich darunterschlüpfen wollte, traf mich ein Schlag, und mein Kopf schmerzte so sehr, dass ich fast ohnmächtig wurde. Als ich wieder ganz bei Sinnen war, erkannte ich eine Menge kleiner Kerle, die mir ähnlich sahen und in einem Kreis um mich standen; aufgrund ihrer Wärmestrahlung konnte ich kaum die Augen öffnen. Waren sie etwa meine Landsleute? Wie war es möglich, dass sie so resistent gegen Hitze waren? Damals in der Heimat lag unser Weideland fast das ganze Jahr über verschlossen im Eis; wir versteckten uns in Erdlöchern und hatten überhaupt keine Ahnung davon, was Hitze eigentlich war. Was ging jetzt hier vor? Sie waren alle zu Feuerbällen geworden, doch keiner empfand das als unerträglich! Kreisten sie mich ein, weil sie meinen Leib vernichten wollten? Warum bewegten sie sich dann nicht mehr? Ich hörte, wie Tante Krabbe, die in der Tür stand, den Hausbesitzer fragte: »Hat das Virus sich erledigt? Wohin ist es gewandert? Es bohrt sich überall hinein und verbreitet dabei Seuchen!« Sie sagte tatsächlich, ich sei ein Virus! Der Alte antwortete: »Das macht nichts, dieser Raum ist ein Hitzesterilisator, das Problem lässt sich lösen.« »Dann tun Sie das bitte.« Tante Krabbe schien endlich gegangen zu sein.

Ich wurde geröstet und konnte meine Augen nicht offen halten. Sollte etwa auf diese Weise meine Pestilenz behandelt werden? Diese Kerle, die aussahen wie meine Landsleute, warfen derart begierige Blicke auf mich, dass es mir Tränen in die Augen trieb und ich nicht mehr klar sehen konnte. Der Alte fegte mit seinem Knüppel wieder unter dem Bett; meine Landsleute nahmen Reißaus, während er mich mit dem Stock gegen die Wand drückte und sagte: »Schau nur, wohin du läufst!« Ich hörte mich selbst vor Schmerz zweimal laut aufschreien, meine Stimme klang dabei wie die einer Hausratte. Wie konnte meine Stimme nur wie die einer Hausratte klingen! Ich zappelte unter dem Stock, der kein bisschen nachgab; bald würde ich ersticken. Jetzt wurde mir schwarz vor Augen. Würde ich jetzt sterben? Es war so heiß. Plötzlich gab der Stock nach, und der Alte sagte an dessen anderem Ende: »Der Körper einer Schlange wird nicht warm.« Ich fasste mit meiner Pfote an die Blase auf meiner Nase. Die Pfote war tatsächlich eiskalt. Kein Wunder, dass er sagte, ich sei eine Schlange!

War ich desinfiziert worden? Ich wusste es nicht. Ganz langsam kam ich unter dem Bett hervor und hörte wieder die Stimme von Tante Krabbe: »Nie zuvor habe ich ein so sauberes Mäuschen gesehen! Allerdings wird es morgen wieder schmutzig sein, dann müssen wir es nochmals rösten! Also wenn es so ist wie die da, dann bringe ich es zurück!« Ich wusste, mit »die da« meinte sie meine Landsleute, deren Körper Tag und Nacht wie Kohleklumpen brannten und deshalb natürlich nicht von Viren befallen sein konnten. Aber wie waren sie so geworden? Tante Krabbe schien nicht im Sinn zu haben, mich zurückkehren zu lassen. Sie stand am Fenster und sah mich kalt an. Wollten sie mich denn tatsächlich jeden Tag auf diese Weise rösten? Selbst wenn es so war, wie konnte eine Schlange zu einem rotglühenden Kohleklumpen werden? Diejenigen meiner Landsleute, die der Alte unter dem Bett hervorgefegt hatte, stellten sich am Fuß der Wand in einer Reihe auf. Dann fegte der Alte mit seinem Stock über sie hinweg, sprengte sie auseinander, und sie krochen wieder unters Bett. Als er es müde war, sie zu schlagen, stellte er sich, die Arme in die Hüften gestemmt, in die Mitte des Raums: »Wer gedenkt hier zu faulenzen? Wer gedenkt hier zu faulenzen? Hütet euch vor dem Stock des Meisters!« Ich warf einen Blick unter das Bett, die Kerlchen zitterten und bebten! Der kleine Hahn auf seiner Schulter flog hoch in die Luft, ließ sich dann fallen und setzte dabei eine Hitzewelle frei, die mich traf und einige Schritte nach hinten gegen die Wand stieß. Mir fiel auf, dass der Körper des Hauswirts keine Hitze abgab, er aber keine Angst hatte, sich zu verbrennen. Wie war das möglich? Er legte den Stock nieder und holte sich aus dem Küchenschrank etwas zu essen. Es schien ein Teller mit kleinen schwarzen Kugeln zu sein, die offenbar sehr hart waren, wie seine Art zu kauen verriet. Zwischen seinen Zähnen krachte es; hatte er vielleicht etwas Metallenes zerbissen? Sein Gebiss war wirklich stark. In dem Moment drang ein Sonnenstrahl von draußen durch die weit geöffnete Tür herein, und ich sah sein Gesicht auf einmal ganz deutlich. Er hatte also auf der linken Hälfte einen riesigen Tumor, der seinen Mund und seine Nase auf die eine Seite zog. Der Tumor war ganz rot, fast violett, und überraschenderweise war er von einem Kupferring durchbohrt, aus dessen Einstichloch Eiter floss. Verdammt! Sein Körper war voller Gift, und dennoch half er beim Desinfizieren der Tiere! Ach, die Menschen, ich kann sie einfach nicht verstehen! Er zerbiss sämtliche Kügelchen auf dem Teller und schluckte sie dann hinunter; seine Zähne schienen aus Stahl zu sein. »Yi Tinglai! Yi Tinglai!« Tante Krabbe stand wieder in der Tür, wie ich sah. Warum war sein Name Yi Tinglai, was bedeutete, *beim ersten Hören kommen*? Sehr sonderbar. Tante Krabbe sagte noch: »Wenn das Mäuschen so sauber ist wie du, bin ich beruhigt. Es macht sich immer schmutzig!« Der Alte fing an zu lachen wie ein Alb. In seinem weit geöffneten Mund war kein einziger Zahn zu sehen. Womit hatte er denn vorhin die kleinen Kugeln zerbissen?

»Du gehst also jetzt und nimmst sie nicht mit?«, fragte der alte Hauswirt Tante Krabbe.

»Ich muss jetzt wirklich gehen, sonst versperren sie noch die Straße. Das Mäuschen überlasse ich dir, es wird einige Mühe kosten.«

»Ist die Pestilenz schon herübergekommen?«

»Gestern. Zwei sind gestorben. Ich mache mir Sorgen, dass das Mäuschen krank werden könnte. Es ist so schmutzig.«

Bei dem Gespräch zwischen den beiden wurde mir angst und bange.

Der Hauswirt holte aus dem Küchenschrank nochmals einen großen Teller mit schwarzen Kugeln und stellte ihn auf den Boden. Diese Kugeln waren viel kleiner, nur wenig größer als Mäusekötel. Meine Landsleute drängten sich darum, fraßen sie hastig, mit lautem Knirschen und Krachen. Ich wollte auch essen, fürchtete aber, mich daran zu verbrennen. Der Hauswirt sagte: »Du kleine Schlangenmaus, für dich ist es noch nicht Zeit zu essen. Was die da fressen, sind Kohleklumpen. Kannst du das hinunterschlucken?« Natürlich wollte ich mir nicht an den Kohleklumpen den Magen verbrennen; aus meiner Sicht bestand auch keine Notwendigkeit, mich auf diese Weise zu desinfizieren. Dann servierte er eine Schüssel mit einer schwarzen Flüssigkeit und sagte, ich solle damit meinen »Darm spülen«. Beim Anblick des Schaums, der darauf schwamm, zögerte ich. Da brüllte er: »Mach schnell, sonst stirbst du!« Also trank ich. Danach fühlte ich mich ein wenig schwindelig, und inmitten dieses Schwindels und Taumels floss mein Herz über vor Heimweh. Da war immer noch dieses Weideland, dieser Himmel. Schneeflocken schwebten in der Luft, und meine Landsleute versteckten sich in ihren Erdlöchern. Würden sie alle bald sterben? Nein, es ging ihnen gut, sie hatten Durchfall und reinigten sich peinlichst von all dem Dreck, den sie den ganzen Sommer lang gegessen hatten. Ha! Ich hatte tatsächlich Durchfall und wurde einen großen Haufen los. Der Hauswirt nahm mich mit größter Aufmerksamkeit in den Blick und fragte. »Hast du alles rausgeschissen?« Ich wedelte mit dem Schwanz, um zu bedeuten, dass ich fertig war. Der Hausherr streute Kohleasche darauf und fegte meinen Kot achtlos unter den Herd. Er schien ihn gar nicht für dreckig zu halten. Warum also sollte ich meinen Darm reinigen? Mir war wirklich nicht klar, was sie eigentlich wollten. »Tante Krabbe hat dich meiner Obhut überlassen«, sagte der Alte. »Steh mal auf und lass dich anschauen.« Meine Beine waren ganz weich, ich konnte nicht aufstehen; ich lag bäuchlings auf dem Boden, konnte mich nicht bewegen und dachte, ich würde sterben. »Du schaffst es nicht aufzustehen? Dann lass es bleiben. Ihr seid alle gleich. Dein Großvater, der einmal hier vorbeikam, aß meinen ganzen Schweinebraten ratzeputz auf, doch als ich ihm sagte, er solle vom Boden auf den Herd springen, schaffte er das nicht!« Der Alte laberte und laberte und legte sich aufs Bett. Inzwischen hatten meine Landsleute sich satt gefressen und ließen eine nach der anderen von dem Teller ab; in einer Reihe gegen die Wand gelehnt nickten sie alle ein. Ich spürte, wie die Temperatur im Haus wieder anstieg und gleichzeitig meine Beine wieder zu Kräften kamen. Nach ein paar Versuchen gelang es mir schließlich, aufzustehen. Es war heiß, heiß! Bestimmt waren es die Kohlebriketts, die im Bauch des Hauswirts und meiner Landsleute verbrannten. Sie schliefen alle; offensichtlich machten die hohen Temperaturen sie glücklich und zufrieden. Plötzlich fingen die drei Hähne mitten im Haus an zu kämpfen. Die zwei großen griffen den kleinen an und zerrissen seinen Kamm. Mit blutverschmiertem Gesicht hockte der kleine Hahn auf dem Boden und versuchte, seinen Kopf im Brustgefieder zu verbergen. Die anderen beiden ließen noch nicht von ihm ab, griffen ihn weiter an, pickten so lange auf ihn ein, bis seine Federn ausfielen und Blut aus seinen Wunden spritzte. Es sah aus, als würde er von seinen Landsleuten ermordet. In dem Moment, als er dem Tod ins Auge blickte, flog er mit einem Mal hoch auf. Er breitete seine Flügel aus und kreiste durch den Raum, ehe er sich steinschwer fallen ließ. Dadurch setzte er eine Hitzewelle frei, so dass ich beinah einen Hitzschlag erlitt. Ein paar Mal zuckte er noch auf dem Boden, dann lag er reglos da. Die anderen beiden Hähne drängten sich um ihn und pickten ihm büschelweise die Federn aus. Sie gingen dabei schnell und grausam vor, und innerhalb kürzester Zeit war der kleine Hahn ganz kahl. Während des durch die Hähne verursachten Tumults schliefen meine Landsleute tief und fest, doch eine Hausratte kam heraus: bis auf den weißen Fleck am linken Hinterbein sah sie genauso aus wie eine, die ich früher in einem anderen Haus gesehen hatte. Kraftvoll biss sie in den Rücken des kleinen Hahns und riss ein Stück Fleisch heraus, das sie gierig fraß. Danach riss sie noch ein zweites Stück heraus, so dass im Rücken des kleinen Hahns ein großes Loch klaffte. Durch die Tür drang ein Lichtstrahl, und ich sah das Gedärm in dem Loch. Das Stück Fleisch zwischen den Zähnen, stellte sich die Hausratte vor mich hin und kaute prahlerisch darauf herum; ich roch den strengen Geruch von verdorbenem Fleisch. Konnte der Gestank denn von diesem Stück Fleisch ausgehen? Der kleine Hahn war doch gerade erst gestorben? Sein Fleisch sollte doch noch ganz frisch sein. Oh, der federlose kleine Hahn erhob sich schwankend und wankend! Das Loch in seinem Rücken war ganz deutlich sichtbar. Schwankend und wankend ging er auf mich zu! Die Hausratte rannte sofort weg und schlüpfte, das Stück Fleisch immer noch im Maul, in ihr Loch. Das Blut auf seinem Kamm war geronnen, sein Körper weiß, so starrte mich der kleine Hahn mit runden Augen an. Wenn er nur ein bisschen näher kam, das spürte ich, würde die Wärmestrahlung seines Körpers mich verbrennen. Er hüpfte an Ort und Stelle ein paar Mal auf und ab, und dabei fielen aus dem Loch in seinem Rücken einige murmelartige Kügelchen, entflammten auf dem Boden und verbrannten binnen Kurzem restlos. Dann hüpfte er nochmals

auf und ab, und wieder flogen ein paar Kugeln heraus. Verdutzt
schaute ich zu. Er hüpfte und hüpfte und hörte erst auf, als sein
Leib leer war. Dann fiel er zu Boden. In dem Augenblick war
auch die Wärmestrahlung, die von seinem Körper ausging, völlig abgeklungen. Ich lief zu ihm und zupfte an ihm. Himmel! Es
war nur eine Hautschicht übrig geblieben. Selbst die Knochen
waren alle verschwunden! Als ich überlegte, ob ich mir dieses
Häuflein Dreck noch etwas genauer ansehen sollte, hörte ich
den Hauswirt auf dem Bett sprechen.

»Er ist absichtlich gekommen, um sich an mir zu rächen und in
meinem Haus zu sterben. Man muss wissen, dass ich nichts To-
tes ertrage, dass ich den Anblick des Todes mehr als alles andere fürchte. Seit einiger Zeit treibe ich verstärkt Aufwand mit der
Desinfektion, weil ich Angst vor den nächtlichen Albträumen
habe.« Während er sprach, stand er vom Bett auf und hockte sich
neben die sterblichen Überreste des kleinen Hahns. Mit einem
Schürhaken stocherte er in dem Häuflein Haut herum und murmelte dabei: »Die Pest, die Pestilenz.« Insgeheim dachte ich, er
ist doch schon verbrannt, und nichts ist übrig als ein Häuflein
Haut, kann denn darin noch die Pest sein? Wenn es aber pestver-
seucht war, warum wirft er es dann nicht sofort hinaus, sondern
stochert darin herum? Plötzlich richtete er die Spitze des Schür-
hakens gegen mich und starrte mich mit seinen dreieckigen Augen wild und böse an. »Du, was hockst du da und glotzt? Das ist
nichts für Schlangen!« Aus Angst, er würde mit dem Schürhaken nach mir stechen, versteckte ich mich eilig unter dem Bett.
Von dort aus beobachtete ich, wie er die Haut des Hahns in eine
Schüssel stopfte, die er dann in den Küchenschrank stellte. Ich
war schockiert! Dieser Mann tat genau das Gegenteil von dem,
was er sagte! Die beiden anderen Hähne kamen auch noch heraus und umkreisten den Hauswirt, laut krähend flogen sie auf
und pickten auf ihn ein. Protestierten sie etwa? Wogegen? Sie
alle (einschließlich der Hausratte) hatten den kleinen Hahn zer-

legt, und jetzt wollte der Hausbesitzer das bisschen übriggeblie-
bene Hauthäuflein im Schrank aufbewahren. Begehrten sie etwa
dagegen auf? Warum war es in diesem Raum nur so heiß? Der
Hausherr steckte seinen Kopf unter das Bett und fragte, »Schlange, willst du etwas essen? Aber Kohlebriketts gebe ich dir nicht,
wenn du die isst, könntest du so verbrennen, dass nicht einmal
ein Häufchen Asche übrig bleibt. Hier, iss das!« Dann warf er ein
großes Büschel Gras unter das Bett. Ich war doch kein Pflanzen-
fresser. Als ich mich angeekelt von dem Gras entfernte und zur
Wand lief, um dort zu schlafen, verströmte das Grünzeug einen
so starken Geruch, dass ich wieder zurückkam. Was war das für
ein Geruch? Ich versuchte, ein paar Halme zu essen; von dem
saftigen Zeug rann mir eine grüne Soße die Mundwinkel herab. Ich verspürte eine sonderbare Erregung, einen Drang, wild
herumzuspringen! Ich wollte unbedingt irgendwohin springen,
ohne genau zu wissen, an was für einen Ort, anscheinend hatte
es etwas mit der Dunkelheit zu tun. Daraufhin schlüpfte ich in
den Schatten hinter dem großen Schrank. Ach! Der Geruch des
Grases wurde immer intensiver, und die alte Sehnsucht nach der
Heimat quälte mich wieder. Wozu blieb ich in diesem Slum, der
wie eine große Mülltonne war? Ich sollte ohne zu zögern unver-
züglich in die Heimat zurückkehren, mein Kopf drohte von der
Erinnerung daran zu zerbersten. Allerdings waren meine Beine so dünn und mager, dass ein bloßer Gang in die Stadt eine
große Anstrengung bedeutete; ich kannte ja auch den Weg zu
dem Weideland nicht, es war zehntausend Li weit entfernt; unterwegs könnte ich sterben; ach, an all dies wollte ich gar nicht
denken. Mit einem Körper, der über und über mit dem Virus infi-
ziert war, hatte ich keine andere Wahl, als in dieser Mülltonne zu
bleiben und mich den ganzen Tag lang zu reinigen und zu desinfizieren. Und warum gab mir der Hausherr Gras aus der Heimat zu essen? Um meine Hoffnung zunichtezumachen, war das
das Ziel, das er mit allen Mitteln und Wegen zu erreichen such-

te, weil er vielleicht dachte, es sei zu meinem Besten? Meine Heimat, mein Zuhause, in diesem Leben werde ich nicht mehr dorthin zurückkehren. Nie hätte ich gedacht, dass ich noch einmal Gras aus der Heimat essen würde, dieses Gras kommt jedenfalls von dort, ich erinnere mich ganz deutlich daran – vor langer, langer Zeit, als ich noch nicht geboren war, haben meine Vorfahren täglich davon gegessen. War der Hauswirt dorthin gereist? Oder gab es einen Boten, der zwischen beiden Orten hin- und herreiste? Während ich darüber nachdachte, schlief ich ein. Im Traum sprach jemand, es war Tante Krabbe. Sie sagte, ich würde es schaffen, zu dem Weideland zu gehen. »Du musst es nur versuchen, dann werden deine Beine kräftiger.« Was meinte sie damit? Offenbar sollte ich schnell aufstehen und es versuchen. Mit Mühe öffnete ich die Augen und sah dem Hausherrn ins Gesicht, der seinen Kopf unters Bett gesteckt hatte und mich anstarrte; der Blick dieser zwei umgedrehten Dreiecke war entsetzlich. »An der Straßenecke dort wurden zwei Schlangen verbrannt. Das ganze Quartier wird desinfiziert. Wohin sind sie nur gelaufen. Hmm. Er befahl mir, herauszukommen.

Schwankend und wankend kam ich heraus und sah, dass er den Teller mit den Überresten des kleinen Hahns wieder auf den Boden gestellt hatte. Er verlangte von mir, das kleine Bisschen zu essen. Ich wollte nicht, daraufhin schlug er mir mit dem Holzknüppel mehrmals auf den Kopf; ich wurde ohnmächtig und kam wieder zu mir; irgendwann konnte ich es nicht mehr aushalten, unterdrückte meinen Ekel und schluckte den Happen herunter. Danach war mir unwohl, ich rollte mit den Augen, verspürte Brechreiz, konnte nicht mehr aufstehen, lag bäuchlings auf dem Boden. Die Hausratte streckte ihren Kopf aus dem Loch vor mir und sah mich mit merkwürdigem Blick an. Was? Wartete sie darauf, mich zu fressen? Schau dir diesen Blick an! Wieder überkam mich der Ekel und mir wurde schwummerig vor Augen. Ah, sie knabberte an meinem Gesicht! Ich war am Durchdrehen und stand auf, sie aber ließ nicht ab von mir, knabberte mit Todesverachtung weiter, als klebe sie fest an meinem Gesicht. Ich spürte, dass sie mein Gesicht durchgebissen haben musste; ich konnte mich nicht bewegen, sobald ich mich bewegte, würde mir ein Stück Haut samt Haar aus dem Gesicht gerissen werden. Der Hauswirt sagte von oben: »Schlange, jetzt kannst du dich in Zähigkeit üben.« Die Hausratte hatte den Geruch von Abwasserkanälen an sich. Sie war so schmutzig, und dennoch ließ der Alte sie in seinem Haus wohnen und überall herumlaufen! Plötzlich ließ sie mein Gesicht los. Ich betastete es mit den Vorderpfoten; es ging noch, wahrscheinlich hatten ihre Zähne nur ein paar Bissspuren hinterlassen. Das Seltsame war, dass dieser Bösewicht auf der Stelle vor mich fiel, sein Bauch sich aufblähte und schwarzes Blut von seinen Mundwinkeln rann. Sie hatte sich vergiftet! Mein Körper war toxisch! Warum konnte die Desinfektionsmethode des Alten mir das Gift nicht entziehen? Was führte er eigentlich im Schilde? Wollte er mir das Gift entziehen, oder wollte er mich in eine toxische Substanz verwandeln, um die Hausratte zu vergiften? Er saß mit dem Rücken zu mir auf einem Stuhl, und sein Rücken ähnelte etwas, das mir sehr vertraut war. Ich überlegte und überlegte, schließlich fiel es mir ein: Er sah aus wie der wie ein Mensch geformte Fels damals in meiner Heimat! Dieser Fels war aus dem Schlamm über die Erde gewachsen und stand seit je aufrecht inmitten des Weidelands. Er sah aus wie ein Mensch, war aber kein Mensch; viele meiner Landsleute liefen besonders gern um ihn herum. »Du brauchst mich nicht dauernd anzustarren, ich stamme von der Weide«, sagte er, ohne sich umzudrehen. Meine Landsleute, die in einer Reihe an der Wand standen, waren ganz Ohr. Wir stammten also alle aus dem Weideland! Ich erinnerte mich an das raue Klima, an den kristallklaren blauen Himmel und an den schnell vorübergehenden fast unwirklichen Sommer, an die im Gras verborgenen Geheimnisse, an die den ganzen Tag unermüdlich in der

Luft kreisenden Adler … Erinnerungen, tödliche Erinnerungen, desillusionierende Erinnerungen! Ich wünschte, mein Leib löste sich auf der Stelle auf und ginge dort hinüber … Ich habe keine Ahnung, wie ich mich an meinen Urgroßvater und an Ereignisse aus der Zeit seines Großvaters zu erinnern vermag. Diese Ereignisse können jederzeit aus dem Meer meiner Gedanken auftauchen und in Vergleich zu der Gestalt meines jetzigen Lebens treten. Selbst wenn ich tatsächlich noch zurückkehren könnte, wäre ich nicht in der Lage, mich an das Klima anzupassen. Jedes Jahr stirbt dort mehr als die Hälfte meiner Landsleute – bei Einbruch des Winters. Wenn ich dort wäre, würde ich als Erstes sterben. In der Steppe gibt es keine Seuche, allerdings sticht die Kälte so tief in die Knochen, dass das Herz aufhört zu schlagen. Meine Landsleute sagen daher nicht, jemand sei »gestorben«, sondern jemand sei »erfroren«. Zwar bin ich nicht dort, aber ich erinnere mich an den Kerl mit dem schwarzen Schwanz – er lag da, den Blick zum Himmel gerichtet, wo die grauen Wolken sich über ihm auftürmten, den Mund einen winzigen Spalt geöffnet, reglos. Er war bereits zu Eis gefroren, starr und steif. Ich erinnere mich daran, dass wir Jahr für Jahr weniger wurden, obwohl neue Landsleute zur Welt kamen. Aber ich erinnere mich nicht daran, ob es später eine Flucht gab, wahrscheinlich schon, denn wie sonst wären meine Landsleute hier, mich eingeschlossen, in diesen Slum gekommen?

»Lass mich die Maus mit nach Hause nehmen, lass mich die Maus mit nach Hause nehmen, lass mich …«, Tante Krabbe stand an der Tür und wiederholte ständig diesen Satz, doch sie kam nicht herein, vielleicht fürchtete sie sich vor der Hitze.

Der Slum ist mein Zuhause, ein Zuhause, das mein Herz nicht erfüllt, wo überall Mühsal ist, wo überall Gefahren lauern. Doch ich habe nur dieses eine Zuhause, und ich muss hierbleiben. Früher hatte ich eine Heimat, dorthin kann ich aber nicht zurückkehren; ich verzehre mich vor Sehnsucht nach ihr, aber an den Tatsachen ändert das nichts. Ich bleibe in diesem Slum, meine Augen sind trüb, meine Beine dürr, mein Magen wieder und wieder vergiftet. Geduld, Geduld. Manchmal taucht aus dem Meer meiner Erinnerung der große Adler über dem Himmel meiner Heimat auf und gibt mir Kraft.

In der Nachbarschaft von Menschen

Ich bin eine männliche Elster mittleren Alters und lebe in dieser Stadt. Neben der Grundschule am Stadtrand stehen mehrere hohe Pappeln. Mein Nest ist sicher auf einem dieser Bäume gelegen. Früher haben meine Eltern und Geschwister sowie die Eltern meiner Eltern auch hier gewohnt, inzwischen sind sie alle verschollen.

Ich will einmal von meinem Zuhause erzählen. Unser Nest erfüllt mich wirklich mit Stolz. Es ist solide, hübsch und symmetrisch, praktisch und stabil, die Eingangsöffnung ist einfach genial. Das Nestinnere ist ausgesprochen gemütlich. Die Außenwand besteht aus einer Schicht von Lehm und Gras, die Innenwand ist mit Federn und Daunen ausgelegt. Dieses dunkle, weiche Zuhause bereitete meiner Familie einstmals große Freude. Meine Frau und ich hatten in gemeinsamer Anstrengung viel Herzblut in den Bau dieses außergewöhnlichen Nests gesteckt! Ein ganz bemerkenswerter Weidenzweig war mir damals nicht mehr aus dem Kopf gegangen. Er wäre der perfekte Querbalken gewesen. Natürlich war er sehr schwer, doch dank meiner Jugend nahm ich ihn mit dem Schnabel auf. Aber noch ehe ich mich in die Luft erhoben hatte, kam ein Lausbube vorbeigelaufen und schlug mit einem eisenverstärkten Bambusstock heftig auf meinen Rücken ein. Da lockerte sich der Griff meines Schnabels, und das Stück Holz fiel zur Erde. Bis heute habe ich nicht verstanden: Wozu wollte der Bub dieses Stück Holz haben? Damit nicht genug, nachdem er es aufgehoben hatte, brach er es in zwei Teile und rammte sie fest in den Boden. Ich war verletzt, und der Nestbau kam für zehn Tage zum Stillstand. Während dieser zehn Tage hörte meine Frau nicht auf zu nörgeln: »Du sollst diese Leute nicht provozieren, du sollst diese Leute nicht provozieren …« Ich war tief beschämt. Danach wagte ich nicht mehr, in der Nähe der Grundschule nach Material zu suchen. Ich flog zu einem Hügel und holte alles Holzmaterial von dort. Der Weg war zu weit, manchmal brauchte ich einen ganzen Tag, um ein Stückchen Holz zu holen. Abwechselnd trug ich es eine Weile und rastete eine Weile. Ich bewunderte meine Frau. Ihr gelang es immer, in unserer nächsten Nachbarschaft geeignetes Baumaterial zu finden. Sie arbeitete viel effizienter als ich. Das Wichtigste war, dass sie die Leute dort nie erzürnte. Wie ihr das gelang, weiß ich nicht zu sagen.

Wir schafften es schließlich, unser Nest noch vor Wintereinbruch fertigzubauen. In den Wipfeln der Pappeln herrschte damals Hochbetrieb. Einundzwanzig Elsternnester waren darin errichtet, als hätten die Bäume Babys bekommen. Nachdem ich jedes einzelne besichtigt und sie alle miteinander verglichen hatte, fand ich, dass das von meiner Frau und mir gebaute das eindrücklichste und das mit dem raffiniertesten Design war. Außerdem war es das gemütlichste von allen. Vielleicht hatten wir ein besonderes Erbgut oder eine gewisse natürliche Begabung? Meine Frau teilte diese Meinung allerdings nicht. Obwohl unser Nest wie eine Befestigung gebaut war, lebte ich immer in Angst und Sorge, dass irgendjemand mit einer Flinte darauf schießen könnte. Wenn ich nachts darin kauerte, befürchtete ich, dass irgendein Schulbub – weiß der Himmel warum – auf den Baum klettern und mit irgendeinem Gerät unser Nest zerstören würde. Diese Angst wurde ich nicht mehr los, das war eine Folge der Verletzung damals. Aber alles war gut. Unser Leben war ruhig und erfüllt.

Auch von dem kleinen Garten will ich erzählen. Hinter der Schule lag ein kleiner Garten, den niemand pflegte. Wilde Blumen wucherten darin, der Rhododendron, der Hennastrauch, die Canna Indica, die Gardenie, viele unterschiedliche Arten. Der

Erdboden dort war nahrhaft, und ein verlassener Teich war übersät mit trockenem Laub. Der kleine Garten war der Ort, wo wir
Futter suchten, er ernährte uns sozusagen. Wir kamen dort oft
zusammen, einerseits zur Futterjagd und andererseits zu Streit
und Gespräch. Der Lärm, den wir machten, war eine reine Freude! Die Stimmen der Elstern hören sich schrecklich an, aber ihre
monotone Sprache ist voller Wärme. Das hört man erst, wenn
man sich darauf einlässt.

Eine fremde, schmächtige Frau saß oft auf einer Steinbank am
Teich und starrte ins Leere. Ich beobachtete sie lange Zeit. Welche Verbindung gab es zwischen ihr und dem Teich? Waren ihre
Kinder darin ertrunken? Oder wollte sie sich selbst darin erträn-
ken? Mir war ihr Blick immer unheimlich, doch meine Frau teilte dieses Gefühl nicht. Sie sagte, die Fremde sei sehr gebildet
und empfindsam. Das Gefühl meiner Frau trog nie. Einmal, als
ich unter dem Rhododendron nach Würmern suchte, hob ich
den Kopf und sah, dass die Fremde ohnmächtig geworden und
von der Bank gefallen war. Just waren damals weder meine Frau
noch meine Nachbarn zugegen. Ich war furchtbar aufgeregt. Ich
hüpfte auf die Frau und schrie mir die Kehle aus dem Hals, ich
schrie und schrie. Schließlich kam sie langsam wieder zu sich.
Ihre erste Regung nach dem Erwachen war, mich zu ergreifen.
Du lieber Himmel, noch nie hatte mich ein Mensch gefangen.
Ich bewegte mich nicht. Mein Herz war ein in Wallung gerate-
ner Strom. Sie stand ganz langsam auf, machte zwei Schritte und
kniete sich dann genau am Teichrand nieder. Der Teich war voller Wasser und drohte bald überzufließen. Was hatte sie vor? Sie
drückte mich ins Wasser, wie lange erinnere ich nicht, dann warf
sie mich ins Gebüsch und ging fort. Im Wasser hatte ich erstaunlicherweise eine Art Glücksgefühl empfunden. Ich war völlig
durchnässt, zitterte im kalten Wind. Erst in dem Moment wurde mir bewusst, dass ich nicht gestorben war, dass ich noch lebte! Die Würmer, die ich zuvor gefunden hatte, lagen noch an der

Seite. Ich wollte sie im Schnabel nach Hause in unser Nest tragen, wo meine Frau gerade die Eier bebrütete. Schnell war ich wieder bei Kräften. Ich breitete meine Flügel aus und ließ sie im Flugwind trocknen. Mit lauter Stimme rief ich zu mir selbst: »Wie gut das tut!«

Zurück im Nest hörte meine Frau sich ganz ruhig meine Geschichte an, während ihre Augen vor Aufregung blitzten. Danach sagte sie etwas verwirrt: »Die Gedanken der Menschen sind unergründlich, nicht wahr?« Ich stimmte ihr voll und ganz zu. Auch mir blieb unergründlich, was damals eigentlich geschehen war. Später begegnete mir die zierliche Fremde noch einmal. Ich musste mich ihr einfach nähern, doch sie beachtete mich gar nicht.

Ich will auch noch davon erzählen, wie unsere Elstern-Sippe sich allmählich auflöste. Es herrschte einst so eine Ausgelassenheit! Am frühen Morgen schon waren unsere Rufe überall zu hören. Unsere Sprache klingt in der Wahrnehmung der Menschen überhaupt nicht angenehm. Sie ist zu monoton, zu schrill, zu anmaßend. An jedem Ort, an dem sich unsere Artgenossen in großer Zahl versammeln, schauen uns die Menschen wütend an. Wir sind allzu durchdrungen von unserer eigenen Stimmung, insofern kann man die Reaktion der Menschen auch verstehen. Um die Wahrheit zu sagen, auch mir gefällt es nicht, wenn wir zu krass krakeelen. Doch sobald wir zusammenkommen, hat sich niemand mehr unter Kontrolle, und die ganze Sippschaft schäckert »tschakatschakatschak«. Es hört sich wirklich schlimm an. Wie konnten wir nur so eine Sprache entwickeln? Über diese Frage habe ich oft nachgedacht, aber es bleibt mir unbegreiflich. Als ich klein war, stellte ich sie meinem Vater. Doch der schrie mich nur mit weit aufgerissenen Augen an, ich solle meinen Schnabel halten. Verärgert fügte er hinzu: »Du respektloser Sohn, du hältst also deine eigene Mutter für hässlich?« Danach wagte ich nicht mehr, diese Frage noch irgendjemandem zu stellen.

In dem kleinen Garten, auf den Dächern der Klassenzimmer in der Nähe, auf dem Sportplatz, überall waren unsere Silhouetten. Wir waren Vögel mit einem heiteren Gemüt. Warum sollten wir nicht schreien? Das Wetter war so gut, es gab reichlich Würmer, die Familie wuchs und wuchs, an jeder Ecke boten sich Vergnügungen, stets kamen neuartige Spiele auf – die verschiedensten Umstände gaben uns Anlass, zu schreien und zu streiten. Die Kinder, die uns mit Bambusbesen jagten, wurden umgekehrt für uns zu Spielzeug. Wir lockten sie, brachten sie dazu, mit hochgereckten Besen nach uns zu schlagen, bis sie vor Ärger knallrote Gesichter bekamen. Das waren wirklich goldene Zeiten, Sonnenzeiten!

Die Hausmeisterin war eine über fünfzigjährige Frau. Sie hatte ein welkes Gesicht mit einem falschen Lächeln und verkniffenen Augen. Es machte ihr großen Spaß, dabei zuzusehen, wie einige von uns mit den Kindern Fangen spielten. Sie hob die langen Arme, schlug damit kräftig auf ihre Oberschenkel und konnte sich kaum halten vor Lachen. Mich widerte dieses Gebaren an. Sie verbrachte so viel Zeit damit, uns zu beobachten, als hätte sie nichts Besseres zu tun. Mir kam das immer sonderbar vor, doch zu uns war sie immer freundlich. Mit einer Hacke grub sie die Erde neben den Büschen um und lockte uns mit den Würmern, die sie dabei zu Tage förderte.

Später stellte ich fest, dass diese Hausmeisterin der Grund dafür war, dass einige unserer Artgenossen verschollen gingen. Niemand wusste, wie sie verschollen gingen, keiner von uns sah, wie eine Elster gefangen oder getötet wurde. Das Komplott wurde demnach in aller Heimlichkeit ausgeführt. Doch die Hausmeisterin war von allen (außer mir und meiner Frau) hochgeachtet. Diese Einschätzung rief mir wieder in Erinnerung, wie meine Frau damals jene ausgezehrte Fremde am Teichrand eingeschätzt hatte. Es konnte doch nicht sein, dass alle Menschen, die sich Elsternsippschaften näherten, einen Hang zum Morden hatten? Mein Vater hatte gesagt, sie »durchdringt die tiefen Geheimnisse der Natur«. In den Augen des Vaters war sie wie ein Geist, dem man völlig ausgeliefert war. Deshalb war Vater ihr schon sehr früh zum Opfer gefallen.

An jenem Tag, als Vater und ich morgens gemeinsam zum Sportplatz gingen, waren wir ausgesprochen gut gelaunt. Es hatte gerade ein wenig geregnet, der Boden war feucht, und schon von Weitem sahen wir die Hausmeisterin die Erde umgraben. Ich war ganz gerührt, dass sie für uns solches Mitgefühl empfand. Wir flogen hin und beobachteten, wie sie ihren orangefarbenen Arbeitshut abnahm, ihn hoch in die Luft hob und sich schließlich dehnte und reckte. Mit einem spöttischen Lächeln sah sie uns aus den Augenwinkeln an. Doch nur eine Sekunde lang, dann setzte sie wieder eine gleichgültige Miene auf. Ich war auf der Hut und hielt mich in einiger Entfernung. Zwar suchte ich Würmer, doch behielt ich sie zugleich heimlich im Auge. Ihr Körper dampfte geradezu. Ich hatte wirklich Lust, hinzulaufen und sie ein paarmal in den Po zu picken. Doch Vater war ihr gegenüber überhaupt nicht auf der Hut. Er lief hinter ihr her, als sei er ihr Haustier. Auf der anderen Seite des Sportplatzes schrien Kinder, offenbar gab es Streit. Eine Reihe von Kindern fiel zu Boden, eine andere Horde prügelte sich noch. Ich sah nicht gerne blutige Szenen, deshalb wandte ich den Kindern meinen Rücken zu.

Später aß ich zu viel und fühlte mich müde. Ich legte mich unter einen Busch und machte ein – ganz kurzes – Schläfchen. Als ich aufwachte, war Vater bereits nicht mehr da. Auch die Hausmeisterin war weg, nur ihr orangefarbener Hut lag auf einem Strauch. Ich dachte, Vater sei heimgeflogen, und so kehrte auch ich zurück. Vater war aber nicht zu Hause.

Das Seltsame war, dass Mama wusste, dass Vater in Begleitung der Hausmeisterin verschollen war. Ich hatte keine Ahnung, warum sie behauptete, Vater hätte sich »alleine in ein sorgenfreies Leben aufgemacht«. Sie wirkte wütend, aber in keiner Weise traurig. Rein zufällig erwähnte ich Mama gegenüber den orangefarbenen Arbeitshut und war völlig überrascht, als sie auf einmal ganz aufgeregt schrie:

»Ah! Ja, genau, dieser Hut! Ah! Ja, genau, dieser Hut! Ah! ...«

»Tschakatschakatschak«, ihr sinnloses Schäckern fand gar kein Ende. Es blieb mir nichts anderes übrig, als sie tief beunruhigt allein zu lassen.

Als ich später meiner Frau davon erzählte, blieb auch ihre Antwort recht vage. Damals fühlte ich mich das erste Mal in meinem Leben allein.

Dennoch, meine Frau sagte einen Satz, der mich beunruhigte:

»Du musst besser auf deine Mama achten.«

Ich hatte das Gefühl, dass ihre Worte einen Unterton hatten, und blieb darum wachsam.

Am nächsten Tag ging ich zurück zur Grundschule. Die Hausmeisterin war wieder einmal beim Unkrautjäten. Sie sah aus, als sei nichts geschehen. Ich blieb in sicherer Entfernung. Den ganzen Vormittag über kamen nur wenige Nachbarn vorbei. Meine Mama ließ sich gar nicht blicken.

Als ich gegen Abend nach Hause zurückkehrte, berichtete mir meine Frau, dass meine Mama verschwunden sei.

»Aber ich hatte doch die ganze Zeit ein Auge auf die Hausmeisterin!«

»Du bist wirklich ein Stockfisch«, warf meine Frau mir vor.

Sie verriet mir nicht, was sie mutmaßte, doch ich war mir von Anfang an sicher, dass sie genau wusste, was los war. Und tatsächlich, als wir drei Tage später vor dem Eingang zu unserem Nest den Sonnenuntergang betrachteten, hörte ich sie sagen: »Es gibt so viele unterschiedliche Spielarten, deine Denkweise ist zu eng.«

Ich gab keinen Ton von mir. Sie hatte recht. Offenheit des Denkens war tatsächlich keine meiner Stärken. Ich konnte mir überhaupt nicht vorstellen, wohin meine Mama gegangen sein mochte. Wir hatten uns seit Generationen hier niedergelassen. Was jenseits der Schulmauern lag, gehörte nicht zu unserem Gebiet. Hätten wir beobachtet, wie irgend so ein Wirrkopf zur Westseite eines Kaufhauses fliegt, hätten uns bestimmt die Knie geschlottert. Natürlich hatte das niemand getan außer einmal ein total verrückter Vogel, der allerdings nie wieder zurückgekommen war. Mama war völlig klar im Kopf. Meine Frau hatte tatsächlich eine Art prophetischer Gabe. Nur tat sie keinesfalls jedem x-beliebigen Artgenossen ihre Prophezeiungen kund.

Ein paar Tage später ging in der Nachbarsfamilie auf dem Baum nebenan eine Person verschollen. Viele gruselige Tage folgten aufeinander. Innerhalb von drei Monaten waren nur noch zehn Vögel in unserer Sippschaft verblieben, unsere beiden Kinder eingeschlossen. Genau von dem Zeitpunkt an nahm ich alles nur noch verschwommen wahr. Phasenweise sah ich alles unscharf. Sogar meine Kinder, wenn ich sie anschaute, zählten nun sechs und nicht zwei. Einzig meine Frau blieb eine. Aber aus den Nachbarn wurde eine große, unbestimmte Menge. Insofern hatte ich nach wie vor das Gefühl, von einem ganzen Klan umgeben zu sein. Meine Frau war darüber froh, denn sie wollte auf keinen Fall, dass ich mich vor Einsamkeit niedergeschlagen fühlte.

Doch eines Mittags waren sie alle verschwunden, und nur ich und meine Frau waren übrig geblieben. Ich saß auf einem Pappelzweig und beobachtete eine Schar wilder Kinder, es waren auch ein paar Erwachsene darunter, die mit langen Bambusstöcken in den Händen grölend herumsprangen. Selbst ein wenig geschickter Kerl wie ich konnte spüren, dass ein Unheil unmittelbar bevorstand. Meine Frau lächelte kalt. Völlig gleichgültig pickte sie an einem Astloch, als wollte sie feststellen, ob überhaupt etwas herauslaufen würde oder nicht. Plötzlich kam mir ein Verdacht: War das, was ich sah, eine durch meine unscharfe Wahrnehmung hervorgerufene Sinnestäuschung? Ich fragte meine Frau. Sie antwortete mir ganz ruhig:

»Genau, es ist eine Sinnestäuschung. Aber da kommt ein Lausbub den Baum hochgeklettert und zerstört das Nachbarhaus. Er hat Werkzeug dabei, das geht schnell.«

Der ganze Baum wankte. Ich traute mich nicht, nach nebenan zu schauen, und sagte zu meiner Frau:

»Lass uns wegfliegen!«

»Nein«, sagte sie fest entschlossen. »Wir gehen nach Hause.«

»Warum nach Hause? Wahrscheinlich zerstört er auch unser Haus. Wir können gegen Menschen nichts ausrichten.«

Meine Frau ging also nach Hause, und notgedrungen schlüpfte ich dicht hinter ihr ins Nest.

Aneinandergeschmiegt zitterten wir an der Tür unseres Hauses. Ich hörte ihr Herz in der Brust pochen. Wie merkwürdig! Ihr Herz war in ihrer Brust, aber ich konnte es dennoch hören. Mein Herz war in meiner Brust, doch ich konnte es nicht pochen hören. Mein Sehvermögen war in dem Augenblick ganz klar, es gab keinerlei Unschärfe. Ich sah diesen orangefarbenen Hut. Es war gar kein Lausbube, es war die Hausmeisterin. Sie kam herauf, wir blickten einander an.

Meine Frau wich mit dem Kopf zur Seite, als ob aus den Augen dieser Person Flammen geschossen kämen. Sie sagte zu mir:

»Darauf war ich nicht vorbereitet, ich habe in ihren Augen deine Mutter gesehen.«

Nichts geschah. Plump und schwerfällig stieg sie wieder vom Baum. Unsere Blicke folgten ihr, bis sie in der Ferne verschwand. Warum wollte sie das Nest unserer Nachbarn zerstören? Es war doch längst verlassen. Wollte sie nur etwas Farbe auftragen, um uns einzuschüchtern?

In jener Nacht fühlten ich und meine Frau uns schrecklich einsam. Wir vergruben unsere Köpfe in den Flügeln des anderen und spürten, dass es dort jeweils einen tiefen Hohlraum gab. Doch nach nur einem Tag fühlten wir uns so gestärkt, dass wir sogar zu dem Sportplatz hinüberflogen, um zu warten, bis die Hausmeisterin sich zeigte. Doch sie ließ sich nicht wieder sehen.

Ich will nochmals von diesen Leuten erzählen. Es wurden immer mehr. Sie bauten Häuser entlang der kleinen Straßen vor und hinter der Schule. Ursprünglich waren dort nur zwei strohgedeckte Häuschen gewesen, die offenbar zwei Hausmeisterfamilien gehörten. Doch jetzt standen dort mindestens 50 ziegelgedeckte kleine Häuser. Den Leuten, die darin wohnten, sah man nicht an, wer oder was sie waren. Sie sprachen nicht gerne, ihre Gesichter waren ausdruckslos. Am Morgen gingen sie mit Stofftaschen aus dem Haus, Männer und Frauen gleich gekleidet. Ich blieb neben der Dachrinne stehen und hörte sie drinnen lärmen. Es machte ihnen große Freude, sich im Haus zu prügeln. Manchmal zerschlugen sie sogar Glas, was mir einen Schrecken einjagte. Doch sobald sie aus dem Haus gingen, wurden sie stumm und stumpf. Ich fragte mich regelmäßig, welcher Arbeit sie wohl nachgingen. Standen sie womöglich unter großem Druck?

Intuitiv dachte ich, dass uns diese Menschen feindlich gesinnt waren, und sagte zu meiner Frau:

»Du hast mir einmal gesagt, ich solle diese Leute nicht provozieren. Du hattest ganz recht.«

Völlig unerwartet gab mir meine Frau zur Antwort:

»Diese Leute hier sind nicht mehr die Leute von damals. Wir sollten Kontakt zu ihnen aufnehmen.«

Ich hatte stets großen Respekt vor meiner Frau. Viele Dinge, die sie zu mir sagte, waren Prophezeiungen, die sich später alle bewahrheiteten. Wie sollte ich diese Aussage jetzt also verstehen?

Ich stand auf dem Dach eines dieser ziegelgedeckten Häuser und beobachtete die Leute, belauschte ihre Gespräche. Mehr noch, wenn sie die Stofftaschen, die sie bei sich trugen, auf einen Kneipentisch im Freien legten, flog ich sofort herbei und wühlte darin herum. Meine Gerissenheit nutzte jedoch nichts, es gab nichts zu entdecken. Aber ich wusste auch nicht, wie ich mich verhalten sollte, um mit ihnen »Kontakt aufzunehmen«.

Ich stellte fest, dass die Haltung, mit der meine Frau diese Leute behandelte, weder hochmütig noch unterwürfig war. Sie hielt sich oft in den Gräben in der Nähe ihrer Häuschen auf, um dort Würmer zu picken. Manchmal blieb sie vor einem Eingangstor stehen und sah einem Hahnenkampf zu.

»Ihre Lebensfreude ist heute erneut gestiegen«, berichtete sie mir aufgeregt.

Doch in meinen Augen freuten sie sich am Leben nicht im Geringsten. Es gab nur eines, das ihnen eigenartigerweise Freude bereitet, und das war, sich hinter verschlossenen Türen zu prügeln (vielleicht zankten sie sich auch, ich konnte nicht sehen, was drinnen vor sich ging). Was hatte meine Frau bloß mit Lebensfreude gemeint?

Du bist wirklich alt geworden! Ist dir denn nicht aufgefallen, dass ihre Öllampen immer mehr Brennstoff verbrauchen?

»Was für Öllampen?«

»Na, die Öllampen, die nachts ihre Häuser erleuchten!«

Der Brennstoffverbrauch der Öllampen sollte in direktem Verhältnis zur Lebensfreude stehen? Plötzlich war es mir völlig klar. Meine Frau war wirklich außerordentlich! Man stelle sich vor, diese düsteren Gesellen schufteten den ganzen Tag in der Stadt, am Abend aßen sie, räumten auf, legten sich hin und schliefen. Das konnte man nicht gerade als ein von Freude erfülltes Leben bezeichnen. Aber jetzt zündeten sie die Öllampen in ihren Häusern an und entfalteten alle möglichen Aktivitäten (welche Aktivitäten im Einzelnen weiß ich nicht). Das war in der Tat eine große Veränderung!

Um dies zu bestätigen, flogen ich und meine Frau nachts

heimlich dorthin, und wir ließen uns auf einem der Dächer nieder. Aus jedem der Häuser, ausnahmslos, hörten wir Explosionen krachen, manchmal kamen auch Kugeln pfeifend aus den Fenstern durch die Luft geschossen. Bei diesen Geräuschen waren ich und meine Frau verängstigt und zugleich aufgeregt, wir wollten wegfliegen und gleichzeitig bleiben ... ah, das waren damals wirklich spannungsgeladene Nächte! Ah ja, das Klirren von Weinflaschen, die am Boden zersprangen! Ja, diese seltsamen Rufe, die nichts Menschliches mehr an sich hatten!

Nachdem wir nach Hause zurückgekehrt waren, sagte meine Frau zu mir: »Wir haben wirklich Glück gehabt.« Ich erinnere mich, dass wir bei diesen Worten ganz deutlich spürten, wie ein riesiges Ungeheuer auf unseren Baum kletterte und unser Nest so heftig erbebte wie nie zuvor. Ich und meine Frau dachten beide das Gleiche: Das war die Rache dafür, dass wir sie bei ihren privaten Unternehmungen heimlich belauscht hatten. Zu dem Zeitpunkt hätten wir eigentlich fliehen können, doch aus unerklärlichen Gründen bewegten wir uns nicht, hockten bibbernd und zitternd im Nest und hofften, dass es schnell geschehen würde.

Dann geschah es. Wir wurden ohnmächtig, aber wir starben nicht. Wir wurden aus dem Nest geschüttelt und fielen auf die Erde. Was war das für eine wilde Bestie?

»Es ist die Hausmeisterin aus der Schule«, sagte meine Frau.

»Unmöglich!«, rief ich. »Die Hausmeisterin ist doch eine alte Frau. Wie kann sie so schwer sein? Ich hatte das Gefühl, es war ein Elefant. Schau doch, von der alten Pappel sind drei gewaltige Äste abgebrochen!«

Meine Frau gab mir keine Antwort. Sie war in Gedanken versunken, fast geistesabwesend.

Wahrscheinlich war es wirklich die Hausmeisterin. Ihr Hut lag unter dem Baum. Vielleicht war sie ein Unwesen, das seine Gestalt wechseln konnte.

Ich flog noch ein paar Mal zu dem Sportplatz hinüber, doch ich traf sie nicht an. Wahrscheinlich war sie wohl im Ruhestand.

Unser Nest war etwas beschädigt, doch es ließ sich reparieren. Die Leute, die in den ziegelgedeckten Häusern wohnten, verhielten sich tagsüber ganz still – unbemerkt fuhren sie in die Stadt, unbemerkt kehrten sie wieder zurück. An den freien Tagen wuschen die Frauen die Wäsche, während die Männer vor und hinter den Häusern Löcher gruben. Doch wir sahen sie nie Samen hineinstreuen. Meine Frau mischte sich nach und nach unter diese Leute. Mit großem Gehabe landete sie auf ihrem Esstisch oder auf dem Herd. Innerlich zitterte ich um sie.

Zu mir waren diese Leute weiterhin ziemlich böse. Wenn ich versuchte, mich ihnen zu nähern, wirkten ihre Gesichter so, als wollten sie mir sagen, ich hätte keine Existenzberechtigung. Das nahm mir allen Mut.

Ich begann mich nach der zierlichen Frau an dem Teich in dem kleinen Garten zu sehnen. Wohin war sie gegangen? Wie konnte sie spurlos verschwinden? Ganz offensichtlich war sie keine Lehrerin, und so gehörte sie auch nicht zu diesem Pack. Lebte sie womöglich in der Stadt?

Es war mitten in der Nacht, als die Häuser in Flammen aufgingen. Vielleicht hatte es einer von ihnen zu wild getrieben und dabei eine der Öllampen umgeworfen, so dass sich irgendein Brennstoff entzündete. Ich hielt das für das Allerwahrscheinlichste. Der Anblick war wirklich grandios. Ich und meine Frau standen auf einem Ast der Pappel und schauten zu, wie das Feuer den halben Himmel rot färbte. Sogar die Klassenzimmer der Grundschule waren hell erleuchtet. Wie kam es, dass die Flammen so hoch aufloderten? Es schien, als würde jemand Kerosin ins Feuer gießen. Völlig unverständlich war, dass niemand zu entkommen suchte. Auf der Straße war kein einziger Mensch zu sehen. Sowohl ich als auch meine Frau rochen den Gestank von verbranntem Fleisch. Es schüttelte uns. Aus unerklärlichen

Gründen verspürten wir beide den Impuls, zu den Flammen zu fliegen, doch wir hielten uns zurück.

Eine Stunde um die andere verging, und das Feuer brannte immer noch lichterloh. Was war da los? Das Feuer wechselte auch ständig seinen Farbton. Anfangs war es goldgelb, dann rötlich und schließlich – drei oder vier Stunden später – bläulich oder grünlich, es war unheimlich. Ich hatte keine Ahnung, was genau der Brandherd war, die Flammen loderten so hoch. Plötzlich kam mir ein Gedanke, der mich so erschreckte, dass ich beinahe vom Baum gefallen wäre, da mein ganzer Körper wie gelähmt war.

»Ich weiß, was du denkst«, sagte meine Frau ganz sanft neben mir, »das Gleiche kam mir auch schon in den Sinn. Es müssen Leichen sein, die dort in den Flammen verbrennen. Was sonst?«

Mir hatte es die Sprache verschlagen. Beim Anblick dieser bis zum Himmel brennenden Irrlichter kamen mir plötzlich die Tränen. Empfand ich etwa Mitleid mit diesen Leuten? Nein, natürlich nicht. Sie brauchten mein Mitleid auch gar nicht. Wer war ich denn schon? Ganz allein bewegte ich mich langsam zurück ins Nest. So verbrachten wir beide eine schreckliche Nacht, ich im Nest und meine Frau draußen.

Erst als die Sonne hoch am Himmel stand, flogen wir gemeinsam zu den Ruinen der Häuser. Das Feuer war erloschen, nur ganz feiner Rauch stieg noch empor. Wir hüpften ins Innere der Häuser, deren Türen und Fenster verbrannt waren, doch sie waren völlig leer. Kein Mensch, kein Möbelstück. Meine Frau sagte laut seufzend:

»Diese Menschen, sie waren doch so guter Dinge!«

Eigentlich dachte ich genau das Gleiche, doch ich vermochte es nie so präzise auszudrücken wie sie.

So wie es aussieht, werden hier lange Zeit keine Menschen mehr leben, dachte ich wehmütig.

Als ich mit meiner Frau zu der öffentlichen Toilette flog, sahen wir eine vertraute Gestalt. Ja, genau, es war die Hausmeisterin. Sie war damit beschäftigt, die Löcher auszuheben, die die Männer damals gegraben hatten. Diese Löcher bedeckten das gesamte Wohngebiet entlang der Straße. Sie richtete ihre ganze Aufmerksamkeit darauf, mit einer Harke die Erde in den Löchern zu lockern. Neugierig geworden flogen wir heimlich hinter sie. Da sahen wir etwas Unfassbares: In jedes Loch waren mehrere weiße Knochen eingepflanzt; dicke und dünne, sie sahen aus wie Pilze.

Aufgebracht stieß ich ein »tschakatschakatschak« aus, ich konnte es einfach nicht unterdrücken. Es war mir klar, dass die alte Frau sich zu mir drehen würde. Als sie mich anblickte, wurde ich ruhig. In ihrem Gesicht standen Erschrecken und Bewunderung zugleich. Offenbar war mein Verhalten nicht allzu schlimm gewesen, sie schien mich jedenfalls zu verstehen. Und meine Frau hatte genau den gleichen Ausdruck im Gesicht!

Haha! Habe ich die heutige Geschichte lang genug erzählt? Ich mache jetzt erst einmal Pause. Morgen erzähle ich weiter!

Die alte Zikade

Eine Hitzewelle rollte durch die Stadt, Nachrichten von alten Menschen, die ihr erlagen, trafen unaufhörlich ein, und Rettungswagen, die einen Höllenlärm verursachten, rasten vorbei. Die Schoßhündchen der Städter hielten sich mit hängenden Zungen hechelnd im Schatten.

In den Vororten war die Situation deutlich besser als im Stadtzentrum. Hier lag ein elegantes Wohnviertel, wo hohe Pappeln und Weiden Schatten spendeten und die Zikaden den ganzen Tag in den Bäumen sangen. Wenn es geregnet hatte, stimmte regelmäßig auch eine alte Kröte mit ihrer Bassstimme in den Chor ein. Die Spatzen und Elstern hüpften unbeschwert in den Zweigen und im Gras herum, teilten kameradschaftlich die Leckerbissen und gerieten gelegentlich heftig in Streit. Wenn Streit ausbrach, verloren diese Volksliedsänger jegliche Haltung. Letztlich war es aber nur ein Sturm im Wasserglas, und am Ende flogen sie alle wieder weg.

In den Wipfeln der himmelhohen alten Pappeln wohnten einige Elsternpaare. Unmittelbar darunter war das Paradies der Zikaden. Obwohl ganz in der Nähe ein paar verstreut angeordnete Hochhäuser standen, und obwohl deren Bewohner mit finsteren Mienen unablässig ein- und ausgingen, sangen die Zikaden unbekümmert den lieben langen Tag. Ihr Gesang war schrill und kühn, er war provokant und voll der Euphorie, die in der glühenden Hitze schwang. Tatsächlich gab es ein paar Leute, die böse Blicke auf die alte Pappel über dem Fahrradschuppen warfen und tiefen Hass gegen diese Sänger hegten. Doch was konnte man schon tun? Die Zikaden, Pappeln und Weiden wuchsen und gediehen zusammen, und die Zikaden waren nicht auszurotten, es sei denn, man fällte die Bäume. Dann aber würde die

Temperatur im gesamten Wohnviertel um mindestens drei Grad steigen. Die Zikaden verstanden von all dem nichts. Sie sangen, weil sie vor Leidenschaft überflossen, weil sie liebten, weil es sie trieb, sich fortzupflanzen. Nachdem sie an dem von den hohen Bäumen großzügig zur Verfügung gestellten Saft ihren Durst gestillt hatten, fühlten sie sich in dem heißen Klima erst richtig wohl. Insbesondere dann, wenn bei zunehmender Luftfeuchtigkeit mit den hin und her ziehenden, immer schwerer werdenden Wolken eine dunkle Ahnung von weit zurückliegenden Erinnerungen in ihnen aufkam, begannen sie unwillkürlich zu singen. Vorsänger war meist eine ältere Zikade, die ganz oben im Baum saß. Der Klang ihrer rauen und wilden Stimme hatte etwas Wehmütiges, Ehrfurchterregendes, das nicht nur die anderen Zikaden, sondern auch die Elsternpärchen aufhorchen ließ. Es war nicht lange her, dass sich der große Chor wie eine gewaltig anschwellende Welle erhob und selbst den hohen Himmel ergriff.

Die von Kopf bis Fuß schwarz glänzende alte Zikade hatte zwar starke Flügel, sie benutzte sie jedoch nur selten. Sie blieb immer am selben Fleck – auf einem dicken Zweig unterhalb des Elsternnests. Sie war ein Einzelgänger und schien vollkommen in ihre Erinnerungen versunken. Als Larve war sie damals am allerlängsten unter der Erde geblieben; acht Jahre, behaupteten die Elstern. Sie war eine hochbetagte männliche Zikade; alle wussten das. Ihre Kräfte waren jedoch durch das Alter keineswegs geschwächt, sie war ihrer Stellung als Oberhaupt würdig. Doch warum war sie ein Einzelgänger? Fehlte ihr womöglich das Gespür für ihre Artgenossen, für den blauen Himmel? Lebte sie in ihrer Erinnerung nach wie vor unter der Erde? Tatsächlich kam es nur sehr selten vor, dass Zikaden acht Jahre lang im Dunkeln blieben. Diese Zeit hatte ihren Charakter durch und durch geprägt.

Sie war ein alter Junggeselle, der nie ein Liebesleben gehabt hatte. Nach acht Jahren war sie aus dem Boden geschlüpft, den

Baumstamm hinaufgekrabbelt und hatte ihre jetzige Gestalt angenommen. Alle spürten, dass sie anders war als die anderen.

Es war einer der Tage, die die Leute »Sauna-Tage« nannten. Selbst in den Vororten hatte man das Gefühl, dass der Körper den Schweiß über die Poren nicht ausscheiden konnte. Die Klimaanlagen ratterten, und den Leuten brummte der Schädel. Sobald man das Haus verließ, hatte man das Gefühl, eine große Räucherkammer zu betreten. In der Ecke dort bei dem Fahrradschuppen war es natürlich immer noch relativ kühl, doch weil die Sonne gnadenlos schien und kein Windhauch blies, sahen die hohen Bäume ziemlich mitgenommen aus. Der alte Junggeselle blieb an seinem angestammten Platz. Sein Denken hatte eine Stufe erreicht, die kaum einem seiner Artgenossen zugänglich war. Er fühlte sich ein wenig melancholisch, etwas benommen. Als er sein rechtes Bein leicht anhob, hörte er plötzlich das Stimmengewirr des ihn umgebenden Chors. Dieses Durcheinander verwunderte ihn, weil er zuvor nie auf den Gesang um ihn herum geachtet hatte. Er senkte nachdenklich den Kopf und begann dann, zögerlich und stakkatoartig zu singen. Dabei hatte er das Gefühl, dass sein Gesang dieses Mal irgendwie anders, fremdartig war. In der Tat hörten alle anderen zu singen auf. Seine Stimme kam selbst ihm eigenartig vor, doch er sang immer ungehemmter. In dem Moment, als er innehielt, erschallte der ganze Chor. Beim Einsetzen dieses vielstimmigen Gesangs zwischen Himmel und Erde wäre der alte Junggeselle beinahe ohnmächtig vom Zweig gekippt. Natürlich nicht, weil er sich unwohl fühlte, sondern vor Erregung und Freude.

So wurde er Vorsänger. Nichtsdestotrotz blieb er ein Einzelgänger, schweigsam und verschlossen.

Er wusste, dass er einigen Bewohnern hier im Viertel ein Dorn im Auge war. Manche blieben lange unter dem Baum stehen und beäugten misstrauisch den Zweig, auf dem er sich niedergelassen hatte. Dann war da noch ein halbwüchsiger Bengel, der mit

einer robusten und raffinierten Schleuder auf ihn hoch oben in
den Zweigen zielte. Die Geschosse hatten ihn immer nur um ein
Haar verfehlt und hinterließen in ihm jedes Mal ein Gefühl der
Leere. Er wusste nicht, wie man der Hinterlist der Menschen aus
dem Weg gehen konnte, denn er war niemals irgendeiner Sache aus dem Weg gegangen. Dennoch leitete er den Chor in aller Ruhe. Nur wenn ein Geschoss neben ihm vorbeiflog, hielt er
einen Augenblick inne, ehe er wieder weitermachte. Er hatte so
viele Artgenossen, und alle hörten auf ihn und folgten ihm. Nie
hätte er nachgelassen oder wäre erschöpft! Wenn er sich über
die Angelegenheiten der Population Gedanken machte, leuchteten seine goldenen Beine und sein Bauch stoßweise hell auf,
und sein ganzer Körper war unendlich gereizt. Jemand, der ihn
in dem Augenblick von unten beäugte, konnte ihn zwischen den
Zweigen fälschlich für eine Sternschnuppe halten.

In den Hinterhöfen dieses Wohnviertels gab es so viele Zikaden, deren Zirpen den Menschen alles andere als willkommen
war. Doch unter diesem schönen Himmel hatten sie ein Recht
zu singen, fanden sie, und taten dies auch, von den Blicken der
Leute unbeirrt. Die großen und die kleinen Bäume waren alle in
diesen leidenschaftlichen Gesang versunken und lieferten den
Zikaden aus freien Stücken Nahrung, denn sie liebten diese mun-
teren, kleinen Wesen. Der alte Junggeselle hatte zwar mit den
einzelnen Individuen keinen Kontakt, aber dennoch war er über
die Zukunft seiner Artgenossen tief besorgt. Von seiner hohen
Warte aus sah er, so weit sein Auge reichte, ihre Gestalten in dem
grünen Blattwerk und spürte, dass sie großes Vertrauen in das Leben auf dieser Welt hatten und äußerst zufrieden waren. Doch
genau das war seine tiefe Sorge. Nur hatte er keine Möglichkeit,
seinen Artgenossen diese verborgenen Sorgen mitzuteilen. Über
den Gesang hinaus gab es keinen anderen Weg, um mit ihnen zu
kommunizieren. Im Umgang war er altmodisch und steif, äußerst
vorsichtig, und er hielt sich strikt an den Grundsatz des Schwei-

gens. Darüber hinaus war sein Aussehen würdevoll, und die jüngere Generation begegnete ihm ehrfürchtig. Das war auch nicht erst seit ein oder zwei Tagen so, sondern seit je. Von Anfang an waren alle stillschweigend übereingekommen, dass die Zweigspitze, auf der er sich niedergelassen hatte, sein Hoheitsgebiet war. Seit er Vorsänger war, liebten ihn alle von ganzem Herzen. Dennoch wagte keiner von ihnen, sich ihm zu nähern, geschweige denn in irgendeiner Angelegenheit mit ihm zu sprechen.

Von dem Zweig aus konnte er alle Richtungen überblicken. Die Spinne dort hatte er schon vor einer ganzen Weile entdeckt, worüber er ganz und gar nicht glücklich war. In einer Ecke des Fahrradschuppens hatte sie ein großes dunkelgraues Netz gesponnen, das zwischen dem Dachgesims und einer alten Mauer hing. Hinter der Mauer war ein Verschlag mit Gerümpel, in dem unter einer dicken Staubschicht lauter schwer auszumachende Dinge lagen. Normalerweise hielt sich die alte Spinne hinter einem Holzfenster des Verschlags versteckt. Hatte sich aber Beute im Netz verfangen, eilte sie schnell wie der Blitz herbei und erledigte das Opfer in weniger als einer halben Minute. Unter dem gruselig grauen Netz lagen verstreut die Überreste von Insekten. Unter den Opfern waren Fliegen, Marienkäfer, Heuschrecken und manchmal auch Zikaden. Der alte Junggeselle musste bereits einmal die Ermordung eines Artgenossen mitansehen. Diese Erfahrung hatte sich tief in sein Herz eingeprägt. Er war damals zwei ganze Tage lang niedergeschlagen gewesen und sogar auf die Weide neben dem Fahrradschuppen geflogen, wo sein Blick behutsam über die sterblichen Überreste strich. Während dieser Begutachtung ließ er sich auf den Boden plumpsen, um dann, sobald er fest auf den Beinen stand, langsam um den Haufen herumzugehen. Es sah aus, als trauere er und als suche er etwas. Beim Wegfliegen schlug er so stark mit den Flügeln, dass es wie beim Abheben eines kleinen Hubschraubers nachhallte. Die Spinne hinter dem Holzfenster neigte den Kopf und dachte lange über diesen unfassbaren Vorfall nach, kam aber zu keinem Ergebnis.

Die alte Kröte starb schließlich von der Hand des Bengels mit der Schleuder. An jenem Tag regnete es. Sie hatte sich unterhalb des großen Steins niedergelassen und stieß ungewöhnlich lustvolle Schreie aus, während sie von ihren Erinnerungen an längst vergangene Liebschaften erzählte. Mit ihren erotischen Geschichten steckte sie den ganzen Wohnblock an – sie schrie die halbe Nacht. Als die Sonne aufging, war sie immer noch in einem Zustand unkontrollierbarer Erregung und hüpfte plötzlich auf einen Grasfleck unter dem Baum. Drei nacheinander abgefeuerte Geschosse trafen und töteten sie. Der Bengel kam freudig herbeigelaufen, hob den Leichnam auf und trug ihn fort. Was hatte er damit vor? Keine der Zikaden, die zuschauten, konnte das verstehen, auch wenn sie schon davon gehört hatten, dass Menschen Kröten aßen. Nichtsdestotrotz fand der alte Junggeselle das Schicksal der Kröte überhaupt nicht tragisch. Ein Kerl, der eine Nacht in so überbordender Leidenschaft durchlebte, hatte bestimmt das wahre Glück gekostet. Als dieser Gedanke in ihm aufblitzte, wurde sein Gesang noch klarer und noch leichter. Seine Artgenossen waren darüber zunächst verwundert, aber dann freuten sie sich. Nach dem Regen war der Chor kaum mehr zurückzuhalten!

Das riesengroße Spinnennetz hing immer noch am Fahrradschuppen. Vor einiger Zeit fielen ihm nochmals zwei Zikaden zum Opfer. Sie waren beide jung und ahnungslos. Der alte Junggeselle beobachtete die Kampfszene von seiner hohen Warte aus. Die Spinne hatte ihre Beute mit solcher Blitzesschnelle erledigt, dass der Kampf zu Ende war, ehe der Zuschauer mitbekam, was überhaupt los war. Doch es war anzunehmen, dass die Opfer gar nicht allzu sehr gelitten hatten, da sie durch das starke Gift der Spinne sofort das Bewusstsein verloren.

Der alte Junggeselle begann sich zu sorgen. Um seinen Art-

genossen seine Empfindung mitzuteilen, gab er wie im Stakka-
to einige seltsame Laute von sich. Doch abgeschottet, wie er war,
konnten seine Artgenossen nur seinen Gesang, nicht aber seine anderen sprachlichen Äußerungen verstehen. Also erhielt er
auch von niemandem eine Antwort. Wieder verfing sich eine
junge Zikade in dem Netz, dieses Mal war es eine weibliche. Ehe
ihr Körper verschwand, hörte der alte Junggeselle ein kurzes,
deutliches Stöhnen. Mehrere Tage lang versank er in tiefes Nachdenken, als sei er in Trance: Was für ein Stöhnen war das eigentlich gewesen? Manchmal dachte er, es war Schmerz, manchmal
hatte er aber auch das Gefühl, es war nicht nur Schmerz, sondern darüber hinaus hatte es eine Art – wie soll man sagen? Eigentlich sollte man sagen, dass es eine Art extremer Erregung an
sich hatte. Dieser Gedanke ließ ihn erschrecken. War es möglich,
dass das Zikadenweibchen die eigene Zerstörung vorsätzlich
geplant hatte? Bei dieser Vorstellung wurde sein ganzer Körper
auf einmal taub, und seine Augen verloren kurzzeitig das Sehvermögen. Just in dem Moment gewahrte er, wie der hämisch
grinsende Bengel auf ihn zukam, und spürte, dass die funkelnde
Schleuder für ihn voller Reiz steckte. Unwillkürlich wich er zur
Seite, und das Geschoss flog pfeifend an ihm vorbei. Während er
bei solchen Vorfällen bisher ganz gelassen geblieben war, regte
sich dieses Mal ein gewisser Zweifel in ihm.

Er fragte sich, warum er diese Schleuder als reizvoll empfand.
Hatte dieser Reiz schon früher bestanden, oder war er schlagartig ausgelöst worden? Bei diesem Gedanken versuchte er, laut
zu rufen. Einmal, zweimal, dreimal. Seine Stimme war sowohl
steif als auch extrem trocken, kein einziges Lebewesen achtete darauf.

Auch der Bengel mit der Schleuder stand nur kurz verdutzt
da und ging dann mit gleichgültiger Miene weiter. Der alte Junggeselle war beschämt. Um sich wirklich klar darüber zu werden,
welcher Art jener Reiz war, hörte er drei Tage lang auf zu sin-

gen und verharrte in einem tranceartigen Zustand. Er schlief ein und erwachte wieder, er erwachte und schlief wieder ein; dabei hörte er stets die Kröte rufen. Genau die Kröte, die von dem Bengel erschossen worden war. Ihr Rufen ließ Himmel und Erde erbeben. Sobald er die Augen öffnete, sah er helle, schwankende Lichtstrahlen, so dass ihn schwindelte und er die Augen sofort wieder schloss. Ah! Wie war es nur möglich, dass eine Kröte über solche Kraft verfügte? Wenn er die Augen schloss, sah er die Kröte gleichsam auf sich zukommen. Es war, als wolle sie ihm eine geheime Gefühlsregung übermitteln, ihre hervorquellenden alten Augen drängten geradezu danach. Sobald er die Augen öffnete, war die Kröte wieder verschwunden.

Es regnete. Der alte Junggeselle war immer noch benommen, den Donner hörte er nicht. Der Regen durchnässte ihn, ohne dass er es spürte. Nach einiger Zeit hörte er im Südostwind ganz undeutlich die alte Kröte und die Zikaden gemeinsam im Chor singen. Er empfand es als eigenartig, dass zwei so unterschiedliche Lieder miteinander harmonieren konnten. Noch eigenartiger war, dass der Regen überhaupt nicht aufgehört hatte. Wo sangen sie denn eigentlich? Er horchte und horchte und hatte das Gefühl, dass der Gesang aus den tiefsten Schichten der Wolken kam. Sein Blick drang durch den Vorhang aus Regen, und er sah, dass auch die alte Spinne dort am Holzfenster ganz konzentriert den Regen betrachtete. Es hatte den Anschein, als sehe er in der Miene der Spinne sich selbst.

Die sterblichen Überreste unter dem Spinnennetz zogen die Bewohner des Viertels an. Der Leichnam des alten Junggesellen war außergewöhnlich. Er war zwar bereits in vier Teile zerfallen, diese ließen sich aber wieder zu einer ganzen Zikade zusammensetzen. Sein Körper war doppelt so groß wie der einer gewöhnlichen Zikade. Doch sein Kopf war verschwunden. Was für ein harter Kampf mag das wohl gewesen sein? Diese Frage beschäftigte die Bewohner.

Die Spinne war ebenfalls verschwunden. Der Bengel hatte sie doch gesehen. Als er sie aber hinter dem Fensterrahmen suchte, fand er keine Spur von ihr. Insgeheim fragte er sich: Konnten sie sich denn gemeinsam zugrunde gerichtet haben? Aber wo war der Kopf der Zikade geblieben?

Der Chor der Zikaden erschallte erneut. Der Stimme des jungen Vorsängers fehlte es an Reife und Festigkeit. Sie setzte nur ganz zaghaft ein und brach dann ab, woraufhin der gesamte Chor verstummte. In diese sich allzu lang hinziehende Stille brach plötzlich, wie eine gewaltige Welle, der Chor. Nie zuvor hatte es Stille gegeben. War diese Stille etwa ein Erwachen? Alle Zikaden richteten ihren Blick auf den Zweig hoch oben, auf den ihnen so vertrauten Platz, wo eine ganz groteske alte Zikade stand. Sie alle sahen den riesengroßen Kopf auf einem unverhältnismäßig kleinen Körper. Er war es. Er hatte sich hierher zurückgekämpft. Und sein Körper war nachgewachsen. Er konzentrierte sich gerade gedanklich darauf, seinen eigenen Körper auszubilden. Seinen Artgenossen war es völlig klar: Wenn er einen Gedanken fasste, würde er ihn auch erfolgreich umsetzen.

Was für eine Bedeutung hatte also der Akt, seinen eigenen Leib zuvor zu zerlegen? Vielleicht hatte er in diesen wenigen Sekunden blitzartiger Bewegung seinen Gegner vorgeführt, um dessen Arroganz durch ein schlagartiges Gefühl des Nihilismus zunichtezumachen? Oder, im Gegenteil, sollte vielleicht die Spinne ein Zuschauer sein, dem er die Auflösung des Rätsels der Wiedergeburt vorführte? Nachdem ein paar jüngere Zikaden den Bereich unterhalb des Spinnennetzes inspiziert hatten, dachten sie alle insgeheim: Ganz gleich wie die Umstände des Kampfes gewesen waren, dahinter verbarg sich eine furchtbare Selbstmordabsicht. Es war zum Lachen und zum Weinen und löste zugleich eine kaum fassbare Begeisterung aus.

Vor einer kompletten Änderung der Wetterlage war es der alten Zikade unmöglich, ihren winzigen Körper vollkommen aus-

zubilden. Den ganzen Tag saß sie völlig unbeweglich auf ihrem
Zweig. Sie träumte von zartgrünen Blättern, sie träumte von Blü-
tenblättern, sie träumte von Kaulquappen in Pfützen und von
Lotosblumenknospen in Bergtümpeln. Nach dem Verlust ihres
Resonanzraums hatte sie keine Möglichkeit mehr, ihren Artgenossen ihre Leidenschaft mitzuteilen. Doch in den letzten Tagen
vor Einbruch der Herbstkälte empfand sie jeden Tag ein Glück
ganz anderer Art. Was immer sie auch sehen wollte, das vermochte sie auch zu sehen. Zum Beispiel konnte sie, ohne auch
nur den Kopf zu drehen, das neu zugezogene Elsternpärchen sehen, das einander in dem kleinen Garten vergnügt nachstellte.
Gelegentlich dachte sie auch an die Spinne, und bei diesem Gedanken sonderten ihre neu gewachsenen dünnen Beinchen eine
ziemlich klebrige, giftige Flüssigkeit ab, woraufhin sie mit ganz
schwacher Stimme einen Ruf ausstieß, der so viel bedeutete wie:
»Wer ist die Spinne? Ist sie nicht etwa ich? ...«

Sie erstarrte auf dem Zweig.

Der Herbstwind verwehte das Spinnennetz und zerstreute
die Überreste der alten Zikade. Die glühende Hitze auf der Erde
ging endlich zurück. Die Blätter der einsamen Pappel zeigten
sich in einem wehmütigen Gelb. Jetzt sangen dort nur mehr Elstern und Spatzen. Deren Lieder waren abgehackt und zerrissen,
nach dem ersten Hören hatte man sie schon vergessen. In Erinnerung behielten die alten Pappeln einzig den mächtigen und
prächtigen Chor. Manchmal, wenn der Wind aus Westen wehte, konnten sie nicht anders als selbst ein paar Verse zu ächzen,
doch sie erschraken sofort vor ihrer eigenen Stimme und verstummten, vertrauten ihre Träume dem Himmel und den Wolken an. Der Bengel mit der Schleuder ging unter den Bäumen
vorbei. Der Ausdruck auf seinem Gesicht war wegen all seiner
versponnenen Gedanken komplex.

Sumpfgebiet

In diesem Dschungel aus Beton gab es, man glaubt es kaum, ein Stück Sumpfland. Die etwas älteren Leute konnten sich daran erinnern. A-yuan war noch nicht alt, aber zufällig hatte er Onkel Sang davon erzählen gehört.

Damals hatte Onkel Sang viel getrunken und war auf dem eckigen Tisch liegend kurz vor dem Einschlafen. A-yuan unterhielt sich mit dem Kellner über ein gemeinsames Geschäft und war innerlich ein wenig aufgewühlt. Plötzlich setzte Onkel Sang sich auf, packte A-yuan am Arm, rüttelte ihn und schrie:

»Nur ein großer Geist vermag das große Ganze zu erfassen! Alles, was ich dir vorhin sagte, ist wahr! Der Augenschein darf uns nicht trügen ... du, Liuma, du arbeitest hier als Kellner, doch du bist ein Intrigant, deine Ambitionen sind zu groß für deinen kleinen Geist. Was zupfst und zerrst du an mir? Lass mich ausreden, das ist meine letzte Gelegenheit!« Er lockerte seinen Griff um A-Yuans Hand.

Im selben Augenblick war der Kellner namens Liuma verschwunden. Mit einem Arm in der Luft herumfuchtelnd schrie Onkel Sang:

»Er hat sich versteckt! Dieser Intrigant! Er hat sich an einem unausdenkbaren Ort versteckt!«

Es kostete A-yuan einige Kraft, Onkel Sang aus dem Wirtshaus zu ziehen. Die beiden bogen in eine lange, schmale Gasse ein, an deren Ende sich das Haus von Onkel Sang befand. In jener Nacht waren die Straßenlaternen in der Gasse alle kaputt, und A-yuan tastete sich im Dunkeln vorwärts. Da wollte Onkel Sang auf einmal nicht mehr weitergehen, blieb an Ort und Stelle stehen und hielt sich an einem Laternenmast fest.

»Verdammt nochmal, wo bringst du mich hin?«

»Nach Hause. Da vorne ist es.«

»Ich will zu dem Sumpf, dort hält Liuma sich versteckt. Was ist los, hast du etwa Angst? Hast du noch nie von diesem Ort gehört? Ich sage dir: Der Sumpf liegt dort vorne rechts, unter dem großen Theater! Schau, die zwei Sterne, sie sind aus dem Sumpf aufgestiegen.«

A-yuan hob den Blick und sah in weiter Ferne oben an der Fassade des hohen Gebäudes tatsächlich zwei Sterne kleben, keine Neonlampen, sondern grell leuchtende Sterne. Wie konnten Sterne an einer Fassade sein? Zwei große Gestalten rückten näher, es waren die beiden finsteren Söhne von Onkel Sang. Sie stützten ihn, einer rechts und einer links, und brachten ihn nach Hause. A-yuan horchte aufmerksam auf ihre Schritte, es hörte sich an, als träten sie auf Beton.

Inzwischen waren es 24 Tage, A-yuan erinnerte sich so genau an das Datum, dass er in einem fort nach einem auch noch so kleinen Hinweis auf das Sumpfland suchte. Eines Nachts hockte er zusammen mit einem alten Müllwühler in einer Hütte im Slum, der vor dem Abriss stand. In der Hütte gab es nicht einmal einen Stuhl, geschweige denn elektrisches Licht oder eine Öllampe.

»Horch, sie kommen herein!«, sagte der Alte.

»Was denn?«

»Die kleinen Schweine. Sie ziehen von Haus zu Haus, sie sind Geisterding.«

A-yuan hörte die Schweine atmen, streckte seine Hand nach ihnen aus und berührte ihre feuchtwarmen Körper. Es waren insgesamt fünf oder sechs. Sie waren klebrig, vermutlich sehr dreckig und rochen säuerlich. Der Kontakt mit ihren Leibern machte A-yuan glücklich.

»Sie stammen ursprünglich aus dem Sumpfland und sind die Einzigen, die fähig sind, dort ein- und auszugehen. Begibt sich ein gewöhnlicher Mensch nur einmal an diesen Ort, so quält er sich halb zu Tode, doch sie kommen und gehen ...«

»Können Sie mir sagen, wie ich dorthin gelange? Ich habe keine Angst vor Qualen.«

»Niemand kann dir das sagen, so etwas lässt sich nicht mitteilen.«

»Es ist unter dem großen Theater, nicht wahr?«

»Ja, und unter dem Spielplatz, unter allen Hochhäusern. Unsere Stadt war einst ein Sumpf, jetzt können nur noch diese Schweinchen den Weg dorthin finden. Doch heute Nacht sind sie von dort zurückgekehrt, und es ist am besten, du wartest auf eine andere Gelegenheit.«

Der Alte stand auf und ging nach draußen. Die kleinen Schweine drängten sich um A-yuan, um sich zu wärmen. A-yuan streichelte sie und empfand aus tiefstem Herzen brüderliche Liebe. Gegen die Wand gelehnt saß er auf einem Brett und ließ die Schweinchen seine Beine umspielen. Bei Tagesanbruch, dachte er, würde er die kleinen Schweine fest im Auge behalten, und sie würden ihn an diesen Ort führen. Kurz darauf schlief er ein. Mitten in der Nacht kamen zwei Männer ins Haus, und die Schweinchen gerieten in helle Aufregung. Doch die beiden waren schnell wieder draußen, offenbar waren es Bettler. Sobald sie weg waren, umdrängten die kleinen Schweine A-yuan wieder.

Doch als er am nächsten Morgen aufwachte, waren sie weg; sie hatten keinerlei Spuren ihrer Anwesenheit im Haus hinterlassen.

A-yuan erinnerte sich an die Worte des alten Müllwühlers: »Sie ziehen von Haus zu Haus, sie sind Geisterding.«

In einer anderen Nacht, A-yuan war in einem Bordell, flüsterte ihm die Prostituierte Xiaofen, Dufthauch, ins Ohr:

»A-yuan, A-yuan, wie sollen die Leute verstehen, wenn du so jung stirbst!«

»Ich habe nie gesagt, dass ich den Tod suche«, entgegnete A-yuan.

»Du hast es zwar nicht gesagt, aber du gebärdest dich wie jemand, der morgen in den Tod geht.«

»Du irrst dich, Xiaofen, ich habe das Sumpfland noch gar nicht erreicht, warum sollte ich sterben wollen?«

In dem Moment, als A-yuan das Sumpfland erwähnte, wurde Xiaofens Gesichtsausdruck leer. Schweigend kletterte sie aus dem Bett und setzte sich auf den Rand. »Hol das Geld raus!«, befahl sie.

A-yuan gab ihr die Scheine, ging wortlos zur Tür hinaus und verließ das Etablissement.

Als er sich umdrehte, war das Dirnenhaus in weite Ferne gerückt, und zwischen ihm und dem Bordell lag ein großes Stück ödes Land. In dem Ödland waren einige böse Vögel, die schaurig riefen. Ob das der Sumpf war? Nein. Er hörte die Geräusche von Autos, eines fuhr von dem Ödland kommend vorbei. Und dann noch eines. A-yuan dachte, das Bordell liege am Stadtrand. Nie war ihm aufgefallen, dass es hier so ein großes Stück ödes Land gab.

Das Auto blieb neben ihm stehen, und der hochgewachsene jüngere Sohn von Onkel Sang stieg aus.

»Steig ein, A-yuan«, sagte er.

Das Auto raste in Richtung Stadtzentrum. Es war bereits nach Mitternacht, A-yuan blickte aus dem Fenster, die ganze Stadt war schwarz, auch die Straßenlaternen brannten nicht. Er wagte nicht zu fragen, wohin sie fuhren, doch er hegte eine leise Hoffnung.

»Wir sind da«, flüsterte der jüngere Sohn.

A-yuan stieg aus, und das Auto fuhr sofort weiter. Am Straßenrand stehend blickte er kurz um sich und erkannte Supermarkt und Kino. Da tauchte ein Schwarzmarkthändler wie aus dem Untergrund vor ihm auf, und vor Schreck liefen ihm kalte Schauer über den Rücken.

»Willst du ein Ticket?«

Er gab ihm das Geld und ging mit widerstrebenden Gefühlen ins Kino.

Ein Krokodil nahm die gesamte Leinwand ein, es gab weder Hintergrund noch Ton, nur Nahaufnahmen jedes einzelnen Teils des Tierkörpers wurden wieder und wieder bis zum Erbrechen gezeigt. A-yuan spürte, dass der Saal vollbesetzt war. Die alte Frau neben ihm flüsterte ihm ins Ohr:

»Möchtest du den Film ›Nacht im Sumpf‹ sehen? Ich kann dich hinführen.« Gebückt schlichen sich die beiden nach draußen, A-yuan hielt sich dicht hinter der Alten.

Sie waren noch nicht weit gegangen, da setzte sich die alte Frau auf ein Mäuerchen vor dem Kino und erklärte:

»Mir ist die Puste ausgegangen. Bei der kleinsten Anspannung geht mir die Puste aus. Was stehst du da? Setz dich, du nimmst mir den Blick.«

A-yuan setzte sich artig und nahm die knöcherige Hand der Alten, die sie ihm hinstreckte, in seine.

In dem Moment drang aus dem Kinosaal Lärm, als sei auf der Leinwand eine Schießerei im Gange, und ein Mann schrie irgendetwas, als sei er hysterisch.

»Als wir uns bei der Therme trennten, wussten wir beide, es würde ein Abschied auf ewig sein«, sagte sie einfach so.

»Wer?«

»Ich und mein Geliebter. Eigentlich war es gar keine Therme, nur ein Sumpf. Die Sonne schien den ganzen Tag und erhitzte die Wasserlache. Das hört sich lustig an, doch auf einmal hatte ich Angst vor Egeln. Ich habe dort eine Menge gelernt. Ich denke, dieser Ort liegt –«

»Wo liegt dieser Ort?«

»Nirgendwo, nichts passt.« Sie lachte trocken. »Doch ich stamme von dort. Schau, an dieser Hand fehlen mir zwei Finger, nachdem die Egel sie mir kaputtgebissen hatten, wurden sie amputiert. Als du dich vorhin im Kino setztest, wusste ich sofort, was du suchst. Du hast die richtige Person gefunden.«

»Sie können mich also dorthin führen?«

»Wohin? Dieser Ort existiert nicht. Er ist wie meine Finger verschwunden, weg, nur zwei Leerstellen sind übrig geblieben.«

»Erzählen Sie von der ›Nacht im Sumpf‹ mit Ihrem Geliebten.«

»Ja, es gab diese Nacht, aber ich erinnere mich nicht deutlich daran. In meinem Gedächtnis sind ein paar geschwärzte Stellen.«

A-yuan streichelte ihre Hand, an der zwei Finger fehlten; er wollte sie danach fragen, gleichzeitig hoffte er, sie würde selbst ein wenig erzählen. Er war hin- und hergerissen.

»Nachts, um diese Zeit, kann ich wie mit Adleraugen in weite Fernen sehen. Wenn mir nicht irgendjemand absichtlich die Sicht verstellt, reicht mein Blick bis zur Grenzlinie. In meinem Gedächtnis gibt es diese Flecken, doch das ist mir egal. Schau, das Krokodil hebt den Kopf.«

»Bitte, sprechen Sie weiter.«

Die alte Frau ließ den Kopf auf die Brust sinken und verstummte. A-yuan schüttelte sie zweimal, doch sie rührte sich nicht. A-yuan stand auf, ging nach vorne und schaute, doch es gab nichts zu sehen, nur tiefschwarze Nacht. Im Kinosaal brüllte ein wildes Tier, vielleicht ein Tiger.

A-yuan trat auf die Straße und ging ohne Ziel drauflos. Er fühlte sich unruhig und dachte, dass er vorhin mit der alten Frau am Eingang zum Kino gewiss im Sumpfgebiet gewesen war. Seine Augen waren zu schwach, um den Sumpf zu sehen. Morgen Nacht würde er den Ort wechseln und sich erneut auf die Suche machen.

Er ging wieder ins Wirtshaus, ohne Liuma dort anzutreffen, der im Urlaub war. An seiner Stelle kellnerte eine junge Frau mit großen Augen, eine bedrückt wirkende Aushilfskraft.

Sie setzte sich und ließ sich von A-yuan auf einen Drink einladen. Gedankenverloren blickte sie auf das Glas.

»Sie haben ihn zu stark unter Druck gesetzt«, sagte sie.

»Du meinst Liuma?«, fragte A-yuan nervös.

»Ich meine mich. Ich spreche von mir selbst immer als ›er‹. Zwar hat es für ›ihn‹ etwas Beängstigendes, doch es hat auch Vorteile – er muss es von Anfang bis Ende durchziehen. In meiner Heimat passiert so etwas oft: Wenn ein Mensch gegen ein Krokodil kämpft, kann der Mensch durchaus siegen.«

»Wie viel Uhr ist es?«

»Zwei Uhr nachmittags.«

»Ich bin in der Nacht gekommen, warum bin ich immer noch hier?«

»Offensichtlich wolltest du hierbleiben. Die Flaschen hast alle du geleert.«

»Wer sind die beiden dort drüben?«, fragte er und zeigte auf zwei miese Typen mit weißen Strohhüten in einer Ecke.

»Rede nicht so laut. Das sind zwei Schildkrötenzüchter von auswärts, sie sind am Vormittag hier angekommen und warten seitdem auf dich.«

Sichtlich erregt stand A-yuan auf und ging zu ihnen.

Einer der beiden stopfte hektisch etwas in eine Tragetasche.

»Hallo! Ich kann jetzt mit euch kommen«, sagte A-yuan.

Die zwei Männer sahen einander lächelnd an und gingen einer nach dem anderen hinaus. A-yuan fiel auf, dass die beiden dunkelhäutig, klein und schlank wie die Menschen aus den Bergen waren. Ob sie in den Bergen Schildkröten züchteten?

Die junge Frau begleitete ihn bis zur Tür und flüsterte ihm ins Ohr:

»Die beiden züchten keine Schildkröten, sondern eine Art Skorpione, die im Wasser leben.«

Zu Fuß gingen die drei Männer in die Altstadt und dort durch die engen und gewundenen Gassen. Nachdem sie lange herumgelaufen waren, wurde A-yuan allmählich unruhig. Ob sie seine Gedankengänge verwirren wollten, fragte er sich. Die Altstadt war A-yuan eigentlich sehr vertraut, doch er war lange nicht mehr hiergewesen und die mit Stein gepflasterten Straßen, die zweigeschossigen Häuser aus Holz gaben ihm ein Gefühl von Fremdheit. Schließlich hielten sie vor einem dreigeschossigen roten Backsteingebäude, an dem ein Schild mit der Aufschrift »Hochzeitsfotografie« hing. A-yuan war noch nie hiergewesen, das stand für ihn fest.

Nachdem sie das Fotostudio betreten hatten, sagten die beiden Bergmenschen, sie müssten aufs Klo, und ließen A-yuan zurück.

Der Fotograf hatte einen Mund voller schwarzer Zähne, sein Blick war messerscharf. Ein Mädchen mit einer dicken weißen Puderschicht auf dem Gesicht und einem langen Kleid aus rotschimmerndem Satin saß reglos im Scheinwerferlicht.

»Bitte, sprich ein wenig mit der Braut, ja? Sie wirkt nicht lebendig genug«, sagte der Fotograf zu A-yuan.

A-yuan wollte die Braut gerade etwas fragen, da kam sie ihm überraschenderweise zuvor.

»Wie habt ihr hierhergefunden? Das ist ein geheimer Ort. Ohne jemanden, der einen führt, kommt man überhaupt nicht hier herein! Du hast wirklich Glück gehabt, vielleicht siehst du sogar die Große Flucht! Wer hat dich hergebracht?«

»Zwei Schildkrötenzüchter«, antwortete A-yuan.

»Ich verstehe. Das sind zwei Mistkerle!«, bemerkte die Braut zähneknirschend.

Der Fotograf drückte auf den Auslöser und rief: »Perfekt!«

Die Tür knarzte, und die zwei Bergmenschen kamen herein. Das Gesicht der Braut erstarrte sofort, und sie saß steif wie eine Holzpuppe da.

A-yuan starrte in ihr Gesicht, und je länger er sie anschaute, desto vertrauter kam sie ihm vor. Wer war sie? Ließ sie hier ganz allein Hochzeitsfotos von sich machen? Wo war der Bräutigam? Neben A-yuan fing der Bergmensch mit den dreieckigen Augen an zu reden.

»Ihr Gesicht kommt dir bekannt vor, nicht wahr? Alle Leute, die in dieser Gegend wohnen, kommen einem bekannt vor. Anfangs konnte ich mich kaum daran gewöhnen. Ich komme oft hierher, das Mädel da wohnt neben dem Weißen Sandbrunnen, in dem Haus mit der Kupferglocke an der Tür.«

Der Fotograf legte die Stirn in Falten und winkte ab:

»Geht, Leute, geht! Die Braut hat schlechte Laune, es gibt nichts zu fotografieren!«

»Die zwei Bergmenschen streckten ihm die Zunge heraus und verdrückten sich. A-yuan stand verdutzt da und überlegte immer noch: Wer war sie nur?, während die Braut nach wie vor steif wie eine Holzpuppe dasaß.

»Wie? Worauf wartest du? Wenn du jetzt nicht gehst, findest du den Ausgang nicht mehr!«, verscheuchte ihn der Fotograf.

Wie im Traum glitt A-yuan aus dem Fotostudio. Der Korridor war so lang, dass sein Ende nicht zu sehen war; blindlings ging er ein Stück geradeaus, bog dann nach rechts ab in der Hoffnung, dass sich der Ausgang dort befände. Er stieß mit jemandem zusammen, es war nicht der Ausgang, sondern ein Treppenabsatz. Er war mit der Braut zusammengestoßen. Sie trug immer noch das lange, rotschimmernde Satinkleid, der Stoff fühlte sich eiskalt an und verströmte etwas Unheilvolles. A-yuan hatte große Angst.

»A-yuan, geh nicht«, sagte sie. Ihre Stimme klang ganz schwach.

»Woher weißt du, dass ich A-yuan heiße?«

»Die zwei Männer haben es mir gesagt. Du kommst jetzt nicht mehr hinaus. Die beiden haben dich hereingebracht, aber dabei nicht vorgesehen, dich wieder gehenzulassen. Wir befinden uns an einem sehr großen Ort, du darfst nicht blindlings herumlaufen. Lass uns auf die Stufen hier setzen und auf den Einbruch der Nacht warten.«

»Ist denn Gefahr im Verzug?«

»Ja. Setz dich, schnell.«

A-yuan roch den Duft ihres Gesichtspuders.

»Wirst du bald heiraten?«, fragte er sie.

»Heiraten?«, lachte sie in sich hinein. »Nein, ich heirate doch nicht.«

Im Stiegenhaus erklangen Schritte, A-yuan wandte seinen Kopf nach oben, doch dort war nichts als ein schwarzes Loch.

»Ist im oberen Stockwerk auch ein Fotostudio?«, fragte er mit lauter Stimme, um sich selbst Mut zu machen.

Ohne seine Frage zu beantworten, sah die Braut ihn vorwurfsvoll an.

Die Schritte bewegten sich nach unten. A-yuan hielt es nicht mehr aus. Er wandte seinen Kopf noch einmal um und sah die Tatze eines Schwarzbären.

Die Bärentatze bewegte sich nicht weiter nach unten, sondern hielt inne.

A-yuan brach in kalten Schweiß aus, er wagte kaum zu atmen.

Die Braut setzte eine verächtliche Miene auf und lachte kalt. Sie hatte überhaupt keine Angst. A-yuan schämte sich unendlich. Um seine Feigheit zu überspielen, fragte er sie noch einmal:

»Was ist eigentlich im oberen Stockwerk?«

»Das Sumpfland«, antwortete sie.

»Ah! Können wir hinaufgehen?«

»Erst nachts, wenn es dunkel ist. Aber du kommst hier sowieso nicht raus, wozu also diese Eile?«

Kurz darauf brach die Nacht herein, und es wurde stockdunkel. A-yuan konnte überhaupt nichts mehr sehen. Dann bemerkte er, dass die Braut nicht mehr neben ihm saß. Er hatte keine Ahnung, ob sie nach oben gegangen oder über den Korridor entwischt war. Doch der Bär lief noch die Treppen auf und ab und machte dabei schreckliche Geräusche.

A-yuan stand auf und trat aus dem Treppenhaus in den finsteren Korridor. Am Ende des Korridors, ganz weit entfernt, brannte ein Lichtlein. Von seinem Standpunkt aus war es nur ein ganz schwacher Schein. Er konnte sich nicht entscheiden, ob er dorthin zu dem fernen Licht oder nach oben zu dem Sumpf gehen sollte.

In irgendeinem Zimmer fragte jemand: »Wer da? Wer ist denn da?«

»Ich bin's, A-yuan.«

»Bist du der Händler, der Gebänderte Kraitschlangen kauft?«

»Ich bin kein Händler, ich bin Maurer.«

»Hau ab! Die Große Flucht beginnt, versperr nicht den Weg!«

A-yuan drückte sich ganz eng an die Wand und hoffte, sein Leib würde verschwinden.

A-yuans Leib war nicht verschwunden, denn die Braut kam wieder vorbei. Als sie beide im Dunkeln an der Wand standen, erzählte sie ihm leise ihre Geschichte.

Eigentlich wollte sie eine Woche später als geplant heiraten, doch der Bräutigam bestand darauf, sie an dem Tag in einen Vorstadtpark mitzuschleppen.

In dem künstlichen See dort hielt sich ein großer Fisch nah am Ufer im seichten Wasser auf. Es regnete, und da glitten die beiden hinein. Erst als sie im See waren, stellten sie fest, dass das Wasser dort nicht seicht, sondern sehr tief und dicht mit Pflanzen bewachsen war. Der Bräutigam zog sie nach unten, wo sich die Wasserpflanzen um sie schlangen und sie festhielten, so dass sie sich nur sinken lassen konnte. Doch plötzlich stieß sie sich mit beiden Füßen von dem Bräutigam los, befreite sich von den Pflanzen und kletterte ans Ufer.

»Es war gespenstisch, der Zauber, die Verlockung sind kaum vorstellbar.« In ihrem Ton schwang leise Wut.

»Das macht nichts, das geht vorüber«, versuchte A-yuan, sie zu trösten.

»Was?«

»Ich meine, du bist noch am Leben, und in Zukunft – «

»Hast du meine Geschichte nicht verstanden? Das, was du meinst, ist überhaupt nicht das, was ich meine! Zum Teufel! Jetzt stehe ich immer noch hier mit dir und rede dummes Zeug. Du kannst mich nicht verstehen. Niemals!«

A-yuan war beschämt, und es tat ihm leid. Sie hatte ja recht, er verstand sie tatsächlich nicht; das lag nicht nur daran, dass er noch nie geliebt hatte, sondern auch daran, dass er ein zu oberflächliches Leben führte. Er tat sein Bestes, um sich in die Gemütslage der jungen Frau hineinzuversetzen, aber es gelang ihm nicht.

Sie schwiegen eine Weile, bis die Braut es nicht mehr aushielt und wieder zu reden begann.

»Also diese Wasserpflanzen, je stärker du versuchst, dich von ihnen loszureißen, desto fester umwickeln sie dich. Unter Wasser habe ich ihn sogar lachen gehört! Ruckedigu, ruckedigu, es war ein ganz bizarres Lachen. Und dann sein Gesicht …«

»Aber du hast dich befreit.« A-yuans Stimme wurde leiser.

»Ja. Wie konnte ich ihn nur von mir stoßen? Die Szene unter Wasser werde ich mein Leben lang nicht vergessen. Ich gehe kurz nach oben, aber du bleibst hier und rührst dich nicht vom Fleck, bis ich dich rufe.«

Undeutlich verschwand ihre Gestalt. A-yuan kam der Schwarzbär wieder in den Sinn, es war wohl ein dressierter Zirkusbär, dachte er.

Jetzt war es ringsum still geworden, bis auf ein Geräusch, das aus dem Teich kam, das Geräusch von gurgelnd, glucksend aufsteigenden Blasen. A-yuan war dieses Geräusch von Anfang an aufgefallen. Doch es gab gar keinen Teich draußen vor dem Haus, deshalb mutete es ihn ganz merkwürdig an. Kam das Geräusch etwa vom oberen Stockwerk? Nein. Aus einem Sumpf aufsteigende Blasen hörten sich anders an. Dieses Geräusch kam bestimmt von draußen.

A-yuan wartete eine ganze Weile, die Beine taten ihm vom langen Stehen weh, doch die Braut kam nicht, um ihn zu rufen. Der Fotograf kam. Polternd eilte er die Treppe hinunter und war im Nu an A-yuans Seite. Aus seinem Mund strömte ein übler Geruch, als er dicht an A-yuans Gesicht zu sprechen begann und seinen Kopf mit einer Hand tätschelte.

»Richtig, du bist es, du bist also immer noch hier. Normalerweise lassen wir niemanden übernachten, du hast wohl einen kleinen Trick angewendet, um hier zu bleiben? Willst du hinter das Geheimnis unseres Gewerbes kommen? An Ehrgeiz fehlt es dir jedenfalls nicht!«

»Ich will jetzt nach Hause gehen«, sagte A-yuan angewidert.

»Geh doch, niemand hält dich zurück!«

»Ich komme nicht raus. Wo ist die Tür?«

»Hinter dir, du musst fest stoßen – noch fester – ja, genau!«

A-Yuan wurde von dem Fotografen von der Wand, an der er stand, hinausgeschoben.

Er befand sich in einer engen Gasse der Altstadt, die Häuser zu beiden Seiten hatten ihre Türen fest verschlossen. Wieder hörte er die aus dem Teich aufsteigenden Blasen, das Gurgeln und Glucksen war noch geballter als zuvor. Er fing an zu laufen, er ahnte, dass er sich erst wieder orientieren konnte, wenn er aus dieser Gasse herausgefunden hatte.

»A-yuan –– A-yuan!!«

A-yuan drehte sich um, das rote, lange Satinkleid schimmerte unter der Straßenlaterne, das Gesicht der gespenstischen Frau war weißer als Gips. Er spürte das Ende der Welt nahen. Er rannte wie um sein Leben, bis er endlich aus der Gasse herausgefunden hatte. Er bog um eine Ecke, dann um noch eine Ecke, drehte sich um und blickte zurück, doch niemand war ihm gefolgt. Erst dann verlangsamte er seinen Lauf.

Die beiden Männer aus den Bergen standen an der Grenze zwischen dem alten und dem neuen Teil der Stadt und warteten auf ihn.

»Wir sind hier, um uns von dir zu verabschieden, gleich bricht der Tag an«, sagten die beiden wie aus einem Munde, als hätten sie den Satz auswendig gelernt.

»Auf Wiedersehen, auf Wiedersehen.« A-yuan winkte ihnen zu.

A-yuan schlief in einer Baubaracke, er hatte heute frei. Als der Morgen graute, flüsterte eine männliche Stimme ihm ins Ohr:

»1963 wurde an dem Ort gegraben, und Horden von Strafgefangenen sprudelten von unter der Erde, wo sie nie das Tageslicht gesehen hatten, hervor.«

A-yuan setzte sich mit einem Ruck auf und fragte laut:

»Ist das der Sumpf? Ist das der Sumpf?«

Ein greller Lichtstrahl zwang ihn kurzzeitig die Augen zu schließen, niemand antwortete ihm.

Langsam zog er sich an und schlurfte nach draußen. Er überquerte die Baustelle und trat auf die Straße. Dort kaufte er zwei Sesambrötchen und kehrte in die Baracke zurück, wo er sich das Gesicht wusch und die Zähne putzte.

Kaum hatte er die Brötchen aufgegessen, da sah er die zwei winzigen Männer aus den Bergen vor seiner Baracke.

»Könnt ihr mich zu dem Ort bringen, an dem gegraben wurde?«, fragte A-yuan die beiden.

»Du meinst die Geschichte von 1963? An dem Ort ist inzwischen das größte Hotel der Stadt entstanden«, sagte der ältere der beiden Bergmenschen.

»Das ›Galaxis‹? Das hätte ich nicht gedacht. Hat das Hotel ein Untergeschoss?«

»Ja. Allerdings ist das Untergeschoss längst abgesperrt. Dort ist einmal ein Unglück geschehen. Also, komm mit uns. Hör auf, dieses und jenes zu fragen, das macht keinen Sinn. Hast du etwa Angst, wir wollen dich betrügen?«

Daraufhin ging A-yuan wieder mit den beiden mit. A-yuan wollte die Hoffnung in seinem Herzen nicht fahren lassen.

»Ich möchte an einen Ort gehen, an dem ich nie zuvor war. Aber nicht an einen Ort wie das ›Galaxis-Hotel‹, wo so viele Menschen sind. Ich will an einen entlegenen, menschenleeren Ort gehen, wie zum Beispiel eine stillgelegte Fabrik. Findet sich in der Stadt ein solcher Ort? Eigentlich ist mir die Altstadt sehr vertraut, doch als ich jetzt dort war, habe ich sie zum Teil nicht wiedererkannt ...«

A-yuan quasselte und quasselte, doch die beiden schenkten ihm überhaupt keine Beachtung.

Später bemerkte er, dass sie die ganze Zeit um dieselben zwei Gassen gekreist waren, von denen die eine direkt in die Barackensiedlung führte, in der er sich zuvor aufgehalten hatte. Er ließ seinen Blick schweifen und sah, dass die Hälfte der Baracken bereits abgerissen worden war. Vielleicht, dachte er, gab es zwischen ihm und diesem Ort eine tiefere Verbindung, eine Fügung. Geistesabwesend trat er auf etwas und wäre beinahe gestolpert. Ah, es waren die kleinen Schweine von vorhin! Die Schweinchen rannten schnell weg, flüchteten sich in alle Richtungen. Der jüngere der beiden Bergmenschen sagte:

»In dem Sumpf leben alle möglichen Tiere, außer Wasserbüffel.«

»Schaut, die Schweinchen laufen ins Große Theater!«, rief A-yuan aufgeregt.

Da bemerkte er, dass die beiden Bergmenschen wie im Nu verschwunden waren.

A-yuan ging zum Theater. An einer Anschlagtafel hing ein Plakat, das genau diese Schweinchen zeigte. Sie waren also alle Schauspieler! Aus dem Lautsprecher im Theater drang eine männliche Stimme:

»Wir schreiben das Jahr 1963, hier wachsen Pilze unter der Erde, das sind Schleifen von Mädchen, wir bitten um Ihre Aufmerksamkeit ...«

A-yuan kaufte sich schnell ein Ticket und ging ins Theater.

Die Lichter im Saal brannten, doch niemand war da. Er ging zwischen den langen Stuhlreihen hindurch bis zur Bühne und kletterte hinauf. Wieder stolperte etwas über seine Füße. Ah! Die Schweinchen! Bevor er sie richtig sehen konnte, waren sie schon hinter dem Vorhang verschwunden, und das Licht auf der Bühne ging aus. Im Dunkeln tastete er sich voran und griff nach dem Vorhang.

Der Vorhang war tropfnass, er hatte viele, viele Schichten. Ach du lieber Himmel, es war ein ganzer Wald aus Vorhängen! Nach Atem ringend hockte er sich nieder. In den triefenden Samt gewickelt hörte er die herumlaufenden kleinen Schweine. Es waren viele. Was hatte eigentlich das Plakat am Eingang zu bedeuten? Unterhalb der Bühne, auf der er sich befand, rief eine Frau:

»A-yuan! Hast du den Fisch mit dem großen Kopf gesehen?«

Der Vorhang erstickte A-yuans Atem, und er konnte kaum sprechen; seine Stimme klang wie ein Flüstern:

»Ich –– ich ... Schweinchen.«

Ein Schweinchen blieb schließlich dicht an seinen Füßen stehen. Es stank, doch es gab ihm ein Gefühl von großer Zärtlichkeit. Sein Atem wurde sofort gleichmäßiger. Die Frau draußen hörte nicht auf, ihn zu rufen, doch A-yuan hatte keine Lust, ihr zu antworten. Er umarmte das Schweinchen und zitterte vor Erregung. Aus den Vorhängen kam ein Quieken und Zappeln. Die dichten Vorhänge wurden zu etwas Lebendigem, kein Lichtstrahl drang von außen ein. Schließlich erkannte A-yuan, dass die Frau unterhalb der Bühne die Braut aus dem Fotostudio war, und fragte sich, was sie wohl für ein Leben führte.

In diesem Wald aus Vorhängen tauchten in A-yuans Seele sehr viele Ereignisse aus der Vergangenheit auf. Das Merkwürdige dabei war seinem Empfinden nach, dass vieles sich in Wirklichkeit gar nicht ereignet hatte, doch in seiner Erinnerung zu tatsächlich Vergangenem geworden war. Das Ertrinken in dem künstlich angelegten See zum Beispiel war ja ganz offensichtlich der Braut widerfahren, doch nun war es zu seiner Vergangenheit geworden; eine Narbe auf seiner Handfläche stammte von einer Keramikscherbe auf dem Grund des Sees. Als er daran dachte, leckte er den Kratzer an seiner Hand.

Da ertönte wieder der Lautsprecher.

»Im Frühjahr 1963 trieben in einem künstlich angelegten See mehrere hundert Leichen ...«

Es war immer das Gleiche – der erste Satz war ganz deutlich, doch danach war kaum noch etwas zu verstehen.

Er hatte das Gefühl, dass viele Menschen ins Theater gekommen waren. Auf einmal gingen sämtliche Vorhänge hoch. Die Bühnenscheinwerfer strahlten ihm grell ins Gesicht, und er wäre beinahe ohnmächtig geworden.

»Schau, der Sumpf!«

»Ah, ja, es ist wirklich der Sumpf!«

»Im Jahr 1963 war dieser Ort tatsächlich genau so!«

Als A-yuan die Leute unterhalb der Bühne reden hörte, versuchte er sich an Einzelheiten seines Lebens im Jahr 1963 zu erinnern. Da er seine Augen nicht öffnen konnte, blieb er reglos am Boden hocken, um nicht hinunterzufallen. Seine Lippen begannen, sich zu bewegen, doch er hatte keine Gewissheit darüber, was er sagte; es schien das Jahr 1963 zu betreffen. Unterhalb der Bühne herrschte jetzt Totenstille.

Aus dem Lautsprecher drang das Gurgeln von Wasserblasen, als sei das Geräusch eine Begleitung zu A-yuans Bericht.

Als er von Bluten sprach, hatte er den Geschmack von Blut im Mund.

»Schweinchen! Mein kleines Schwein –– «, A-yuan bedeckte sein Gesicht mit den Händen und schrie.

Die Bühnenbeleuchtung ging aus, und A-yuan öffnete die Augen. Die Plätze im Zuschauerraum waren alle leer, nur rechts an der Wand brannte ganz schwach eine Lampe. A-yuan dachte: Es ist zu Ende, die heutige Vorstellung ist zu Ende. Langsam verließ er seitlich die Bühne und ging zur Hintertür. Seine Füße schienen auf weichen Schlamm zu treten, und die Stimme in seinem Inneren brach ihm das Herz, als sie rief: »Schweinchen, kleines Schwein!«

An der Tür tauchten die beiden Bergmenschen wieder auf.

»A-yuan, hast du alles gesagt, was du zu sagen hattest?«, fragte der etwas ältere.

»So ungefähr. Ich habe mein Bestes getan.«

»Dann ist es gut. Ich hatte große Angst, du würdest es bereuen.«

A-yuan war ihnen im Grunde seines Herzens dankbar, doch er hoffte auch, sie würden weggehen, ganz weit weg.

»Ist das der Ort, an dem gegraben wurde?«, fragte A-yuan.

»Als du auf der Bühne warst, bist du da nicht bei jedem Schritt, an jeder Stelle fest aufgetreten?«, fragte der etwas jüngere Mann.

»Nein, wozu? Es geschah zu plötzlich.«

»Hm, ich verstehe –– du warst voller Unruhe.«

Die beiden Bergmenschen winkten A-yuan zum Abschied, überquerten dann die Straße und verschwanden im Strom der Menge.

A-yuan ging wie in einem Taumel in Richtung der Baustelle, auf der er arbeitete. Kurz bevor er dort ankam klärten seine Gedanken sich schlagartig, und er schrie:

»Genau! Das ist der Sumpf!«

Da erst hatte er wirklich begriffen, dass jeder Ort ein Sumpf war; wenn du dir wünschst, dass er es sei, dann ist er es auch; doch war das nicht geradezu beängstigend? Würde sein Leben zu dem werden, was er sich zuvor erhofft hatte?

A-yuan aß in der Nudelbude vor dem Eingang zu seiner Baustelle eine Suppe, er verspürte eine leichte Unruhe. Nach dem Essen ging er zu seiner Baracke und legte sich schlafen. Die Baracke war völlig leer. Als er dort lag, dachte er an Onkel Sang und an die Braut im roten Kleid. Ob sie beide Stammgäste im Sumpf waren? Er wurde das Gefühl nicht los, dass ihr Sumpf (einschließlich dessen der Bergmenschen) ein ganz anderer war als der seiner eigenen Erfahrung und ein wahrhaft fremdartiger Ort sein musste. Er selbst aber würde nie an diesen ursprünglichen Ort gelangen, sondern könnte nur ein paar entlegene Winkel in der Stadt aufsuchen, um ein wenig von seinem Geschmack zu kosten. Natürlich hatte er auch keinerlei Beweis dafür, dass sie wirklich an diesem fremdartigen Ort seiner Einbildung gewesen waren. All diese illusorischen Gebilde kamen A-yuan beim Einschlafen in den Sinn.

Als der Abend dämmerte, wurde er vom Lärm seiner Kollegen auf der Baustelle geweckt, die ihn, sobald er aufrecht im Bett saß, fragten:

»Hast du die zwei Diebe nicht bemerkt? Sie haben neben der Baracke eine tiefe Grube ausgehoben, sprangen anschließend hinein und waren verschwunden. Danach erst stellten wir fest, dass sie uns ganz alltägliche Dinge gestohlen hatten.«

»Waren die Diebe eher kleinwüchsig?«

»Kleinwüchsig und dunkelhäutig.«

A-yuan kam aus der Baracke und fand die Grube. Er stand eine Weile daneben und wusste, dass ihm der Mut fehlte, hineinzuspringen. Selbst wenn diese Grube für ihn ausgehoben worden war, traute er sich nicht. Sein Mut war am helllichten Tag erschöpft. Ihm war kalt, eilig ging er weg.

Onkel Sang, der längst verschollen schien, tauchte wieder auf und holte A-yuan auf der Straße ein:

»A-yuan, du hast ihre Erwartungen enttäuscht!«

»Wessen Erwartungen?«, fragte A-yuan.

»Die deiner Führer! Ohne sie kommst du kaum einen Schritt weiter.«

Auf Onkel Sangs Gesicht stand zunächst tiefer Schmerz und dann Ratlosigkeit.

A-yuan dachte insgeheim, er habe die beste Gelegenheit vergeudet. Jeden Tag, wenn er die tiefe Grube neben der Baracke sah, ging er darum herum. Einmal, als er nach der Arbeit in seine Baracke zurückkehrte, bemerkte er, dass die Grube zugeschüttet war. Erstaunlicherweise war keine Spur davon auf dem Boden zurückgeblieben, aus der Erde wuchs Gras. War hier Zauberei im Spiel?

Onkel Sang deutete auf ein Auto im fließenden Verkehr und sagte zu ihm:

»Schau, die zwei Führer dort, sie sind jetzt unterwegs, um andere zu führen. Lass dir gesagt sein, sie hätten dich in das wahre Sumpfland geleiten können. Sie sind meine alten Saufkumpane, ich hatte sie damit betraut. A-yuan, wir wohnen in dieser drögen Stadt. Ist es darum nicht etwas selten Kostbares?«

»Onkel Sang, dieses Fotostudio und das Theater, was hat es damit auf sich?«, fragte A-yuan verwirrt.

»Ich habe dir längst erzählt, dass das der Sumpf ist. Warum warst du nicht geduldig genug, dir diese Orte von innen und außen genau anzusehen? Du bist zu ungestüm.«

Der Sohn von Onkel Sang kam mit dem Auto vorbeigefahren, um seinen Vater abzuholen. Der sagte eilig zu A-yuan:

»Ich muss jetzt gehen. Zurzeit kann ich dort auch nicht einen Moment lang abwesend sein. Ich habe dort ein Stück eigenes Land, wo ich weiße Lotoswurzeln anpflanze. Natürlich gibt es dort viele Blutegel. Auf Wiedersehen!«

A-yuan sah dem Auto hinterher, das in einer Rauchwolke verschwand. Onkel Sang hatte ihm mangelnde Geduld vorgeworfen, warum also sollte er, so seine Überlegung, nicht noch einmal zu dem Fotostudio in der Altstadt zurückkehren? Er würde doch in der Lage sein, es wiederzufinden. Onkel Sang hatte recht, in dieser trockenen Stadt sollte für Menschen wie ihn und Onkel Sang ein solch wahrer Sumpf etwas selten Kostbares sein.

Er nahm einen öffentlichen Bus, und eine halbe Stunde später war er in der Altstadt. In Bezug auf das Ergebnis seiner Erkundungen war er alles andere als gewiss.

In den zwei Wochen, in denen er nicht dagewesen war, hatte sich die Altstadt stark verändert, aber hie und da konnte man noch die zweigeschossigen Holzhäuser von früher sehen und sogar eine altmodische öffentliche Toilette. A-yuan erinnerte sich daran, wie er sich früher wie ein Schlammbeißer durch diese engen, darmartig gewundenen Gassen hinein- und hinausgezwängt hatte, und konnte ein Lächeln nicht unterdrücken.

Es war wirklich seltsam, dieses Mal fand er das Fotostudio von neulich wie im Nu. Es war immer noch dasselbe dreigeschossige rote Backsteingebäude, nur das Schild mit der Aufschrift »Hochzeitsfotografie« war verschwunden und ebenso das Haupttor. Es schien, als hätte das Haus seine Ausrichtung geändert, denn der Haupteingang blickte nicht mehr zur Gasse hinaus.

A-yuan lehnte sich gegen die rote Backsteinwand und drückte sein Ohr daran. Er konnte überhaupt nichts hören.

Da kam ein elf- oder zwölfjähriges Mädchen daher.

»Hä? Was machst du?«, fragte sie.

»Weißt du, wie ich hier hineinkomme?«, fragte A-yuan verlegen zurück.

»Hinein? Du kommst nicht hinein, diese Haus hat keine Tür.«

»Sind denn Leute drin?«

»Natürlich.«

»Ich meine, kommen die Leute da drinnen nicht raus? Wie kann es sein, dass sie nicht herauskommen?«

»Warum nicht? Ich habe sie nicht ein einziges Mal herauskommen sehen. Da kannst du warten, so lange du willst.«

Das Mädchen verdrehte die Augen und blickte A-yuan vol-

ler Verachtung an. Sie musterte ihn noch eine Weile misstrauisch, ehe sie ging.

A-yuan begab sich zur Rückseite des Hauses und, in der Tat,
dort war ebenfalls eine Backsteinwand. Allerdings gab es ein
paar Fenster, doch die waren alle im ersten und zweiten Stock.
Als er den Kopf senkte, fiel sein Blick auf das Schild, das er beim
vorherigen Mal gesehen hatte, auf dem in blutroten Zeichen
»Hochzeitsfotografie« stand. A-yuan erinnerte sich sofort an das
lange, rote Satinkleid der Braut. Wie war das Schild zu Boden
gefallen? Diesmal wollte er, wie Onkel Sang ihm geraten hatte,
das Gebäude mit großer Geduld untersuchen. Er beschloss, Wache zu halten.

Die Vormittagssonne fiel auf das Schild, woraufhin die mit
blutroter Farbe geschriebenen Schriftzeichen unversehens in
Flammen aufgingen und ein merkwürdiger Geruch die Luft
durchdrang. A-yuan hörte, wie jemand den Kopf aus dem Fenster streckte und »Feuer! Feuer!« schrie.

A-yuan fragte sich, was dieses kleine Feuer hier draußen die
Leute im Innern des Gebäudes kümmerte. Doch im Nu wurde
es im ganzen Gebäude laut, und die Menschen schienen auf
und ab zu laufen und aus den Fenstern eine Schüssel Wasser
nach der anderen zu schütten. Das Wasser landete zwar nicht
auf dem Feuer, aber das Feuer schien aus Schreck vor der Hektik
der Menschen kleiner zu werden.

Ein Müllsammler kam vorbeigefahren und hielt sein Rad an.
Er bückte sich, um das verbrannte Schild aufzuheben, schaute es
an und warf es hinter sich in den Anhänger. Da schüttete jemand
aus einem der oberen Stockwerke des Gebäudes eine Schüssel
Wasser auf ihn. Er schnitt A-yuan eine Grimasse und sprach:

»Heute ist es wirklich trocken, nicht wahr?«

Die Hände in die Hüfte gestemmt stand er unter der Fensterbank und schien nicht vorzuhaben, seinen Platz kurzfristig zu
verlassen.

A-yuan hörte aus seinem Müllfahrrad das Gurgeln und Glucksen der Wasserblasen. Er wandte den Kopf, doch bis auf das Schild war der Anhänger leer. A-yuan versuchte näher heranzukommen, um besser zu sehen, doch der Müllmann stieß ihn weg. Er war sehr kräftig. A-yuan wäre um ein Haar gestürzt.

»Was hast du vor?«, fragte er A-yuan verärgert.

»Ich will schauen, ob in dem Anhänger ein Sumpf ist«, antwortete A-yuan beleidigt.

»Deshalb darf man noch lange nicht gucken! Hau bloß ab!«

Er stieg auf sein Rad und fuhr weg. A-yuan vernahm das fröhliche Geräusch einer ganzen Reihe großer Wasserblasen, die vom Grund zur Oberfläche aufstiegen. Die Leute aus den oberen Stockwerken schütteten weiterhin Wasser herunter; A-yuan hoffte, sie würden es auf ihn schütten, doch vergebens. Kurz darauf hatte sich der Fleck, auf dem A-yuan stand, in Schlamm verwandelt. Es blieb ihm nichts anderes übrig, als um das Haus herum zur Vorderseite zu gehen. Die Vorderseite des Hauses war immer noch die zugemauerte Wand, doch ein Mann stand davor, es war Onkel Sang.

Onkel Sang ging ihm entgegen und klopfte ihm auf die Schulter:

»A-yuan, ich bin immer noch in Sorge wegen dir! Du bist ein guter Junge, aber du gehst keiner geregelten Beschäftigung nach und deinen Auftrag hast du nicht gut erfüllt!«

»Onkel Sang, kannst du mir sagen, wie ich meinen Auftrag gut erfüllen kann?«

»Ich?? Nein, nein, nein, so etwas lässt sich nicht lehren. Ich war um dich besorgt, nur deshalb bin ich hierhergekommen. Jetzt habe ich dich ermahnt, und es sollte nichts mehr passieren.«

Ähnlich wie der Müllmann schüttelte er A-yuan unwirsch ab und ging weg.

Auf einer kleinen Lichtung war ein Baumstumpf. A-yuan ging

hin und setzte sich darauf. Er hatte das Gefühl, dass er hier warten sollte, bis etwas passierte. Hatte Onkel Sang nicht gesagt, er habe die Gelegenheit verpasst?

Er wartete und wartete, doch nichts geschah. In dem Gebäude dort war es ganz ruhig, und es kam auch niemand mehr hier vorbei. Um ihn herum herrschte Totenstille. Auf einmal zogen Wolken am Himmel auf, und dann wurde es schlagartig dunkel. Es war doch noch Vormittag, warum wurde es dunkel? A-yuan hatte Hunger, also ging er in ein kleines Restaurant, um etwas zu essen.

Das Restaurant war leer und verlassen. Er bestellte eine große Schüssel Schweinelungensuppe und schlang sie geradezu hinunter.

Irgendetwas knabberte an seinem Fußknöchel. »Aua«, rief er laut auf. Er schaute hinunter und sah zu seiner Überraschung, dass es die ihm wohlbekannten Schweinchen waren! A-yuan überlegte, ob er wohl eines von ihnen gegessen hatte. Nachdem die kleinen Schweine eine Runde durch das Lokal gedreht hatten, liefen sie wieder nach draußen.

A-yuan stand auf, um seine Rechnung zu bezahlen, als der Kellner ihn fragte:

»Willst du über Nacht bleiben? Ein Schlafplatz kostet 50 Yuan.«

»Was sind das für Leute, die hier übernachten?«, fragte A-yuan stirnrunzelnd.

»Was sollen das schon für Leute sein? Abenteurer, die ihr Glück versuchen. Arme Leute. Hier in der Stadt gibt es nur noch in diesem Viertel die eine oder andere Gelegenheit, alle anderen Orte sind inzwischen abgeriegelt.«

»Was für Gelegenheiten sind das?«

»Du stellst zu viele Fragen. Bleibst du nun über Nacht oder nicht?«

»Ich bleibe.«

A-yuan folgte ihm in einen hinter dem Laden gelegenen Saal, in dem drei Betten standen, von denen zwei belegt waren. In dem Raum gab es kein elektrisches Licht, doch es brannte eine Öllampe.

Der Kellner deutete auf das leere Bett, und in dem Moment, als A-yuan sich darauf gesetzt hatte, blies er die Öllampe auf dem Tisch aus.

A-yuan tastete im Dunkeln nach Kissen und Decke, faltete die Decke auf und legte sich schlafen.

»Du solltest nicht zu tief schlafen«, sagte der Mann im gegenüberliegenden Bett zu A-yuan.

»Gibt es denn nachts Gelegenheiten?«

»Frag nicht, nach solchen Dingen fragt man nicht.«

A-yuan sagte nichts mehr. Er war unruhig und müde. Er fand keinen Schlaf. Alle fünf Minuten schreckte er auf, und jedes Mal wenn er aufwachte hörte er, wie seine beiden Bettnachbarn in der Dunkelheit flüsternd etwas anzettelten. Er schnappte aus dem Gespräch der beiden Wörter wie »Eisenkäfig«, »Verlies« oder »Tigerbankfolter« auf, nur dunkle und grausame Dinge. Jedes Mal, wenn er kurz davor stand, den Sinn ihrer Worte zu erkennen, übermannte ihn der Schlaf. Deshalb wurde ihm nie ganz klar, worüber die beiden eigentlich sprachen.

Mitten in der Nacht bemerkte A-yuan, dass seine Füße und sein Hals an den Pfosten an beiden Enden des Betts festgebunden waren. Womöglich waren die zwei Männer gar nicht mehr im Raum. Er versuchte, sich zu rühren, doch dadurch zog er die dicken Seile nur noch fester. Da war ihm klar, dass er keinerlei Bewegung machen durfte, wenn er den Schmerz lindern wollte. In dem Moment hörte er das Geräusch der Wasserblasen, das er beinah schon vermisst hatte, und beruhigte sich sofort. Eine Hand an der Tür ließ eine Kerze aufflackern, zog sich dann aber wieder zurück. Eine weibliche Stimme sprach: »Ein wirklich süßes Kerlchen.«

Das Geräusch von Wasserblasen stieg von unter dem Bett herauf, und es war, als sei seine ganze Person ins Wasser eingetaucht, gurgelnd und glucksend, gurgelnd und glucksend. Er, A-yuan, hatte so lange gewartet, und hatte er nicht genau darauf gewartet? In dieser trockenen, überall rissigen Stadt sollte er sich doch glücklich schätzen. Seine Fußrücken juckten ein wenig, doch im Überschwang dieses Glücks beherrschte er sich und regte sich keinen Deut.

»Jedenfalls kannst du jetzt ohne Bedauern sterben«, sprach jetzt wieder die Frau.

A-yuan erkannte an ihrer Stimme, dass es eine frühere Nachbarin war. Sie war Verkäuferin in dem Gemüseladen an der kleinen Straße, wo sie die Kunden mit gesenktem Blick bediente und ihnen nie in die Augen sah. Wie kam es, dass sie jetzt so schwatzhaft geworden war? Jedes Mal, wenn A-yuan kurz vor dem Einschlafen war, schreckte sie ihn wieder auf.

»Ist das ein Sumpf oder ist das ein Verlies?«, fragte A-yuan sie erbost.

Er hatte so laut geschrien, dass die Frau keinen Ton mehr von sich gab und still und heimlich verschwand.

Doch auch das Geräusch der Wasserblasen war verstummt, und A-yuans Füße und sein Hals waren wieder frei. Er stieg aus dem Bett, ging zum Fenster und blickte nach draußen.

Dort lag der düstere Hinterhof des Restaurants. In der Mitte des Hofs standen zwei alte Wasserräder. Zwei schwarze Gestalten waren über die Holzgestelle gebeugt, um Wasser zu schöpfen. Sie verursachten keinerlei Geräusch bei ihrem Tun.

Aufgeregt rief A-yuan: »Ich komme und helfe euch!« Daraufhin sprang er aus dem Fenster. Doch anstatt auf dem Hinterhof landete er in einer Grube. Er hatte sich zwar nicht verletzt, doch der Sturz war schmerzhaft. Er hörte, wie jemand sagte: »Er hat für die Unterkunft noch nicht bezahlt, der Kerl hat wirklich Chuzpe! Außerdem ist sein ganzer Körper so trocken, dass selbst ein Krokodil kein Interesse an ihm hätte. Hat diese Stadt denn nichts Besseres im Angebot?«

Diese Unterhaltung erschreckte A-yuan. Er kletterte aus der Grube und sagte, wie zu seiner Rechtfertigung:

»Ich bin hier, um bei der Bewässerung zu helfen ...«

»Hier ist kein Wasser!«, fuhr der eine Mann ihm über den Mund, »vor hundert Jahren gab es welches, jetzt gibt es nur noch Krokodile und Schlangen. Die Krokodile liegen in Erdlöchern, ihre Körper haben keine Panzer mehr, sie sind ganz glatt und glitschig. Möchtest du wirklich Wasser karren? Also gut, ich helfe dir dabei!«

Er gab A-yuan einen kräftigen Schubs, so dass er gut zehn Schritte nach vorne stolperte. Als er stehen blieb, rieb er sich die Augen und sah, dass er am Straßenrand stand, und zwar am Rand der Hauptstraße in der Neustadt. Ein Auto hielt neben ihm, die Tür ging auf, und Onkel Sang stieg mit einem strahlenden Lachen im Gesicht aus.

»Sehr gut!«, sagte er und klopfte A-yuan auf die Schulter, »siehst du, die Blutegel haben mich nicht leergesaugt, und die Krokodile haben dich nicht aufgefressen. Von nun an kannst du dorthin gehen, wenn du willst! Du brauchst nur den dir vertrauten Straßen zu folgen, dann gelangst du ganz entspannt dorthin, stimmt's? Warte, schau mal!«

A-yuan sah die zwei Männer aus den Bergen in einem schwarzen Jeep, der an ihnen vorbeiflitzte.

»Ist heute nicht Montag? A-yuan, du musst zur Arbeit gehen, du bist doch ein junger Mann mit einem Beruf. In unserem Sumpfland heißen wir Menschen aller Berufsgruppen willkommen. Das nächste Mal brauchst du nur den dir vertrauten Straßen zu folgen, ganz wie es dir beliebt ... in der Stadt ist es zu trocken, um dort zu wohnen.«

An der Kreuzung trennten sich die Wege der beiden.

A-yuan kehrte zur Fabrik zurück und stellte fest, dass die tiefe Grube neben der Baracke wieder zum Vorschein gekommen und von einer Gruppe Leute umstellt war. Als A-yuan näher trat, fragte ihn ein Arbeiter:

»A-yuan, heute am frühen Morgen habe ich jemanden gesehen, der hier heruntergesprungen ist. Warst du das?«

Alle Blicke richteten sich voller Bewunderung auf A-yuan.

»Ich bin tatsächlich … aus dem Fenster hier heruntergesprungen, aber …«, antwortete A-yuan zögerlich.

»Großartig! Großartig!!«, jubelten die Leute.

A-yuan sah, dass kleine Tiere am Rand der Grube heraufgeklettert kamen. Ah, es waren zwei Schweinchen! Sie waren so klebrig und so dreckig und verbreiteten einen A-yuan so vertrauten Gestank. A-yuan hockte sich nieder und streichelte sie. Die Arbeiter bildeten respektvoll ein Spalier und ließen die beiden Schweinchen hindurchlaufen.

»Himmel! Die kommen von dort!«, rief der kleine Hu als Erster aus.

»Wer hätte das gedacht? Wer hätte das gedacht …«, sagten etliche Männer bestürzt.

Die Arbeiter machten alle schmerzliche Mienen, und jemand sagte mit leiser Stimme: »Jetzt ist es auf jeden Fall Zeit, etwas zu trinken.«

Daraufhin beschlossen sie, gemeinsam aufzubrechen.

A-yuan kehrte allein in die Baracke zurück. Er legte sich aufs Bett und dachte daran, dass ihm der Mut dazu gefehlt hatte, in die Grube hineinzuspringen. Das war nur aufgrund einer Fehleinschätzung passiert. Genauso wenig könnte er wie die Braut aus dem Fotostudio aus eigenem Willen in einen tiefen, bodenlosen See gleiten. Onkel Sang hatte wahrscheinlich erkannt, dass er, A-yuan, ein solcher Mensch war. Stets wartete er, wartete darauf, dass ihn solche Gefahren ereilten, weil er Fehler machte.

Von draußen kam ein Pfeifen. A-yuan zog seine Arbeitskleidung an, setzte den Helm auf und folgte dem Vorarbeiter zur

Baustelle. Als er sich daran erinnerte, dass Onkel Sang ihn als einen Mann »mit einem Beruf« gepriesen hatte, wurde er auf einmal heiter.

»Du bist nicht mit trinken gegangen, das freut mich. Du bist ein harter Kerl! Die anderen sind alles Feiglinge, ohne Mumm«, sagte der Vorarbeiter, der vor ihm herlief, ohne sich auch nur einmal umzudrehen.

Als A-yuan auf dem Baugerüst stand und auf die Stadt blickte, hörte er unablässig zahllose Wasserblasen im Luftstrom blubbern, und der feuchtschwere Wind blies ihm ins Gesicht. Er konnte nicht anders, er musste einfach einen Satz hinausrufen:

»Onkel Sang, ich bin jetzt hier!!«

Er sah, wie der graue Himmel immer näher an ihn heranrückte, als wolle er ihn zerquetschen.

Schuld

Ich besaß eine Holzkiste auf dem Dachboden unseres Hauses. Meine ganze Familie wusste davon. Doch nie hatte sie jemand geöffnet und hineingesehen. Im Jahr meiner Geburt hatte Vater mir diese Kiste, die er vorab zurechtgemacht hatte, geschenkt; Mutter hatte sie aufbewahrt. Vater war ein Mann voller List und Tücke, der immer langfristige Pläne entwarf und diese regelmäßig in eine so ferne Zukunft hinausschob, dass er sie wieder vergaß. Mit dieser Holzkiste beispielsweise war es genauso. Als er sie Mutter damals gab, sagte er geradezu feierlich, der Inhalt der Kiste müsse bis zum Tag meiner Volljährigkeit, an dem er ihn mir persönlich offenbaren würde, geheim gehalten werden, denn es handle sich um etwas Wichtiges in Hinblick auf meine Zukunft. Doch als ich volljährig wurde, hatte er die ganze Sache vergessen, und auch Mutter erinnerte ihn nicht daran; vielleicht glaubte sie auch gar nicht, dass Vater in der Kiste etwas Großartiges versteckt haben könnte; nach so vielen Ehejahren kannte sie ihn in- und auswendig und hielt es nicht für nötig, die Sache überhaupt anzusprechen.

Die Kiste war aus Brettern von gewöhnlichem Spießtannenholz zusammengenagelt und schlampig lackiert; am Deckel war ein kleines Schloss angebracht, ein völlig normales Schloss, das mit den Jahren vollkommen verrostet war. Vielleicht war es aus Gewohnheit, vielleicht war es der Einfluss meiner Mutter, jedenfalls kam es mir nie in den Sinn, das Schloss zu öffnen, und überhaupt verschwendete ich kaum einen Gedanken an diese Sache. Nach dem Tod meiner Eltern warf ich die Kiste eines Tages achtlos auf den Dachboden und kümmerte mich nicht mehr darum. Ich bin ein Mensch, dem es manchen Dingen gegenüber an der nötigen Neugier fehlt, anderen Dingen wiederum, die mir eigentlich egal sein sollten, gehe ich bis auf den Grund; von Natur aus neige ich zu schlechten Gewohnheiten.

Im August kam eine jüngere Cousine, die von der ganzen Familie »Mörder« genannt wurde, zu Besuch. Sie war Anfang dreißig, ihre Stirn war voller Falten, was nicht zu ihrem Alter passte, und sie spazierte immer mit hocherhobenem Kopf herum. Bei ihrem Anblick fühlte ich mich unbehaglich. Sie sprach so harsch, dass ihre Worte für andere Menschen mitunter nahezu tödlich waren (Vater bekam das zu Lebzeiten schmerzlich zu spüren), deshalb nannte unsere Familie sie heimlich und gehässig »Mörder«.

»Rushu«, sagte sie, während sie sich setzte, »deine modebewusste Kollegin hat gestern bei einer Bekannten von mir Gerüchte über dich verbreitet, doch ich habe dich mit ihr eng untergehakt herumspazieren sehen. Wie passt das zusammmen?«

»Das ist meine Sache und geht dich nichts an. Zum Herumschnüffeln brauchst du gar nicht erst hierherzukommen«, sagte ich angewidert.

»Aber mein Besuch hat überhaupt nichts damit zu tun«, meinte sie nachdenklich, »ich bin – ich bin wegen dieser Kiste hier!«

»Kiste? Was für eine Kiste?«. Ich wusste sofort, wovon sie sprach, aber stellte mich absichtlich dumm.

»Nur weil dein Vater längst tot ist, heißt das nicht, dass dir die Sache egal sein könnte, das wäre naiv. Du hast genau wie dein heimtückischer Vater – Schuld auf dich geladen. Das lässt sich nicht verhehlen.«

Breitbeinig, die Hände in den Hosentaschen stand sie da und sah aus wie eine alte Jungfer. Ich erinnerte mich, dass ich sie vor vielen Jahren mehreren Freunden vorgestellt hatte, obwohl ich genau wusste, dass keiner passte; es klappte natürlich nicht, und ich hatte sie ihr nur vorgestellt, weil ich sie hasste. Doch sie hasste mich nach dieser Geschichte mitnichten; im Gegenteil, sie war überaus dankbar für meine Hilfe, was mir geradezu peinlich war. Erst später begriff ich, dass ich ihr einfach nichts anhaben konnte.

Ich fragte sie, warum sie so schlecht von meinem Vater dachte, woraufhin sie mich forschend anblickte und kalt lächelte. Sie antwortete, dass ich das wohl längst wisse, warum hätte ich die Kiste sonst auf dem Dachboden versteckt? Das sei ein Verbrechen.

»Ich habe sie dort nicht versteckt, sondern zufällig dort hingestellt. Warum sollte ich mich dadurch schuldig machen?«, ich ertrug es einfach nicht mehr.

»Der Inhalt ist völlig gleichgültig, ein Mensch muss für sein Tun Verantwortung übernehmen und Wörter wie beispielsweise ›zufällig‹ äußerst sparsam gebrauchen; woher willst du wissen, ob etwas zufällig war oder nicht?« Sie schnaubte verächtlich und schwang ihren flachen Hintern.

Ich hatte keine Lust, mich weiter mit meiner Cousine zu befassen. Wenn sie hierbleiben wollte, nun gut, ich würde ihr jedenfalls keine Gesellschaft leisten. Ich nahm meine Aktentasche und ging zur Arbeit.

Dort hatte ich allerdings keine Ruhe. Ich war ständig in Sorge, zu Hause könnte etwas passieren. Außerdem fiel mir ein, dass ich die Schublade nicht abgesperrt hatte, in der lauter persönliche Briefe lagen.

Am Nachmittag, lange vor Arbeitsschluss, fuhr ich eilends nach Hause, stellte mein Fahrrad ab und stürzte, drei Schritte auf einmal nehmend, hinein. Und tatsächlich, sie saß vor dem Schreibtisch und las meine Briefe. Als sie mich kommen hörte, legte sie sie wieder zurück. Es war ihr ganz offensichtlich unangenehm.

»Wie kommst du dazu, meine Briefe zu lesen?«, ich war erbleicht.

»Ich bin nur ein ganz klein wenig neugierig, das ist alles. Nimm es nicht so ernst!«, widersprach sie und stand auf.

»Wenn du hierbleiben willst, dann sei nicht so neugierig!«, schrie ich sie an.

»Denkst du vielleicht, ich besuche dich aus reiner Neugier? Pass nur auf, dass du dich nicht überschätzt!«, schrie sie zurück, stemmte die Hände in die Hüften und sah aus wie eine Hexe.

Mein Mann hörte uns streiten und kam sofort herbeigelaufen, um zu vermitteln. Da wurde sie noch lauter und sagte, sie sei hierhergekommen, um ein Verbrechen zu verhindern, das bereits vor Jahrzehnten geplant worden sei usw., worauf sich mein Mann keinen Reim machen konnte. Das Seltsame war, dass sie in Anwesenheit meines Mannes die Kiste nicht erwähnte, sondern einfach nur Krach schlug und unter anderem sagte, sie werde so lange bleiben, bis die Wahrheit ans Licht gekommen sei.

Mir fiel etwas Seltsames an der ganzen Sache auf. Ich hatte die Kiste, die mir mein Vater geschenkt hatte, ja auf den Dachboden gestellt, und sie war dort in der Mitte des Raums deutlich zu sehen. Warum hatte meine Cousine nicht vorgeschlagen, sie im Haus zu suchen, oder mich gefragt, wo die Kiste sei? Ihre Aufmerksamkeit schien eigentlich gar nicht darauf gerichtet, es war mir alles völlig schleierhaft. Vielleicht benutzte sie das Ganze aber auch nur als Vorwand, um bei uns zu wohnen und ihre Alte-Jungfer-Neugier zu befriedigen oder sich an mir und den Meinen für irgendetwas zu rächen. Sie war zu kompliziert, als dass ich zu ihrem Wesen hätte durchdringen können. Ich brauchte also nicht mit ihr zu streiten. Beim Abendessen grüßte ich sie, als sei nichts geschehen. Sie verzog keine Miene, als strafe sie mich mit Verachtung. Dann wandte sie sich meinem Sohn zu, sprach mit ihm über die subtile Beziehung zwischen Eltern und Kindern und nutzte die Gelegenheit, das Thema in seiner ganzen Breite zu entfalten.

»Manchmal wird ein Verbrechen über mehrere Generationen hinweg begangen«, verkündete sie laut, mit großer Selbstgefälligkeit und erhobenen Hauptes, während mein Sohn vor Bewunderung wie gebannt an den Lippen seiner Tante hing.

Selten hatte ich jemanden gesehen, der ähnlich unbeirrt seinen eigenen Weg ging wie meine Cousine. Sie hatte auch keine richtige Arbeit, sondern verkaufte an einem Straßenstand billige Seidenstrümpfe, was ihr kein regelmäßiges Einkommen verschaffte. Schon früh hatte sie sich mit ihren Eltern so zerstritten, dass es keinerlei Kontakt mehr gab. In Flautezeiten, wenn sie kein Geld zum Ausgeben hatte, kam sie deshalb zu uns. Obwohl ich sie insgeheim hasste, bewunderte ich zugleich ihre Geistesgegenwart, die mich unbewusst beeinflusste, so dass ich gegen ihre Besuche eigentlich nichts einzuwenden hatte. Doch dass sie dieses Mal plötzlich eine Speerspitze auf mich richtete, als wolle sie nicht ruhen, bis sie einer ganz persönlichen Angelegenheit von mir auf den Grund gegangen war, hatte ich nicht erwartet.

Ich war insgeheim wütend und wusste nicht, welchen Ärger meine Cousine lostreten würde. Sie nahm meine Familie überhaupt nicht ernst und behauptete, sie wolle an uns allen eine »Operation« vollziehen. Bei diesen Worten verzog sie keinerlei Miene.

Heute kritisierte mein Chef mich wieder, weil ich völlig durcheinander war und die Tabellen meiner Berichte Fehler aufwiesen. Sein Ton war schrecklich böse, am liebsten hätte ich ihm ins Gesicht gespuckt. Ich dachte an die Schwierigkeiten zu Hause und hatte das Gefühl, es sei an der Zeit, meiner Cousine gegenüber anzudeuten, dass es unmoralisch sei, dem Leben anderer Menschen Steine in den Weg zu legen. Ich überlegte hin und her und beim Nachhausefahren war mir, als hätte ich eine Entscheidung getroffen.

Schon beim Eintreten hörte ich sie und meinen Sohn lachen. Sie hatte zwar nie geheiratet, aber in dieser Hinsicht war sie, das musste ich zugeben, ein Naturtalent. Sie war viel geschickter im Umgang mit Kindern als ich. Ob das der Grund für meine Eifersucht war? Aber es war nicht nur Eifersucht, es waren noch ein paar andere Faktoren im Spiel.

Meine Cousine und mein Sohn hatten gemeinsam einen neuen Lichtschalter installiert und sich gerade eben über den Erfolg ihrer Montage gefreut, denn es war so tatsächlich viel bequemer. Doch ich hatte meinem Sohn verboten, an Stromkabeln herumzuspielen, weil er noch zu klein war und die Grundlagen von deren Handhabung nicht verstand. Als ich in das Zimmer sah, bekam ich einen Schreck: Die beiden hatten die Holzkiste vom Dachboden geholt und um besser an dem Schalter hantieren zu können auf den Stuhl gestellt. Dabei hinterließen sie auf dem Holz eine ganze Menge Fußabdrücke. Ich stürzte hinein, holte die Kiste vom Stuhl und starrte meiner Cousine ins Gesicht.

»Das ist die Holzkiste, von der du so oft gesprochen hast«, ich presste Wort für Wort zwischen meinen Zähnen hervor und deutete zum Dachboden hinauf, »sie war die ganze Zeit dort oben.«

»Tatsächlich?«, die Cousine lachte amüsiert, »wie wäre es, wenn du sie öffnest?«

»Ich habe keinen Schlüssel, Vater hat wohl vergessen, ihn mir zu geben«, antwortete ich entmutigt.

»Und du hast vergessen, ihn danach zu fragen, nicht wahr?« Ihre Stimme wurde sanft. Mit der Fußspitze spielte sie an der Holzkiste auf dem Boden herum, wodurch der Inhalt der Kiste verdächtige Geräusche verursachte. Mein Sohn tat es ihr gleich und stieß mit dem Fuß gegen die Kiste, so dass sie diese schließlich hin- und herschoben. Dieses Spiel zwischen den beiden erfüllte mich derart mit Hass, dass ich sie am liebsten geohrfeigt hätte.

Ich bückte mich, um die Holzkiste aufzuheben, trug sie wieder zum Dachboden hinauf und wickelte sie in ein Tuch. Während ich all dies tat, würdigten mich die Cousine und mein Sohn keines Blickes. Sie hatten bereits ein Schachbrett aufgebaut und waren mitten in einer Partie. Ich war überflüssig geworden.

»Hast du nicht gesagt, du seist wegen der Kiste gekommen? Und die Kiste berge eine Schuld?«, erinnerte ich meine Cousine.

»Habe ich das gesagt? Gut möglich.« Sie blickte auf das Schachbrett, ohne den Kopf zu heben.

»Sie war die ganze Zeit dort oben, mir ist aufgefallen, dass du sie nie beachtet hast.«

»Es war nicht nötig, ich wusste ja, dass sie da war, und ich wusste auch, dass du keinen Schlüssel hast. Sag mal, steckt irgendeine Boshaftigkeit dahinter, oder warum hat dir dein Vater den Schlüssel nicht gegeben?«

»Nein, ich bin sicher, dass er es schlichtweg vergessen hat.«

Ich kann nicht sagen warum, doch obwohl ich die Kiste in ein Tuch eingewickelt hatte, waren alle unsere Blicke von da an unwillkürlich nur noch auf sie gerichtet – die meines Mannes ebenso wie die meines Sohnes, die meiner Cousine und meine eigenen. Diese Situation bereitete mir Unbehagen. Oft saßen wir alle beisammen und unterhielten uns, als plötzlich Schweigen eintrat und wir alle gleichzeitig in Richtung Dachboden schauten, wo das eingewickelte Stoffpaket lag. Jedes Mal war es meine Cousine, die ihren Blick als Erste wieder abwandte und dann vor Lachen prustete, während mir vor lauter Ärger die Röte ins Gesicht stieg.

Um meiner Cousine zu beweisen, dass sie sich alles nur einbildete, begann ich gründlich nach dem Schlüssel zu suchen, den Vater zurückgelassen hatte. Er musste doch irgendwo sein, wenn er nicht mit ihm zusammen verbrannt und in die Urne gegeben worden war. Zuerst öffnete ich das große Bündel mit seiner Hinterlassenschaft, nahm jedes einzelne Ding in die Hand, sah es genau an und prüfte, ob der Schlüssel nicht irgendwo dazwischen steckte. Damit verbrachte ich drei Tage heimlich im Schlafzimmer, immer nach der Arbeit, hinter dem Rücken meiner Cousine und meines Mannes. Doch es sprang nichts dabei heraus, und schon gar nicht der Schlüssel zu der Kiste. In seiner Hinterlassenschaft war überhaupt kein Schlüssel, und da erinnerte ich mich wieder daran, dass mein Vater immer ohne Schlüssel aus dem Haus gegangen war, was ihn häufig in große Verlegenheit gebracht hatte. Meine Gedanken begannen sich auf die Verwandten und Freunde meines Vaters und auf die Frage zu konzentrieren, ob jemand von ihnen eingeweiht war. Ich wusste, dass Vater zu Lebzeiten ein enges Verhältnis zu seiner Schwägerin gehabt und mit ihr über alles gesprochen hatte. Also beschloss ich, der betagten Verwandten einen Besuch abzustatten.

Obwohl der Winter schon vorüber war, war meine Tante in einen dicken Schal gewickelt, zitterte unablässig und sog die Luft durch den Mund ein. Sie murmelte in einem fort: »Ein mörderisches Wetter, eisig, was treibt dich bei der Kälte aus dem Haus?«

Als ich ihr den Grund meines Kommens erklärte, hörte sie auf zu zittern, blickte mich an und sagte: »Nein, er hat den Schlüssel nie erwähnt. Dein Vater war der Fuchs in unserer Familie, er hat nie die Wahrheit gesagt. Immer wenn er hierherkam wollte er sich Geld leihen. Es ist so lange her, warum treibt dich das noch um? Also, ich bin aus diesem Menschen nie schlau geworden.«

»Aber die Kiste ist noch da, er hat sie mir hinterlassen. Ob ich sie mit Gewalt aufbrechen und hineinsehen kann?«

»Das ist mir egal. Du siehst ja, wie alt ich bin. Lass noch ein Weilchen vergehen, dann werde ich kaum mehr sprechen können. Warum sollten er und seine Angelegenheiten mir nicht egal sein? Ich sitze hier und sehe wie in einem Traum, wie wir als Kinder, er war acht und ich war sechs, draußen im Schnee Ski laufen. Damals schon war er sehr schlau berechnend. Wenn es dir gar keine Ruhe lässt, dann geh doch zu seinem alten Freund Qin Yi und frage ihn.« Ihr zahnloser Mund war ganz eingefallen, es schien, als wolle sie noch etwas sagen. Da kippte plötzlich ihr Kopf zur Seite, sie schloss die Augen und glitt in die Welt des Traums.

Es war offensichtlich, dass von der alten Tante keine nütz-lichen Hinweise zu erwarten waren. Ich kehrte also zunächst nach Hause zurück und beschloss, Qin Yi am nächsten Tag ei-nen Besuch abzustatten. Seit Vaters Tod hatte ich ihn nicht mehr gesehen, das war bald sieben Jahre her.

Qin Yi wohnte in einer krummen und gewundenen Gasse. Da es gerade geregnet hatte, stand überall auf der Straße Was-ser, und meine Hosenbeine wurden beim Gehen ganz nass ge-spritzt. Vor mir ging ein alter kleiner Mann, der von seiner Frau, die mit einem Stock hinter ihm herlief, angetrieben wurde. Bei jedem zweiten Schritt stolperte sie und wurde halb wahnsinnig vor Wut, während der Alte behänd wie eine Bergziege zwischen den Pfützen hin- und hersprang. Dann wurde die Frau müde, setzte sich an den Straßenrand und begann laut zu fluchen. Der Alte versteckte sich im Haus. Es war Qin Yi, der jüngere Freund und Schüler meines Vaters.

Als ich eintrat, war er sehr nervös. Er bot mir auch keinen Platz an, sondern konnte es kaum erwarten, dass ich schnell wieder ging. Doch nachdem ich meine Frage gestellt hatte, war er ganz offensichtlich interessiert, und er bat mich, zum Tee zu bleiben.

»Er war zwar mein Lehrer, dennoch muss ich immer wieder sagen, dass er ein Schwindler war. Ständig hat er irgendwelche Sachen versteckt, von denen er behauptete, sie enthielten gro-ße Geheimnisse, die er zu einem späteren Zeitpunkt enthüllen würde, was aber dann nie geschah. Ich habe hier auch eine von seinen Kisten, sie ist leer. Ich habe sie längst geöffnet, noch zu seinen Lebzeiten. Als ich ihn darauf ansprach, meinte er, er habe sich einen Scherz erlaubt, denn er ahnte ja nicht, dass ich sie auf-brechen würde. Das soll nicht heißen, dass ich dich dazu ermun-tere, die Kiste aufzubrechen. Lass sie einfach stehen, ob sie aller-dings etwas enthält, ist ungewiss.«

»Natürlich ist etwas darin, das habe ich doch gehört, außer-dem ist sie schwer. Immerhin war er mein Vater.« Ich sprach mit

Bestimmtheit, zugleich ärgerte ich mich über Qin Yi und verstand nicht, wie mein Vater einem solchen Menschen hatte vertrauen können.

»Vielleicht, vielleicht, ja, er war dein Vater. Doch von einem Schlüssel weiß ich nichts.«

Später suchte ich noch einen Cousin und einen ehemaligen Kollegen meines Vaters sowie eine enge Freundin meiner Mutter auf, doch niemand konnte mir irgendeinen Hinweis geben.

Die Geschichte mit der Kiste sprach sich schnell in unserem Bekanntenkreis herum. Manche von ihnen kamen daraufhin unter einem Vorwand zu uns zu Besuch. Nach dem Eintreten setzten sie sich und richteten den Blick zum Dachboden hinauf. Sobald ich sie ansah, senkten sie ihren Blick wieder, tauschten Höflichkeitsfloskeln aus und sprachen über Belangloses. Währenddessen stolzierte meine Cousine, die Hände in den Hosentaschen, mit großen Schritten durchs Haus.

Eines Tages waren die Eltern meiner Cousine unter unseren Gästen – ein ausgesprochen langweiliges Paar. Nachdem sie sich gesetzt hatten, wanderten ihre Blicke wie die eines Diebs hin und her, sie unterhielten sich völlig ungehemmt und machten abfällige Bemerkungen über die Jugend von heute. Später kam die Cousine, beschimpfte sie derb, sagte, sie sollten abhauen, denn niemand habe sie eingeladen.

»Ihr braucht nicht zu glauben, dass ich euch nicht in- und auswendig kenne«, sagte ihre Mutter beim Gehen und setzte hinzu, wobei sie auf den Sack schlug und den Esel meinte: »Auf der Welt gibt es so viele Menschen, die bis in die Knochen verdorben sind, aber erstaunlicherweise gut leben und dabei so tun, als seien sie völlig arglos. Hört euch bloß das Gerede draußen an!«

Nachdem die Gäste gegangen waren, rang meine Cousine nach Atem; plötzlich packte sie mich am Kragen, schüttelte mich energisch und sagte:

»Warst du es, die die Sache mit der Kiste ausposaunt hat?«

»Ich habe mit ein paar Leuten darüber gesprochen, mit Verwandten und guten Freunden von Vater, was ist schon dabei? Es ist doch nun wirklich kein Geheimnis! Bestimmt hat es längst die Runde gemacht.«

»Du Dummkopf!«, völlig entmutigt ließ sie mich los, »warum bist du davon überzeugt, dass es längst die Runde gemacht hat? Deine Eltern sind tot, nur ich wusste noch davon. Was für eine Ironie des Schicksals, dass sich jetzt alle um deine Kiste kümmern. Denkst du, dass dein Vater noch in Frieden unter der Erde ruht? Das wird dir zum Verhängnis werden! Du bist schuld!«

Mir war klar, dass ich einen Fehler gemacht hatte. Ihrem Blick ausweichend stotterte ich: »Es widerstrebt mir nur …«

Da zu viele Leute zu Besuch kamen, blieb mir nichts anderes übrig, als die Kiste zu verstecken, um ihre Neugier zu ersticken.

Die Besucher kamen dennoch weiterhin. Sie setzten sich mit gesenktem Blick an den Tisch, schauten nicht mehr zum Dachboden hinauf und sprachen auch nicht mehr. Mit dieser Haltung wollten sie zum Ausdruck bringen, dass sie über buchstäblich alles Bescheid wussten. Mir war klar, dass sie, sobald sie das Haus verlassen hatten, in den schlimmsten Tönen über mich herzogen. Unter den Besuchern war auch Qin Yi, was mich noch mehr in der Annahme bestärkte, dass er die Gerüchte gestreut hatte, dieser Verräter, der den ganzen Tag am Leichnam meines Vaters nagte.

Eines Tages, als ich nach der Arbeit nach Hause kam, sagte mein Sohn zu mir, dass jetzt auch in der Schule alles Mögliche über uns geredet würde und er die Blicke der Leute nicht mehr ertragen könne. Wutentbrannt verlangte er, dass ich die Kiste öffne, damit endlich Schluss damit sei, denn letztendlich sei es ja wohl nur eine Holzkiste. Und warum ich sie versteckt hätte. Ich hätte dieses Ding versteckt, um mich der Sache zu entledigen, er aber bekäme deswegen überall nur Ärger.

»Sie verwickeln mich auch in Themen wie Mord, das macht mir wirklich Angst«, sagte mein Sohn hasserfüllt.

Ich dachte an all die Fehler, die ich gemacht hatte; doch die Ursache für all diese Fehler war, dass Vater mir keinen Schlüssel, sondern eben eine verschlossene Holzkiste hinterlassen hatte. Warum hatte er mich eigentlich so sehr gehasst?

Weil die Nachbarn und Verwandten sich bei uns im Haus die Türklinke in die Hand gaben, verlor auch mein Mann die Geduld, und ich spürte, dass er mich oft heimlich beobachtete, um zu sehen, ob ich nicht doch bald die Waffen streckte. Nach langem Zögern und Zaudern machte er eines Tages schließlich den Mund auf:

»Rushu, lass uns aufgeben.«

»Wer ›wir‹? Du meinst mich? Lass dir eines gesagt sein, in dieser ganzen Angelegenheit fällst du überhaupt nicht ins Gewicht, ja, du! Und ihr!« Ich warf meiner Cousine einen Blick zu, sie schaute zur Decke hinauf.

»Warum diese Hysterie? Lass uns die Kiste aufbrechen und hineinschauen, nur dann kommt doch die Wahrheit ans Licht? Wovor hast du eigentlich Angst?«

»Nein und nochmals nein!«, schrie ich, rannte ins Schlafzimmer und schlug die Tür hinter mir zu.

Ich zog die Holzkiste unter dem Bett hervor, hielt sie ans Ohr und schüttelte sie. Es schien trockenes Laub darin zu sein oder Reisstroh oder Briefe. Ich schüttelte noch ein paar Mal und hatte das Gefühl, es sei nichts von all dem, sondern nur Knochenstücke oder Kieselsteine oder Holzspäne. Es war wirklich schwer zu beurteilen, was eigentlich in der Kiste war. Hatte Vater sich mit mir einen üblen Scherz erlaubt? Wofür hielt er mich, für was für eine Art Mensch? Für einen Qin Yi? Was für einen grundsätzlichen Unterschied gab es denn letztendlich zwischen mir und Qin Yi? Der einzige Unterschied war, dass ich die Kiste bis dato noch nicht aufgebrochen hatte. Es musste jemanden geben, der

in die Sache eingeweiht war, und mit großer Wahrscheinlich-
keit war diese Person meine Cousine; sonst hätte sie wohl nicht
gesagt, dass sie deswegen zu uns gekommen sei. Es war sieben
Jahre her, dass ich die Kiste auf den Dachboden gelegt hatte, und
nie hatte sich jemand darum geschert. Ja, meine Cousine hatte
die Wellen hochschlagen lassen. Vielleicht hatte Vater zu Lebzeiten ihr gegenüber eine Andeutung gemacht, und vielleicht
hatte sie davon ganz beiläufig etwas mitbekommen, sie war eine
ausgesprochen intelligente Frau.

Der Gedanke, dass Vater ein solches Bild von mir gehabt haben könnte, war niederschmetternd. Ich warf die Kiste auf den
Boden und in meinem Kopf bildete sich vage ein Plan. Ja, ich
würde Rache an den Verstorbenen nehmen, Vater und Mutter
sollten zur Hölle fahren! Mein Mann kam fast lautlos ins Zimmer. Als er die Kiste auf dem Boden sah, dachte er, ich wäre
schon eingeknickt. Rank und schlank stand er im Licht der Lampe und wirkte ganz entspannt. Ich hörte, wie er leichthin seufzte und scheinbar zu sich selbst sprach:

»Es war nicht nötig, das Ganze so ernst zu nehmen, niemand
schert sich um die Angelegenheiten der Toten. Alle sind hier he-
reingeschneit, das war nicht gerade großartig. Diese ganzen Leute in den letzten Tag haben mich völlig durcheinandergebracht.«

Am frühen Morgen hatte meine Cousine ihre Sachen gepackt
und nach dem Frühstück verkündete sie, dass sie aufbrechen
würde. Sofort kam lauter Protest von meinem Sohn, der meinte,
sie dürfe nicht so schnell abreisen, sie hätten ja auch die Partie
Schach noch nicht zu Ende gespielt.

»Wozu diese Hast?«, ich blickte ihr direkt in die Augen.

»Du brauchst mich nicht mehr«, lachte sie. »Die Schuld besteht fort, doch es wird nichts Schlimmes passieren. Ich bin jetzt
erleichtert, und außerdem kann ich ja nicht ewig hier wohnen,
ich bin schon viel zu lange hier.«

»Hattest du nicht gesagt, du bist gekommen, um ein Verbrechen zu verhindern?« Ich versuchte, die in mir aufsteigende Wut zu unterdrücken.

»Das war nur eine Übertreibung, wir alle lieben es doch, große Töne zu spucken, um uns wichtig zu fühlen. Ich muss mir über meine eigenen Probleme Gedanken machen. Meine alten Leute sind hierhergekommen und haben Krach geschlagen, du hast es ja selbst gesehen. Im Grunde ihres Herzens hatten sie keine andere Absicht, als einen Mord zu begehen!« Sie schulterte ihren Rucksack, winkte kurz und ging.

»Es ist erstaunlich, dass sie in einer solchen Situation überhaupt leben kann«, murmelte mein Mann.

»Und du? Was ist deine Situation? Bist du dir darüber im Klaren? Spiel bloß nicht den Arglosen! Dafür sind wir ein bisschen zu alt«, entgegnete ich ihm so laut, dass er erschrak. Er lächelte kühl und ging hinaus.

Auch mein Sohn stand vom Esstisch auf, verdrehte demonstrativ die Augen und verließ den Raum.

Draußen unterhielten sich Leute, unsere Nachbarn aus der Straße. Begierig nach Neuigkeiten umringten sie meinen Mann. Ich spürte, wie die Wut in meinem Kopf dröhnte, alles war angespannt wie eine Bogensehne.

Es schien, als sagte mein Mann etwas, das schlagartig Klarheit schaffte und sie allmählich auseinandergehen ließ.

Ich hielt es nicht länger aus. Ich griff nach dem Kassettenrekorder und schmetterte ihn zu Boden. Niemand rief mich zur Vernunft, sie waren alle weg. Ich ging ins Schlafzimmer, zog die Holzkiste hervor, hielt sie ans Ohr und schüttelte sie ein paar Mal. Das Rascheln von trockenem Laub war zu hören oder vielleicht waren es auch Briefe, Fotografien, Holzspäne oder gar Knochen? In dem Moment wuchs meine Neugier ebenso wie meine Wut.

Ich packte die Holzkiste in eine Tragetasche und lief nach draußen.

Als ich zurückkam, erwartete mich mein Mann mit betrübtem Gesicht bereits an der Tür. Mein Sohn stand neben ihm und lief weg, sobald er mich sah.

»Du hast das Ding in den Fluss geworfen?«, fragte er, und seine Hände begannen zu zucken.

»Na und, es gehört mir, ich habe das Recht, darüber zu verfügen.«

»Natürlich hast du das Recht dazu.« Sein Blick begann, herumzuwandern, seine Hände hörten auf zu krampfen. »Rushu, sag mir: hast du denn keine Angst? Besonders wenn du nachts aufwachst?«

»Angst wovor? Löst die Angst denn das Problem? Wer kann ihm schon entrinnen? Denk bloß nicht, deine Situation sei besser als meine.«

»Ah, jetzt verstehe ich. Ich bin wirklich ein Idiot! Nach dem, was du gerade gesagt hast, ist mir nun alles klar. Warum sich an die Form klammern? Wir beide haben dasselbe im Sinn, nur verfahren wir anders, das ist alles. Dein Vater war in der Tat ein schlauer Fuchs und konnte sich wirklich gut verstellen; ich hatte es überhaupt nicht gemerkt. Sei unbesorgt, diese Leute werden nicht wiederkommen, sie haben alle ihren eigenen Ärger. Warum hast du die Kiste nicht heimlich aufgemacht und hineingeschaut und sie erst dann weggeworfen?« Er wollte sich einfach nicht damit abfinden.

»Auf keinen Fall!«, sagte ich entschieden.

Mich und meinen Mann mit meinem Sohn trennten Welten. Wir redeten und lachten zwar miteinander, und von außen betrachtet hatte man den Eindruck, als sei nichts geschehen, doch die ganze Geschichte hatte sich in ihre Gesichter eingezeichnet. Oft blickten sie geistesabwesend zum Dachboden hinauf, als wollten sie mir diese Schuld in Erinnerung rufen. So vergingen Tage.

Oft schreckte ich nachts aus dem Schlaf und dann überlegte

ich ernsthaft, ob ich nicht genau so eine Kiste für meinen Sohn machen und trockenes Laub oder ein paar Blatt Papier oder Holzspäne hineinlegen sollte, und besprach diese Idee sogar mit meinem Mann. Der zog daraus den Schluss, dass ich die Verantwortung abzuwälzen versuchte.

Als ich sie schon fast vergessen hatte, tauchte meine Cousine wieder auf. Mit sonnengebräuntem Gesicht, ausgeblichenem Haar, dem Gebaren einer alten Jungfer, den Händen in der Hosentasche.

»Bist du hier, um den Fall zu untersuchen?«, fragte ich spöttisch und bemühte mich, entspannt zu wirken.

»Für derlei fehlt mir die Muße. Ich war die ganze Zeit unterwegs, auf Verkaufstour. Als ich in die Wüste Gobi kam, dachte ich: hier will ich bleiben. Später dann dachte ich: es ist doch eigentlich überall das Gleiche. Dieselbe Schuld, dieselbe List und Tücke, also konnte ich genauso gut wieder heimkehren. Wie geht es euch? Sind die Wunden mit der Zeit geheilt?« Sie hob den Kopf, warf einen Blick zum Dachboden hinauf, und über ihr Gesicht huschte ein leises Lächeln.

»Eines verstehe ich immer noch nicht ganz. Warum hast du die Sache anfangs so ernst genommen, sie aber später nicht zu Ende gebracht? Verfährst du mit deinen eigenen Angelegenheiten genauso?«

»Natürlich«, lachte sie, »genauso. Alles ist immer nur Annahme, wir müssen geschickt mit unseren eigenen Problemen umgehen. Dein Vater war ein ziemlich geschickter Bursche. Er hat sich nie in eine Sackgasse manövriert.«

»Dein Ernst bei der ganzen Sache war also nur vorgetäuscht, du wolltest mich daran erinnern, nicht wahr?«

»Nein, von vortäuschen würde ich nicht sprechen. Alles, was ich damals gesagt habe, war wahr. Dann, als das Problem auf dem Tisch lag, glaubte ich, dass du alles verstanden hattest, und reiste ab. Welches Ende erwartest du? Alles bleibt unabschließbar, das genau ist das Ende. Ich erinnerte mich daran, dass es eine Holzkiste gab, nicht wahr? Und dein Vater liebte es, diese Kinderstreiche zu spielen und ein großes Geheimnis darum zu machen. Früher warst du geradezu abgestumpft. Hätte ich dich nicht daran erinnert, wäre dir doch gar nichts aufgefallen. Letztendlich hatte der Stil deines Vaters ja auch ein paar Besonderheiten, eine Kiste zum Beispiel, hahaha!« Sie konnte gar nicht mehr aufhören zu lachen, und als sie sich beruhigt hatte, sagte sie: »Es war nicht nötig, das Ganze so ernst zu nehmen. Was hielt dich davon ab, die Kiste zu öffnen und hineinzuschauen? Du bist einfach zu angespannt, es fehlt dir an Geschicklichkeit.«

Genauso plötzlich, wie sie aufgetaucht war, war meine Cousine auch wieder verschwunden. Eines Abends begegnete ich an einer Straßenecke ihrer Mutter. Die alte Frau stand ganz allein da und blickte sich nach allen Seiten um. Ich wusste, wen sie suchte.

»Sie kann nicht weit weg sein, Tante. Sie hat mir gesagt, dass sie hier in der Gegend bleibt. Wahrscheinlich ist sie ganz in der Nähe.«

»Ich habe mit ihr noch eine Rechnung zu begleichen!« Sie presste jedes Wort zwischen den Zähne hervor. Ihr Gesicht war vom eisigen Wind violett gefroren.

Kurz darauf starb der Mann der alten Tante; meine Cousine ließ sich zwar nicht blicken, doch ich wusste, dass sie hier in der Gegend geblieben war. Sie war eine Schattengestalt, eine Art Mensch wie Vater. Vielleicht kommt sie eines Tages wieder in unser Haus spaziert und verkündet, sie untersuche, ob ich noch eine Schuld trage.

Die andere Seite der Wand

Als wir Kinder waren, kochten alle Haushalte in einer Gemeinschaftsküche. Die Küche war groß, mehr als zehn Kohleöfen hatten darin Platz. Es gab auch einen Wasserhahn, der alle abwechselnd mit fließendem Wasser zum Gemüseputzen versorgte. Kochen war damals ganz unkompliziert. Üblicherweise aß eine Familie zwei Gerichte, eines mit Gemüse und eines mit Tofu oder sauergebratenen Fleischstreifen. Während des Kochens war in der Küche ein richtiger Trubel, alle unterhielten sich laut und klapperten dabei mit den Bratschaufeln im Wok.

Wenn in irgendeinem Augenblick alle gleichzeitig aufhörten zu lärmen, konnte man auf der anderen Seite der Küchenwand einen seltsamen, anhaltenden, summ- summ- summenden Ton hören. Die Leute erzählten, dass auf der anderen Seite der Wand eine Werkstatt war, in der Gießkannen aus Weißblech hergestellt wurden, die aber den Betrieb bereits vor Monaten eingestellt hatte. Wahrscheinlich zu wenig Geschäft. Immer wenn wir durch den schmalen Gang zur Straße liefen, sahen wir am Tor der Werkstatt ein großes Schloss hängen. Woher also kam dieser summ- summ- summende Ton? Die Erwachsenen kümmerten sich nicht darum und taten so, als gäbe es dieses Summen gar nicht.

Es machte uns großen Spaß, abends in der Küche Verstecken zu spielen. Dann waren die meisten Herdfeuer erloschen, die Lichter waren aus, bloß an zwei oder drei Kochstellen sah man noch die rote Glut im Feuerloch, wie Geister mit nur einem Auge.

Xiaoyi und ich kletterten von einer erloschenen Feuerstelle aus bis zur Oberkante der Küchenwand und standen direkt unter der Decke im Dunkeln.

»Hier ist eine Leiter«, flüsterte Xiaoyi.

Ich folgte ihm, und wir stiegen die Leiter hinunter zur anderen Seite der Wand. Es war so dunkel! Aber man konnte Lärm in der Küche hören. Wahrscheinlich hatte es irgendeinen Pechvogel erwischt. Xaoyi hieß mich stillhalten. Ich nahm seine Hand und ging langsam hinter ihm her. Ich zitterte.

»Angekommen?«, fragte jemand und klang etwas ungeduldig.

»Ja, gut angekommen!«, sagte Xiaoyi fast leidenschaftlich, als wolle er sich bei dem Menschen einschmeicheln.

Es war ziemlich heiß, aber ein feiner Duft lag in der Luft. Ob da gerade jemand Sojabohnen briet? Xiaoyi wollte, dass ich mich setzte, also setzte ich mich auf eine bucklige Bank aus Stein. Die war alles andere als bequem. Ich spürte, dass ziemlich viele Menschen um mich herum waren, die Atmosphäre war angespannt. Alle schienen sie darauf zu achten, wie ich mich zu irgendetwas verhielt, doch ich hatte keine Ahnung wozu.«

»Nimm einfach Stellung«, sagte Xiaoyi und stieß mich dabei in die Seite.

»Stellung nehmen wozu?«, fragte ich.

»Ganz egal, zu irgendetwas. Wir haben kaum noch Zeit.«

Jemand kam auf mich zu und trat mit seinem festen Schuh auf meinen Fuß. Ich schrie auf. Es schien, als sei mein Knochen gebrochen.

»Gut«, sagte Xiaoyi. »Das zählt als Stellungnahme.« Erleichtert atmete er auf.

Doch das Mädchen neben uns war nicht zufrieden. Mädchen sind nun einmal so. Im Unterschied zu uns Jungen sind sie mit anderen nie zufrieden. Sie murren immer, egal was du tust, du kannst es ihnen nicht recht machen.

Mit tränenverweinten Augen stand ich auf, tief seufzend – ich konnte auf der Steinbank einfach nicht mehr sitzen.

Das Mädchen stopfte mir etwas Kleines in die Hand, Sojabohnen zur Belohnung, sagte sie. War sie nicht gerade eben noch ganz unzufrieden mit mir gewesen? Warum also belohnte sie mich?

Die Sojabohnen knackten leise in einem Eisentopf, den ich aber nicht sehen konnte, ebenso wenig wie den Herd. Es war höchst merkwürdig. Konnte es ein schwelendes Feuer sein, das ohne zu leuchten brannte? Es war so heiß! Ich steckte zwei Sojabohnen in den Mund und zerkaute sie. Sie schmeckten gar nicht schlecht. Der Rist meines Fußes tat immer noch schrecklich weh. Ich stützte mich mit beiden Händen an der Steinbank ab und stand mit gebeugtem Rücken da. Der Junge zu meiner Linken sagte etwas, doch ich verstand nicht ganz. Da wurde er zornig und schrie:

»Warum haust du nicht ab?«

Aber ich wollte doch gar nicht abhauen, vielleicht wollte ich abwarten und dabei noch ein paar Sojabohnen essen, vielleicht war ich aber auch neugierig auf diesen Ort.

»Ich warte noch ein Weilchen«, nuschelte ich.

Doch der Junge hatte es sofort gehört! Mit lauter Stimme sagte er zu den Umstehenden:

»Er will noch ein Weilchen warten! Er will unser Stück sehen! Doch wir werden diesem Kerl seinen Willen nicht lassen!«

Alle in dem Raum Anwesenden grölten, es war ohrenbetäubend. Sie riefen:

»Das ist so einer mit einem Wolfsherz!!«

Daraufhin lachten sie wie wahnsinnig. Ich hatte große Angst und befürchtete, sie würden mich angreifen. Doch nichts dergleichen geschah. Ich hörte die eiserne Bratschaufel die Sojabohnen umrühren, deren Duft in meine Nase drang. Das Mädchen von vorhin belohnte mich mit noch ein paar Sojabohnenkernen, was mich erfreute. Doch plötzlich kam Xiaoyi zu mir, packte mich am Arm und befahl mir, ihm zu folgen.

Wir stiegen die Leiter hinauf, kletterten zur Oberkante der Wand und kehrten wieder in die große Gemeinschaftsküche zu-

rück. Kein Mensch war hier, es war mitten in der Nacht. Die rotglühenden Feuerlöcher wiesen uns den Weg.

Ich holte die Handvoll Sojabohnenkerne immer wieder aus meiner Hosentasche und schaute sie an. Es waren ganz gewöhnliche Sojabohnen. Wenn ich sie vor die Nase hielt, roch ich ihr
Aroma. Was waren das nur für Leute, die nachts auf der anderen Seite der Wand heimliche Aktivitäten betrieben? Ich hatte
ihre Stimmen gehört, doch niemanden gesehen. Am Tag lief ich,
ohne Xiaoyi davon zu erzählen, zu dem Werkstatttor und hielt
mein Ohr daran, um zu horchen: drinnen war kein Mucks zu
hören. Ich lauschte ziemlich lange, bis ich ganz unruhig wurde.

»Ich vermisse die Weißblechwerkstatt, kannst du mich in der
Nacht noch einmal dorthin bringen?«, fragte ich Xiaoyi.

»Nein«, sagte er unumwunden. »Das letzte Mal sind wir rein
zufällig dorthin gelangt. Wenn wir jetzt nach einem Plan vorgehen, dann wird ein Luchs das Werkstatttor bewachen, und wir
kommen erst gar nicht hinein.«

»Aber wie sind sie, und wie ist das Mädchen hineingekom-
men?«, fragte ich.

»Die sind immer schon dort. In der Stadt gibt es ein paar leer-
stehende Häuser, die man für unbewohnt hält, aber in Wirklichkeit leben dort Menschen. Das hat mir allerdings mein Großvater erzählt. Ich war bisher nur in einem dieser Häuser, und das
war die Weißblechwerkstatt.«

Aus Angst, ich würde ihm noch mehr Fragen stellen, machte
Xiaoyi sich eilig davon.

Ich war tief betrübt. Nur diese Atmosphäre in der Werkstatt
konnte in mir noch eine gewisse Begeisterung auslösen, der Trubel in der Küche interessierte mich nicht mehr. Doch Papa schrie
sich die Seele aus dem Hals, um mich zum Kochen zu rufen.

Widerwillig wusch ich Rettiche, schnitt Rettiche, gab Rettiche in einen großen Topf Wasser. Dann stand ich da und glotzte

vor mich hin. Plötzlich bemerkte ich, dass in der Wand ein Ziegelstein wackelte. Von neuer Hoffnung erfüllt starrte ich darauf, doch kurz darauf bewegte sich nichts mehr. Als ich mit der Bratschaufel den Rettich umrührte, hörte ich ein Seufzen von jenseits der Wand.

»Hier ist es so einsam!«

Es war die Stimme von einem Mädchen, aber nicht von dem, das mir die Sojabohnen gegeben hatte.

Meine ältere Schwester kam gut gelaunt auf mich zu, riss mir die Bratschaufel aus der Hand und füllte den Rettich geschickt in Schüsseln.

»Also der hier hat etwas auf dem Herzen!«, verkündete sie allen.

Daraufhin brach in der Küche ein großes Gelächter aus. Ich hasste meine ältere Schwester.

Wieder blickte ich auf die Wand vor mir, nichts, keinerlei Bewegung.

Die Vorstellung einer Menge Menschen, die in der Dunkelheit um einen großen Wok herumstehen, in dem Sojabohnen gebraten werden, übte eine unendliche Anziehungskraft auf mich aus. Besonders wenn man nicht wusste, was als Nächstes passieren würde. Ich war Xiaoyi gegenüber geradezu ehrfürchtig.

Xiaoyi ging mir aus dem Weg. Je mehr er das tat, desto größer wurde mein Verlangen. Ich spürte, dass meine Freunde alle auf der anderen Seite der Wand waren, dass dort etwas passierte, das mich interessierte. Ich hatte den Schmerz, der mir in jener Nacht widerfahren war, vergessen. In meiner Erinnerung war nur das feine Aroma der Sojabohnen und die undeutliche Erregung in der Dunkelheit geblieben. Dafür, so dachte ich, würde ich alles riskieren.

Um sicher zu sein, schlüpfte ich erst sehr spät aus dem Haus – es war möglicherweise schon Mitternacht.

Ich tastete mich in die Küche vor, wo ich wieder die drei Geister mit dem rotglühenden Auge sah. Von der erloschenen Feuerstelle aus kletterte ich zur Oberkante der Wand hinauf. Währenddessen war es jenseits der Wand vollkommen still. Ich hockte mich oben auf den Rand der Wand, streckte den Fuß nach unten und tastete. Leider vergebens, die Leiter war nicht mehr da. Dieser verdammte Xiaoyi. Ich verspürte ebenso große Angst wie Müdigkeit und Reue aus vollstem Herzen. Gleichzeitig war ich nicht bereit, zurück in unsere Küche zu gehen. Auf einmal ertönte eine Stimme aus der Luft:

»Komm einfach irgendwie herunter, es geht schon.«

Diese Stimme, die voller Verlockung klang, kam von dem Mädchen, das mir die Sojabohnen gegeben hatte. Ich hielt es nicht mehr aus, der Schwerpunkt meines Körpers begann zu kippen. Himmel! Nur ein Schritt, und mein Fuß trat auf festen Boden. Ich stand.

In dem Raum war es immer noch sehr heiß, er war immer noch vom feinen Duft der Sojabohnen erfüllt, es war immer noch so dunkel, dass auch nicht der Schatten eines Menschen zu sehen war. Ich wusste, dass rings um mich Menschen waren, doch sie bewegten sich lautlos, und auch die Sojabohnen und der eiserne Wok verursachten keinerlei Geräusch. Jetzt hörte ich Stimmen, sie kamen aus der Küche. Es schien, als kochten meine Nachbarn nebenan und unterhielten sich laut dabei. Ihre Stimmen klangen auf einmal so angenehm. War es möglich, dass es dort schon heller Tag war?

Eine Hand zog mich, so dass ich mich setzte. Ich saß wieder auf der buckligen Steinbank, mein Po tat weh.

»Wir haben alle auf dich gewartet«, sprach eine Stimme in meiner Nähe, »um uns Klarheit über die Situation auf der anderen Seite zu verschaffen.«

»Interessiert es euch tatsächlich, was in der Küche dort drüben vor sich geht?«, fragte ich überrascht.

»Interessiert es dich denn nicht?«, fragte die Person zurück.

Danach sprach niemand mehr. Da keiner mehr ein Wort sagte, konnte ich nicht herausfinden, wie viele Menschen in dem Raum waren. Vielleicht vier oder fünf, vielleicht zwanzig oder dreißig. Sicher war jedenfalls, dass sie alle den Atem anhielten, um auf das einzige Geräusch zu lauschen – die Wogen des Lärms, die aus der Küche jenseits der Wand herüberschwappten. Jemand auf der anderen Seite lachte, es hörte sich an wie meine ältere Schwester. Daraufhin fingen alle anderen auch zu lachen an. Ich sollte eigentlich auch in der Küche sein, stattdessen saß ich hier in dieser Dunkelheit. Ich saß hier, weil ich hier diese undeutliche Erregung spürte. Diese Menschen, die ihre Gesichter nicht zeigten, wirkten auf mich wie Verschwörer, und ich hatte ständig das Gefühl, es würde etwas Großes passieren. Stellt euch vor, ich bin aus der Luft gefallen! So etwas gibt es, wider Erwarten! Ich liebe diese Art von Zusammenkünften. Doch warum interessierten sich diese mysteriösen Menschen nur dafür, was in der mir allzu vertrauten Küche vor sich ging?

Als ich Xiaoyi später traf, erzählte ich ihm meine Gedanken. Er hörte schweigend zu. Als ich fertig war, seufzte er tief und sagte, derartige Fragen seien ziemlich abstrus, und er sei nicht der Richtige, um darüber nachzudenken.

Sein Gesichtsausdruck, der der eines kleinen Erwachsenen war, brachte mich zum Lachen. Mein Interesse für die andere Seite der Wand wurde noch größer. Am nächsten Tag würde ich wieder hinüberklettern. Ich brauchte keine Leiter, um auf dem Boden zu landen. Das war einzig und allein mein Geheimnis.

Schattenvolk

Ich gehöre zum Schattenvolk dieser glühend heißen Stadt. Wenn die Stadt tagsüber in lodernden Flammen steht, verlagern sich die Aktivitäten aller Lebewesen an dunkle Orte, in Räume, deren Fenster mit dicken Stoffen verhangen sind. Dem Vernehmen nach bewegten sich früher viele Menschen auf den Straßen, doch schon bald versteckten sie sich, entweder aus Scham, einem Mangel an Stehvermögen oder innerer Schwäche. Wer würde es auch wagen, gegen die Sonne anzutreten? Selbstverständlich ist all das nicht an einem Tag geschehen. Zunächst wurden die Körper der Menschen aufgrund einer inneren Verdichtung allmählich immer dünner und dünner, bis sie gleichsam Fahnenstangen ohne Fahnen waren. Ohne Fahnen zwar, dennoch schien oben am Scheitel irgendetwas zu flattern; Haare, die nicht wie Haare, Mützen, die nicht wie Mützen aussahen. Bis sich später sogar diese Fahnenmasten aus Schamgefühl in die Innenräume zurückzogen. Doch wenn Fremde es wagen, ein Haus zu betreten (die Häuser sind für gewöhnlich nicht abgeschlossen), so bemerken sie, sobald sie sich die Augen gerieben und ihr Sehvermögen wiedergewonnen haben, dass überhaupt niemand in dem dunklen Innenraum ist.

Wohin sind die Menschen gegangen? Wir haben uns nicht in die Erde gebohrt und auch nicht in einer Mauerritze versteckt, sondern wir sind in den Räumen. Wenn du das Bettgestell genau untersuchst oder in die Zimmerecke schaust, hinter das Bücherregal, den Türflügel oder ähnliche Orte, dann entdeckst du blasse Schatten, Feiglinge, die sich zeigen und zugleich zurückziehen. Würmer bohren sich in die Erde, wir ziehen uns in die Häuser zurück, als schämten wir uns für unsere Art zu leben.

Es war ein langer und mühsamer Weg in die Feuerstadt. Bis heute erinnere ich mich an den Durst, die Sehnsucht, die ich unterwegs verspürte. Mir war, als ginge ich zum Kristallpalast! In den Sagen und Märchen ist der Kristallpalast der allerschönste Ort. Ich kam nachts an. Ich erinnere mich, wie mich zwei Hände in ein altes Haus zogen, wo es nach Fleischbrühe roch, und dann irgendjemand sagte: »Der läuft uns nicht weg.«

Ich lag auf einem riesigen Holzbett, aber nicht allein, viele andere lagen ebenfalls dort. Es wurde einfach nicht Tag. In Wirklichkeit war der Tag längst angebrochen, aber die dicken Vorhänge hielten die Lichtstrahlen ab. Ich wollte mich aufsetzen, vom Bett aufstehen und nach draußen gehen. Doch der alte Mann neben mir hielt mich mit festem Griff zurück und sagte:

»Du suchst wohl Ärger, dass du nackt auf die Straße gehst?! Hier war mal einer, der so unbesonnen nach draußen gelaufen ist. Er ist später an seiner Scham gestorben.«

Warum behauptete er rundheraus, ich hätte keine Kleider an? Das ergab überhaupt keinen Sinn! Das war anmaßend! Ich wollte ihm widersprechen, brachte aber keinen Ton heraus, mein Hirn war leer. Es war absurd, ich wollte zum Kristallpalast gehen und war in diese dunkle Gesellschaft, in diese von starker Hand regierte Stadt geraten. Doch die Fleischbrühe roch gar nicht schlecht. In dem Haus war ein Koch, ich konnte ihn aber nicht sehen; ich sah überhaupt niemanden, sondern hörte nur Stimmen. Da nahm ich, ganz unvermittelt, einen Schluck von der Brühe. Nachdem ich sie ausgetrunken hatte, warf ich die Schüssel in hohem Bogen weg. Ich wollte sehen, ob jemand sie aufheben würde. Nein. Sie fiel auch nicht zur Erde, keine Ahnung, wohin sie flog.

Jetzt hielt mich niemand mehr fest, und ich stieg aus dem Bett. Ich tastete mich zur Tür und stieß sie einen Spalt weit auf. Plötzlich schoss ein Lichtstrahl herein und warf mich um. Die Tür schloss sich automatisch wieder. Der Hieb gerade eben war wirklich heftig gewesen. Es war, als hätte mich ein Donnerschlag getroffen. Im Haus gab es schon ein klein wenig Licht, und ich konnte ungefähr fünf Schatten auf dem Bett erkennen. Ich streckte die Hand nach ihnen aus, doch ich fasste ins Leere. Oh je! Wie gruselig! Ich stürzte zu Boden und fühlte tief in mir einen Schmerz. Die Stimme des alten Mannes dröhnte:

»Lei Xiaonan«, das war mein Name, »falls du hinausgehen möchtest, dann solltest du diese Absicht für dich behalten.«

Er kannte sogar meinen Namen. Was wollte er mir sagen, dieser alte Mann? Ich konnte seinen Körper nicht anfassen, aber er konnte mich mit seiner Hand festhalten, meine Bewegungen einschränken.

Der Raum war sehr groß. Am anderen Ende kochte jemand Fleischbrühe. Ich saß auf dem Boden, es fiel mir einfach keine Gegenwehr ein. Ich war in der Nacht hier angekommen, inzwischen war es vielleicht Vormittag.

»So mancher, der gutes Essen bekommen hat, hat sich überhaupt nicht dafür bedankt.«

Die Stimme kam vom anderen Ende, vielleicht war es der Koch, der gesprochen hatte. Bei seinen Worten brachen die Leute auf dem großen Bett alle in Gelächter aus. Einstimmig sagten sie: »Du hast dir also eigentlich gewünscht, dass die anderen sich bei dir bedanken!«

Plötzlich roch ich verbranntes Fleisch, das ganze Haus war von diesem Geruch erfüllt. Es war ekelhaft.

Das Bett war ziemlich hoch. Ich kroch darunter und legte mich hin. Hier war es noch dunkler und noch sicherer. Allerdings war da jemand und flüsterte mir ins Ohr: »Ich trete heute in Streik.« Es war der Koch. Es war nämlich sein Schlafplatz.

»Bist du von hier?« Ich musste ihn das nach einer Weile einfach fragen.

»Natürlich. Damals, als noch Krieg war, schlugen wir uns auf der Straße die Köpfe ein.«

»Und dann?«

»Danach wurde die Sonne immer giftiger, und wir wichen an diesen schattigen Ort hier aus.«

»Kann man nach Sonnenuntergang hinausgehen?«

»Der Sonnenuntergang gehört der Vergangenheit an. Die Sonne geht nicht mehr unter.«

»Nein, das stimmt nicht. Als ich hier ankam, war es ganz bestimmt Nacht.«

»Es ist so: Die Sonne geht tatsächlich jeden Tag einmal unter. Aber jeweils nur für wenige Sekunden, höchstens für zwei Minuten. Und in genau dem Augenblick bist du hier angekommen.«

Ich wollte ihn eigentlich noch etwas fragen, doch er schnarchte schon. Genauso wenig konnte ich seinen Körper berühren. Vielleicht war ich der Einzige in diesem Haus mit einem materiellen Körper. Meine linke Hand war hier, meine rechte Hand war da, und ich konnte mein Gesicht berühren.

Im ganzen Haus schnarchte es. Merkwürdig, warum hatte ich überhaupt kein Bedürfnis nach Schlaf? Meine Gehirn kam nicht zur Ruhe. In Gedanken begann ich inmitten des Schnarchens herumzuwandern und kam an den Herd, der so groß war wie die aus Lehm auf dem Land. Das muntere Kohlenfeuer spie blaue Flammen, und dicht am Herd kauerten zwei Schatten. Sie flüsterten unentwegt. Ich hörte, wie die beiden Schatten, die sich bald ausdehnten und bald zusammenzogen, zischten und schnaubten. Doch nicht einen Augenblick hörten sie auf zu reden. Wenn Menschen sich in Schimären verwandeln, genießen sie vielerlei Vorteile.

Meine Füße waren hinter einem großen Schrank, dort waren auch ein paar Schatten. Manchmal schnarchten sie und manchmal nicht. Sie wirkten sehr besorgt. Sobald sie zu schnarchen aufhörten, glucksten kurze Anweisungen von ihren Lippen wie etwa: »Atem anhalten.« »Achtung!« »Festbinden.« »Wegwerfen.«

»Hineinwerfen.« Offenbar hatten sie Schlafprobleme. Vielleicht war ihr Leben aber auch so, und es gab zwischen Wachen und Schlafen keinen Unterschied?

Plötzlich dröhnte ein Windspiel vom Fenster her mit einem furchterregenden »klingeling, klingeling«. Die unterschiedlichen Stimmen im Raum verstummten, und alle hörten genau hin. Ich hielt es nicht mehr aus und kroch unter dem Bett hervor. Diese Bewegung brachte mir von allen Seiten Beschimpfungen ein, wahrscheinlich weil der Lärm, den ich beim Herauskommen machte, ihr aufmerksames Zuhören störte. Was mochte dieses seltsame Windspiel bedeuten? Wie eine Katze schlich ich mich zum Fenster. Es klingelte noch immer, doch draußen schien überhaupt kein Wind zu wehen. Ich hob ganz leicht die Vorhänge. Ein gleißender Lichtstrahl ließ mich die Augen fest zukneifen. Ich sah es am Fenster hängen, ganz ohne Wind hin und her schwingen, als sei es lebendig. Ich ertrug den Anblick kaum und ließ den Vorhang schnell wieder herunter. Im Raum herrschte Totenstille. Erst nach etwa zwei Minuten hörte das Windspiel auf zu klingen. Die auf dem Bett waren die Ersten, die erleichtert sagten: »Immerhin haben wir keine Zeit vergeudet.« »Kommt Zeit, kommt Rat.« »Das Leben ist kein Leidensweg in totaler Finsternis.« Auch der Koch kam heraus. Ich hörte ihn am Kopfende des Betts zu mir sagen:

»Dein Hin- und Herwandern hier im Haus macht mich ganz schwindelig. Ich hätte einen Kerl wie dich nicht mit meiner Fleischbrühe am Leben halten sollen. Rechne dir doch lieber mal aus, wie viel Platz du alleine beanspruchst!«

»Ich hatte ganz bestimmt nicht die Absicht, hier Platz zu beanspruchen«, sagte ich beleidigt.

»Hm, was hat das damit zu tun, ob du die Absicht hattest oder nicht?«

»Was also soll ich tun?«

»Geh nach draußen, damit du hier keinen Platz einnimmst.

Derjenige, der dich hierhergeschleppt hat, versteht wohl offenbar nicht die Zeichen der Zeit.«

Seine Worte ließen in mir einen Widerwillen gegen mich selbst aufkommen, und ich stürmte zur Tür. Im schlimmsten Fall würde ich eben sterben. Ich war bereit, alles zu riskieren. Ich holte tief Atem, zog die Tür mit einem Ruck auf und stürzte hinaus in die frische Luft. Hinter mir hörte ich den Lärm von zahllosen Windspielen.

Meine Erinnerung ist durcheinandergeraten. Dinge, die kürzlich geschehen sind, scheinen sich vor sehr langer Zeit ereignet zu haben. Dinge wiederum, die bei meiner Ankunft hier passiert sind, scheinen sich gestern zugetragen zu haben. Beim Verlassen des Hauses stachen mir hellweiße Flammen in die Augen und blendeten mich fast. Insbesondere die Glasfenster der Hochhäuser schossen ein Flammenbündel ums andere durch die Luft – mit einer Wucht, als sollte die Stadt zu verbrannter Erde gemacht werden. Ich beeilte mich, in einen kleinen Kasten am Straßenrand zu schlüpfen. Es war ein ausrangierter Zeitungskiosk, dessen Fensteröffnungen mit Pappe zugeklebt waren. Ganz offensichtlich hatte sich hier einmal jemand auf der Flucht versteckt. Nein, es war jetzt jemand darin. Und dieser jemand sagte:

»Dich haben sie wohl verjagt? Warst du allzu leichtfertig, haben sie dich deshalb verjagt?«

Eine nie dagewesene tiefe Scham überwältigte mich. Ach, ich wollte mich in die Erde bohren und nie wieder herauskommen. Ich erinnerte mich nicht einmal mehr genau daran, wie alt ich war, einige Jahre musste ich doch auf dem Buckel haben, wie also sollte ich — leichtfertig sein? Als ich noch zu Hause war, hatte ich das tatsächlich nie bemerkt. Und kaum war ich hier, kam die Wahrheit ans Licht.

Der Mensch, der mit mir sprach, klebte an einer Blechwand — ein ganz blasser Schatten. Ich spürte, dass er voll Kummer und Sorge war. Ich fragte ihn, ob ich seinen Platz in Anspruch nehmen würde. Er überlegte eine ganze Weile, ehe er antwortete:

»An diesem Ort ist der Raum gar nicht so entscheidend. Ich ruhe mich hier auch nur vorübergehend aus. Außerdem ist das ja ein öffentlicher Zeitungsstand, wer könnte hier schon lange bleiben?«

Ich fühlte mich erleichtert, doch die Scham verging nicht. Meine Hände, meine Füße, mein Kinn, mein struppiger Bart, meine gewöhnliche Stimme, für all das schämte ich mich unendlich. Ganz abgesehen von der Tatsache, dass ich aus dem Haus verjagt worden war. Allein der Gedanke daran machte mich verrückt. Ich schloss die Augen, ich wollte gar nichts mehr sehen. Haha, lachte der an der Blechwand zweimal. Ob er über mich lachte?

»Warum lachst du?«

»Ach, nichts. Leute wie wir lachen gerne zweimal, wenn sie nichts Besseres zu tun haben, haha.«

Seine Worte klangen sehr unangenehm. Ich hatte tatsächlich nicht vor, hier zu bleiben. Doch wohin sollte ich gehen? Dieser Mensch da an der Wand mit seinem miefenden Körper machte mich unsagbar beklommen. Vielleicht stank ich noch mehr, aber das konnte ich ja nicht riechen. Verzweifelt hob ich meine Hände und hielt sie vor meine Augen. Ach, sie waren mager geworden, sahen aus wie zwei um Knochen gewickelte Häute. Und auch die Knochen waren dünner und weicher geworden.

»Bruder, ich sehe, dass du dich selbst erdrückst. Bald bist du hauchdünn wie ein Blatt Papier.«

Nach diesen Worten schwebte er mit einem »pff« zur Tür hinaus. An dem Platz, den er verlassen hatte, hing noch die Gestalt eines Menschen. Unwillkürlich lehnte ich mich dagegen und hörte dann nochmals ein »pff«. War ich auch zu einem Schatten geworden, der jetzt hier oben hing? Ich konnte meine Hände, mein Kinn, meine Schultern und mein ganz gewöhnliches Gesicht sehen und anfassen, nur waren diese Körperteile dünner geworden.

Ich konnte mich noch bewegen, schritt zur Tür und lugte durch einen Spalt nach draußen. Die Lichtstrahlen stachen nicht mehr so stark in die Augen und alles zeigte sich in einem schwarzen Grün. Bei den Mülltonnen sah ich drei Schatten. Sie unterhielten sich, und ihre Stimmen drangen in mein Ohr. Sie stritten um Essen, das jemand weggeworfen hatte. Anfangs zankten sie sich heftig, dann wurden sie kompromissbereit und griffen sich abwechselnd einen Bissen. Dabei fielen mir der Koch im Haus und seine Fleischbrühe wieder ein, und ich fragte mich, warum diese Schatten nicht dorthin gingen. Waren sie womöglich auch verjagt worden? Anscheinend genoss das Volk im Haus ein Privileg. Kein Wunder, dass in ihren Unterhaltungen ein Überlegenheitsgefühl mitgeschwungen hatte. Vielleicht hatten sie bei meiner Ankunft gedacht, ich sei wichtig, und dann erst festgestellt, dass das nicht der Fall war.

Das schwarze Grün, das den Himmel einfärbte, wurde immer tiefer. Die Luft war wie getränkt von einer traurigen Melodie. Plötzlich erinnerte ich mich an den Grund, warum ich hierhergekommen war. Jemand hatte mir ein Erbstück gestohlen – einen kostbaren Tuschereibstein. Ich hatte den Dieb verklagt, war jedoch kläglich gescheitert. Beinahe hätte ich diese Geschichte völlig vergessen, jetzt erst fiel sie mir wieder ein. Leichtfüßig wie eine Schwalbe hüpfte ich über die Straße. Wie konnte es sein, dass ich mich vorhin so gedemütigt gefühlt hatte? Da sah ich die Leute, die in den Mülltonnen nach Essen gewühlt hatten. Hoch oben um einen Laternenmast aus Zement gewunden ruhten sich die drei jetzt offensichtlich satt und zufrieden aus. Im Schlaf hatten ihre Köpfe ihre ursprüngliche Gestalt angenommen, es waren drei Menschen mit dreieckigen Gesichtern. Die-

se Schädel konnten sich nicht einmal im Schlaf anständig be-
nehmen – du stupst mich, ich stupse dich – sie waren frech wie
kleine Kinder.

Zu beiden Seiten der Straße standen eine ganze Reihe alter
Häuser. Ich begutachtete sie und fand, dass sie zwar baufällig
aussahen, aber von ihren grauen Mauern und schwarzen To-
ren dennoch ein gewisser Hochmut ausging, der eine strenge
Hierarchie vermittelte. Höchstwahrscheinlich verrichteten diese Schatten im Haus irgendwelche Aufgaben. Direkt gegenüber
sah ich einen langen, schwarzen Schatten, der sich durch eine
Dachrinne gequetscht hatte und sich von der Hausmauer hängen ließ. Gleich danach kam noch einer, der sich daneben hängte. Sie zitterten in der wässrigen Luft, wirkten so hoffnungslos.
Es war das alte Haus, in dem ich mich aufgehalten hatte. Was
ging darin vor?

»Er ist jetzt viel besonnener als zuvor. Aber immer noch zieht
er leichtfertig diesen Schwanz hinter sich her.«

Es war jemand über mir, der das gesagt hatte. Ich hob den
Kopf und sah die um den Laternenmast gewundenen Menschen.
Die drei waren aufgewacht. Ihre Köpfe waren wieder tiefschwarze Schatten. Als sie auf mich schauten, dehnten sie sich und zogen sich wieder zusammen.

»Diesen Schwanz wird er wahrscheinlich auf ewig hinter sich
herziehen. Er wird nie einer von uns.«

Ich hüpfte auf dem Gehsteig ein paar Mal auf und ab, wahrhaft leichtfüßig wie eine Schwalbe. Konnte ich etwa fliegen?

Ich ging zu den zwei an der Hausmauer hängenden Schatten
hinüber und hörte sie weinen. Es waren ein Mann und eine Frau.
Der Schatten der Frau war etwas dichter. Der Schatten des Mannes ließ sich, wenn man nicht ganz genau hinsah, nur schwer
abgrenzen. Vielleicht lag es daran, dass die Frau im Leben etwas mehr Kraft aufgewendet hatte. Warum nur waren sie so verzweifelt?

»Die Sonne wird wieder herauskommen. Früher oder später werden wir uns nirgendwo mehr verstecken können«, sagte die Frau unter Tränen.

»Du selbst wolltest doch herauskommen, niemand hat uns vertrieben«, erwiderte der Mann.

»Dort erniedrige ich mich bloß selbst, lieber gehe ich ein Risiko ein.«

»Liebste, ich liebe dich so sehr.«

Die zwei Schatten umarmten sich, trennten sich aber gleich wieder.

Meine Haut fühlte sich an wie ein Nadelkissen, die schwarzgrüne Farbe ringsum verblasste allmählich, die Sonne kam heraus. Die beiden Schatten wirkten mutlos. An der alten Mauer zogen sie sich immer länger, immer dünner. Es schien, als wollten sie mit dem jahrhundertealten Mauerwerk verschmelzen. Ob sie in der Sonne verbrennen konnten?

Die Sonne war kaum zu ertragen. Es blieb mir nichts anderes übrig, als durch die Tür wieder in das alte Haus hineinzuschlüpfen.

»Ich bin zurück und beanspruche wieder Platz«, begrüßte ich das Schattenvolk.

Im Raum herrschte Stille, nur die Fleischbrühe war zu riechen. War es möglich, dass sie allesamt, wie die beiden an der Mauer, nach draußen geschlüpft waren? Ich tastete über das große Bett. Es war leer. Ich wollte mich hinlegen und ein wenig ausruhen, doch da überkam mich auf einmal ein Gefühl der Minderwertigkeit. Das war nicht mein Bett, ich konnte mich doch nicht darauf legen!

Dann also unter das Bett, das sollte in Ordnung sein! Ich streckte die Hand aus, tastete unterm Bett. Überall fasste ich in Spinnweben und bekam eine Gänsehaut. Ich konnte meine Hand schütteln und abwischen, sooft ich wollte, es blieb unangenehm. Mein Handrücken juckte und wurde taub. Hatte mich ein giftiges Insekt gebissen? Nach und nach konnte ich die Einrichtung sehen und ging zu dem riesigen Herd hinüber.

»Haha«, lachte jemand an der Wand vor dem Herd.

Das war der, den ich vorhin draußen getroffen hatte.

»Du kannst diese Fleischbrühe nicht trinken.«

»Warum nicht?«

»Weil du immer noch einen Schwanz hast. Wohin du auch gehst, beanspruchst du Platz. Die Fleischbrühe ist nicht für Leute wie dich gedacht. Der alte Mann glaubte, dass du mit Betreten dieses Hauses einer von uns würdest, aber du hast immer noch diesen Schwanz.«

Dieser Mensch wollte mir offenbar Schwierigkeiten bereiten.

»Kann ich mich jetzt auf dem Bett ausruhen oder nicht?«

»Nein«.

»Hast du hier das Sagen?«

»Hier ist jeder für sich selbst zuständig. Doch in deinem Fall ist es anders.«

Während des Gesprächs drehte er sich und fächelte mir dabei zwei kalte Windböen ins Gesicht. Offenbar hatte mir gegenüber jeder das Sagen. Ich hatte einen Schwanz und konnte ihn nicht abschütteln.

»Versuch mal, dich so schwungvoll zu drehen wie ich«, sagte er.

Ich tat es diesen Schatten gleich und schwang meinen Körper ein paarmal hin und her. Himmel nochmal! Ich war erledigt, in tausend Stücken. Der Himmel war nicht mehr der Himmel, die Erde war nicht mehr die Erde. Ich war ein zerrissenes Fischernetz, das in der Luft hing. Noch schlimmer war, dass ich einen Brechreiz spürte und mich womöglich von oben bis unten vollspucken würde.

»Dreh dich noch ein paarmal mit Schwung«, ertönte seine Stimme wieder.

Aber ich konnte nicht mehr. Das war noch weniger zu ertragen als der Tod. Ich fiel hin, mit dem Gesicht zum Boden. Die Fleischbrühe auf dem Herd blubberte im Topf. Ich hörte, wie er mit einem Eisenhaken das Feuer schürte. Allem Anschein nach hinderte die Verwandlung in einen Schatten einen Menschen nicht daran, seine Arbeit zu verrichten. Doch ganz offensichtlich war ich nicht aus demselben Holz geschnitzt. Wohl oder übel würde ich immer meinen Schwanz einziehen. Das Traurige dabei war, dass ich meinen eigenen Schwanz nicht berühren konnte. In dem Moment wünschte ich so sehr, mich zu verwandeln und zum Schattenvolk zu gehören. Ich beneidete diese Typen, die sich so schwingend hin und her bewegen konnten, aufrichtig. Selbst ihre Traurigkeit war erhaben. Die Vorstellung, eines Tages zu sterben und zu einem tiefbraunen, an der Wand hängenden Streifen zu werden, also keinen Platz mehr zu beanspruchen, war wunderschön! Ich erinnerte mich an die Mauern aus Lehm in meiner Kindheit. Wenn die Schneeflocken vom Südufer des Yangtse her wehten und sich auf sie legten, wurde ihre Farbe tiefer, und die Schneeflocken verschwanden. Im Haus brannte ein loderndes Feuer, und natürlich waren die Mauern aus Lehm ganz warm.

Er schwebte langsam hinüber auf das große Bett, pendelte einige Male elegant hin und her und ließ sich dann flach ausgestreckt darauf fallen. Ein kleiner grüner Stern flackerte im Halbdunkel kurz auf und erlosch ebenso schnell wieder.

»Was war das? Es war ganz hell!«, platzte ich ungeachtet meiner Bauchschmerzen heraus.

»Das ist etwas, das in uns ist. Manche behaupten, wir sind nur zum Schattenvolk geworden, um es einmal zu sehen.«

»Warst du glücklich, als du es gerade gesehen hast?«

»Hm. Es hat keinen Sinn, solche Fragen zu beantworten.«

Ich war ziemlich mutlos. Ich fühlte, dass es schwierig für mich sein würde, hierzubleiben. Aber ich konnte auch nicht zurückkehren. Ein Schatten, der seinen Schwanz nicht loswurde, konnte unmöglich unter den Menschen seiner Heimat leben. In meiner Heimat gab es nur schwere körperliche Arbeit zu verrichten. Dort müsste ich jeden Tag schwer schuften und könnte nicht wie hier die Hände in den Schoß legen. Seit meiner Jugend hatte ich solch ein müßiges Leben angestrebt. Hatte es sich jetzt nicht erfüllt? Warum sorgte ich mich schon wieder um Gewinn und Verlust? Ein unzufriedener Mensch ist wie eine Schlange, die einen Elefanten schlucken will.

Draußen wurde es laut, die Leute kamen alle zurück. Wahrscheinlich hatten sie mich gesehen, denn sie verstummten alle auf einen Schlag. Zu dem Zeitpunkt hockte ich an der Wand ganz nah am Herd. Ich dachte, vielleicht waren sie noch unentschlossen, ob sie mich nochmal verjagen wollten oder nicht. Nun gut, wenn sie mich vertreiben wollten, würde ich sofort gehen.

»Ich hätte nie geglaubt, dass er sich so wandeln könnte.« Der Koch war der Erste, der das Schweigen brach. »Es ist nur noch der Schwanz hinten an ihm übrig.«

»Es wäre jetzt auch nicht gut, ihn hinauszujagen«, sagte der alte Mann, der vorher neben mir geschlafen hatte.

Sie kamen alle herein, ließen aber die Tür weit offen. In dem Augenblick war das Licht draußen ganz besonders grell. Hell wie Schnee schien es auf das Stück Boden gleich neben der Tür. Mir war, als hätten sie die Tür offen gelassen, um es mir freizustellen, ob ich gehen wollte oder nicht. Die Stille im Haus deutete darauf hin. Ich biss die Zähne zusammen und stürmte hinaus, mit meinen Füßen wohlgemerkt, nicht mit meinem Schwanz. Meinen Schwanz konnten nur sie sehen.

Aus dem Haus hörte ich Bravo-Rufe, es war wie eine Anerkennung für mein Handeln.

Die glühende Sonne stach in meine Haut. Wie wahnsinnig geworden rannte ich in der Gegend herum und hoffte, an einem schattigen Ort Unterschlupf zu finden. Ich wusste nicht wie, aber ich landete in einer Tiefgarage und konnte endlich einmal

Atem schöpfen. Der Benzingestank in der Garage war unerträglich. Ich blickte nach oben, aha, an der feuchten Wand hingen mehrere von ihnen. Sie unterhielten sich flüsternd.

»Ist das oben oder unten?«

»Ich meine oben.«

»Ich meine unten. Ist hier nicht etwas Schwärzliches?«

»Schau ganz genau, es ist nicht schwärzlich.«

»Ah, tatsächlich. Innen drin ist es geschichtet, also muss das oben sein.«

»Ich glaube auch nicht, dass es oben ist. Wenn das die Oberseite wäre, wie könnten manche Leute dann darauf herumtrampeln?«

Ein großer Lastwagen fuhr ein, schwärzlich. Doch es war ein seltsames Fahrzeug. Es machte überhaupt kein Geräusch, was einem Angst machen konnte. Er fuhr ziemlich langsam, kam ein kleines bisschen näher. Die Kerle an der Mauer verstummten allesamt. Der Lastwagen touchierte die Mauer beim Vorbeifahren. Ob er mich zu Tode quetschen würde? Ich presste mich fest gegen die Mauer, stand auf Zehenspitzen und wünschte mir so sehr, genau wie die dort oben ganz mühelos an der Mauer zu hängen!

»Hilfe!«, hörte ich mich rufen.

Aber er fuhr vorbei. Ich lebte noch. Kaum hatte ich erleichtert aufgeatmet, da kam er wieder zurück.

»Dieses Mal wird ein Fleischbällchen aus ihm«, sagte jemand über mir.

Ich hielt den Atem an, all meine Hoffnung wurde zunichte. Wer hatte verfügt, dass ich kein Schatten werden sollte? Der Stoß verursachte nur einen leichten Schmerz in den Rippen, er war von Todesangst überlagert. Immerhin war es erträglich.

Trotz allem war ich noch nicht tot. Ich bestastete meine Rippen. Alles war in Ordnung. Aber ich hatte doch deutlich die zusammengequetschte Kühlerhaube des Wagens gesehen. Die Leute über mir gaben jetzt keinen Ton mehr von sich.

Der Lastwagen fuhr ziemlich oft immer wieder hin und her, so dass ich mich fast daran gewöhnte. Aber es war ein ganz echter Lastwagen. Ich konnte ihn sogar anfassen. Das Problem lag also bei mir. War ich denn überhaupt ein Mensch? Wenn ich ein Mensch war, warum war ich dann nicht plattgedrückt? Wenn ich aber schon ein Schatten geworden war, wie war es dann möglich, dass meine Rippen noch immer leicht schmerzten?

Der Lastwagen fuhr tief in den nachtschwarzen Tunnel hinein. Ich stand wie an die Mauer geklebt da und wusste nicht, wie ich mich verhalten sollte. In der Garage waren mehrere Fahrzeuge, aber sie waren wohl alle kaputt und vermutlich vor vielen Jahren hier abgestellt worden. Es war schwierig zu sagen, ob auch der Lastwagen kaputt war. Er wurde von jemandem gefahren. Vorhin hatte ich dem Fahrer ja in die Augen geschaut, er sah aus wie ein Roboter. Allerdings waren seine Hände die eines echten Menschen, sie waren dicht behaart. Als er mich sah, streckte er seinen Arm aus und streichelte mein Gesicht. Seine Hand war kalt wie Eis, mich schauderte.

»Ich will hinaus.« Ich konnte nicht anders, als die Leute über mir anzureden.

Es dauerte eine ganze Weile, ehe einer von ihnen den Mund aufmachte und fragte:

»Wie kann das sein?«

Ich bewegte mich die Wand entlang in Richtung Tunnelausgang. Ich hörte, wie sie hinter meinem Rücken über mich sprachen, wobei ich nicht genau verstehen konnte, was sie sagten. Jedes Mal, wenn ich mich bewegte, machte es »pff«, als hätte ich eine Art Membran zerrissen. Bald hatte ich den Tunnelausgang erreicht. Das Sonnenlicht stach mir in die Augen, und ich hatte auch noch keinen festen Plan. Sollte ich also tatsächlich nach draußen gehen? Hatte nicht vorhin jemand gesagt, es sei unmöglich? Während ich zögerte und zauderte, kam der große Lastwagen wieder angefahren. Dieses Mal war der Aufprall so stark, dass ich durch die Luft flog. Wie in Zeitlupe landete ich an einem dunklen Ort – vielleicht im Innersten der Tiefgarage. Ich stürzte zu Boden, blieb aber unversehrt. Das lag daran, dass ich mich bereits in einen Schatten verwandelt hatte. Der Zementboden war wegen der Feuchtigkeit ein wenig klebrig. Der Benzingeruch war nicht besonders stark, ich hatte mich wohl schon daran gewöhnt. Der große Lastwagen war verschwunden. Offenbar war er nur hierher gefahren, um mich zu rammen.

»Hier gibt es keine Fleischbrühe, wie lebt ihr bloß?«, fragte ich laut.

Niemand antwortete mir. Sie hielten mich sicherlich für sehr gewöhnlich. Ich bekam richtiggehend Sehnsucht nach der Fleischbrühe in dem alten Haus. Hatte man diese Speise einmal gekostet, konnte man sie nie wieder vergessen. In dem Moment erhöhten sich in meiner Vorstellung der große Herd aus Lehm oder auch der Koch. Das Leben in dem alten Haus erschien mir als das ideale Leben. Genau wie jener Mensch könnte ich oben an der Herdwand kleben und von dort aus jederzeit Fleischbrühe trinken.

Ich hatte überhaupt keinen Hunger, warum musste ich nur immer an die Fleischbrühe denken?

Unwillkürlich rückte ich wieder an der Mauer entlang in Richtung draußen.

»Der ist wirklich stur«, seufzte jemand über mir.

Ich stürmte hinaus. Nachdem ich das alte Haus angepeilt hatte, schloss ich die Augen und rannte los. Die Sonne brannte gnadenlos auf die Stadt, überall herrschte Totenstille. Inzwischen hatte ich mich daran gewöhnt, mit geschlossenen Augen herumzulaufen. Ohnehin fuhren auf den Straßen keine Fahrzeuge, und ich konnte mit nichts zusammenstoßen. Alle dreißig Sekunden öffnete ich meine Augen einen winzigen Spalt und lugte. Dank dieser Methode erreichte ich das alte Haus im Nu.

»Ich bin wieder zurück«, sagte ich beim Eintreten.

»Hier bist du allerdings nicht willkommen«, ertönte die Stimme des Kochs. »Für Leute wie dich gibt es nur eine Verwendung, nämlich in dem großen Topf zusammen mit der Fleischbrühe gekocht zu werden. Hast du nicht auch noch einen Schwanz?«

Er rief mich zu sich und sagte, er wolle meinen Schwanz sehen. Ich ließ ihn schauen, dann aber meinte er, es sei nicht nötig, es würde einfach nicht gehen. »Er ist zu steif, noch nicht ganz reif.« Anschließend sagte er zu mir: »Am besten legst du dich mit dem Gesicht nach unten auf den Boden und bewegst dich nicht. So sieht dich niemand mehr und, wie es heißt, aus den Augen aus dem Sinn.«

Ich befolgte seine Anweisung und legte mich bäuchlings auf den Boden. Es war wirklich kein Vergleich zu vorher. Sofort hörte ich verschiedene Stimmen. Diese Stimmen kamen unablässig aus den Ritzen im Boden, aus den Wänden, von der Zimmerdecke. Es waren unzählige Menschen, die dort Geschichten erzählten. Ihre Stimmen waren bezaubernd, prächtig in Ausdruck und Klang. All meine Aufmerksamkeit wurde von diesen außerordentlichen Fragmenten mitgerissen. Die Stimmen geheimnisvoller Erzählungen erfüllten das alte Haus, eine Geschichte überlagerte die nächste, wie die Wellen eines Stroms. Obwohl ich nie eine Geschichte zu Ende hören konnte, war ich so erregt, dass ich am ganzen Körper zitterte wie bei einem Malariaanfall. Ich, dieser Schatten, der einen Schwanz hinter sich herzog, begann sich wie wild zu winden. Vor Schmerz stöhnte ich laut auf, vermochte die Bewegung meines Körpers aber nicht zu unterdrücken. Ich musste sterben! Ich musste sterben!

Auf einmal ertönte eine Schelle, und alles Sprechen verstummte. Ah, das Windspiel! Mich immer noch windend war ich in eine schöne Geschichte versunken und würde ohne Reue sterben! Das Windspiel hörte auf und erklang einen Augenblick später wieder. Dieses Mal schwang darin eine Warnung. Vielleicht sollte ich gewarnt werden. Unwillkürlich hörte ich auf, mich zu winden. Ich war eben nicht ohnmächtig geworden, obwohl es unerträglich war. Sehr seltsam. Nachdem das Windspiel mich gewarnt hatte, erklang es nicht wieder. Immer noch auf dem Boden liegend hob ich den Kopf und blickte mich prüfend um. Nicht ein Schatten war mehr zu sehen. Wohin waren sie verschwunden?

Ich stand auf und ging herum, konnte allerdings meine Schritte nicht hören. Ich hüpfte ein paar Mal auf und ab, immer noch kein Laut. In dem ganzen Raum war nur das blubbernde Geräusch der Fleischbrühe in dem großen Topf auf dem Herd zu hören – »plopp, plopp, plopp«. Ich ging hin und schöpfte mir mit einem Löffel einen Schale voll Brühe. Sie roch zwar gut, schmeckte aber nach nichts. Vielleicht ist ihr Geschmack zu komplex, als dass ich ihn beschreiben könnte. Nachdem ich die Schale ausgetrunken hatte, fühlte ich mich vollends gestärkt.

Ich legte mich wieder bäuchlings auf den Boden und horchte. Die wunderbaren Stimmen konnte ich nicht mehr hören, sondern nur den düsteren Nordwind, der draußen auf der Straße Böe um Böe heftiger blies. Ermüdet vom langen Horchen drehte ich meinen Kopf und versuchte, auf meinen Rücken zu sehen. Ah, ich sah meinen Schwanz. Er war riesig wie der eines Dinosauriers. Bei dem dunklen Licht war er bald sichtbar und bald nicht, als sei er wirklich und illusorisch zugleich. Er wuchs auf meinem Rücken und bildete eine Stütze für meinen ganzen Körper. Jetzt verstand ich die Worte des Kochs. Er hatte das nur gesagt, weil er eifersüchtig auf mich war.

Ich, ein Schatten mit einem Schwanz. Ich gehöre zum Schattenvolk und bin doch anders.

Rabenberg

Lange Tage hatte ich darauf gewartet, dass Qinglian, die im vierten Stock wohnte, mich zu einem Ort brachte, der Rabenberg hieß. Das war ein leerstehendes, einsturzgefährdetes Gebäude mit insgesamt fünf Geschossen, ursprünglich der Amtssitz der Stadtverwaltung. Nur ein einziges Mal, ich war erst vier, war ich daran vorbeigegangen. Ich erinnerte mich, wie Mama damals auf die festverschlossenen Glasfenster zeigte und zu mir sagte: »Das ist der ›Rabenberg‹!« In meinem Kopf kamen sofort zahllose Zweifel auf, und ich fragte: »Wieso Berg? Es ist doch ganz eindeutig ein Gebäude. Wo sind die Raben? Sind die Fenster so fest verschlossen, weil die Raben sonst herausfliegen würden?« Ich wollte noch weitere Fragen stellen, doch Papa, der neben mir stand, sagte: »Komm, lass uns weitergehen!«

Später erst zogen wir um, ans andere Ende der Stadt. Es war Qinglian, die mir alles über das Amtsgebäude Rabenberg erzählte. Qinglian war mit ihren vierzehn Jahren bereits eine hübsche junge Frau, und darum beneidete ich sie. Stirnrunzelnd sagte sie immer zu mir: »Jühua, Jühua, warum bist du nur so hässlich, es ist mir peinlich, mit dir auszugehen.« Ich wusste, dass sie es nicht so meinte, deshalb war ich ihr überhaupt nicht böse. Über den Rabenberg unterhielten wir uns schon seit langem, und alle Informationen dazu kamen von Qinglian. Nach all den Jahren erinnerte ich mich zwar noch undeutlich an jenes in einem Vorort gelegene Gebäude, doch seither war ich nicht mehr dort gewesen. Die Stadt war zu groß. Qinglian hingegen kam jedes Jahr zum Rabenberg, da ihr Onkel dort als Pförtner arbeitete.

»Die Leute sagen, das Gebäude sei in einem bedrohlichen Zustand, doch es wird auch in den nächsten Jahrzehnten nicht einstürzen. Dort drin zu spielen macht Riesenspaß!«, sagte sie.

Jahr für Jahr flehte ich sie an, mich dorthin mitzunehmen, und endlich erklärte sie sich bereit, es am kommenden Samstag zu tun. Das war am Montagmorgen. Fünf kaum enden wollende Tage, an denen ich alle möglichen Spekulationen anstellte. Vor allem fürchtete ich, Qinglian könne ihren Entschluss wieder ändern. Schließlich brachen wir auf.

Im Bus legte Qinglian ihre Stirn in ernste Falten und schwieg. Egal was ich sie fragte, sie antwortete ausnahmslos mit Kopfschütteln.

Nachdem wir aus dem Bus ausgestiegen waren und die unbefestigte Straße entlanggingen, wurden meine Erinnerungen allmählich wieder wach. Nicht weit entfernt von dem Amtsgebäude befand sich ein Brunnen, dessen Wasser damals über den Rand getreten und auf die nahegelegenen Felder geflossen war. Mein Vater hatte eine Flasche mit dem Brunnenwasser gefüllt und mir davon zu trinken gegeben. Jetzt war der Brunnen ausgetrocknet, die Reisfelder waren verschwunden und zu Ödland geworden.

»Bitte stell mir nicht x-beliebige Fragen, wenn wir am Rabenberg ankommen.«

Ich hatte das Gefühl, Qinglian übertrieb und machte sich bloß wichtig.

Qinglians Onkel wohnte im Untergeschoss. Sie klopfte mehrmals an die Tür, doch er öffnete nicht. »Er ist immer so«, erklärte sie und schlug vor, zuerst in den Rabenberg zu gehen und uns umzusehen. Sie pochte leicht gegen das Tor, woraufhin es sich öffnete. Ich wurde von ihr geradezu hineingezerrt. Durch ein Federscharnier schloss sich das Tor krachend hinter uns. Man konnte überhaupt nichts sehen.

»Qinglian, Qinglian, wo bist du?«

Meine Stimme klang wie die einer Schattengestalt, völlig verzerrt.

»Jühua, ich bin in einem Bergtal ... du brauchst dich nicht zu beeilen, heb nur die Füße beim Gehen ganz hoch ...«

Ihre Antwort kam von weither. Ich hatte das Gefühl, sie war oberhalb von mir. Ob sie zusammen mit den Raben im fünften Geschoss war? Ich folgte ihrer Anweisung und hob die Füße beim Gehen ganz hoch. Doch ich hatte das Gefühl, als trete ich immer auf derselben Stelle, als habe der Boden unter meinen Füßen einen starken Sog. Mir brach am ganzen Körper der Schweiß aus. In dem Moment, als ich die Anstrengung entmutigt abbrach, erhob sich wieder Qinglians Stimme.

»Jühua, hier gibt es rote Kirschen!«

Sie war immer noch oberhalb von mir. Ich begann von Neuem, kraftvoll, dieses Mal mit ein klein wenig Erfolg. Der Fußboden knarrte und knarzte, und ich bekam Angst. Wenn wir zu Hause Bockspringen spielten, war Qinglian der ›Bock‹, und ich sprang über sie. Jedes Mal, wenn ich über sie sprang, war mir, als würde ich Qinglian mit meinen gegrätschten Beinen den Kopf abrasieren. Bei dieser Vorstellung zitterte ich am ganzen Körper. Jetzt, wo ich auf diesen knarzenden Boden trat, hatte ich genau dasselbe Gefühl.

Ha, ich spürte, dass ich mich schon mehrere Schritt weiterbewegt hatte! Meine Arme fuchtelten in der Dunkelheit herum, ich suchte nach etwas, an dem ich mich festhalten konnte.

Ich trat auf ein kleines Tier, das einen zarten Schrei ausstieß. Ob es ein Rabe war? Es hörte sich ganz und gar nicht danach an. Vielleicht gab es Mäuse in dem alten Haus.

»Jühua, du bist schon im zweiten Geschoss, das ist ziemlich weit oben. Rechts von dir ist ein Hang … spürst du es?« Qinglian war nun etwas näher, als sie mich rief.

»Ich, ich denke … ich spüre es.«

Ich hörte, dass meine eigene Stimme wieder normal klang. Allerdings hatte ich insgesamt erst vier oder fünf Schritte zurückgelegt. Wie sollte ich da plötzlich das zweite Geschoss erreicht haben? Und überhaupt, wie könnte es im zweiten Geschoss eines Gebäudes einen Hang geben? Sie rief zu mir herüber, ich solle die Füße heben und mich anstrengen, den Hang hinaufzusteigen – andernfalls, so drohte sie mir, könne ein »Unfall« geschehen. Daraufhin begann ich wie ein Roboter die Füße hochzuheben, niederzusetzen, wieder hochzuheben ... doch ich trat immer auf derselben Stelle.

Der Boden unter meinen Füßen war abschüssig. Ich rutschte aus und rutschte immer weiter nach unten. Wohin war ich gerutscht? Ob das der »Unfall« war, von dem Qinglian gerade gesprochen hatte? Du lieber Himmel, bestimmt landete ich bald in der Hölle. Ah, hier war Halt! Ich stand auf. Nun konnte ich mich frei bewegen. Dennoch traute ich mich nicht, herumzulaufen, denn ich hatte Angst.

»Kleiner Matz, bist du zum Spielen gekommen?«, es klang nach der Stimme eines alten Mannes.

Wahrscheinlich war es Qinglians Onkel. Und da der Onkel hier war, konnte das nicht die Hölle sein.

»Nein. Ich bin hier, ich bin hier ...«, ich wusste nicht, was ich antworten sollte.

»Es gibt noch etwas viel Lustigeres. Kannst du mich denn sehen?«

»Ich kann Sie nicht sehen.«

»Streng dich an.«

»Ah, das sieht aus wie ein Schatten. Sind Sie rechts von mir?«

»Ich bin links von dir.«

»Dann habe ich mich getäuscht. Ich sehe Sie nicht, Großväterchen. Sind Sie der Onkel?«

Er antwortete nicht. Er sagte nichts mehr. Vielleicht war er schon fort.

Er hatte mich gefragt, ob ich zum Spielen gekommen sei; möglicherweise waren also alle Leute hierher zum Spielen gekommen? Ich dachte so gründlich darüber nach, dass mir sogar kalter Schweiß ausbrach. So ein furchterregendes Spiel! Ich setzte mich auf den Boden, und die langjährige Freundschaft zwischen mir und Qinglian ging mir durch den Kopf.

Qinglian wohnte mit ihrer verwitweten Mutter im vierten Stock, unsere Familie wohnte im Erdgeschoss. Insgeheim verglich ich sie mit einer Tulpe. Sie war weder eine Rose noch eine Narzisse, sondern eine Tulpe. Und ich selbst, ich war eine ganz gewöhnliche Margerite, Jühua. Qinglian hätte nie zugegeben, dass sie eine enge Freundin von mir war. Ihr gefiel es, eine Einzelgängerin zu sein. Manchmal nannte sie mich »Gänseblümchen«, was Ausdruck ihrer Verachtung für mich war. Dennoch freute es mich, dass sie mich so nannte, es klang wie ein Kosename, obwohl ich nur ein Jahr jünger war als sie.

Sie spielte nicht oft mit mir. Wenn wir zusammen waren, spielten wir nur ein ganz simples Kartenspiel, das »Zieh Hundert« hieß. Als ich sie fragte, was sie zu Hause spiele, antwortete sie nur trocken: »Ich muss mein Brot verdienen und habe keine Zeit zu spielen.« Nie lud sie mich zu sich nach Hause ein. Sie und ihre Mutter, das wusste ich vom Hörensagen, sticken für eine Kunstgewerbe-Firma. Eines Tages, als wir uns zufällig auf der Straße begegneten, riss ich das Leinentuch von dem Korb, den sie in der Hand trug, und mir stockte der Atem, als ich die Stickerei darin sah. Sie holte sie sogleich heraus und zeigte sie mir. Es war eine doppelseitige Stickerei. Auf der einen Seite war eine Meereslandschaft dargestellt, auf der anderen Seite ein tiefer Wasserfall. Ich war sprachlos, ergriff nur ihre Hand, mit der sie die Stickerei hielt. Da wurde sie zornig, ließ die Arbeit zurück in den Korb fallen und befreite sich von meinem Griff.

Als ich sie nach dem Sticken fragte, verfinsterte sich ihr Gesicht und untersagte mir jede weitere Frage. Ich würde das nicht verstehen, meinte sie. Natürlich tat ich das nicht. Was war das denn für eine Szene, sie und ihre Mutter stickend in einem Boudoir? Ich konnte mir das einfach nicht vorstellen. Qinglians Mutter sah ein bisschen wie ein alter Affe aus. Die Treppen schlich sie immer wie auf Zehenspitzen hinauf und hinunter. Wenn ich ihr begegnete, lächelte sie mich freundlich an, sagte jedoch niemals ein Wort. Qinglian und ihre Mutter lebten in einer weit entfernten Welt, der ich mich offenbar nicht zu nähern vermochte. Ob das der Grund war, dass ich sie so verehrte?

Jetzt hatte sie mich an diesen Ort gebracht, doch war die Entfernung zwischen mir und ihr nicht immer noch himmelweit? Jahrelang hatte ich mich Tag und Nacht nach dem Rabenberg gesehnt. Ich hatte mir gar vorgestellt, dass in der Mitte dieses großen Gebäudes ein himmelhoher Baum stehe. Stattdessen war ich unversehens in dieses Verlies gestürzt. War das das Vergnügen, dem ich nachgejagt war?

Völlig entmutigt hörte ich Qinglian noch einmal rufen. Ihre Stimme klang weit entfernt, als riefe sie vom Himmel herab.

»Jühua, wenn du den Steilhang hinter dich gebracht hast, halte dich nicht mit Kirschenpflücken auf, sonst findest du kein Ende ... du musst zuversichtlich bleiben ...«

»Qinglian, Qinglian! Ich bin am Ende! Ich kann den Ort, den du mir zeigen willst, nicht erreichen!«

Meine Stimme kam mir vor wie die Druckwelle einer Explosion, die mein Trommelfell zu zerreißen drohte. Wie war das möglich? Was war da geschehen? Unter Einsatz all meiner Kraft stand ich auf und tastete mich vorwärts. Da berührte ich einen Pfosten, einen Pfosten! Ich umarmte ihn ganz fest und war, ich weiß nicht warum, ganz aufgeregt.

»Kleiner Matz, was umarmst du mein Bein? Du musst dich selbst anstrengen!«

Die Stimme des alten Mannes kam von oben herab. Dieser blanke Pfosten war also ein Bein! Mein Gesicht lief fieberrot an, ich hasste mich für meine Untauglichkeit. Dieser Mann war ein Riese, wer war er eigentlich?

»Ich bin Qinglians Onkel, der Pförtner.«

Seine Stimme kam von oben, er konnte meine Gedanken lesen. Aha, Qinglians Onkel war also ein Riese. Das hatte sie mir gegenüber nie verlauten lassen! Ich war etwas erleichtert, da der Ort, an dem ich mich befand, kein Verlies war, sondern die Wohnung von Qinglians Onkel im Untergeschoss. Vorhin hatte ich lange an seine Tür geklopft, doch er hatte nicht geöffnet. Ob er uns auf die Probe stellen wollte? Ein merkwürdiger Onkel.

»Guten Tag, Onkel! Ich bin zusammen mit Qinglian gekommen, um Sie zu besuchen. Können Sie mir sagen, an was für einem Ort ich mich befinde? Und wo ist überhaupt Qinglian? Ich heiße Jühua.«

»Sie hat mir von dir erzählt, Jühua. Wo kannst du schon sein, in meinem Haus natürlich. Normalerweise lasse ich Fremde nicht herein. Wenn ich Leute hereinbitte, dann bekommen sie, was sie wollen. Jühua, denk mal nach. Was möchtest du haben?«

»Ich? Ich will zu Qinglian gehen!«

Nachdem ich diesen Satz mit lauter Stimme zu Ende gesprochen hatte, sah ich mir gegenüber einen hellen Punkt aufscheinen, als ob dort jemand mit einer Kerze in der Hand ginge oder eine Kerze ganz allein durch die Luft schwebte. Als ich mich auf den hellen Punkt zubewegte, spürte ich, wie jemand mich zurückhielt.

»Onkel, sind Sie das?«

Niemand gab mir Antwort. Nachdem ich mich so lange im Dunkeln aufgehalten hatte, konnte ich meinen Blick nicht mehr von dem hellen Punkt abwenden. Ich fürchtete, ihn zu verlieren. Plötzlich wurde aus dem Lichtpunkt eine sich nach oben unendlich ausdehnende Lichtsäule vom Umfang einer Reisschale. Aha, das war also gar kein fünfgeschossiges Gebäude, sondern ein riesengroßer leerer Raum. Die Lichtsäule drang durch das Dach und schoss zum Himmel. Endlich gelang es mir, sie zu erreichen. Versuchsweise streckte ich die Hand nach ihr aus, da erhob sich in dem Raum sofort das tragische Rufen der Raben. Erschrocken zog ich meine Hand schnell wieder zurück. Nach einer kleinen Pause musste ich es einfach nochmals versuchen. Dieses Mal konnte ich meine Hand nicht in die Lichtsäule stecken, weil mich ein starker elektrischer Strom zu Boden warf. Ah, diese Raben! Diese Raben!! Mein Kopf drohte zu explodieren.

Ich verlor das Bewusstsein. Erst nach langer, langer Zeit kam ich wieder zu mir und hörte Qinglians zarte Stimme von weither, sie brach ab und setzte wieder ein, brach ab und setzte wieder ein.

»Jühua, hier sind sehr viele … kommst du? Ah …«

Ihre Stimme ging im Rufen der Raben unter. Ich entfernte mich von der Lichtsäule und verbarg mich in der Dunkelheit. Der Boden unter meinen Füßen veränderte sich, und im Verhältnis zu der Lichtsäule spürte ich, dass ich aufstieg. Ah, vielleicht hatte ich die Höhe des zweiten Obergeschosses erreicht! Das Rufen der Raben ging in ein Murmeln über. Nie hatte ich Raben so murmeln gehört, vielleicht waren es überhaupt keine Raben?

»Qinglian!!« Ich hörte mich selbst rufen, traurig und schrill.

Ich konnte die Wand nicht ertasten, warum nur? Befand ich mich denn nicht in einem großen Gebäude? Selbst wenn dieses große Gebäude keine Stockwerke hatte, so sollte es doch eine Außenwand geben. Ich ging und ging, doch ertastete keine Wand. Die Raben waren inzwischen alle unterhalb von mir. Ich stellte mir diesen leeren Raum vor, in dem man sich frei auf und ab bewegen konnte, und Schübe von innerer Erregung durchfuhren mich. Ui, jetzt lief ich ganz schnell. Qinglian, Qinglian, wo bist du? Ich hatte weder Ziel noch Richtung. Nein, das stimmt nicht, ich hatte noch etwas Orientierungssinn, der mir inwendig vorgab, der Lichtsäule aus dem Weg zu gehen. Ging ich denn etwa im Kreis? Nein, das auch nicht. Ui, ich stieg wieder nach oben, vielleicht bis zur Höhe des dritten Obergeschosses? Das war nur meine Vorstellung, hier gab es keine Stockwerke.

»Qinglian!«

»Du brauchst nicht zu schreien … ich bin gleich da …«

Sie würde gleich da sein. Ja, vielleicht würde sie bald den Gipfel des Rabenbergs erreichen, und vielleicht wuchsen entlang ihres Wegs rote Kirschen und sogar Kastanien. Doch hier gab es überhaupt nichts. Obwohl ich mit ihr auf ein- und demselben Berg war, befand ich mich zugleich in einem leeren Raum. Das war so merkwürdig. Ah, der Riese hatte die Lichtsäule überschritten und war vorbeigegegangen, ohne auch nur einen Laut von sich zu geben.

»Onkel!«, schrie ich.

»Schrei nicht, sei leise!«

In diesem Raum hallten überall Echos. Die Stimme des Onkels schien aus einem Lautsprecher gekommen zu sein. Qinglians Onkel, er war ja so ein mächtiger Mann. Sie kam jedes Jahr, um ihn zu besuchen, doch nie hatte sie durchblicken lassen, was sie hier tat. Sie hatte sich nichts anmerken lassen. Wie musste sich wohl jemand fühlen, deren Onkel ein Riese war? Ich konnte es mir nicht vorstellen. Vor meinem geistigen Auge tauchte plötzlich ihre Stickerei mit dem tiefen Wasserfall und der Meereslandschaft auf und, ah, irgendwie begann ich sie ein wenig zu verstehen. Sie gehörte einer anderen Welt an, während ich nur ein kleines, leichtfertiges Mädchen war. Kein Wunder, dass ich sie so verehrte! In unserer Nachbarschaft wusste niemand, dass Qinglians Onkel ein Riese war. Vielleicht war das in ihren Augen auch etwas, wofür sie sich schämte? Für mich war es genau das Gegenteil, es war etwas, womit ich protzen konnte. Qinglian und ich hatten grundverschiedene Ansichten. Sie war anders als wir alle.

Ich ging die ganze Zeit, wie weit war ich wohl gegangen? Zwischendurch hatte ich Qinglian immer wieder gerufen, doch sie antwortete nicht. Ob es daran lag, dass sie den Gipfel erreicht hatte und meine Stimme nicht bis nach oben drang? Der Fußboden unter mir stieg wieder stark an, doch gemessen an der Spitze der Lichtsäule war ich vom Dach des Hauses noch weit entfernt. Vielleicht hatte ich gar keine Chance, jemals dort anzukommen, es war Qinglians Ort. Entlang Qinglians Weg gab es alles, Blumen und Vögel, Kirschen und Kastanien. Um mich herum war nur Dunkelheit. Als ich klein war, hatte Papa mich von diesem Gebäude weggezogen, weil er wusste, dass ich nicht dafür geschaffen war. Nie hätte ich geglaubt, dass ich nach so vielen Jahren wieder an diesen Ort zurückkehren und den Riesenonkel sehen würde. Dieser Gedanke gab mir wieder neuen Mut.

Ui, er schritt noch einmal über die Lichtsäule! Wenn er nicht gerade sprach, war kein Ton zu hören. Sein Fuß befand sich auf meiner Ebene, sein Kopf wahrscheinlich auf der der Bergspitze.

»Onkel!«

Er antwortete nicht. Ich setzte meine Wanderung durch die Dunkelheit fort. Ah, im Innern der Lichtsäule rieselten Schneeflocken! Nein, es waren keine Schneeflocken, es waren ganz winzig kleine Vögelchen, die herabfielen. Mit einem leisen Ton setzten sie ganz sacht auf dem Boden auf und zerstreuten sich dann. Jetzt sah ich sie nicht mehr, doch ich spürte eine Lebenskraft in diesem toten Raum. Die Vögelchen zwitscherten nicht, doch ich ahnte ihre Stimmen hier und dort. Plötzlich erhob sich, traurig und schrill, der Ruf eines Raben, dann verschwand die Lichtsäule und in dem Raum herrschte wieder Totenstille. Vielleicht war das ein Riesenrabe, er rief insgesamt dreimal. Die Stille war noch furchterregender, mein Blut drohte zu gerinnen. Was würde geschehen?

Ich griff nach etwas in der Luft, es schien eine Eidechse zu sein. Seltsam, ich empfand gegenüber dem Tierchen in meiner Hand eine außergewöhnliche Zuneigung und drückte es sogar an meine Wange. Es lebte, dieser Gedanke gab mir Trost. Etwas Lebendiges war bei mir. Doch es biss mich, und mein Gesicht schwoll an. Die Wunde brannte höllisch. Ich konnte mich nicht überwinden es wegzuwerfen und behielt es in der Hand. Vielleicht war es keine Eidechse, es hatte eine krisselige Haut.

Ein summender Ton setzte ein, die Luft schien zu vibrieren. Es war wohl der Onkel, der gerade sprach, doch ich verstand ihn nicht, verstand nichts.

»Jühua, ich bin so froh ... du hast es bekommen ...«

Qinglians Stimme kam von sehr weit oberhalb von mir. Ich hatte den Eindruck, sie befand sich an einem Ort, der schon außerhalb dieses Raumes lag, vielleicht war sie im All. Was hatte ich bekommen? Meinte sie das Tierchen in meiner Hand? Es war ein kaltblütiges Tier und lag ganz weich in meiner Hand. Es hatte keine Flügel, dennoch war es in der Luft unterwegs gewesen. Ich beschloss, es mit nach Hause zu nehmen und aufzuziehen.

Bei dem Gedanken an zu Hause war ich freudig erregt! Ach, Qinglian, dir hatte ich ein so merkwürdiges Erlebnis zu verdanken! Ich hatte Sehnsucht nach zu Hause, doch zugleich sehnte ich mich danach, neue Erfahrungen zu machen. Doch am meisten sehnte ich mich in dem Moment danach, mit Qinglian zusammen zu sein. Beobachtete sie mich denn überhaupt noch? Sie hatte gar keine Abneigung gegen mich. Ha! Das war das erste Mal, dass wir ein gemeinsames Geheimnis hatten. Ich beschloss, meinen Eltern die Sache mit dem Rabenberg zu erzählen. Vermutlich konnte ich mit ihr nicht zusammen sein. Das war offenbar einer ihrer Grundsätze: Sie war an ihrem Ort und ich an meinem. Die Gesichtsseite, in die ich gebissen worden war, war ganz taub. Ob ich jetzt sterben würde? Das kleine Ding in meiner Hand biss nochmals zu, es tat ein ganz klein wenig weh, doch die freudige Erregung war viel stärker. Wenn ich dieses kleine Ding, das ohne Flügel in der Luft treiben konnte, zu Hause aufzog, dann würde es den ganzen Tag in der Luft hin- und hertreiben, und die Nachbarn wären alle ungemein neidisch.

Doch wo war die Tür? Ich konnte sie nicht finden, und es gab keine Möglichkeit zu entkommen! Ich setzte mich auf den Fußboden, das kleine Ding fest in meiner Hand, und lauschte. Von irgendwo weither drang das Donnern eines Wasserfalls, und ich stellte mir den himmelhohen Dunst vor.

»Onkel«, sagte ich in den leeren Raum hinein.

»Bist du zu ihr gelangt?« Sofort erschallte seine Stimme und zugleich hallte das Echo in dem leeren Raum. Ich spürte ein Beben, wie ein leichtes Erdbeben.

»Nein, Onkel! Qinglian ist sehr weit von mir entfernt!«

»Du bist wirklich ein dummes, kleines Mädchen!«, lachte der Onkel.

Der Boden, auf dem ich saß, zitterte heftig unter seinem Lachen. Ich hatte wirklich Angst.

Endlich hörte er auf zu lachen. Da sah ich wieder die Kerze, die durch die Luft schwebte. Dort, wo die Kerze war, tauchte eine Tür auf. Ich stand sofort auf und ging hinüber, um die Tür aufzustoßen. Jenseits der Tür war ein winzig kleiner Kellerraum. Ein schwacher Lichtstrahl drang durch das Fenster auf den Boden. Der Raum war sauber und ordentlich, und über dem Bett hing ein Moskitonetz.

Nachdem meine Augen sich völlig angepasst hatten, sah ich in dem Raum viele kleine Bücherregale entlang der Wand. Auf dem Tisch lag ein aufgeschlagenes, fadengebundenes altes Buch und daneben eine winzige Brille. Auch auf dem Nachttisch war ein Stapel mit fadengebundenen alten Büchern. Der Onkel war also kein Riese? Das war doch sein Zimmer? Warum hatte ich nur das Gefühl, es sei sein Zimmer?

Die Tür öffnete sich quietschend, und ein buckliger alter Mann mit Brille und Ziegenbärtchen trat ein. Doch wer folgte ihm? Guter Himmel, es war Qinglian!

»Ich habe das Gebäude vom anderen Ende her betreten«, sagte sie. »Als ich mich umgedreht habe, warst du weg. Dann habe ich eine Zeit lang gespielt, und bin jetzt hier heruntergekommen. Was hältst du von dem Ort hier, wo mein Onkel wohnt?«

»Liebes«, sagte der Onkel und legte seine Hand auf ihre Schulter, »stell nicht solche Fragen, das bringt Unglück.«

Mir fiel auf, dass der Onkel eine spitze, rote Nase hatte und sein Äußeres ziemlich schäbig war.

Wir nahmen wieder den Bus. Eine Flut von Gefühlen überwältigte mich. Qinglians Gesicht hingegen wirkte gleichgültig. Plötzlich erinnerte ich mich an das Tierchen. Himmel! Wo war es mir abhandengekommen? Ich starrte auf meine Handfläche. Dort war keine Wunde. Dann befühlte ich mein Gesicht, auch dort war keine Wunde. Ich empfand solche Reue, dass ich ganz betrübt wurde.

Kurz bevor wir zu Hause waren, sagte Qinglian auf einmal zu mir:

»Wann immer du willst, können wir gemeinsam an diesen Ort zurückkehren.«

Bei diesen Worten heiterte sich meine Stimmung sofort auf. Ich hatte ein Geheimnis! Es war ein Geheimnis, das ich mit Qinglian teilte! Einfach großartig!

Welsfang

Dieser Flecken heißt Welsfang und grenzt an eine mit zweigeschossigen Holzhäusern bebaute Fläche in der Nähe des Stadt-
zentrums. Mama Wang wohnt in einem dieser Holzhäuser, in
der linker Hand gelegenen Wohnung. Sie ist alt und allein, hat
keine Kinder, und nur selten kommen Bekannte zu ihr zu Besuch. Das Viertel soll bald geräumt und abgerissen werden, und
wenn es so weit ist, müssen alle Bewohner in Hochhäuser ziehen. Die Leute erfüllt der Gedanke an Räumung und Abriss mit
Schrecken, und sie fragen einander: »Ist es gut oder schlecht, in
einem Hochhaus zu leben?« Mama Wang ist die Einzige, die sich
nicht aus der Ruhe bringen lässt. Als ihr ein Arbeiter die Mittei-
lung über Räumung und Abriss bringt, hantiert sie gerade mit
einem riesigen Tongefäß für eingelegtes Gemüse und hebt kurz
den Kopf, während sie sagt:

»Leg es auf das Teetischchen dort.«

Dann nimmt sie mit Essstäbchen eine feuerrote lange Peperoni auf und legt sie vorsichtig auf den Boden des Tongefäßes. Darüber schichtet sie zwei Scheiben leuchtend gelben Ingwer.

»Was halten Sie von dem Entschädigungsprogramm?«, fragt
der junge Bursche.

»Ich habe keine Meinung, gar keine. Geh jetzt.«

Wie eine Katze schleicht sich der junge Mann aus dem Raum.
Ohne aufzuschauen hantiert Mama Wang weiter. Sie schichtet
nacheinander grüne Pflaumen, Bohnen, Gürkchen, Senfknollen
und andere Gemüse in das Gefäß. Jedes Mal, wenn sie etwas
hinzufügt, schließt sie kurz die Augen und stellt sich vor, es zer-
gehe ihr auf der Zunge. Natürlich legt sie das Gemüse nicht für
sich allein ein, ein so riesengroßes Gefäß könnte sie nie leeres-
sen. Schau an, stecken da nicht zwei kleine Kerle ihre Köpfe he-

rein? Es sind die Brüder Pao, die zwei Vielfraße vom anderen Ende der Straße.

Mama Wang zieht unter dem Bett ein anderes, etwas kleineres Tongefäß hervor, hebt den Deckel und holt mit den Essstäbchen eine Schwertbohne heraus. Sofort kommen die beiden Brüder herbeigelaufen. Mama Wang reißt die Schwertbohne in zwei Stücke.

»Ich will dieses Stück!«

»Ich will auch dieses Stück!«

»Schließt die Augen!«, befiehlt Mama Wang, »gut, und jetzt hinaus mit euch.«

Schnell wie der Wind rennen die beiden weg.

Nach einer Weile steckt wieder jemand den Kopf herein. Es ist ein Mädchen namens Kleine Ping, Wasserlinschen. Langsam geht sie auf Mama Wang zu, und ihre Äuglein rollen dabei hin und her.

»Großmama Wang, ich würde so gerne eine rote Peperoni essen, von denen, die nach grünen Pflaumen schmecken.«

»Sag mir zuerst, wie viel Geld du aufgesammelt hast.«

»Zwei Fen.«

Mama Wang hat die Kleine Ping dazu angestiftet, den ganzen Tag an der Tür des Süßwarenladens Wache zu schieben. Wenn ein Kunde Kleingeld fallen lässt, soll sie sofort mit dem Fuß darauf treten und es, sobald er oder sie weggegangen ist, aufheben. Seit Monaten spielt die Kleine Ping dieses Spiel, ohne den Spaß daran zu verlieren.

»Hier ist deine Peperoni.«

»Danke, Großmama Wang.«

Die Kleine Ping hält die Peperoni in der Hand, jedoch ohne sie sofort zu essen oder sofort wieder zu gehen. Sie hat die Erwachsenen erzählen gehört, dass es im Haus von Mama Wang spuke, und diesen Geist will sie unbedingt sehen. Je mehr sie sich gruselt, desto stärker wird dieser Wunsch.

Mama Wang schiebt das Tongefäß mit dem eingelegten Gemüse unters Bett, steht auf, dreht sich um und geht in die dahinterliegende Küche. Sie wäscht sich die Hände und legt sich dann aufs Bett, um ein wenig zu ruhen. Plötzlich bemerkt sie, dass die Kleine Ping hinter dem Moskitonetz steht, das über ihrem Bett hängt. Ihre Lippen bewegen sich leicht, denn sie knabbert an der Peperoni. Mama Wang kann bei dem Gedanken, dass dieses Mädchen sich prächtig zu amüsieren versteht, ein Lächeln nicht unterdrücken.

Mama Wang liegt mit halb geschlossenen Augen auf dem Bett und fragt:

»Kleine Ping, was willst du einmal werden, wenn du groß bist?«

Die Kleine Ping gibt keine Antwort. Im Halbdunkel hat Mama Wang das Gefühl, dass ihr Holzbett wankt – nein, das stimmt nicht, es ist der Boden, der wankt! Mit einem Ruck setzt sie sich auf, steht auf, zieht die Schuhe an und läuft hinaus. Bei der Tür bleibt sie nochmals stehen, blickt sich um und ruft:

»Kleine Ping! Kleine Ping!!«

Doch die Kleine Ping ist nicht in ihrem Haus. Mama Wang denkt angestrengt nach und geht dann zurück in ihr Bett.

Mama Wang schaut zum Fenster, dessen Glasscheibe sich unter ihrem Blick oben links rosarot färbt. Das ist ein Geheimnis von Mama Wang: Jedes Mal, wenn sie auf ein Fenster blickt, dann färbt sich genau diese Glasscheibe rosarot. Mama Wang denkt, dass Welsfang, dieser Flecken hier, eine ganz besondere »Atmosphäre« hat. Obwohl diese Atmosphäre nicht unbedingt andere Menschen beeinflusst, so spürt sie diese selbst zu jeder Zeit. Nicht zuletzt kommt sie ihrem in dem Tontopf eingelegten Gemüse zugute. In der Nacht hört sie ganz deutlich das »Gluckern« und »Gurgeln« des Wassers am Rand des festschließenden Deckels und riecht zugleich den Duft des eingelegten Gemüses. Dann sieht sie wie im Traum die köstlichen Gürkchen über den Erdboden dieses Landes gehen, immer weiter, und erst dort, wo die Sonne am Horizont untergeht, stehenbleiben und allmählich in einem ganz langen Schatten verschwinden. In dem Moment murmelt sie dann vor sich hin: »Welsfang, meine Heimat.«

Doch Welsfang wird es bald nicht mehr geben. Mama Wang denkt, wenn es Welsfang nicht mehr gibt, dann wird es auch Mama Wang aus Welsfang nicht mehr geben, denn sie würde Mama Wang aus dem Hochhaus sein. Das wäre eine ziemlich große Sache. Ob die Kleine Ping sich deshalb gerade eben hinter dem Moskitonetz versteckt hat? Dieses Mädchen ist ein Tausendsassa, sie versteht einfach alles.

Da taucht noch ein Junge auf. Zuerst klopft er höflich an die Tür, dann stößt er sie vorsichtig auf. Er heißt Kleiner Yao, *Jadesteinchen*, und ist stets so behutsam wie ein kleiner Erwachsener.

»Großmama Wang, ich sehne mich nach Ihren Gürkchen, von denen, die nach Ingwer und Knoblauch schmecken.«

Schlaftrunken schaut Mama Wang ihn an, dann beugt sie sich nach vorn, zieht das glasierte Tongefäß unter dem Bett hervor, öffnet es, holt mit den Stäbchen ein Gürkchen heraus und gibt es ihm.

Er isst es genüsslich schmatzend und blickt sich mit großen runden Augen um.

»Was schaust du, Kleiner Yao?«

»Ich habe die Kleine Ping hereinkommen, aber nicht wieder hinausgehen sehen. Warum ist sie nicht hier?«

»Hm, das ist wirklich eine gute Frage«, sagt Mama Wang.

Sie drängt den Kleinen Yao zu gehen. Er steht noch da, als irgendwo in Mama Wangs Kopf Glockengeläut erklingt. Sie hebt den Kopf und blickt sich um. Der rosarote lichte Fleck auf dem Fensterglas ist weg, und das Zimmer ist dunkel wie eh und je. Das Glockengeläut hebt an und bricht ab, hebt an und bricht ab. Es kommt von sehr weit her.

»Mama Wang, ist das die Kleine Ping, die Sie ruft?«, fragt der Kleine Yao und starrt sie an.

»Schon möglich. Du schaust mich so an, habe ich irgendetwas vergessen?« Mama Wang wirkt ein wenig nervös.

»Sind die Gefäße mit dem eingelegten Gemüse alle fest verschlossen?«, mahnt der Kleine Yao sie eindringlich.

»Du bist wirklich ein wacher Bursche, doch dieses Mal liegt es nicht daran.«

»Gut, dann gehe ich. Auf Wiedersehen, Mama Wang.«

Schnell huscht er aus der Tür, als fürchte er, Mama Wang könne ihn noch etwas fragen.

Mama Wang legt sich also noch einmal hin. Die Mahnung des Jungen hat sie aufhorchen und ungefähr verstehen lassen, was gerade in ihrem Haus geschieht. Sie ist am Tag einkaufen gewesen und hat die Bagger gesehen. Räumung und Abriss sollen eigentlich erst in drei Monaten beginnen. Warum sind die Bagger jetzt schon gekommen? Für die kleinen Kinder ist das wahrscheinlich ein großer Spaß. Wenn die Hochhäuser erst einmal stehen, können sie in den Rohbauten herumlaufen.

Mama Wang schließt die Augen und spürt, dass ihre Gedanken fünfhundert Meter tief in die Erde dringen können. Dort ist eine Quarzschicht. Diese Quarzschicht hat Hohlräume, in denen sich unschädliche Gase angesammelt haben. Sie sagt: »Welsfang ist wirklich ein gesegnetes Stück Land!« Wieder spürt sie die Erde beben, doch dieses Mal weiß sie genau warum. Die Kinder hier sind ja so klug und im Vergleich zu ihr in diesem Alter weit voraus. Sie ist nicht mehr erschrocken, hält auch nicht mehr die Augen offen, sondern genießt das Wohlbehagen, das das Wanken des Holzbetts mit sich bringt. Es ist kein heftiges Wanken und hört schon nach Kurzem auf.

Über die Fensterscheibe huscht ein rosaroter Schimmer, dann kehrt das Glas wieder zu seinem ursprünglichen, ganz gewöhnlichen Zustand zurück. Sie hört die alte Mama Yun, die rechts über ihr wohnt, die Treppe herunterkommen. Sie tut es immer auf die gleiche Weise, zwei Stufen nach unten, kurze Pause, zwei Stufen nach unten, kurze Pause. Vom Treppenhaus aus beobachtet sie die Szenen auf der kleinen Straße. Mama Wang denkt, die Bewohner von Welsfang sind alle richtige Beobachter, einschließlich der Kinder. Gleichzeitig hofft sie auf ein weiteres Erdbeben, um zu sehen – was will sie eigentlich sehen? Bildete sie sich das alles etwa nur ein? Doch sie hofft immer noch von ganzem Herzen. Bei manchen Dingen dauert es eine Weile, bis sie kristallklar erscheinen.

Mama Wang isst etwas später als sonst zu Abend, da ihr irgendetwas keine Ruhe lässt.

Als sie mit dem Essen fertig ist und mit dem Aufräumen beginnen will, knarzen die Dielen unter dem Bett. Aufgeregt bückt sie sich und leuchtet mit der Taschenlampe unter das Holzgestell, da schaut die Kleine Ping sie mit großen Augen an.

»Kleine Ping, hast du Geld aufgesammelt?« Mama Wangs Stimme ist ein wenig zittrig.

»Nein, also ja, zwei Fen. Schauen Sie!«

Sie hebt die zwei Silbermünzen hoch, die im Dunklen weißlich glänzen.

»Sind viele Leute auf der Straße?«, fragt Mama Wang.

»Nur ich alleine – also eigentlich bin ich nirgendwo hingegangen, sondern habe mich hier unter dem Bett versteckt. Ich habe mit der Hand den Boden abgetastet und dabei diese zwei Silbermünzen gefunden.«

Ganz langsam kommt sie hervorgekrabbelt und sagt, nachdem sie wieder aufrecht steht, dass sie nach Hause gehen möchte.

»Das nächste Mal will ich zum Münzenaufsammeln wieder hierher kommen, unter dem Bett liegen genauso viele wie am Eingang zum Süßwarenladen. Ich bin geduldig und taste in die Ritzen und Spalten ...«

»Hast du den Quarz ertastet?«, fällt Mama Wang ihr ins Wort. Die Kleine Ping stutzt einen Augenblick, fasst sich aber sofort wieder und nickt heftig mit dem Kopf:

»Ja, ja! Quarz und Granit. Zum Großteil bröckelige, feuchte Erde. Warum ist es da unten so feucht?«

Ohne auf eine Antwort von Mama Wang zu warten, läuft sie schnell fort.

Als die Kleine Ping fort ist, leuchtet Mama Wang wieder mit der Taschenlampe unters Bett und entdeckt dabei auf der rechten Seite etwas, das aussieht wie ein Loch. Sie leuchtet noch ein paar Mal an die Stelle, doch da ist kein Loch, die Dielen sitzen alle fest. Dann wäscht sie sich Hände und Gesicht und legt sich wieder ins Bett. Seltsam, die Kleine Ping ist doch schon weg, warum wankt das Bett kaum merklich? Die Worte des Mädchens haben sie ziemlich erschreckt, es ist ihr schleierhaft, wie die Kleine hinter ihr Geheimnis kommen konnte. Sie rechnet sich aus, dass die Kleine Ping dieses Jahr elf wird. Seit vielen Jahren kommt sie regelmäßig und verlangt stets eingelegtes Gemüse. Ob sie sich dadurch zu ihrer Komplizin macht? Sie giert nach Geld und darum hat Mama Wang sie auf die Idee gebracht, vor dem Süßwarenladen Münzen aufzusammeln. Wer hätte gedacht, dass das Mädchen ihr Geschick unter dem Bett in ihrem Haus zur Entfaltung bringt? In welchem Jahr war das? Es war wohl in dem Jahr, als Vater starb. Sie war damals in einer Mädchenschule. Nach dem Unterricht war sie mit ihrer Banknachbarin verabredet, um auf den Berg hinaufzulaufen und in die Höhle zu gehen. Während die beiden Mädchen den Schein der Taschenlampe über die Felswand wandern ließen, erzählte ihr die Freundin von ihrem Traumberuf. Die Mitschülerin wollte, zu ihrer großen Überraschung, Pilotin werden. Das konnte doch nur Angeberei sein, denn sie war ja so ängstlich, dass sie gleich heulte, wenn ihr nur eine Raupe auf die Bluse fiel. Woher sollte so eine Person den Mut nehmen, bis zum Himmel zu fliegen? Doch die Banknachbarin ließ ihren Worten Taten folgen, lief plötzlich los und verschwand in den Tiefen der Höhle. Die junge Mama Wang wartete und wartete auf die Freundin, die nicht wieder auftauchte. Da bekam sie es selbst mit der Angst zu tun, lief aus der Höhle und kehrte völlig verwirrt nach Hause zurück. Am nächsten Tag traf sie ihre Banknachbarin. Die beiden Mädchen grüßten sich nicht, vermieden es, einander in die Augen zu sehen. Schon früh hat Mama Wang also erkannt, dass sie keine mutig Handelnde war.

Sie beschloss, eine Wartende zu sein. Also wartete sie und wartet immerzu bis ins hohe Alter. In der Zwischenzeit ist einiges, auf das sie gewartet hat, eingetreten. Seit ihrem vierzigsten Lebensjahr wohnt sie nun in diesem Holzhaus ohne die Absicht, jemals wieder auszuziehen. Doch nun soll es geräumt und abgerissen werden. Anfangs waren ihr Räumung und Abriss gleichgültig, doch langsam richten sich ihre Gedanken immer mehr darauf, da es praktische Dinge gibt, mit denen sie sich befassen muss. Jenem Mädchen ist es nicht vergönnt gewesen, als Pilotin zum Himmel zu fliegen, sie hat den Inhaber eines Shaobing-Lokals geheiratet und darüber hinaus einen Friseurladen eröffnet. Daran sieht man, dass ihr Ehrgeiz größer war als der von Mama Wang in jungen Jahren.

Das verdächtige Verhalten der Kleinen Ping hat ihr die ehemalige Klassenkameradin in Erinnerung gerufen. Dieses Mädchen ist noch leidenschaftlicher als ihre Banknachbarin damals. Von den Jungen kann ihr keiner das Wasser reichen. Mama Wang hat ihr Potential schon früh erkannt. Wie ist das Münzgeld unter ihr Bett geraten? Sie überlegt: Die Kleine Ping hat so lange dort gehockt, ist hin- und her gekrochen, früher oder später wird ihr »Traum wahr werden«.

Mama Wang findet erst tief nachts Schlaf, davor hat sich das Tongefäß vier- oder fünfmal geräuschvoll gemeldet, doch danach ist überhaupt nichts passiert. Später geht sie bis an den Rand des tiefen Lochs; der Möglichkeit hineinzufallen, ist sie

sich zwar bewusst, dennoch zögert sie, sofort einen Schritt zu-
rückzutreten. Sie stürzt nicht hinab, aber hört die Stimme eines
Menschen rufen: »Den Wildentschlossenen sind Himmel und
Meer doch grenzenlos?«

Daraufhin schläft sie ein. Doch nach Kurzem wacht sie wieder
auf. Sie macht das Licht an und sieht im Zimmer Rauchschwa-
den. Ist ein Feuer ausgebrochen? Sie zieht Schuhe und Kleider
an, geht auf die Straße, dreht sich um und blickt auf das Holzhaus. Nein, es ist kein Brand ausgebrochen. Aber im Obergeschoss in der Wohnung von Mama Yun flackert ein Feuer, vielleicht verbrennt sie Schriftstücke, das Haus wird doch geräumt.
Manche Bewohner wollen, wie Mama Wang weiß, noch ein paar
alte Sachen zu Hause vernichten, um keine Spuren zu hinterlassen. Mama Yun gehört sicherlich auch dazu.

Mama Wang geht einfach weiter, ohne Ziel. Nach ein paar
Schritten sieht sie, dass vor der Imbissbude noch Licht brennt.
An einem einsamen Tisch draußen sitzt ein Mann und trinkt
Reisweintrester. In sich versunken und zufrieden trinkend tritt
ihm bereits der Schweiß auf die Stirn. Als er den Kopf hebt, er-
kennt Mama Wang, dass er ein Maurer aus der Nachbarschaft ist.
Es ist tiefe Nacht, kein Mensch ist mehr in der Imbissbude. Wer
hat dem Maurer den Reisweintrester gegeben?

»Mama Wang, die guten Zeiten sind bald vorbei. Ich kann das
einfach nicht begreifen und bin hierhergekommen, um ein wenig draußen zu sitzen. Irgendjemand hat mir eine Schale Reisweintrester gebracht! Wer das wohl war? Ich habe ihn nicht
deutlich gesehen, es war vermutlich kein Geist. Zu dieser Stunde eine Schale Reisweintrester zu schlürfen und dabei am ganzen Körper zu schwitzen, tut richtig gut!«

Er kramt ein Streichholz aus seiner Hosentasche und stochert
damit zwischen den Zähnen. Dabei starrt er auf die Tür.

»Was soll das heißen, ›die guten Zeiten‹? Du lebst wohl sehr
gerne hier in Welsfang?«

Diese freundlich gemeinte Frage trifft den mittelalten Mann ganz unvorbereitet.

»Ob ich gerne hier lebe? Darüber habe ich mir noch keine Gedanken gemacht. Ich habe Angst davor, umzuziehen. Ich habe mich daran gewöhnt, hier zu wohnen. Angst zu haben ist doch völlig normal, meinen Sie nicht?«

»Von deiner Angst einmal abgesehen, willst du wirklich nicht umziehen?«

»Ich? Ich weiß es nicht. In meinen Träumen ziehe ich immer schon um – ziehe von hierhin nach dorthin, hin und her. Das beschäftigt mich so, dass ich am ganzen Körper schwitze – doch wozu? Endlich habe ich die Gelegenheit, im Wachzustand umzuziehen, und da bekomme ich Angst.«

Die beiden lachen gemeinsam. Mama Wang empfindet das Gelächter in der dunklen Nacht als geradezu schrill.

Der Maurer starrt immer noch auf die Tür. Vielleicht denkt er, es komme nochmals jemand heraus, um ihm etwas zu essen zu bringen. Er ist einer von der unersättlichen Sorte. Ringsum ist es stockdunkel, nur dieser Fleck hier ist etwas erhellt. Mama Wang geht an dem Maurer vorbei und taucht in die Dunkelheit ein.

Die Dunkelheit ist voller Geflüster und Getuschel – mal lauter, mal leiser. Mama Wang beobachtet, wie der Maurer vom Tisch aufsteht. Sein Körper nach vorn geneigt, als drohe er gleich gegen die Tür zu stürzen. Ob er betrunken ist? Die Tür knarzt. Mama Wang kann von dem Winkel aus, in dem sie steht, nicht erkennen, ob sie offen oder geschlossen ist. Ein paar Sekunden später stürzt der Maurer hinein. Daraufhin erlischt das Licht am Eingang. Mama Wang mutmaßt, dass der Maurer möglicherweise erst bei ihrem Erscheinen aus der Imbissbude herausgekommen sein und sich an den Tisch gesetzt haben könnte. Im Schatten von Räumung und Abriss erahnt man die unterschiedlichsten Machenschaften.

Den Windungen der engen Gassen folgend geht sie nach

Hause, als jemand sie eilig einholt. Im trüben Schein der Straßenlaterne sieht Mama Wang ihn sich genauer an, sein Gesicht ist ihr fremd.

»Glauben Sie, dass es da drin viele glückliche Fügungen gibt? Oder kann es sein, dass es immer enger wird, je weiter man hineingeht?«, sagt er.

»Bist du auch Maurer?«, fragt Mama Wang ihn.

»So ungefähr. Ich habe immer versucht, mir einen Ausweg offenzuhalten, aber es läuft nicht, wie ich will. Dieser Ort hier, Welsfang, ist viel zu alt. Überall ertönen Signalhörner, jeder kämpft sich verzweifelt vorwärts.«

»Du hast recht.« Mama Wang bleibt stehen, blickt den Fremden an und nickt. »Was sind deine Pläne für die Zeit nach dem Abriss? Eröffnest du zum Beispiel ein Fliesengeschäft?«

»Nein, ich eröffne kein Fliesengeschäft. Einer wie ich taugt nur dazu, solche unsichtbaren Waren zu verkaufen.«

In dem Moment bemerkt Mama Wang, dass sie wieder vor der Imbissbude steht. Die Tür ist halb geöffnet, im Innern ist es stockdunkel. Als der Fremde sich an den Tisch setzt, geht das Licht am Eingang wieder an. Er wirkt sehr müde und legt den Kopf auf die Arme. Mit weit aufgerissenen Augen schaut er auf die Tür. Mama Wang hat den Eindruck, als ringe er innerlich mit sich.

Sie beschließt, nach Hause zurückzukehren, und geht, sehr schnell, ohne sich noch einmal umzudrehen.

Endlich ist sie zu Hause. Sie macht das Licht an und setzt sich an den Esstisch, um ein wenig zu verschnaufen.

Plötzlich hat sie das Gefühl, als mache sich jemand draußen an ihrer Tür zu schaffen. Das Geräusch ist nicht laut, aber beständig. Mama Wang ist etwas verärgert, denn eigentlich will sie wieder zu Bett gehen.

Sie geht zur Tür hinüber und öffnet sie. Vor ihr steht der zweite Maurer, ganz scheu, fast verschreckt.

»Ich möchte mit Ihnen reden, aber mir fällt nichts ein, worüber es sich zu reden lohnt.«

Während er spricht, blickt er über Mama Wangs Kopf hinweg. Er ist wirklich arrogant.

»Sprich von deinen Geschäften«, gibt Mama Wang prompt zur Antwort, »was verkaufst du eigentlich?«

Sie bittet ihn nicht herein. Er hat keinen Anstand, denkt sie sich.

»Ich, also ich verkaufe alle möglichen alten Sachen, dies und das. Alle paar Monate kommt jemand zu mir, um Geschäftliches zu besprechen. Sie geben mir Geld. Die Ware, um die es geht, besteht aus meinen zwei, drei Worten. Manchmal frage ich mich, ob ich Welsfang verkaufe.«

Er wirkt verwirrt, seine Augen blicken starr geradeaus.

»Ja, möglicherweise verkaufst du Welsfang?!«, sagt Mama Wang laut.

Der Maurer erschrickt so sehr, dass er sich umdreht und spurlos verschwindet. Mama Wang lacht hinter vorgehaltener Hand.

Sie schließt die Tür und schiebt den Riegel vor. Durch ihren Kopf jagen Szenen wie in einem Film. Szenen, in denen die Erde aufreißt und funkelnde Quarze in kleinen Würfeln kling-klang klirrend aus den Spalten strömen. Ihre Kopfhaut fühlt sich taub an, und sie ist schläfrig.

Sie schläft, bis es Tag wird. Beim Aufwachen denkt sie immer noch an die Worte des Mauerers. Wohnt er wirklich in Welsfang? Warum hat sie ihn noch nie gesehen? Dieses Viertel ist doch nicht groß, ein Umfang von knapp einem Kilometer. Gestern Nacht hat sie den Geruch von Quarz an ihm wahrgenommen, und dabei sind ihr kalte Schauer über den Rücken gelaufen. Sie ist jedenfalls fest davon überzeugt, dass dieser Mann kein echter Maurer ist.

Nach dem Aufstehen fällt ihr wieder ein, dass Mama Yun in

der Wohnung über ihr Schriftstücke verbrannt hat. Sie geht aus dem Haus und schaut nach oben, dabei fällt ihr auf, dass Tür und Fenster fest verschlossen sind.

Mama Wang wählt auf dem Markt eine afrikanische Karausche. Aus dem Augenwinkel fällt ihr Blick dabei auf die Mutter der Kleinen Ping, die mit ihren weißen Händen zwischen den Fischen herumgrabscht. Plötzlich pikst sie sich an einem Stachel, schreit auf, und Blut strömt über ihren Handrücken.

»Autsch!«, sagt Mama Wang, kramt ein Taschentuch heraus und verbindet die Wunde. Dann blickt sie auf und sieht, dass die Frau ein Lächeln in den Augen hat.

»Mama Wang, stört meine Kleine Ping Sie nicht allzu sehr? Sie ist ein schwieriges Kind.«

»Nein, die Kleine Ping ist ganz brav, sie stört nie.«

»Wirklich? Ich würde gerne einmal sehen, wie sie bei Ihnen zu Hause so ist, aber sie lässt mich nicht.«

»Sie können jederzeit zu mir kommen.«

Das Lächeln weicht aus den Augen der Frau, sie wirkt mutlos und betrübt. Mama Wang denkt insgeheim, sie ist wirklich eine Standardschönheit, die Kleine Ping sieht ihrer Mutter überhaupt nicht ähnlich. Doch die Kleine Ping ist genau richtig so, wie sie ist.

Als Mama Wang gehen will, fragt die Frau sie noch etwas:

»Wollen Sie mitkommen und die Kleine Ping sehen? Sie ist auf dem Krocket-Spielfeld gleich hinter dem Markt und spielt ein Spiel, das sie sich selbst ausgedacht hat. Ich bin etwas durcheinander, denn sie ist geradezu süchtig danach.«

Die beiden stellen sich an den Rand des verlassenen Krocket-Spielfelds und sehen die Kleine Ping am Boden krabbeln. Die Augen des Mädchens sind mit einem großen Taschentuch verbunden. Mama Wang grast das Spielfeld mit ihren Augen ab, und schon nach Kurzem hat sie die drei Münzen entdeckt, insgesamt drei Stück, jede in einer anderen Ecke. Die Kleine Ping krabbelt langsam über den Platz und tastet den Boden ab.

»Schauen Sie, wie geduldig meine Tochter ist«, sagt die Frau traurig.

»Ich habe das Gefühl, Sie sind in Sorge um sie. Warum?«

»Nein. Ich sorge mich nicht. Ich habe bloß das Gefühl, ich habe das Gefühl, dass der Ort, an den sie gehen will, sehr weit entfernt ist! Kann es sein, dass sie auf halbem Weg abbricht?«

Die Frau vergräbt ihr Gesicht in ihren Händen und läuft fort. Sie wirkt nicht gerade glücklich. Worum sorgt sie sich? Ohne auch nur einen Laut von sich zu geben, beobachtet Mama Wang die Kleine Ping auf dem Boden. Das Mädchen hat bereits eine Münze aufgehoben. Kniend hebt sie die Münze hoch und lässt sie im Sonnenlicht funkeln. Das Ganze wirkt wie ein Ritual.

»Kleine Ping! Kleine Ping!«, ruft Mama Wang sie.

»Psst, still! Ich arbeite!«, antwortet die Kleine Ping leise.

Ganz konzentriert beginnt sie wieder zu krabbeln. Mama Wang verlässt das Krocket-Spielfeld und geht zurück nach Hause.

An der Eingangstür trifft sie Mama Yun, die zu ihr sagt:

»Die Leute vom Verwaltungskomitee sind wieder gekommen. Ich verstehe nicht, wozu sie ständig hierherkommen. Wir sind alle einverstanden mit Räumung und Abriss – es geht ja nur darum, an einen anderen Ort zu ziehen. Meinst du nicht auch?«

»Genau. Räumung und Abriss sind mir egal«, antwortet Mama Wang.

»Es ist dir egal??«, Mama Yun erhebt auf einmal ihre Stimme.

Sie schaut Mama Wang so böse an, als wolle sie sie mit ihrem Blick durchbohren.

»Ich meine nur, ich kann umziehen. Ich, ich – heutzutage ziehen sogar die Toten in ihren Gräbern um. Wirklich, ich …«, Mama Wang kann nicht weitersprechen.

Mama Yun geht hocherhobenen Kopfes an ihr vorbei.

Mama Wang erinnert sich daran, dass die Nachbarin nachts Schriftstücke verbrannt hat. Sie wohnt, solange sich Mama Wang erinnern kann, im Obergeschoss dieses Holzhauses. Damals war sie noch eine alleinstehende junge Frau mit weiß gepudertem Gesicht. Seit sie in der Wohnung über ihr lebt, hat sie nie Besuch gehabt. Doch unversehens hat sie ganz viele Schriftstücke zu verbrennen. Ist es möglich, dass sie, aus Unzufriedenheit, weil sie nichts zu hinterlassen hat, das Verbrennen der Schriftstücke nur zum Schein inszeniert?

Mama Wang nimmt den Fisch aus, putzt das Gemüse und setzt sich, um ein wenig auszuruhen. Unabsichtlich kommt sie mit der Hand an ihre Hosentasche und fühlt etwas Hartes darin. Sie holt es heraus und sieht zu ihrer Überraschung, dass es ein kleines Päckchen mit in Plastikfolie eingewickelten Münzen ist! Als sie es auf den Tisch leert, bemerkt sie, dass auch ein paar Quarzsteinsplitter darunter sind. Sie hält ihre Nase daran, es riecht nach Schwefel. Auf dem Markt war sie nur der Mutter der Kleinen Ping nahegekommen, daran erinnert sie sich genau. Was für eine Botschaft will sie ihr mitteilen? Geistesabwesend zeichnet Mama Wang die Umrisse der Quarzsteinsplitter nach. Ihre Hand zittert vor Aufregung. Mutter und Tochter, so denkt sie, haben von Anfang an gemeinsame Sache gemacht! Diese Münzen sind matt und ohne Glanz, auf manchen sitzt verkrusteter Dreck, sie sind in keiner Weise anziehend und sehen nicht aus wie diejenigen, die die Kleine Ping aufsammelt. Doch was hat es mit diesen Quarzsplittern auf sich? Vielleicht dringt die Mutter der Kleinen Ping in die Orte von Mama Wangs Fantasie? Der alten Frau kommen ihr weißer Arm und das über den Handrücken strömende Blut wieder in den Sinn. Sie ist auch eine Frau aus Welsfang. Mama Wang hat immer schon den Eindruck, als habe sie viele Geschichten an sich.

Plötzlich verspürt Mama Wang einen Drang. Sie nimmt fünf Münzen, bückt sich und streut sie unter das Bett. Die Tongefäße mit dem eingelegten Gemüse gluckern alle, gulu gulu, als seien sie erschrocken.

Mama Wang hat noch nicht ganz fertig gegessen, als sie Böller krachen hört. Sie kommen von dem Gebäude, bei dem als Erstes der Grundstein gelegt worden ist. Dieses Gebäude wird die Struktur von ganz Welsfang verändern. Sie schätzt, dass die Leute hier fast alle genauso aufmerksam lauschen wie sie. Doch Mama Wang ist der Umzug wirklich egal – sie gehört überhaupt nicht zu Welsfang. Und die Mutter der Kleinen Ping eigentlich auch nicht, Welsfang ist zu klein für all ihre Herzen. Seit Mama Wang die Mutter der Kleinen Ping auf dem Markt bei ihrem Griff nach einem Fisch beobachtet hat, spürt sie, dass diese Frau eine ganz außergewöhnliche Energie in sich hat.

Jemand klopft an der Tür, wahrscheinlich wieder der Maurer. Mama Wang rührt sich nicht, und das Klopfen hört auf.

Im Stillen denkt sie, es ist am besten, den widerwärtigen Maurer zu ignorieren. Doch das ist einfacher gesagt als getan. Er gehört zu den Menschen in der Stadt, die nachts wachen. Mama Wang spürt sie für gewöhnlich wie ihren eigenen Atem. Wäre sie in jener Nacht nicht ausgegangen, wüsste sie jetzt nicht von der Pantomime am Eingang der Imbissbude. Auf dieser Welt geschehen umwälzende Veränderungen! Ihre Begegnungen sind reiner Zufall gewesen, dennoch lassen sie sie jetzt nicht mehr los. Was für ein Muster lässt sich darin erkennen?

Sie räumt die Küche auf, schleicht dann zur Tür, öffnet sie einen Spalt und blickt nach draußen. Der junge Mann steht auf der Straßenseite gegenüber und wirkt ahnungslos. Ein paar Leute gehen an ihm vorüber, er sucht immer das Gespräch, nähert sich ihnen, doch ohne Erfolg. Es hat den Anschein, als sei er kein hiesiger Maurer, doch er sieht auch nicht wie ein Landstreicher aus. Ist denn in jener Nacht das Licht vor der Imbissbude nicht wegen ihm angegangen? Ein Fremder, der keinerlei Verbindung zu Welsfang hat, ist er nicht.

Mama Wang verriegelt die Haustür. Sie will ihren Mittags-
schlaf halten.

Sie schläft unter dem Moskitonetz. Ihre Gedanken heben
und senken sich wie Wellen. Was trieben der im Traum ständig
umherziehende Maurer und der Typ von der Imbissstube mitten in der Nacht? Mama Wang geht nachts kaum aus, nur dieses
eine Mal, und da hat Welsfang ihr sein Innerstes offenbart – das
Nachtleben hier ist so quicklebendig und turbulent, dass selbst
Schweigen wie Geschrei klingt. Bei diesem Gedanken kann
Mama Wang nicht anders und bricht in Lachen aus.

»Kleine Ping, wir ziehen alle in ein Hochhaus«, sagt Mama Wang.

»Ich bin schon oft in der Stadt gewesen und habe mir die
Hochhäuser angesehen«, antwortet die Kleine Ping und verzieht
den Mund, »Hochhäuser sind langweilig. Auf den Fluchtwegen
liegen allerdings ziemlich viele Dinge zum Aufsammeln.«

Sie kramt eine lebende Eidechse aus ihrer Hosentasche und
legt sie auf Mama Wangs Tisch. Dann zieht sie noch einen jungen Spatzen heraus und legt ihn daneben. Die beiden Tiere regen sich nicht, sie sind offenbar verängstigt.

»Hast du die in einem Hochhaus aufgesammelt?«

»Ich bin nach oben gegangen, dann wieder nach unten, nach
oben, nach unten …! Das Erdgeschoss habe ich nie erreicht.
Großmama Wang, erzählen Sie, wie ist es unten?«

»Ich denke, dort gibt es sehr viele Spatzen und sehr viele Ei-
dechsen. Kleine Ping, warum willst du nicht hinuntergehen und
nachsehen? Mach einfach die Augen zu, boing boing boing
boing boing boing, geh einfach hinunter, es kostet überhaupt
keine Kraft. Anschließend gehst du ins Untergeschoss, dort
wohnen ziemlich viele Menschen.«

»Ich muss jetzt gehen, Großmama Wang.«

Die Kleine Ping stopft die Tiere wieder in ihre Hosentasche,
dabei macht sie ein ganz finsteres Gesicht. Sie scheint mit der

Antwort von Mama Wang ganz und gar nicht zufrieden. Ihr Köpfchen ist zu vollgestopft, niemand soll glauben, er könne sie einfach abspeisen. Mama Wang schaut sie an. Insgeheim empfindet sie ein wenig Reue: Der Umgang mit diesem Mädchen ist wirklich schwierig.

Vor vielen Jahren, als sie das erste Mal zu Besuch gekommen ist, wollte sie nichts Besonderes, nur von dem eingemachten Gemüse essen. Auf einmal spürt Mama Wang, dass die Kleine Ping sich wie ein flügge gewordenes Vögelchen hinauf zum Himmel schwingt. Sie kann es nicht unterlassen, den Kopf zur Tür hinauszustrecken und sie heimlich von hinten zu betrachten – sie wirkt bereits wie eine junge Frau, rank und schlank.

Glück

Frau Magister Wen saß in einem stockdunklen Zimmer und dachte über die Struktur des Universums nach. Dann stand sie auf, ging zum Fenster und öffnete es, woraufhin alle möglichen Schatten hereingeflattert kamen und den Raum in ein Halbdunkel tauchten. Plop, plop, plop … machten die Schemen mit lauter Stimme. Frau Wen spürte, wie ihr Körper sank, während die Decke und die vier Wände nach draußen auseinanderstoben. Doch sie schwebte nicht in der Luft, sondern stand fest auf der Erde, und alle Dinge ringsum strömten auf sie zu –– erstickten sie aber nicht, sondern im Gegenteil, bescherten ihr ein Gefühl von ungehinderter Freude.

»Ihr Standort ist das erste Obergeschoss Richtung Südwesten. Es ist das Zimmer mit dem Apfel auf dem Fensterbrett, es ist weder groß noch klein, hat eine einfache Möblierung und eine Schreibmaschine.« Die Stimme kam von einem Tonbandgerät.

»Sie haben meinen Standort bestimmt, aber wer sind Sie?«, fragte Magister Wen verwirrt.

»Ich bin ein Freund von Ihnen, Sie brauchen mich aber nicht beim Namen zu nennen, denn unser Verhältnis existiert nur in diesem Gebäude und hat mit der Welt draußen nichts zu tun.«

Magister Wen dachte, dass diese Worte vorab mit einem Tonband aufgenommen worden waren. Großartig! Jetzt musste sie erst einmal tief ein- und ausatmen. Bei jedem Luftholen flogen ihr Schatten durch die Nasenlöcher in die Lunge. Ihr Körper sank langsam und stetig immer weiter. Im Verlauf dieser Bewegung versuchte Magister Wen, sich jeweils genau zu orientieren – also, in welchem Raum des sogenannten »Gebäudes des Universums« befand sie sich eigentlich? In einem Zimmer nach Süden oder in einem Zimmer nach Norden? Oder nach Westen? Doch die Stimme aus dem Tonbandgerät ertönte nur selten, daher befand Magister Wen sich in einem Zustand der Verwirrung. Diese Verwirrung störte sie zwar nicht, aber sie sehnte sich nach Orientierung. Früher oder später würde sich eine Orientierung ergeben, allerdings nicht so, dass es sich vorhersagen ließe, sondern überraschend. Diese überraschende Orientierung versetzte Magister Wen oft in Ekstase. Sie liebte dieses Treiben im »Gebäude des Universums«. Sie fragte sich: Waren die Wände nicht schon auseinandergestoben? War sie innerhalb oder außerhalb des Gebäudes? Gemäß der Ansage aus dem Tonbandgerät sollte sie sich in einem Zimmer befinden –– »im ersten Obergeschoss«, »Richtung Südwesten« , »weder groß noch klein« usw. Das waren wohl nicht die Koordinaten eines außerhalb des Gebäudes gelegenen Orts. Doch das Sinken bewirkte, dass sie sich nicht in einem Zimmer aufhalten konnte, was die Schwierigkeit, sich zu orientieren, noch erhöhte. Doch dieser Zustand der Orientierungslosigkeit war so subtil und gab ihr solche Zufriedenheit! Vielleicht war sie im Süden und im Norden, im Osten und im Westen zugleich, doch die Ansage dieser Stimme war jeweils ganz klar und gab ihr das Gefühl einer verlässlichen Realität.

Vor sehr vielen Jahren schon hatte Magister Wen sich danach gesehnt, eine solche Übung durchzuführen, das heißt, sie hatte sich danach gesehnt, in einem Gebäude mit unklarer Struktur fremde Räume zu ertasten. Doch erst im Alter war das tatsächlich geschehen. Inzwischen hatte sie solche Übungen viele Male durchgeführt. Je mehr sie übte, desto größer wurden die Gebäude und desto zahlreicher wurden die fremden Räume und Stockwerke. Es war sozusagen fast unmöglich, sich Klarheit über die Ausrichtung der Zimmer und Gänge, die Deckenhöhe oder den Standort des Eingangs zu verschaffen.

Einmal hatte sie sich bis zum Ende eines Korridors vorgetastet, und in dem Moment, als sie vorsichtig den Fuß hob, um nicht ins Leere zu treten, machte der Korridor nochmals eine Biegung, und sie betrat unwillkürlich einen fensterlosen Raum. Der Raum war winzig, nur ein Quadratmeter, und nachdem jemand die Tür zugeschlagen hatte, wurde es darin drückend und schwül. Sie wollte hinaus, doch je mehr sie dies versuchte, desto kleiner wurde der Raum. Die vier Wände bedrängten sie und vor Angst schlief sie so, wie sie dastand, ein. Erst bei Tagesanbruch hörte sie die Stimme aus dem Lautsprecher: »Dieses Zimmer befindet sich in der Südwestecke des sechsten Stockwerks, es ist ein Lagerraum.« Als die Tonbandstimme abbrach, stellte sie fest, dass sie schon wieder auf dem Korridor war und die Treppe nach unten zu ihrer Rechten.

Das Haus hatte keinen Aufzug, doch Magister Wen bereitete es oftmals Lust, nachts treppenzusteigen. Einmal stieg sie mit vielen Pausen bis in den 25. Stock hinauf. Der 25. Stock war ganz oben, die Korridore führten in alle Richtungen, wie in diesen riesengroßen Türmen. Das schwache Licht über ihr flackerte, als würde es bald ausgehen. Als sie den Mut aufbrachte, die Tür zur Dachterrasse zu öffnen, um sich draußen umzublicken, stellte sie jedoch fest, dass es gar keine Dachterrasse war, sondern eine Treppe, die noch weiter nach oben führte. Sie hatte ein wenig Angst, schloss die Tür und drehte sich um, um wieder hinunterzugehen. Doch sie konnte den Zugang zur Treppe nach unten nicht finden. Egal, in welche Richtung sie ging, am Ende des Korridors war immer ein Aufgang zur Treppe nach oben, als würde sie gezwungen, immer weiter hinaufzusteigen. Magister Wen beschloss, sich auf der Holzbank im Korridor ein wenig auszuruhen. Kurz nachdem sie eingeschlafen war, weckten Gezänk und Gezeter sie auf. Jemand kam schleppend und schwer die Treppe von oben herunter. Es war ein alter Mann, der eine Schiebermütze mit Schottenkaro trug. Er trat vor sie hin, sah ihr in die Augen und sagte: »In der Fremde einem alten Freund zu begegnen, ist immer ein frohes Ereignis.« Sie erinnerte sich, dass sie ihm darauf eine Antwort gab, aber was genau, hatte sie vergessen. Gemeinsam folgten sie dem Korridor bis ans Ende und verließen das Gebäude beim ersten Abzweig. Magister Wen drehte sich um, hinter ihr lag nur ein ganz gewöhnlicher Plattenbau mit fünf Stockwerken und einem schrägen, mit Zierschindeln gedeckten Dach. Der Alte schlüpfte in ein Taxi und verschwand. Magister Wen überlegte, ins Gebäude zurückzukehren und sich umzusehen, doch jemand hatte das Haupttor von innen verschlossen.

Das Gebäude war in derselben Straße wie ihr Haus, es war eine Altenbegegnungsstätte. Doch aus irgendeinem Grund nahmen nur wenige alte Menschen an den kulturellen Aktivitäten teil. Als Magister Wen in den Ruhestand ging, fragte sie die Nachbarn, warum das so sei. Sie antworteten ihr: »Es ist so bedrückend dort, es ist für alte Menschen ungeeignet.« Doch nachdem sie zum ersten Mal dorthin gekommen war, hatte das Haus sie bezaubert, insbesondere der weitläufige Raum zum Schach- und Kartenspielen mit der hohen Decke, in dem sich normalerweise nur zwei oder drei Leute aufhielten und am Nachmittag gar niemand mehr. Also ging sie oft abends dorthin. Die Verwandlung des Gebäudes geschah einige Monate später, als eine Wand und die Decke verschwanden. Magister Wen hob den Kopf und sah den Himmel mit den Sternen, die ein Muster bildeten. Sie hörte, wie ein bereits verstorbener Cousin ihr lachend ins Ohr flüsterte: »Dieses Spiel gehört dir ganz allein!« Diese Worte verursachten ihr zwar am ganzen Körper Gänsehaut, verstärkten aber auch ihre Neugier. Von da an ging sie alle drei, vier Tage in die Altenbegegnungsstätte. Mit der Zeit wurde die Situation dort immer sonderbarer. Das Eigenartigste war, als sich das fünfstöckige Gebäude einmal in einen Bungalow verwandelte und zugleich die Gestalt eines Kraken annahm –– in der Mitte befand sich eine ungemein weitläufige Halle, und an allen vier Wänden entlang verliefen unzählige, endlose Korridore, die zu beiden Seiten von Räumen gesäumt waren, die wie Büros aussahen. Magister Wen unternahm einen Versuch. Es war, als verführte jeder Korridor sie dazu, endlos weiterzugehen, doch nach kurzer Zeit bekam sie Angst und kehrte zu der großen Halle in der Mitte zurück. Das verwandelte Haus barg so viel Gefahr und besaß zugleich eine so große Verführungskraft! Das Interessanteste war, dass sie beim Gehen über den Betonboden hören konnte, wie irgendwo gerade ein Schattenspiel aufgeführt wurde. Die Atmosphäre in dem Theater war genau wie sie es damals in ihrer Kindheit erlebt hatte –– Gongs, Trommeln, Gesang, große Leidenschaft. Dennoch wollte sie nicht einfach weitergehen, ohne einen Blick zurückzuwerfen. Es war nicht nur Angst, sondern auch, weil sie sich einen gewissen Vorteil davon versprach.

Auf dem Nachhauseweg begegnete Magister Wen einmal spätabends einer ehemaligen Kollegin, die sie in ein Gespräch verwickelte.

»Magister Wen, Sie vergnügen sich bei einsamen Expeditionen?«, fragte sie.

»Hm, also wie würden Sie dieses Bauwerk einschätzen?« Magister Wen spürte, wie ihr der kalte Schweiß über den Rücken lief.

»Ich bin nicht in der Lage, eine Einschätzung zu geben, das ist zu riskant. Ich finde, Sie haben Pioniergeist, das ist wirklich bewundernswert. Gut möglich, dass die Altenbegegnungsstätte nur für Sie gebaut wurde?« Im Tonfall der Kollegin lag etwas Eigenartiges.

»Aber tagsüber halten sich dort auch andere Leute auf«, sagte Magister Wen zu ihrer Verteidigung.

»Andere Leute? Diese zwei, drei Alten zählen doch nicht. Die unterhalten sich dort kurz und verschwinden dann wieder.«

Nachdem sie sich verabschiedet hatten, dachte Magister Wen ganz verblüfft, dass ihre Kollegin wirklich verstand, was sich hinter den Kulissen abspielte, vielleicht war sie so wie sie selbst und beobachtete genau das Gleiche? Wenn das der Fall war, könnte man doch sagen, dass die Altenbegegnungsstätte ebenso für diese Kollegin gebaut worden war. Dieses ganz gewöhnliche, fünfstöckige graue Gebäude lag völlig unauffällig an der Straße hier. Eine Reinigungskraft schloss jeden Morgen das Haupttor auf und fegte alle Räume und Korridore sowie das Treppenhaus. Da dieses Gebäude eine einzige Einheit mit zwölf Wohnungen bildete, war das Fegen und Kehren mittags beendet. Die Eingangstür stand offen, und die Reinigungsfrau in ihrer mausgrauen Arbeitsuniform verschloss das Tor erst spätnachts, um es am nächsten Morgen wieder zu öffnen. Magister Wen fragte sich darüber hinaus, warum die Frau jede Nacht spät von wo auch immer herbeigelaufen kam, um das Tor zu verschließen. Seit ihre Kollegin bemerkt hatte, dass das Gebäude möglicherweise für sie, Magister Wen, gebaut worden sei, ist sie noch ein Stück argwöhnischer geworden −− war es möglich, dass die Reinigungsfrau die Tür auch für sie, Magister Wen, offen ließ? Dieser Gedanke war erschreckend.

In den letzten Jahren war Magister Wen immer gelassener geworden. Das verdankte sie den Sinkbewegungen. Denn sobald ihr Körper sank, stieg ihr Geist frei und ungebunden wie ein geflügeltes Pferd in die Lüfte auf. In diesen Momenten waren auch die Vorbehalte gegenüber der Reinigungskraft verschwunden, obwohl sie ihr zuvor einmal mitten in der Nacht begegnet war und sie ins Kreuzverhör genommen hatte. Mit der Zeit wurde ihre Bewegung beim Absinken immer geschmeidiger. Es war nahezu so, als habe sie ein Niveau erreicht, wo der bloße Gedanke an das Absinken oder Aufsteigen genügte, um es auch zu tun. Anfangs hatte sie sich allein und ausschließlich an ihrem jeweiligen Aufenthaltsort bewegt −− meist das Schachzimmer. Inzwischen, nachdem alle Wände und die Decke auseinandergestoben waren und sie sich mühelos im Raum hin und her bewegte, hatte sie das Gefühl, als sei das Gebäude transparent und zu einer Verlängerung ihres Körpers geworden, als trage sie dieses unbegreifliche Haus überall mit sich herum, ja als hin-

ge seine Existenz von ihr ab. Denn wenn sie nicht daran dachte, verschwand das Gebäude, wenn sie den Atem anhielt und
sich konzentrierte, tauchte es transparent mit seiner undurch-
schaubaren Struktur wieder auf. Das war ein sehr vergnügliches
Spiel. Einmal begegnete sie auf dem Korridor sogar ihrem Sohn
Feng. Er trug Bergsteigerkleidung, als habe er einen weiten Weg
vor sich. »Feng, suchst du mich?« »Ja, alle sagen, du seist beim
Klettern. Ich will auch die Landschaft hier oben genießen, deshalb bin ich gekommen. Aber wie hoch ist es denn? Ich erkenne
es nicht.« »Niemand erkennt es gleich auf den ersten Blick. Nur
beim Klettern erfährst du es. Lass uns rechts abbiegen, da vorne
muss eine Terrasse sein. Schau, hier ist links und da ist rechts.«
»Mutter, selbst an einem solchen Ort bewahrst du deine Urteils-
kraft, das ist großartig.« Magister Wen erinnerte sich, dass sie
unbewusst mit ihrem Sohn das Haus durch den Haupteingang
verlassen hatte. Danach sagte ihr Sohn zu ihr, die Höhe dieses
verwandelten Gebäudes habe ihn erschreckt, und in ihm hätten
die Trommeln sofort zum Rückzug gemahnt. Er sei es gewesen,
der sie an der Hand genommen und mit ihr hinuntergegangen
sei. Danach erwähnte Feng diese Besteigung nie wieder. Vielleicht dachte er, es sei besser, nicht darüber zu sprechen.

Die Altenbegegnungsstätte war das Geheimnis von Magister
Wen, ein Geheimnis allerdings, von dem sie glaubte, dass alle
Leute es kannten. Nicht nur ihre zwei Söhne, sondern auch ein
paar Lehrerinnen im Ruhestand hatten sie scheinbar beiläufig
danach gefragt. Magister Wen glaubte, dass eine Art von Struktur mit dem Leben eines jeden Menschen aufs Engste verbunden sei, diese Struktur aber jeweils in unterschiedlichen Ge-
genständen verkörpert sein müsse –– in einem Gebäude zum
Beispiel ––, andernfalls werde sie nicht sichtbar oder vorstellbar.
War sie, Magister Wen, es gewesen, die die Struktur der Altenbegegnungsstätte zuerst erkannt hatte, oder hatte diese Struktur unablässig Botschaften an sie geschickt in der Hoffnung, sie

möge hereinkommen? Vielleicht stach sie, sobald dies einmal geschah, aus der Masse der Menschen heraus. Daher spürte Magister Wen jetzt, dass der Überschwang der Menschen aus ihrem Umkreis sie umgab und dass jeder Hoffnungen auf sie zu setzen schien. Selbst die Händler auf dem Markt sprachen über sie. »Sie hat ein ganz gewöhnliches Haus in etwas Schicksalhaftes verwandelt.« »Wenn ein Gebäude unendliche Verwandlungen durchläuft, soll das mit menschlicher Körperkraft zu tun haben.« Magister Wen hatte diese Bemerkungen rein zufällig gehört. Die beiden hatten offenbar mit Absicht laut gesprochen, damit sie es hörte. Die Reaktion der Gemüsehändler versetzte sie geradezu in Begeisterung, und sie schöpfte neue Hoffnung: Wenn sich diese Struktur an allen Dingen im Universum manifestierte, dann konnte sie doch jederzeit mit anderen Menschen darüber sprechen? Auf jeden Fall würde sie mit dieser Sache fortfahren, denn das hatte mit dem Glück zu tun. Seit letztem Monat erschien über ihrem Kopf ein Dach, und zwar in dem Moment, als sie den Sternenhimmel betreten hatte. Seither fühlte sie sich vollkommen. Sie wollte das tiefe Geheimnis des Glücks an andere weitergeben. Jeder Mensch konnte nämlich in unterschiedliche Dinge hineinschlüpfen und das Ding selbst werden. Natürlich gehörte hierzu ein gewisses Geschick, und auch dieses Geschick könnte sie an andere Menschen weitergeben. Sie hatte zum Beispiel Erfahrung damit, die Himmelsrichtung anhand der ersten Berührung mit einem Gegenstand (einer Wand, einer Türklinke, einer Treppe usw.) einzuschätzen oder ihren eigenen Bewegungsradius an der Deckenhöhe und der Länge der Korridore auszurichten.

Der Besuch der Altenbegegnungsstätte zum Zweck der Meditation wurde Magister Wens Patent, ein Patent, das sie nach ihrer Pensionierung durch einen einmaligen, unbeabsichtigten Aufenthalt erworben hatte. An jenem Tag machte sie, nachdem sie gegessen und die Küche aufgeräumt hatte, am frühen Abend einen Spaziergang. Auf der Straße traf sie den bereits pensionierten Rektor. Der Rektor sagte, sie »sehe gut aus«. Später ging sie an der Altenbegegnungsstätte vorbei und sah, dass das Eingangstor weit offen stand und in allen Räumen noch Licht brannte. Sie verspürte Neugier und ging hinein. Zuerst betrat sie den Tischtennisraum. Die zwei Platten standen stumm im Licht, und es sah nicht so aus, als würde noch jemand kommen und spielen. Als Nächstes ging sie in das Schachzimmer. Auf dem Tisch dort lag ein Blatt mit einer Skizze von dem Kopf eines Menschen. Die Skizze war ziemlich undeutlich, vielleicht stellte sie keinen Menschenkopf dar, sondern eher die Adern eines Granitfelsens. Magister Wen setzte sich und fragte sich beim Blick auf das Bild, welcher alte Mensch diese Zeichnung wohl angefertigt haben mochte. Sie schaute und schaute, und dabei verlor sich ihr Blick, wie berauscht geriet sie in eine Art Erregung. Sie vernahm oben an der Decke eine ganz leise Unruhe, eine Unruhe, die stoßweise kam, die anschwoll und sich wieder legte. Was für ein Tier machte denn solch ein Geräusch? Sie kletterte auf den Tisch, um sich Klarheit zu verschaffen. In dem Moment, als sie auf dem Tisch stand, öffnete sich die Tür. Ein ehemaliger Elektriker, Zhong Zhidong, stand auf der Schwelle zum Schachzimmer. Magister Wen stieg verlegen vom Tisch herunter.

»Das Licht hat gebrannt, deshalb wollte ich kurz nachsehen«, sagte Zhong Zhidong.

»Offensichtlich bin ich nicht die Einzige, die sich um die Altenbegegnungsstätte kümmert«, erwiderte Magister Wen.

»Natürlich. Diese Begegnungsstätte liegt uns allen am Herzen.« Die Stimme von Zhong Zhidong war ganz fest.

Zhong Zhidong ging gleich wieder weg. Magister Wen setzte sich wieder an den Tisch. Die Unruhe oben an der Decke hatte sich gelegt. Sie betrachtete nochmals die Skizze und erkannte, dass darauf ein Haus dargestellt war. Die Art der Zeichnung war allerdings sehr eigenwillig. Je nach dem Blickwinkel, aus dem man sie betrachtete, variierte die Struktur des Hauses und die Anzahl der Stockwerke. Zuerst hielt sie es für eine Zeichnung der Altenbegegnungsstätte, dann aber meinte sie, es zeige das Hauptgebäude ihrer ehemaligen Schule, schließlich erkannte sie, dass das Bauwerk auf dem Papier 32 Stockwerke hatte und eher wie einer der Bürotürme im Stadtzentrum aussah. Ihr Interesse war geweckt, und sie wollte nicht mehr sofort aufbrechen. In ihrem Körper erwuchs eine fast jugendliche Lebenskraft, sie wollte in diesem Gebäude tätig sein. Natürlich wusste sie damals noch nicht, welche Art von Betätigung das sein könnte. Sie ging einmal die Treppen hinauf, dann wieder hinunter, dann wieder hinauf, dann wieder hinunter. Als sie die Treppen hinauf- und hinunterstieg, spürte sie, wie vertraut ihr das ganze Gebäude war, und die Bewegung wurde zu etwas ganz Intimem. So also ob jemand ihr lieb ins Ohr flüsterte: »Nach links oder nach rechts? Wie wäre es mit dem Zimmer an der Südseite im siebten Stock …?« Tatsächlich hörte sie die Stimme des Fragenden, antwortete ganz spontan und spürte an Leib und Seele ein ungemein angenehmes Gefühl. Anschließend erfolgte die Verwandlung. Wie viele herzbewegende Szenen hatte sie schon erlebt? Magister Wen vertraute diese Frage ihrer Stimme an.

In dem Moment verließ Magister Wen tief nachts die Altenbegegnungsstätte mit einem Gefühl nie dagewesener Zufriedenheit. In einer Nacht wie dieser beruhte die Verwandlung der Sterne und der Stadt auf ihrem Willen und ihrer Leidenschaft. Sie blieb neben einem Zeitungskiosk stehen, starrte auf einen langsam näherkommenden Schatten und sagte klar und deutlich: »noch einmal«.

Lu'ers Kummer

Lu'er mahlt in der Stube mit einer kleinen Mühle Klebreis. Diese Arbeit ist ebenso einfach wie langweilig, aber sie muss getan werden. Mama hat darauf gedrängt, denn sie braucht das Mehl für die Klebreisklößchen zum Laternenfest. Als Lu'er mit seiner Arbeit fast fertig ist, hört er ein Geräusch. Zuerst klingt es wie ein Zug, der aus der Ferne näher kommt und dabei immer lauter wird. Doch es hört gar nicht mehr auf, und zwischendrin das Knallen von Explosionen. Lu'er argwöhnt, es könne sich um einen Bergrutsch handeln, und fragt sich ein paarmal: »Soll ich weglaufen? Soll ich weglaufen?« Dann entschließt er sich zu fliehen und rennt, ohne irgendetwas mitzunehmen, hinaus.

Im Dorf ist kein einziger Mensch. Lu'er läuft durch Gemüsegärten, über eine kleine Brücke, hinaus aufs weite Feld. Erst als er nicht mehr laufen kann, hält er an und steht mit hochrotem Gesicht keuchend da. Seltsam, während er lief, war das Geräusch die ganze Zeit zu hören, als jage ihm eine Mure hinterher. Jetzt, wo er stehengeblieben ist, hat auch das Geräusch aufgehört. Er blickt sich um. Auf den Feldern sind einige Leute, die unbeirrt ihre Arbeit verrichten. Rechter Hand, auf dem kleinen Weg, sind noch ein paar, die mit Besen über den Schultern zum Markt eilen. Und der Berg dort vorne ragt wie eh und je still und reglos auf, er zeigt keinerlei Auffälligkeit.

Er schlurft zurück nach Hause. Mutter schimpft ihn laut aus, wirft ihm vor, er habe die Arbeit nur halb gemacht und sei weggelaufen, so dass sie jetzt alles erledigen müsse. Lu'er fragt sich insgeheim, wo Mama denn war, als er vorhin weggelaufen ist. Er hat sie doch mehrmals aus vollem Hals gerufen! Lu'er fehlt der Mut, sie zu fragen, er will in die Küche schlüpfen, um ihr aus dem Weg zu gehen. Doch sie lässt nicht locker und folgt ihm in die Küche.

»Wozu bist du zurückgekommen? Du wolltest doch unbedingt raus?«

Wütend reißt Lu'er die Küchentür auf und geht aus dem Haus. Ziellos streift er umher, ehe er auf die Idee kommt, auf den Berg hinaufzusteigen und dort nachzusehen. Er überlegt hin und her und denkt trotz allem, dass auf dem Berg etwas vorgefallen sein muss. Warum hat er sonst dieses Geräusch gehört?

Da trifft er Xibao, der auf dem Rücken Feuerholz vom Berg trägt. Die beiden grüßen einander, und Lu'er fragt Xibao, ob er ein seltsames Geräusch gehört habe. Der schaut ihn nur gleichgültig an und sagt:

»Hm, wen interessiert das schon, ist doch total blöd.«

Schließlich steigt Lu'er zu der Felsspalte hinauf. Er hält den Atem an und geht bis zum Rand der Klippe, tritt aber sofort wieder ein paar Schritte zurück und fällt zu Boden. Ursprünglich standen an dieser Stelle zwei Felswände, die aussahen, als habe der Hieb eines scharfen Messers sie durchtrennt, einander in einer Entfernung von drei oder vier Metern gegenüber. Darunter, in ein paar hundert Metern Tiefe, toste ein Bergbach. Doch jetzt ist die gegenüberliegende Felswand verschwunden, und so weit das Auge sieht, ist überall weißglitzerndes Nichts.

Lu'er spürt unmittelbar Gefahr. Mit zitternden Beinen läuft er, so schnell er kann, den Berg hinunter, stolpert in seiner Hast, lässt sich einfach ein gutes Stück weiterrollen, bis er an einer kleinen Tanne zum Halten kommt. Er steht auf und sieht, dass der Stoff seiner Kleider an mehreren Stellen abgewetzt ist.

Er möchte seine Entdeckung irgendjemandem mitteilen. Während einer Schimpftirade seiner Mutter hackt er Beifuß für die Schweine und wartet geduldig auf den Einbruch der Dunkelheit. Erst dann macht er sich auf den Weg zu dem kleinen Kuhhirten Xiaoqi.

»Xiaoqi, hast du das gehört?«, fragt er aufgeregt.

»Hm, ich hab's gehört«, antwortet Xiaoqi und weicht seinem glühenden Blick aus.

»Weißt du, woher das Geräusch gekommen ist? Ich bin hingegangen, hab's mir angesehen, ich – «

»Das ist mir völlig egal!!«, brüllt Xiaoqi auf einmal und fällt ihm ins Wort.

Er dreht sich um und kehrt ins Haus zurück. Lu'er steht verdutzt da.

Papa kommt vom Innenhof herüber. Es gibt niemanden, den Lu'er in diesem Moment weniger gern sehen würde als seinen Papa. Doch es ist zu spät, ihm aus dem Weg zu gehen.

»Lu'er, du gammelst schon wieder herum!«, schimpft er laut, »als wir klein waren, gab es außer Schuften nur schuften, und zwar von früh bis spät! Du hast keinerlei Maß und Regel, wie willst du später deinen Platz im Leben finden? Siehst du nicht, dass Xiaoqi viel vernünftiger ist als du?«

Als die beiden fast an der Tür sind, sagt Papa noch etwas Rätselhaftes:

»Lu'er, du darfst die Erwartungen, die ich in dich setze, nicht zunichtemachen!«

Lu'er spürt, dass Papa von der Sache weiß, aber nicht davon spricht, weil er sich um ihn sorgt. Weswegen genau ist Papa eigentlich besorgt?

Lu'er findet keinen Schlaf. Die Szene auf der Klippe spielt sich wieder und wieder in seinem Kopf ab. Wenn er in jenem Moment noch zwei Schritte nach vorne gemacht hätte, um die Situation dort unten besser zu sehen, wäre das nicht ungefähr so gewesen wie zu sterben? Alle sagen, sterben sei, als gehe man in eine andere Welt. Lu'er will natürlich nicht in eine andere Welt gehen, doch als er auf dem Bett liegt, kann er nicht anders als sich immer wieder vorzustellen, er stürze von der Klippe. Da hört er, wie sein Papa im Hof mit jemandem spricht. Es ist Xiaoqi.

Es muss einen wichtigen Grund geben, dass Xiaoqi so spät noch kommt. Lu'er steht sofort auf, zieht sich an und geht hinaus auf den Hof.

Doch Xiaoqi ist schon weg, nur Papa steht noch da und raucht.

»Xiaoqi ist wirklich vernünftig«, sagt Papa. »Ich wünschte, ich hätte einen Sohn wie ihn.«

Lu'er bleibt stehen und senkt beschämt den Kopf.

»Lu'er, Kopf hoch und Blick geradeaus«, sagt Papa unerwartet.

Ganz verwirrt schaut Lu'er daraufhin geradeaus. Vor ihm liegt der Berg, der unter dem Nachthimmel zu einem tiefschwarzen Schatten geworden ist. Auf einmal wird er so groß, dass er fast den halben Himmel bedeckt. Lu'er sieht immer weniger, erkennt kaum die fünf Finger an seiner ausgestreckten Hand. Er tastet sich zurück zum Haus.

Als er bei der Treppe ist, hört er Papa von fernher sagen:

»Lu'er, wenn du Xiaoqi wärst, wäre alles gut.«

Lu'er legt sich wieder ins Bett und denkt genau über Papas Worte nach. Xioaqi ist seit jeher sein guter Freund. Er ist ein Jahr älter als er und wurde als Kleinkind von Tante Hua, die hinter dem Tofu-Laden wohnt, von der Straße aufgelesen. Xiaoqi spricht nicht gerne, doch was er sagt, ist erstaunlich, und darum bewundert Lu'er ihn. Einmal zum Beispiel tobten die beiden draußen herum und kamen erst spät nach Hause. Lu'er befürchtete, Prügel zu beziehen, doch Xiaoqi tröstete ihn: »Durch die Prügel bekommst du eine dickere Haut und spürst den Schmerz danach nicht mehr.« Ein anderes Mal brachte er Lu'er bei, zu Hause heimlich Eier zu essen. Lu'er solle die Eier in den großen Topf mit dem Schweinesud geben und sie, wenn gerade keiner aufpasst, herausfischen und verschlingen. Ergänzend erklärte er zu dieser Methode noch: »Wenn du alle paar Tage ein frisches Ei isst, dann bist du nach zehn Jahren eine Spitzenarbeitskraft.« Papa weiß überhaupt nichts von diesen Unsitten Xiaoqis, sondern er vergleicht ihn immer mit Lu'er und findet, er habe viel bessere Zukunftsaussichten als sein Sohn. Papa hat gesagt, wenn er Xiaoqi wäre, sei alles gut. Soll das etwa heißen, wenn er, Lu'er, ein Waisenkind wäre, dann »wäre alles gut«?! Je länger Lu'er darüber nachdenkt, desto mehr erschrickt er. Er weiß, dass Papa unzufrieden mit ihm ist, doch wie könnte er neu geboren werden – und dann Waise sein?!

Apropos Xiaoqi, der einzige Lichtblick in Lu'ers Leben ist seine Freundschaft mit Xiaoqi. Lu'er spürt, dass er selbst anders ist als die anderen Kinder im Dorf, aber mit Xiaoqi gern zusammen ist. Aber was ist heute eigentlich mit ihm los? Hat er, Lu'er, vielleicht eines seiner Geheimnisse offenbart und dadurch seinen Zorn erregt? Ist die Felsenklippe ein Geheimnis von Xiaoqi? Oder, noch schlimmer, ist die Felsenklippe das Geheimnis aller Menschen hier im Dorf, das sie allein im Grunde ihres Herzens bewahren, über das sie aber nicht sprechen können? Lu'er gehen all diese beunruhigenden Gedanken durch den Kopf, während er sich im Bett hin und her wälzt. Zuletzt, kurz vor dem Einschlafen, kommt ihm eine Person in den Sinn, Tante Hua. Tante Hua ist eine Frau mittleren Alters, und es gibt nichts, das sie nicht weiß. Morgen würde er zu ihr gehen und sie nach ihrer Meinung dazu befragen.

Lu'er sieht Tante Hua erst drei Tage später. Das liegt daran, dass sie jeweils schon frühmorgens zum Markt geht, um Tofu zu verkaufen, und erst spätabends zurückkommt und Lu'ers Mutter den Sohn bei Dunkelheit nicht mehr aus dem Haus gehen lässt.

Voller Sorge sitzt Lu'er unter dem Dachvorsprung und fertigt Strohsandalen, als Tante Hua auf einmal vor ihm steht.

»Wolltest du zu mir, Lu'er?«, fragt sie mit einem fröhlichen Blinzeln in den Augen.

»Ja, Tante, woher wissen Sie das?«, antwortete Lu'er mit hochrotem Gesicht.

»Du hast Fußspuren vor meiner Haustür hinterlassen. Ich

weiß, dass du nicht gekommen bist, um Xiaoqi zu besuchen, sondern mich!«

Sie zieht Lu'er hoch, so dass er vor ihr steht, und schaut ihn sich von oben bis unten an.

»Tante?«

»Psst!«

Mit einer Geste bedeutet sie ihm, ihr zu folgen. Sie kommen an einen Brunnen. Tante Hua zeigt darauf und fragt Lu'er, ob er den Mut habe, hinunterzuspringen. Lu'er verneint, woraufhin Tante Hua lacht.

»Guter Junge, du bist schon recht. Das will ich deinem Papa sagen. Ich habe jetzt ganz klar gesehen, dass du keine Last auf den Schultern trägst. Du bist flink und frei, dein Papa braucht sich um dich nicht zu sorgen. Geh nach Hause, dort erwartet dich etwas Schönes!«

Verwirrt macht sich Lu'er auf den Heimweg. Doch zu Hause wartet überhaupt nichts Schönes auf ihn. Ob dieses Schöne vielleicht erst nachts erscheint? Er setzt seine Arbeit an den Strohsandalen fort. Kurz darauf kommt Xiaoqi.

»Lu'er, ich bin ganz durcheinander.« Er senkt den Kopf und fragt niedergeschlagen: »War meine Mama hier?«

»Hm, was ist los?«

»Meine Mama erwartet zu viel von mir. Ich zerbreche bald unter dem Druck.«

»Merkwürdig. Ich hatte den Eindruck, sie sei verständig und vernünftig.«

»Sie ist verständig und vernünftig, doch auch verständige und vernünftige Menschen haben ihre schlechten Seiten. Sie lässt mich den Druck spüren. Unsere Kühe sind längst geschlachtet, und doch hat sie mich auf den Berg hinaufgeschickt, wo ich etwas gesehen habe, das ich nicht sehen sollte. Du weißt, was ich meine. Ich will nicht darüber sprechen. Aber meine Mama, ich überlege, sie zu verlassen. Ich frage mich, ob es daran liegt, dass ich nicht ihr leibliches Kind bin. Schickt sie mich deshalb den Berg hinauf, um das zu sehen? Es geht mir nicht aus dem Kopf, und je mehr ich darüber nachdenke, desto mehr böse Gedanken kommen in mir auf.«

Silbe für Silbe sagt Lu'er, »dei·ne Ma·ma ist ein sehr gu·ter Mensch«.

»Ja, natürlich. Und dein Papa und deine Mama ebenso. Wir sollten diese Erwachsenen nicht verlassen, meinst du nicht auch?«

Xiaoqi blickt Lu'er in die Augen, als er ihm diese Frage stellt. Der fühlt sich äußerst unwohl und zwingt sich, mit einem »ja« zu antworten. Eigentlich spricht Xiaoqi genau von dieser Sache, denkt Lu'er. Er ist oft auf den Berg gestiegen und kennt das Gelände längst in- und auswendig. Er hat es gesehen und spricht dann von etwas, »das ich nicht sehen sollte«, warum?

»Xiaoqi, bist du zu mir gekommen, um über deine Mutter herzuziehen?«

»Am Anfang ja. Doch dann hatte ich das Gefühl, sie ist sehr gut zu mir. Lu'er, kannst du heute Nacht rauskommen?«

»Meine Mutter erlaubt das bestimmt nicht. Aber ich kann aus dem Fenster klettern. Wartest du im Hof auf mich?«

Beim Anblick von Xiaoqis Rücken denkt Lu'er: Das also ist es, was Tante Hua meinte, als sie sagte »etwas Schönes«. Lange nachdem Xiaoqi fort ist, ist Lu'er immer noch ganz aufgeregt. Als er nachts aus dem Fenster steigt, wartet Xiaoqi bereits auf ihn. Xiaoqi hat einen mit vielen Federn geschmückten Strohhut auf dem Kopf und einen Speer in der Hand. Im hellen Mondlicht sieht er wie ein Wilder aus. Lu'er beneidet ihn um seine Aufmachung und fragt ihn, bei wem er sich das abgeguckt habe. Xiaoqi antwortet, er habe das in einer Zeitschrift von Tante Huas Neffen gesehen.

»Ohne Speer geht es nicht, denn es gibt Leoparden«, erklärt er.

Als er vorausgeht, denkt Lu'er, der Freund werde den Berg hinaufsteigen. Doch der dreht eine große Runde, bis er schließlich an ein Rapsfeld kommt. Als sie sich einen Weg durch das schier endlose Rapsfeld bahnen, bleibt Xiaoqi immer wieder stehen und horcht auf die unterschiedlichsten Geräusche. Dann hebt er den Speer, als wolle er in die Luft stechen, zögert und lässt den Arm wieder sinken. Lu'er ist seltsam berührt: Besteht denn überhaupt irgendeine Gefahr? Der Raps ist die Haupteinnahmequelle des Dorfs, deshalb wird die Anbaufläche jedes Jahr ausgedehnt. Die Grenzen des Rapsfelds kennt Lu'er nicht genau.

»Xiaoqi, wo sind die Leoparden?«

»Sie sind jeweils dort, wo ich hinsteche«, antwortet Xiaoqi überheblich.

»Aber du hast noch gar nicht zugestochen.«

Lu'er vergöttert Xiaoqi. Er denkt, Xiaoqi kann bestimmt einen Leoparden anlocken! Dieser Gedanke bringt sein Blut in Wallung. Plötzlich sieht er am fernen Himmel den Schatten eines riesigen Menschen, der hin und her wankt, und bei jeder Bewegung dieses Schattens scheint die Erde mit einem Beben zu reagieren, allerdings mit einem nur ganz leichten Beben. Da hebt Xiaoqi wieder den Speer. Dieses Mal sticht er gegen den Schatten am Himmel, wirft dabei seinen Körper in den Schwung des Speers und stürzt sofort zu Boden.

Xiaoqi stöhnt und flucht zugleich. Lu'er fragt ihn, ob er verletzt sei. »Ich hätte genauso gut tot sein können«, antwortet Xiaoqi. Im Stillen bewundert Lu'er den Freund für seine große Tapferkeit. Lu'ers bisheriger Rekord ist der Sprung von einem mehr als drei Meter hohen Fels, doch der andere springt zum Himmel! Er hebt den Kopf und blickt nach oben, es ist immer noch derselbe Himmel, ohne irgendetwas Fremdartiges.

Xiaoqi setzt sich langsam wieder auf und schickt Lu'er aus, seinen Speer zu suchen. Er findet sich sofort in unmittelbarer Nähe, in zwei Stücke gebrochen. Xiaoqi wirft sie ins Rapsfeld und sagt:

»Ich will ihn nicht mehr, es ist eine Blamage. Als ich auf der Klippe stand – «

»Was war da auf der Klippe??«

»Ach, jetzt fällt es mir wieder ein, es lohnt sich nicht, davon zu sprechen.«

Lu'er ist empört. Doch was kann er schon gegen Xiaoqi ausrichten? Xiaoqi ist sehr arrogant. Niemand bringt ihn dazu, über eine Angelegenheit zu sprechen, über die er nicht sprechen will.

»Nur mit einem Speer lassen sich die Leoparden anlocken. Ich habe jetzt keinen Speer mehr. Lass uns nach Hause gehen.«

Beide machen sich auf den Weg nach Hause.

Als Lu'er von seinem Vater geweckt wird, ist es schon hell.

»Lu'er, hast du gestern auf dem Rapsfeld nicht gehört, wie ich dich gerufen habe?«

»Nein, Papa.«

»Ich hab am anderen Ende gestanden, Xiaoqi hat mit einem Speer auf mich gezielt. Ich habe laut deinen Namen gerufen, damit du ihn davon abhältst. Und du hast nur blöd dagestanden und zugeschaut, wie er sich blamiert. Aber alles ist bestens, alles bestens. Du kannst von Xiaoqi lernen.«

»Papa, bist du ein Riese?«

»Was sagst du da! Du hast wohl zu viele Gespenstergeschichten gehört.«

Lustlos putzt Lu'er das Hühnergehege. Mama legt die Bohnen zum Trocknen aus und schimpft ihn, während sie ihre Arbeit verrichtet.

Lu'er fragt sich insgeheim wieder und wieder: »Soll ich weglaufen? Soll ich weglaufen …«

Als es Zeit fürs Abendessen ist, ist er immer noch da. Er hasst sich dafür.

Lu'er ist an den Fuß der Felswand zurückgekehrt. Zuerst sammelt er das herumliegende Brennholz, als er damit fertig ist und es zu einem Bündel geschnürt hat, hält er es nicht mehr aus und klettert hinauf. Dieses Mal sieht er etwas Merkwürdiges: Ein Mädchen aus seinem Dorf, Meihua, sitzt am Rand der Klippe und stickt. Sie ist nicht gerade hübsch, eher klein und pummelig, doch die Erwachsenen sagen, sie sei ein handwerkliches Naturtalent, und darum zollt Lu'er ihr einen gewissen Respekt.

»Meihua! Meihua!« Lu'ers Stimme zittert vor Angst.

Meihua antwortet nicht, sie sitzt mit übereinandergekreuzten Beinen ganz ruhig da.

Lu'er geht auf die Knie. Wie ein Hund kriecht er auf dem Boden an sie heran.

»Meihua, sag, was ist dort unten?«

Sie dreht ihm ihr Gesicht zu und antwortet mit ernster Miene, »dort unten sind drei Schäfchen«.

»Wird dir nicht schwindelig, wenn du unmittelbar vor dich schaust?«

»Nein. Wenn ich zu Hause sitze und sticke, dann wird mir schwindelig. Hier geht es mir gut.«

»Das überrascht mich. Ich dachte, jeder hätte Angst.«

»Angst wovor?«

»Angst vor dem, was unmittelbar vor einem ist.«

Meihua lacht laut auf. Sie legt den Stickrahmen auf den Boden, steht auf und schlägt mit Blick auf die Leere jenseits der Klippe einen Salto in der Luft. Als ihr biegsamer Körper sich anmutig in der Luft entfaltet, denkt Lu'er, sie stürze gleich herab. Doch sie kommt zurück, als sei sie von einem unsichtbaren Widerstand aus Glas abgeprallt, und steht fest und sicher vor ihm. Lu'er reibt sich die Augen, als glaube er nicht, was er gerade gesehen hat. Meihua ist gegen die Leere angestürmt, hat sich überschlagen und ist wie abgeprallt wieder zurückgekommen. Lu'er hat sogar einen Ton wie ein »plop« in der Luft gehört, vielleicht von ihrem Aufprall gegen das Glas.

»Ah, ich muss nach Hause, die Schweine füttern!«

Sie hebt den Stickrahmen auf und läuft weg.

Lu'er analysiert diese weite, weiße Fläche ganz genau. Was ist darin? Nichts. Er will aufstehen, doch seine Beine zittern. Autsch! Es geht nicht. Kriechend bewegt er sich von der Klippe hinunter.

Zuhause angekommen sagt Papa zu ihm, er solle mit ihm den Mist aus dem Schweinestall holen.

Als Vater und Sohn zusammen in der Jauchegrube stehen, hört Lu'er Papa zu sich selbst sagen:

»Potztausend! Hier in dieser Jauchegrube ist es wirklich gut!«

Die beiden haben einen Haufen zu tun, bis sie von Kopf bis Fuß stinken.

Nach einem gründlichen Bad sitzt Papa auf dem Hackstock und raucht, Lu'er denkt an seinen Kummer.

»Lu'er, in ein paar Tagen bist du dreizehn, doch deine Mama und ich sind schon alt. In letzter Zeit denke ich immer: Lu'er wurde in unsere Familie geboren, kann es sein, dass er mit uns nicht zufrieden ist? Manchmal haben deine Mama und ich den Eindruck, als hättest du Fernweh. Weit weg zu gehen ist eine gute Sache, aber so schlimm kann es doch hier im Dorf nicht sein? Wenn du hier bleibst, wird es dir mit jedem Tag besser gefallen.«

»Papa, ich habe kein Fernweh«, antwortet Lu'er erschrocken und wendet den Blick ab.

»Noch hast du kein Fernweh, aber früher oder später überkommt es dich.«

»Ich gehe doch nicht weg. Wenn ich weggehe, sterbe ich. Mein ganzes Leben lang will ich hierbleiben und mit dir zusammen sein! Xiaoqi denkt genau das Gleiche«, antwortet Lu'er leidenschaftlich und errötet aus Scham über diesen Gefühlsausbruch.

Papa beäugt ihn nicht gerade erfreut.

»Findest du es nun hier im Dorf gut oder nicht?«

Lu'er lässt den Kopf hängen und sagt:

»Ich verrichte die Arbeit im Haus nicht gern und auch nicht die auf dem Hof.« Auf einmal hebt er den Kopf, »heute habe ich etwas Wunderbares gesehen! Es war Meihua, die eine Darbietung für mich gegeben hat! Wenn ich ihre Kunst erlernen könnte, wäre ich schon zufrieden. Ob ich das aber kann?«

»Es gibt nichts, das Lu'er nicht lernen kann.« Papas Tonfall klingt nun etwas freundlicher.

»Hast du ihre Darbietung gesehen?«

»Hm«.

Papa und Mama glauben also tatsächlich, dass er früher oder später aus dem Dorf weggehen würde. Dieser Gedanke macht Lu'er ein wenig nervös, ähnlich wie der Gedanke an die eingestürzte Felswand. Über solche Dinge genauer nachzudenken, ist ihm unmöglich. Meihua! Meihua! Ein so aufregendes Mädchen … er will im Dorf bleiben. Papa hat gesagt, es gebe nichts, das er nicht lernen könne. Vielleicht gelingt es ihm, Meihuas Kunst zu erlernen, wenn er jeden Tag übt? Himmel! Allein bei dem Gedanken schwirrt ihm der Kopf!

Weil Lu'er bei der Arbeit mitgeholfen hat, ist Mama jetzt viel freundlicher zu ihm. Nach dem Abendessen darf er noch ein wenig draußen spielen. Mama sagt zu Papa: »Der Junge will von früh bis spät nur draußen herumlaufen.«

Wie zufällig kommt er an Meihuas Haus vorbei. Er sieht das Mädchen an der Wand neben dem Eingangstor, den Kopf nach unten im »Handstand«, und vermutet, sie stehe da schon eine ganze Weile. Lu'er hält an und schaut ihr zu. Er beobachtet sie ziemlich lange, immer noch lehnt sie gegen die Wand. Im Stillen denkt er, dass es sehr hart sein müsse, eine Kunst zu erlernen. In dem Moment geht die Tür auf, und Meihuas Onkel kommt aus dem Haus.

»Du brauchst das nicht zu lernen«, sagt der Onkel zu ihm, »Meihua ist ein Mädchen, irgendwann heiratet sie in eine andere Familie. Deshalb überlassen wir es jetzt ihr, zu lernen, was immer sie mag. Du bist ein Junge, dein Vater hat hohe Erwartungen an dich. Du musst fleißig sein.«

Als der Onkel wieder weg ist, geht Lu'er zu Meihua. Im Dämmerlicht sieht er kaum den Schweiß auf ihrer Stirn.

Sie befiehlt ihm: »Geh ein Stück zur Seite, du nimmst mir die Sicht.«

Lu'er stellt sich neben sie und muss sie einfach fragen: »Meihua, was siehst du?«

Sie antwortet nicht. Lu'er geht ums Haus herum, guckt sich aber immer wieder nach ihr um, denn er will sehen, wie lange sie es im Handstand aushält.

Er wartet, bis es völlig dunkel ist, doch Meihua steht immer noch kopfüber an der Wand. Dieses Mädchen hat wirklich übermenschliche Kraft! Er wendet sich noch einmal um, blickt dann auf sich selbst und ist betrübt. Er kommt hinter dem Haus hervor, hockt sich neben sie und fragt sie leise: »Wie lange hältst du es aus?«

»Ich schlafe jede Nacht so«, antwortet sie.

Bei diesen Worten bricht Lu'er der Schweiß aus. In seinem Kopf beginnt es zu dröhnen. Es ist, als brülle Meihua ihn an, um ihn zu verjagen. Wie von selbst steht er auf und geht. Auf der Straße begegnet er Tante Hua. Sie überschüttet ihn mit einem Schwall von Worten, doch einen Satz hört er deutlich heraus: »Mach schnell! Etwas Schönes erwartet dich!«

Tante Hua ist immer so enthusiastisch, immer sagt sie, dass etwas Schönes auf ihn warte. Das hat sie beim letzten Mal auch zu ihm gesagt, als er dann später mit Xiaoqi zu dem Rapsfeld gegangen ist und er mit eigenen Augen gesehen hat, wie der Freund mit einem Speer den Schatten eines Menschen am Himmel gestochen hat. Vielleicht war das »das Schöne«, von dem Tante Hua gesprochen hat. Was erwartet ihn wohl heute Schönes?

Lu'er kehrt in sein stockdunkles Haus zurück. Er ertastet sich den Weg in sein Zimmer und legt sich ins Bett. In dem Moment, als er die Augen schließt, reißt ihn ein leuchtendweißer Blitz aus dem Schlaf. Auf den Blitz folgt jedoch kein Donner. Da hört er, wie Papa nebenan im Traum spricht: »Lu'er! Lu'er! Du nichtsnutziger Junge, warum bist du immer noch nicht weggelaufen?« Danach hört er, wie sein Vater und seine Mutter mit den Zähnen knirschen, als ob sie auf etwas Hartem kauten.

Er hat Angst. Zunächst rollt er sich zusammen, wagt kaum, sich zu bewegen, versucht wieder einzuschlafen, doch Papas Stimme wird immer lauter, als sei er hysterisch und wolle ihn töten. Erschrocken springt er auf, schlüpft in seine Schuhe und rennt hinaus. In dem Moment, als er hinter sich die Tür zuschlägt, hört er ein welterschütterndes, tosendes Geräusch, als stürze das ganze Haus in sich zusammen.

In einem fort rennt er bis zum Genossenschaftsladen, erst dann hält er inne. Er setzt sich an den einfachen Tisch unter der Markise und verschnauft. Ohne zu wissen, wie ihm geschieht, schließen sich seine Augenlider, er beugt sich müde über den Tisch, doch wieder findet er keinen Schlaf. Er hört, wie sich die Tür des Genossenschaftsladens knarzend öffnet und zwei Männer herauskommen. Sie unterhalten sich. Einer der beiden ist überraschenderweise Papa. Papa und der Chef des Ladens verhandeln einen Preis. Papa will die billigen Zigaretten kaufen und verlangt, dass Herr Gu den Preis beim Kauf von zwei Stangen reduziert. Der ist nicht dazu bereit und nennt Papa spöttisch einen »Steinbeißer«. Warum nennt er Papa einen »Steinbeißer«? Lu'er kann sich keinen Reim darauf machen. Wie auch immer, er ist jetzt zu müde und lässt das Denken besser sein. Papa und Herr Gu verschwinden entlang der Hauptstraße in der Ferne.

Letztendlich wird Lu'er von einem feinen, aber penetranten Geräusch geweckt. Er steht auf, blickt nach allen Seiten und stellt fest, dass die Tür des Genossenschaftsladens offen steht.

Drinnen ist es stockdunkel. Wohin sind Papa und Herr Gu gegangen? Obwohl Lu'er befürchtet, andere Leute könnten ihn für einen Dieb halten, kann er der Versuchung nicht widerstehen, sich hineinzuschleichen. Doch der Laden ist gar nicht verlassen. Eine Verkäuferin sitzt vor einer Öllampe und zählt einen ganzen Haufen Geldscheine.

»Bist du hier, um Geld zu klauen?«, fragt die junge Frau und schaut ihn an.

Rechts an der Wand bewegt sich riesengroß der Schatten eines Menschen hin und her, genau wie der Schatten damals nachts im Rapsfeld. Lu'er starrt darauf, und der kalte Schweiß bricht ihm aus.

»Verschwinde!«, schnauzt sie ihn an.

Lu'er duckt sich und zwängt sich dann in einen Spalt zwischen zwei Schaukästen, in dem er reglos verharrt. Er hört die Verkäuferin vor ihm hin und her gehen, als ob sie Waren umräumte. Sogar den stechenden Geruch ihres Schweißes kann er riechen. Auf einmal kommt sie näher und hockt sich zu ihm. Sie nimmt seine Hand und sagt leise mit zitternder Stimme:

»Kleiner Mann, ich habe solche Angst. Es ist jede Nacht das Gleiche. Er will, dass ich sterbe.«

»Wer?«

»Hast du ihn denn nicht gesehen? Du hast ihn gesehen!«

»Den an der Wand?«

»Ja. Gib mir ein paar Schläge auf den Kopf, dass ich nicht ohnmächtig werde vor Angst.«

Lu'er schlägt in die Richtung, wo er ihren Kopf vermutet, und hat das Gefühl, seine Faust landet in einem Klumpen Matsch, der den Rücken seiner Hand ganz glitschig macht. Er kann ein »Autsch!« nicht unterdrücken.

»Wo bist du?«, fragt er aufgeregt.

»Wo kann ich schon sein? Neben dir. Du kleiner Strolch, bist du aus Todessehnsucht hier?«

Ihr Stimme ist tief und unterdrückt und zornerfüllt. Mit einem steinigen Gegenstand schlägt sie auf Lu'ers Schulter, er schreit auf vor Schmerz.

Auf allen vieren gelangt er nach draußen, die Tür fällt fest ins Schloss. In dem Moment, als er sich wieder aufgerappelt hat, öffnet die Frau die Tür. Sie hat einen Eimer Wasser in der Hand und schüttet ihn über ihm aus, so dass er pitschnass ist, und brüllt ihm noch hinterher: »Komm nur wieder, dann hacke ich dir den Kopf ab.«

Als er nach Hause kommt, ist Papa schon da. Er hält ihn auf, entzündet ein Feuerzeug vor seinem Gesicht und sagt:

»Ich habe meine Meinung über dich geändert.«

Lu'er wälzt sich lange im Bett hin und her, er denkt immer noch an das »Schöne«, von dem Tante Hua gesprochen hat. Erst spät schläft er völlig durcheinander ein. Im Traum läuft er aus dem Dorf hinaus auf das Rapsfeld, der riesige dunkle Schatten über ihm droht ihn gleich zu erdrücken ...

Meihua zeigt Lu'er, wie man einen Handstand macht, doch nach ein paar Versuchen lässt er die Finger von dieser Kunst. Als er kopfüber an der Wand lehnt, wirkt die Atmosphäre um ihn herum unheilvoll, als erhebe sich ein Sturm, der mit jeder Böe heftiger wird und ihm Sand in die Augen weht. Sobald er wieder aus dem Handstand geht, kehrt die ganze Umgebung in ihren Normalzustand zurück. Jeder Versuch endet mit dem gleichen Ergebnis, seine Augen sind schon ganz wundgerieben. »Du bist wirklich zu nichts nutze«, sagt Meihua zu ihm. Lu'er fühlt sich auch selbst völlig unfähig, und allmählich erlischt der kleine Funken Hoffnung in seinem Herzen.

»Was siehst du eigentlich?«, fragt er Meihua.

»Ich? Ich schaue weder nach rechts noch nach links. Hm«, antwortet sie eingebildet, »egal, ob ich später einmal heirate oder nicht, niemand kann es mit mir aufnehmen.«

Meihuas Worte versetzen Lu'er einen Schreck. Er fühlt sich minderwertig, völlig entmutigt. Im Vergleich zu Meihua oder Xiaoqi ist er wirklich ein Taugenichts, es gibt für ihn keinen Platz. Doch wohin soll ein Taugenichts wie er schon gehen? Oh je.

»Lu'er, du willst nicht mehr Handstand üben, du bist zu unkonzentriert, um etwas zu lernen. Lass uns zusammen zu meinem Onkel gehen, dort gibt es etwas, das du bestimmt sehen willst.«

»Hä? Komisch. Woher weißt du, was ich sehen will?«

»Könntest du es denn vor mir verbergen?«

Das Haus von Meihuas Onkel liegt im Osten des Rapsfelds. Es ist aus Lehm gebaut und hat nur ein Stockwerk, das zur Hälfte in der Erde vergraben ist. Ein paar Stufen nach unten führen zum Eingang.

Als die beiden im Hauptraum dieses Souterrains stehen, finden sie das Haus menschenleer. Da schaut Lu'er nochmals ganz genau und entdeckt nun doch Leute. Sie liegen unter den drei großen Betten im Raum, strecken jetzt ihre Köpfe heraus und schauen sie an. Just in dem Moment hört Lu'er Donnergrollen. Sie sind vorhin bei strahlendem Himmel hier heruntergekommen, wie schnell das Gewitter aufgezogen ist! Meihua flüstert Lu'er etwas ins Ohr, ganz leise, damit die drei Söhne ihres Onkels es nicht hören.

»Lu'er, weißt du, warum sie nicht im Bett schlafen? Sie haben Angst, vom Donner getroffen zu werden. Der Donnerschlag hier im Rapsfeld ist alles andere als ein Vergnügen. Einmal hat er das Bett von dem Onkel und der Tante in zwei Teile gebrochen, und sie wurden zu beiden Seiten hinuntergeworfen. Der Onkel ist mit allen Wassern gewaschen, die Tante ebenso, die beiden haben vor nichts Angst. Doch die drei Söhne sind inzwischen so verschreckt, dass sie nicht einmal mehr ihre Arbeit verrichten, sich unter den Betten verstecken und darauf warten, dass dieses Ding herabstürzt. Ich frage mich schon immer, ob der Onkel und die Tante das Haus absichtlich im Rapsfeld gebaut haben? Man muss wissen, dass niemand an einem solchen Ort ein Haus baut.«

»Uns geht's gut! Du Schwätzerin, rede kein dummes Zeug!«, brüllt einer der Kerle unter dem Bett sie an.

Kaum ist seine Stimme verklungen, da zerschlägt ein Riesengeräusch Krüge, Vasen, Öllampen, Schüsseln, Geräte und zerstreut alles auf dem Boden. Da spürt Lu'er einen Schlag gegen seinen Kopf, ihm wird schwarz vor Augen, und er geht auf die Knie. Er hört Meihua noch rufen:

»Schaut! Schaut! Es hat ein großes Loch ins Dach geschlagen!«

Meihua brüllt und läuft zugleich die Treppe hinauf, dann verschwindet ihre Gestalt. Lu'er versucht auf allen vieren zu entkommen, doch jemand zieht an seinem Fuß, und mit einem Klatsch liegt er wieder auf dem Boden. Es war einer der Söhne des Onkels.

»Du kastrierter Hahn!«, ruft der zähneknirschend, »leg dich nur brav hin!«

Die anderen schlüpfen unter den Betten hervor und befehlen Lu'er, die Augen zu schließen und sich nicht zu bewegen. Lu'er hört, wie sie einer nach dem anderen die Treppe hinaufsteigen. Er öffnet die Augen und schaut, die Treppe ist nicht mehr da. Vielleicht handelt es sich um eine bewegliche Treppe. Wieder fällt ein Donnerschlag nach dem anderen, Lu'er fühlt sich wie in der Hölle. Eine innere Stimme sagt unentwegt: »Du wirst sterben! Du wirst sterben …« Unwillkürlich rollt er unter das Bett. Es ist, als ob die Dachplatten sich unentwegt anheben und manche von ihnen klappernd zu Boden fallen. Im Zimmer wird es heller. Lu'er stellt sich vor, wie die Söhne des Onkels über das Rapsfeld rennen, und bewundert sie unwillkürlich. Es ist so eine unbeugsame Familie! Aber warum wollen sie bloß an einem solchen Ort wohnen? Auf einmal fühlt Lu'er sich ungemein müde, selbst die Angst vermag den Schlaf, der ihn überkommt, nicht zu unterdrücken. Er ist völlig verwirrt.

Mehrere Leute heben seinen Körper hoch. Er will sich losreißen, aber es gelingt ihm nicht.

»Sollen wir ihn hinunterwerfen?«

»Ja!«

Er landet auf etwas Weichem.

»Lu'er, du trachtest nach dem Leben deines Vaters??«

»Wo sind wir, Papa?«, fragt er mit schwacher Stimme.

»Wo sollen wir schon sein. Du übler Bursche, du warst sogar dreist genug, von dieser Klippe zu springen. Ich bin immer unzufrieden mit dir gewesen, nie hätte ich gedacht …«

Er hört die Stimme des Vaters immer schwächer, immer ferner. Eine frische Brise weht ihm ins Gesicht, Vögel zwitschern ringsum, es ist angenehm. Er setzt sich auf, spürt überhaupt keinen Schmerz. Das goldgelbe Rapsfeld ist grenzenlos, Bienen fliegen fleißig zwischen den Blüten. Wo ist das Haus von Meihuas Onkel? Er steht auf und schaut und schaut, doch es ist nicht zu sehen.

Der kleine Weg vor ihm führt nach Hause.

Das alte Haus

Zhou Yizhen hat ihr einstöckiges Haus in der Stadt nicht freiwillig aufgegeben. Notgedrungen hat sie es vor zwanzig Jahren aufgrund einer schweren Krankheit verkauft und ist in einen alten Wohnblock in der abgelegenen Vorstadt gezogen, ein Wohnheim für Reifenarbeiter. Zunächst hat sie gedacht, sie werde sterben, und zu Xu Sheng, ihrem Mann, gesagt:

»Gedulde dich noch ein oder zwei Jahre, dann bist du frei.«

Xu Sheng hat sie angestarrt und ihr entgegnet:

»Über Leben und Tod entscheidet der Himmel, nicht unser Wille.«

Für Zhou Yizhen ist die Situation in dem Wohnheim für Reifenarbeiter zunächst nur schwer erträglich gewesen. Irgendwann hat sie auf einmal geglaubt, dass sie doch nicht sterben werde. Sie arbeitet für eine Wollspinnerei in der Nähe in Heimarbeit und strickt Mützen und Schals. Jeden Abend nach dem Essen setzt sie sich mit ihrer Handarbeit auf den Balkon. Ihr Körper ist dabei überraschenderweise Tag für Tag robuster geworden. Die Luft in dem Vorort ist besser als in der Stadt, darüber hinaus gibt es hier frisches Gemüse zu essen, und sie hat sich körperlich erholt. Der Albtraum in ihrem Gedächtnis ist mit der Zeit verblasst.

Aus Angst, sie zu verletzen, hat Xu Sheng das alte Haus viele Jahre lang nicht erwähnt.

Obwohl es nicht viel Zeit kostet, mit dem Bus in die Stadt zu fahren, ist Zhou Yizhen bisher noch nie zu ihrem alten Haus zurückgekehrt. Sie ist überhaupt kein sentimentaler Mensch, doch immerhin hat sie ihr halbes Leben lang in dem Viertel gelebt, ist dort zur Schule gegangen, hat dort in einer Fabrik gearbeitet, geheiratet und eine Tochter zur Welt gebracht. Dieses einstöckige

Haus ist daher mit vielen Erinnerungen verbunden. Inzwischen ist es zwanzig Jahre her, seit sie weggezogen ist, doch in ihren Träumen bewohnt sie es noch oft. Von dem Wohnheim der Reifenfabrik hingegen träumt sie kaum.

Es ist Mittwochnachmittag, und Zhou Yizhen macht sich gerade fertig, um zur Wollspinnerei zu gehen und ihre Ware abzuliefern (sie hat mehrere Paar Babyschühchen gestrickt, die ihr gutes Geld einbringen), als das Telefon läutet. Es ist nicht ihre Tochter Xiaojing, sondern eine fremde Frau. Sie fragt Zhou Yizhen, wann sie denn nun ihr früheres Zuhause besuchen komme, gerade so, als gebe es zwischen ihnen eine Verabredung. Zhou Yizhen erinnert sich sofort an diese Stimme, es ist die der jetzigen Eigentümerin ihres alten Hauses.

Die Frau, die ihr Haus gekauft hat, ist ledig, fünf oder sechs Jahre jünger als sie selbst, heißt Zhu Mei und arbeitet in einem Designbüro. Zhou Yizhen erinnert sich an den Abend der Schlüsselübergabe. Zhu Mei hat die ganze Zeit im Schatten hinter der halb geöffneten Tür gestanden, als wollte sie nicht, dass andere ihre Gesichtszüge allzu deutlich sehen. So viele Jahre sind seither vergangen, und Zhu Mei denkt immer noch an sie. Zhou Yizhen fühlt sich auf unbegreifliche Weise nervös. Am Telefon sagt sie, dass sie noch nicht darüber nachgedacht habe, ob sie ihr früheres Zuhause besuchen möchte, aber sie danke Zhu Mei und habe den Eindruck, es sei richtig gewesen, ihr das Haus zu verkaufen.

»Ob es richtig war oder nicht, wissen Sie doch erst, wenn Sie zurückkommen, nicht wahr?«, fragt Zhu Mei.

»Gut, gut. Ich komme am Samstag.«

In dem Moment, als sie den Telefonhörer auflegt, wird ihr bange. Warum hat sie zugesagt? Sie hängt bestimmt keinem Aberglauben an und hat auch keine Tabus, doch sie ist unsicher, ob sie sich mit ihrer früheren Krankheit konfrontieren soll. Das ist aber auch die einzige Unsicherheit. Intravenöse Injektionen, Unmengen von Tabletten und das Schlimmste, die Chemotherapie. Ob all diese dunklen Erinnerungen, die sie inzwischen fast begraben hat, nun zurückkommen? Und Xu Sheng, ihr Mann, würde, wenn er davon wüsste, sicherlich nicht einverstanden sein.

Auf dem Rückweg von der Wollspinnerei ist Zhou Yizhen viel besserer Laune. Sie hat ganz unerwartet zweihundert Yuan bekommen – zweihundert Yuan! Davon können Xu Sheng und sie drei Monate lang leben. Obwohl sie schon fünfundfünfzig Jahre alt ist, spürt sie eine nie gekannte Lebenskraft in sich. Entlang der Straße wächst grünes Gras, und die Blumen blühen. Beim Gehen kommt sie leicht ins Schwitzen. Im Kopf entwirft sie bereits ein neues Modell Babyschuhe. Es fehlt nicht viel, und sie lacht laut auf. Gleich ist sie daheim und hat beschlossen, am Samstagnachmittag in die Stadt zu ihrem alten Haus zu fahren. Diese Entscheidung erfüllt sie mit Stolz.

Nach dem Abendessen erzählt sie ihrem Mann davon.

»Zhu Mei ist bestimmt keine gewöhnliche Frau«, sagt Xu Sheng.

»Du meinst, ich sollte besser nicht hingehen?«

»Nein, nein, das will ich damit nicht sagen. Warum solltest du nicht hingehen? Geh nur, wenn du willst.«

Xu Shengs Antwort überrascht sie. Sie weiß, dass er sich um sie sorgt und nicht unüberlegt drauflosredet. Aus welchem Grund denkt er also, sie solle zu ihrem alten Haus zurückkehren? Xu Sheng ist ein geradliniger, einfacher Mensch. Wenn selbst er meint, sie könne dorthin gehen, dann sollte dieser Ausflug wohl kein Problem sein. Außerdem ist sie sehr neugierig darauf, ihr altes Haus wiederzusehen.

Die drei Tage gehen schnell vorüber. In dieser Zeit strickt Zhou Yizhen ein ganz neues, wirklich hübsches Modell Babyschuhe. Auch Xu Sheng sieht sich die Wollschühchen von allen Seiten an und hat ebenso viel Freude daran wie sie. »Vergiss nicht, Zhu Mei von deinen Strickkünsten zu erzählen.« Zhou Yizhen fragt ihn, warum sie das unbedingt tun solle. Seine Begründung klingt merkwürdig:

»Sie soll uns nicht geringschätzen.«

Zhou Yizhen ist höchst erstaunt über diese Antwort und denkt, dass selbst ihr Mann ganz eigenartig redet.

»Es ist mir egal, was andere von mir denken«, erwidert sie.

»Na gut«.

Als Zhou Yizhen im Bus sitzt, ist sie etwas nervös, ein wenig besorgt im Hinblick auf diese Heimkehr. Im Stillen sagt sie sich immer wieder: Wenn ich alles von seiner positiven Seite betrachte, dann kann nichts passieren.

Nach dem Ausstieg aus dem Bus geht sie in Richtung Jixiang-Hutong.* Dort angekommen stellt sie fest, dass das Hutong verfallen ist und nicht mehr so aussieht wie früher. Die einstöckigen Häuser sind alle abgerissen, und von der Atmosphäre vergangener Zeiten ist überhaupt nichts mehr zu spüren. Angesichts der rasenden Entwicklung der Stadt sollte Zhou Yizhen das eigentlich nicht überraschen, doch da sie kein vorausschauender Mensch ist, erschüttert sie die Veränderung des Hutong.

Schließlich kommt sie zu ihrem alten Haus. Der kleine Innenhof ist immerhin noch erhalten. Doch kein Mensch ist da. Zhou Yizhens Blick fällt auf den Wasserhahn draußen vor dem Haus. Dort hat sie früher oft die Wäsche und den Mopp gewaschen. Sie muss ein paar Mal schlucken, hat sich aber sofort wieder im Griff.

Sie klopft an die Tür, klopft noch einmal, doch niemand öffnet. Dann drückt sie ganz leicht dagegen, die Tür geht auf.

---

* A.d.Ü.: Hutongs sind Wohnviertel, insbesondere in Peking, nach traditioneller chinesischer Bauweise. Hierbei sind einstöckige Häuser jeweils um einen gemeinsamen Innenhof herum gebaut. Die engen Gassen in diesen heute kaum noch erhaltenen Wohngebieten heißen ebenfalls Hutong.

Merkwürdig, die Möbel in den zwei Zimmern sind genau die gleichen wie die früher in ihrem Haus! Sie hat doch die ganze Einrichtung und alle Möbel mitgenommen? Sie und ihr Mann haben Zhu Mei damals ein leeres Haus übergeben. Mit gemischten Gefühlen nimmt Zhou Yizhen vor ihrem altmodischen Frisiertisch Platz. Reglos sitzt sie da und erinnert sich daran, wie sie das letzte Mal hier gesessen hat. Damals hat das Bild der glatzköpfigen Frau im Spiegel sie erzittern lassen.

Sie hört Schritte näherkommen, wahrscheinlich ist die Besitzerin heimgekehrt.

»Liebe Frau Zhou, Sie sind da, wie schön! Es ist wirklich ein großes Glück!«

»Glück?«

»Ja. Sie geben mir immer Kraft.«

»Warten Sie kurz. Wovon sprechen Sie überhaupt? Und was ist mit der Einrichtung und den Möbeln hier …«

»Ah, seien Sie unbesorgt. Das habe ich alles gemäß dem, was ich hier gesehen hatte, selbst entworfen. Damals war ich oft in Ihrem Haus, erinnern Sie sich nicht? Ich bin Designerin. Wie soll ich es erklären, ich befand mich damals auf dem Tiefpunkt meines Lebens und beschloss, mich neu zu erfinden und eine andere Person zu werden. Im Krankenhaus traf ich dann ganz zufällig Sie und erfuhr, dass Sie Ihr Haus verkaufen wollen. Daraufhin folgte ich Ihnen und Ihrem Mann hierher.«

»Sie beschlossen, ich zu werden?« Zhou Yizhen erbleicht.

»Ja. Bitte, seien Sie mir nicht böse.« Zhu Mei blickt Zhou Yizhen direkt in die Augen. »Wirklich, Sie haben mich gerettet. Schauen Sie, ich führe jetzt ein erfülltes und geordnetes Leben.«

»Lassen Sie mich einen Moment nachdenken, ich muss diese Nachricht erst verdauen.«

»Ich habe Tee für Sie gekocht, trinken Sie bitte. Sie sehen blass aus, wollen Sie sich vielleicht kurz hinlegen? Das ist nach wie vor Ihr Haus.«

Nach ein paar Schluck Tee hat Zhou Yizhen sich wieder gefasst. Ihr Blick wird gleichgültig und bewegt sich ganz langsam über die so vertraute Einrichtung und Möbelstücke.

»Wunderbar«, heuchelt sie, »ich bin jetzt wirklich heimgekehrt. Das dort ist mein kleines Hackmesser, nicht wahr? Ich habe damals in der Fabrik Lotossamen damit geschnitten. Fräulein Zhu, sie haben sich wirklich verausgabt. So etwas gibt es kein zweites Mal.«

Ein Nachbar steht an der Haustür und schaut herein. Er erkennt Zhou Yizhen.

»Tante Mei, Sie haben ja Besuch. Ich bin hier, um das Geld für den Strom einzusammeln, wann wollen Sie bezahlen? Ich komme wieder, wenn es bei Ihnen passt.«

Er hat Zhou Yizhen nicht gegrüßt, was sie verlegen macht. Denkt er vielleicht, sie sei schon gestorben? Damals sind sie sich jeden Tag begegnet.

»Ja, ich habe Besuch. Erkennen Sie meinen Gast etwa nicht?«, fragt Zhu Mei.

»Irgendwie kommt sie mir bekannt vor. Aber nein, nein, ich kenne sie nicht.«

Er geht, er wirkt, als sei er ziemlich erschrocken. Zhou Yizhen fühlt sich plötzlich sehr müde, ihre Augenlider kämpfen mit dem Schlaf, die Silhouette von Zhu Mei sieht krumm und schief aus.

»Sie sind müde, legen Sie sich hin. Ich helfe Ihnen, die Schuhe auszuziehen. Ich gehe kurz einkaufen, dann essen wir beide ein gutes Abendessen. Was sagen Sie? Spinne? Keine Angst, hier in diesem Haus gibt es nur eine, aber die zählt nicht …«

Bevor Zhou Yizhen einschläft, hört sie, wie Zhu Mei die Tür hinter sich schließt.

Als Zhou Yizhen aufwacht, ist die Sonne bereits untergegangen. Sie hat lange geschlafen und wundert sich über ihr eigenes Verhalten: Wie kommt sie dazu, ins Haus fremder Leute zu gehen und dort auf einem fremden Bett zu schlafen? Noch nie hat sie eine derartige Grenzüberschreitung begangen. Da hört sie, wie Zhu Mei in der Küche hantiert, steht sofort auf, streicht die Bettdecke glatt und geht, um ihr zu helfen.

Das Essen, das Zhu Mei zubereitet hat, sieht köstlich aus, und Zhou Yizhen denkt im Stillen, dass sie eine Frau ist, die zu leben versteht.

Beim Essen sagt Zhou Yizhen:

»Schauen Sie, es ist wirklich frech, dass ich …«

Zhu Mei unterbricht sie sofort, sie »solle keinerlei Bedenken haben«, denn dies sei ja im Grunde genommen ihr Haus, und sie solle sich ganz frei bewegen. Im Übrigen habe sie sie ja eingeladen.

Nach dem Abendessen räumen die beiden gemeinsam die Küche auf, und dann will Zhou Yizhen nach Hause gehen. Da sagt Zhu Mei zu ihr:

»Haben Sie nicht bemerkt, dass in jedem der beiden Zimmer ein Schlafplatz bereitet ist? Dieses Bett habe ich für Sie gerichtet. Auch als Sie nicht hier waren, habe ich immer in dem anderen Zimmer dort geschlafen.«

Zhou Yizhen ist über diese Bemerkung erstaunt.

»Ich habe das nicht mit Xu Sheng besprochen und nehme an, er ist nicht einverstanden.«

»Warum denn nicht? Ich bin sicher, er ist einverstanden. Rufen Sie ihn doch an.«

Zhou Yizhen setzt sich also und telefoniert.

»Das ist eine sehr gute Idee«, spricht Xu Sheng gut gelaunt ins Telefon. »Selten ist jemand so gastfreundlich. Nutze doch die Gelegenheit, um eine Freundschaft zu schließen.«

Zhou Yizhen empfindet die Haltung ihres Ehemanns befremdlich, denn er hat nie großes Interesse daran gezeigt, Freundschaften zu schließen, und sie selbst ebenso wenig. Etwas verärgert sagt sie zu Xu Sheng:

»Gut, dann komme ich heute nicht mehr nach Hause, vorausgesetzt, du bist einverstanden.«

»Natürlich, natürlich bin ich einverstanden.«

In dem Moment, in dem sie auflegt, klatscht Zhu Mei in die Hände.

»Xu Sheng ist wirklich ein verständnisvoller und vernünftiger Mann.«

Doch Zhou Yizhen kann sich nicht freuen, sie ärgert sich über ihn.

Dann bittet Zhu Mei sie, sich an den Schreibtisch zu setzen und in einem großen Album zu blättern, das bereits unter der Lampe liegt.

Auf den Fotografien in dem Album sind Ansichten, die Zhou Yizhen alle vertraut, um nicht zu sagen wohlvertraut sind und nach denen sie sich geradezu verzehrt. Zum Beispiel ein Steinlöwe am Eingang des Hutong oder ein gusseiserner Briefkasten in einer Gasse ganz nah bei ihrem alten Haus; der Laden, der seit über zwanzig Jahren Spieße mit kandierten Früchten verkauft; der Dattelbaum in dem kleinen Innenhof und darunter die Wäscheleine, an der bunte Kleidungsstücke zum Trocknen in der Sonne hängen. Doch die Gesichtszüge der Hauptfigur auf diesen Fotos, Zhu Mei, sind ihr nicht vertraut. Zhou Yizhen stellt fest, dass ihr Gesicht auf jedem Foto unscharf und auch ihr Körper nur undeutlich zu sehen ist, wie ein Schatten oder Schemen. Nur mit Mühe kann man sie überhaupt für Zhu Mei halten. Als sie nochmals genauer hinsieht, ist sie verblüfft. Denn die Hauptperson auf jedem Foto gleicht erstaunlicherweise ihr selbst. Zhou Yizhen und Zhu Mei sehen sich überhaupt nicht ähnlich. Zhu Mei hat das Aussehen einer gebildeten Person, Zhou Yizhen dagegen nicht. Was hat es mit diesen Fotos auf sich?

Als Zhou Yizhen das große Album durchgeblättert hat, blickt sie sich um. Zhu Mei ist nicht mehr da. Daraufhin steht sie auf und nimmt jedes Zimmer gründlich in Augenschein. Diese Möbel, diese Dinge rufen zahlreiche schmerzliche Erinnerungen in ihr wach. Unter den gegenwärtigen Umständen tut ihr das gut, Sentimentalität ist etwas Schönes, wenn ihr jetzt noch die Tränen kämen, umso besser. Doch sie kann nicht weinen. Zhu Mei ist anscheinend ausgegangen. Wie kann man einen Gast sich selbst überlassen und sich nur um seine eigenen Belange kümmern?! Andererseits, warum nicht? Sie hat doch gesagt, Zhou Yizhen solle sich hier wie zu Hause fühlen. Draußen ist es ganz still, nur der Wind rauscht mit tiefer Stimme in den Zweigen des Dattelbaums. Zhou Yizhen hat in diesem Haus ein Gefühl von Sicherheit. Sie bereut, in den vergangenen zwanzig Jahren nicht ein einziges Mal zurückgekehrt zu sein. So vieles von dem, was ihr widerfahren ist, hat sie völlig missverstanden! Wenn Zhu Mei sie nicht eingeladen hätte, wäre sie vielleicht nie mehr hierher zurückgekehrt? Kann es sein, dass Zhu Mei sie die ganzen zwanzig Jahre lang zurückgerufen hat, auf ihre eigenartige Weise? Und sie hat es nicht gehört? Zhou Yizhen überlegt hin und her, manchmal setzt sie sich, manchmal steht sie auf und geht umher. Sie spürt, dass die so vertrauten Dinge vor ihren Augen leise zu ihr sprechen. Wie schade, dass sie nichts versteht.

In einer Ecke steht ein kleiner Blecheimer mit getrockneten Lotossamen und daneben eine kleine Bank. Zhou Yizhens Herz macht vor Freude einen Sprung! Sie setzt sich sofort hin und beginnt, die Lotossamen aufzuschneiden. Seltsam, diese Arbeit, die sie zwanzig Jahre lang nicht verrichtet hat, geht ihr ganz leicht von der Hand! Sie schneidet einen Kern nach dem anderen auf, ohne überhaupt hinzusehen. Dabei ist ihr, als sammle sie Pilze in einem tiefen Wald, als spüre sie jedes Mal große Freude, wenn sie einen entdeckt. Bei diesem Tun denkt sie gar nicht an die Zeit zurück, als sie in jungen Jahren in der Fabrik gearbeitet hat. Im Gegenteil, ihr kommt nur all das Schöne in den Sinn, an das sie normalerweise nicht denkt. Zum Beispiel ... ah, sie bekommt kaum Luft vor lauter Glück! Kann man vor Glück sterben?

»Liebe Frau Zhou, sind sie eingenickt?«, ertönt Zhu Meis Stimme durch die Tür. Warum kommt sie nicht herein? Spielt sie etwa Verstecken mit ihr? Zhou Yizhen legt das Messer weg und geht zur Tür.

Im Hof ist niemand, wo hat Zhu Mei sich versteckt? Mit zierlichen Schritten geht Zhou Yizhen unter dem Dattelbaum hin und her. Leidenschaftliche Gefühle wallen in ihrer Brust. Fünf weitere Häuser umgeben diesen Innenhof. Sie sind hell erleuchtet, doch die Türen fest geschlossen. Zhou Yizhen erinnert sich, dass es früher ganz anders war. Damals haben die Nachbarn in engem Kontakt miteinander und die Türen immer offen gestanden. Kann es sein, dass diese Häuser inzwischen alle den Besitzer gewechselt haben?

Unwillkürlich geht sie aus dem Innenhof auf die Gasse hinaus. Eigenartig, doch bei Nacht wirkt das Hutong längst nicht so verfallen wie bei Tag. Im Gegenteil, es wirkt sauber und lebendig. Es ist zwar kein einziger Mensch zu sehen, doch auf der Straße liegt ein matter Glanz wie ein Überbleibsel vom Lärm des hellen Tags. Zu beiden Seiten des Hutong stehen die Tore zu den Höfen und Häusern weit offen, und Zhou Yizhens Gedanken schweifen frei.

Ein Stück weiter vorne sieht Zhou Yizhen die Silhouette einer Frau in einem der Häuser verschwinden. Ah, ist das nicht Zhu Mei? Sie versucht, sie zu rufen:

»Zhu Mei!«

Zhu Mei kommt sofort aus der Tür und läuft zu Zhou Yizhen.

»Sie sind ebenfalls ausgegangen«, sagt sie lächelnd, »natürlich, warum auch nicht? Nachts ist es hier ein Idyll. Wissen Sie, wen ich hier besuche? Meinen Liebhaber, er ist erst 28 Jahre alt und ein wahrer Fürchtenicht!«

Zhou Yizhen hört den lüsternen Beigeschmack von Zhu Meis

Worten sehr wohl. Normalerweise erträgt sie das nicht. Doch in einer Nacht mit einem solchen Mondlicht und einer Stimmung wie dieser spürt sie, dass einfach alles angemessen ist. Soll sich Zhu Mei mit ihren 50 Jahren doch in den 28-Jährigen verlieben! Wenn sie, Zhou Yizhen, ein junger Mann wäre, würde auch sie sich in Zhu Mei verlieben – sie ist so ein seltenes Juwel!

»Ach so, ich störe Sie. Kümmern Sie sich nicht um mich, ich fahre nach Hause.«

»Nein! Gehen Sie nicht!« Zhu Mei hebt die Hand und sagt bestimmt: »Da Sie nun schon einmal hier sind, will ich mich mit Ihnen zusammen vergnügen. Schauen Sie, wie schön diese Nacht ist!«

»Ja, ja tatsächlich …«, sagt Zhou Yizhen murmelnd.

»Lassen Sie uns zu der Fabrik gehen, in der Sie früher gearbeitet haben. Jetzt sind in dem Gebäude viele kleine Läden.«

Zhou Yizhen will eigentlich ablehnen, denn die ganzen zwanzig Jahre über hat sie Angst davor gehabt, ihren ehemaligen Arbeitskollegen wieder zu begegnen. Doch Zhu Mei zieht sie geradezu dorthin, und Zhou Yizhen spürt ihre brennende Leidenschaft. Vielleicht hat sie die Leidenschaft für ihren Liebhaber auf diese Sache übertragen. Und woher rührt diese Leidenschaft? Unterwegs gibt ihr Zhu Mei eine Antwort auf diese Frage. Sie erzählt, dass sie bis zum Konkurs des Verarbeitungsbetriebs dort auch zwei Jahre lang als Zeitarbeiterin tätig gewesen sei. Danach habe sie keine andere Wahl gehabt, als in ihren alten Beruf als Design-Assistentin zurückzukehren. In den Jahren als Designerin habe sie auch Geld verdient, doch immer noch sehne sie sich nach der schönen Zeit in der Fabrik zurück. Während sie spricht, kommen Zhou Yizhen die Lotossamen wieder in den Sinn, und namenlose Gefühle brechen sich in ihr Bahn, woraufhin sie unwillkürlich sagt:

»Das Leben als Arbeiterin in einem Verarbeitungsbetrieb ist wirklich wunderbar!«

»Sehen Sie! Sehen Sie!«, schreit Zhu Mei durch die Nacht, »ich habe Ihre Gedanken gelesen! Man braucht einen Ort wie diesen nur einmal zu besuchen, er bleibt unvergesslich!«

Als die beiden den ursprünglichen Standort der Fabrik erreichen, sieht Zhou Yizhen, dass sich dort alles verändert hat.

Die ehemaligen Werkstätten der Fabrik sind jetzt kleine Läden. Überall hängen kleine, bunte Lampen, Leute kommen und gehen. Manche Ladeninhaber haben vertraute Gesichter, es sind ehemalige Fabrikarbeiter, manche sind ihr fremd. Zhu Mei wird von allen herzlich begrüßt, doch niemand erkennt Zhou Yizhen. Die Läden bieten eine breite Palette von unterschiedlichen Dingen zum Verkauf: Küchenutensilien, Toilettenartikel, Schreibzeug, Eisenwaren, Kinderschuhe.

Zhou Yizhen freut sich, ihre ehemaligen Kollegen zu sehen, obwohl niemand sie wiedererkennt. Im Stillen ist sie Zhu Mei dankbar dafür, dass sie sie keinem von ihnen vorstellt, denn das ist ihr gerade recht. Ganz entspannt geht sie hinter Zhu Mei her und spürt eine freudige Vorahnung in sich aufsteigen.

Zhu Mei zieht sie in ein Geschäft mit Porzellanwaren. Der Laden hat einen vorderen und einen hinteren Raum. Die Inhaberin ist eine Frau mittleren Alters, die Zhou Yizhen nicht kennt. Als sie die beiden bittet, Platz zu nehmen, kommt sie Zhou Yizhen doch irgendwie bekannt vor. Kaum hat Zhou Yizhen sich gesetzt, als die Frau Zhu Mei ins andere Zimmer hinüberzieht und Zhou Yizhen mit der Aufgabe, den Laden zu hüten, allein lässt.

Kurz darauf strömen sechs oder sieben Kunden herein. Zhou Yizhen ist ziemlich aufgeregt und hofft, dass Zhu Mei und die Frau bald zurückkommen. Doch die beiden sind nach wie vor noch nicht aus dem Lagerraum herausgekommen.

Ein alter Mann nimmt eine Teekanne aus dem Regal und fragt Zhou Yizhen nach dem Preis. Sie antwortet ihm, dass das nicht ihr Laden sei.

»Wenn Ihnen der Laden nicht gehört, warum stehen Sie dann

hier?«, fragt er vorwurfsvoll. »Sie müssen schon Verantwortung übernehmen. Ah, hier ist der Preis, er klebt auf dem Boden der Teekanne. Dreiundzwanzig Yuan.«

Er kramt sein Geld heraus, zählt dreiundzwanzig Yuan auf den Tresen und geht zur Tür. Beim Hinausgehen sagt er wütend, »so eine Geschäftsfrau wie Sie habe ich noch nie erlebt«.

Dann nimmt eine junge Frau eine Blumenvase aus dem Regal und wendet sich an Zhou Yizhen. Die sagt ihr notgedrungen die Wahrheit und bitte sie, kurz zu warten, da die Inhaberin des Ladens im Nebenraum sei. Daraufhin geht sie ins Lager, um nachzusehen, doch dort ist niemand. Der Raum hat eine Hintertür, die auf die kleine Straße führt. Bestimmt sind die beiden durch diese Tür hinausgegangen und bummeln ein wenig durch die Gassen.

Sie kehrt zu der jungen Frau im Laden zurück und teilt ihr mit, dass die Inhaberin einen Termin außer Haus habe und nicht da sei.

»Aber Sie sind doch da!«, ruft die Kundin mit weit aufgerissenen Augen.

Dann sagt die Frau, sie habe den Preis entdeckt, siebenunddreißig Yuan. Sie zählt vierzig Yuan auf den Tresen, packt die Vase ein und geht. Zhou Yizhen nimmt das Geld und verwahrt es sofort.

Alle Kunden, die in den Laden kommen, kaufen etwas. Nur der letzte Kunde will um den Preis feilschen. Er hält eine Suppenschüssel in der Hand und meint, fünfzehn Yuan seien zu viel, er würde zehn dafür bieten. Zhou Yizhen erklärt ihm, dass die Inhaberin nicht da und sie selbst nicht kompetent sei.

»Was soll das heißen, Sie sind nicht kompetent? Eben haben Sie doch noch eine ganze Menge Zeug verkauft!« Sein Tonfall klingt böse.

Zhou Yizhen bekommt Angst und schreit in Richtung Hinterzimmer: »Zhu Mei! Zhu Mei!«

Der Mann sagt sofort:

»Schreien Sie nicht! Ich kaufe die Schüssel doch nicht, wenn das noch geht.«

Als er sie beim Hinausgehen streift, erkennt Zhou Yizhen auf einmal, dass er ihr ehemaliger Gruppenleiter ist. Damals haben sie und er jeden Tag in einer Werkstatt gesessen und Lotossamen aufgeschnitten. Warum bedroht er sie jetzt?

Zhou Yizhen ist wütend auf Zhu Mei, sie legt das Geld in eine Schublade unter dem Tresen, schließt die Ladentür hinter sich und verlässt im Laufschritt den Ort, der einmal ihr Arbeitsplatz war.

Mit einem Mal ist sie ganz entspannt und denkt, sie sei doch hier, um sich zu vergnügen. Warum hat Zhu Mei sie so unter Druck gesetzt? Was in dem Porzellanladen vorgefallen ist, muss geheim bleiben. Da die Umgebung sich stark verändert hat und die Straßen kaum beleuchtet sind, hat sich Zhou Yizhen unversehens außerhalb des ehemaligen Fabrikgeländes verlaufen. In dem Moment hört sie, wie jemand ihren Namen ruft. Sie dreht sich um und sieht ihre frühere Arbeitskollegin Bai É. Abgesehen von der Stimme hat sich die ehemals adrette junge Frau völlig verändert. Selbst im trüben Schein der Lampe sieht man, dass ihr Gesicht ganz dunkel und ausgezehrt ist. Dennoch scheint sie guter Dinge zu sein.

»Zhou Yizhen, komm mich zu Hause besuchen!«, drängt sie. »Du musst zu mir kommen, ich lebe jetzt allein, du kannst bei mir wohnen!«

Sie packt Zhou Yizhen am Arm und zerrt sie in ein kleines Haus am Straßenrand. In dem Häuschen ist es stockdunkel, und die beiden Frauen fallen beinahe zusammen auf ein großes Boxspringbett. Zhou Yizhen versucht verzweifelt aufzustehen, denn sie hat ihre Schuhe noch nicht ausgezogen. Bai É hält sie immer noch ganz fest und sagt, in ihrem Haus gehe es nicht so genau zu, und am besten passe man sich an.

»Draußen ist es finster, wohin willst du gehen?«, fragt Bai É, ihre Stimme klingt jetzt unheimlich.

Zhou Yizhen hört sofort auf, sich zu wehren, und wird ruhig. Eine Minute später kämpfen ihre Augen gegen den Schlaf. Sie spürt, wie sie zugedeckt wird. Weit entfernt hört sie, wie Bai É sich draußen mit jemandem streitet.

Als Zhou Yizhen aufwacht, ist es schon hell. Sie sieht ihre ehemalige Kollegin, Bai É, neben sich am Bett sitzen. Mit ruhigem, geradezu fasziniertem Blick sind ihre Augen auf sie gerichtet. Zhou Yizhen errötet, sie ist es nicht gewöhnt, in Augenschein genommen zu werden.

»Yizhen, endlich sehen wir uns«, sagt sie.

»Ja, endlich.« Zhou Yizhen passt sich ihrem Tonfall an.

»Ich dachte, ich würde diesen Tag nicht mehr erleben.«

»Das Leben ist einfach Glückssache«, sagt Zhou Yizhen immer noch im gleichen Tonfall.

»Nein! Das stimmt nicht!«

Bai É steht wütend auf und geht aufgeregt im Zimmer hin und her.

Zhou Yizhen streicht die Decke glatt, klopft den Staub vom Bett und wartet nur auf Bai És nächsten Wutanfall.

Doch Bai É bekommt keinen Wutanfall, im Gegenteil, ihre Miene hellt sich auf und sie flüstert ihr leise ins Ohr:

»Ich weiß, du bist von Zhu Mei hierhergekommen. In dem Moment, als du gestern in ihr Haus getreten bist, haben alle Leute von unserer Fabrik Bescheid gewusst. Jeder wollte dich unbedingt sehen. Und ich habe dich noch vor allen anderen erwischt!«

»Warum habt ihr dann in dem Gebäude mit den kleinen Läden alle so getan, als würdet ihr mich nicht erkennen? Ich habe etliche frühere Kolleginnen aus der Fabrik gesehen«, sagt Zhou Yizhen.

»Natürlich haben alle so getan, als würden sie dich nicht erkennen! Jeder beobachtet doch jeden, wir mussten so tun, als würden wir dich nicht erkennen. Wir mussten warten, bis es dunkel wird, um dich zu überrumpeln. Das ist hier die Regel und, wie du siehst, genauso habe ich es gemacht. In all den Jahren war unsere Neugier groß, wir wollten wissen, wie du überlebt hast! Du bist unser aller Hoffnung!«

Zhou Yizhen wäscht sich das Gesicht, putzt sich die Zähne und frühstückt anschließend mit Bai É. Dabei merkt sie, dass Bai É sie nach wie vor unverwandt anstarrt, und fragt lächelnd:

»Ist irgendetwas Besonderes an mir?«

»Ich schaue nicht dich an, ich schaue mich selbst an. Als du weggegangen bist, hast du meine Seele mitgenommen. Die Leute haben gesagt: Zhou Yizhen ist nicht gestorben, sie hat überlebt. Daran habe ich die ganze Zeit gedacht und mich gefragt, wie es denn nun eigentlich sei. Ich habe mich so danach gesehnt, dich wiederzusehen! Deshalb hat sich gestern ein Traum von mir erfüllt.«

Diese Worte ermutigen Zhou Yizhen. Sie steht unvermittelt auf und macht ein paar Flugbewegungen, als sei sie ein Vogel. Anschließend ist ihr das fast peinlich, und sie erklärt Bai É:

»Stell dir vor, sogar ein unscheinbarer Mensch wie ich kann dem Tod entrinnen, um wie viel mehr könnt ihr es dann! Ich will dir Folgendes sagen: Bei jedem Menschen kann es eine Wende zum Besseren geben. Aber jetzt will ich gehen, Zhu Mei wartet sicherlich auf mich. Danke für deine Gastfreundschaft.«

»Ich wünsche dir viel Glück, Yizhen, und danke für deine Gesellschaft gestern Nacht. Es war ein wunderbarer Anblick, der gefleckte Hirsch rannte so schnell.«

Bai É hat kaum zu Ende gesprochen, da senkt sie ihren Blick und starrt ausdruckslos auf einen Ölfleck auf der Tischdecke, worüber sie Zhou Yizhen völlig vergisst.

Zhou Yizhen verlässt Bai És Haus. Da erst merkt sie, dass es relativ ruhig gelegen ist, nur zwei Straßen vom Jixiang-Hutong entfernt. Sie beschließt, sich von Zhu Mei zu verabschieden und dann heimzukehren. Freude steigt in ihr auf, zugleich fühlt sie sich verwirrt. Erst wenn sie zurück bei sich daheim ist, wird sie wieder klar denken können. Sie ist von dort zu ihrem alten Haus zurückgekehrt und hat einiges Neuartige erlebt. Doch das Allerverblüffendste ist, dass die hiesigen Leute sie wie eine der ihren behandelt haben, als habe sie die ganze Zeit mit ihnen gelebt. Selbst die Kunden in dem Porzellanladen haben sie nicht als Fremde betrachtet. Woran mag das liegen? Ist sie denn nicht vor zwanzig Jahren von hier verschwunden?

Am hellen Tag sieht das Jixiang-Hutong wieder verfallen aus. Die einstöckigen Häuser mit den Innenhöfen gibt es nicht mehr, entlang der Straßen sind überall Haufen von Schutt und Sand aufgeschüttet, als seien Ausbesserungsarbeiten geplant. Mitten auf dem Weg türmt sich ein großer Haufen Kohle, um den sie herumgeht und an dem sie sich dennoch die Schuhe schmutzig macht. Das Jixiang-Hutong ist widerwärtig geworden, empfindet Zhou Yizhen. Im Innenhof ihres früheren Zuhauses ist kein Mensch, wahrscheinlich sind sie alle in der Arbeit. Zhu Mei und die Ladeninhaberin von gestern sitzen vor der Haustür. Zhou Yizhens Anblick scheint sie gar nicht zu überraschen. Offenbar haben die beiden die Nacht bei Zhu Mei verbracht.

»Ich habe das Geld für die verkauften Waren in die Schublade unter dem Tresen gelegt«, sagt Zhou Yizhen. »Ehrlich gesagt, habe ich mich nicht getraut, Ihnen in eigener Verantwortung bei Ihren Geschäften zu helfen ...«

»Das macht nichts! Das macht nichts!«, fällt die Frau Zhou Yizhen ins Wort. »Die paar kleinen Geschäfte spielen überhaupt keine Rolle. Sie sind so eine schöne Überraschung für uns gewesen. Zhu Mei und ich haben die ganze Nacht von Ihnen gesprochen!«

»Von mir gesprochen?«

»Ja, Sie haben in unserem Bekanntenkreis Aufsehen erregt. Ich gehe jetzt, passen Sie gut auf sich auf! Wiedersehen!«

Zhu Mei und Zhou Yizhen folgen ihr mit den Augen, als sie durch das Hoftor verschwindet.

»Zhu Mei, ich bin hier, um mich von Ihnen zu verabschieden. Dieser Besuch in meinem alten Haus hat mich sehr beeindruckt und um viele Erfahrungen reicher gemacht. Doch – wie soll ich sagen – mir ist, als sehe ich das, was ich von gestern auf heute erlebt habe, nur undeutlich, wie durch einen Schleier. Ich bin jetzt innerlich ganz aufgewühlt, aber ich kann nicht sagen warum. Können Sie mein Gefühl verstehen?«

Zhu Mei starrt Zhou Yizhen unvermittelt an. Nickend antwortet sie:

»Ich verstehe Sie, liebe Frau Zhou. Wenn ich Sie nicht verstehen würde, wer dann? Ich habe Sie eingeladen zu kommen, und jetzt sind Sie hier. Ist das nicht eine Art Gedankenübertragung? Vor zwanzig Jahren habe ich gedacht, ich könne so leben wie Sie. Das habe ich ganz gut hingekriegt, wie sich jetzt zeigt. Ich bringe sie gerne noch zur Tür.«

»Ihre Schuhe sind schmutzig geworden. Sie sind offenbar über die Hauptstraße gekommen, es gibt noch einen kleineren Weg, einen Abzweig.«

»Ach so! Ich habe nämlich die Häuser mit den Innenhöfen gesucht, aber nicht gesehen. Ist es möglich, dass ich mich vor meiner früheren Haustür verlaufen habe?«

»Ja, das ist sogar sehr gut möglich. Kommen Sie hier entlang!«

Zhu Mei zieht Zhou Yizhen kräftig zur Seite, und die beiden Frauen biegen auf den kleinen Weg. Die Häuser mit den Innenhöfen tauchen wieder auf, und wie gestern stehen die Eingangstore weit offen. Zhou Yizhen sieht die gleiche Ansicht des Hutong wie in der vergangenen Nacht. Das ist wirklich eine ganz stille Gasse! In welchem Jahr wurde sie wohl gebaut? Diese Häuser mit den Innenhöfen hat sie nie zuvor gesehen, obwohl sie ziemlich alt wirken. Wo kommen sie bloß her? Zhu Mei bemerkt die Verwirrung in Zhou Yizhens Gesicht und fängt an zu lachen.

»Liebe Frau Zhou, letztes Jahr haben Sie mich gerettet, und ich wollte mich immer erkenntlich zeigen. Nachdem Sie weggezogen sind, habe ich Jahr für Jahr auf Ihre Rückkehr gewartet, jetzt sind Sie endlich hier. Sagen Sie, was für einen Eindruck haben Sie von Ihrem alten Haus?«

»Ich finde, dass sowohl die Menschen als auch der Ort sich völlig verändert haben. Früher war es hier ziemlich düster. Doch ich kann nicht mit Bestimmtheit sagen, ob ich früher vielleicht ein eher düsterer Mensch war. Seit meinem Aufbruch gestern bis jetzt hat sich mein Gemüt nicht einen Moment beruhigt. Die Leute hier sind sehr warmherzig, doch ich verstehe sie nicht, obwohl ich früher tagein, tagaus mit ihnen zusammen war. Es ist, als hätten sie einen Feuerball in der Brust. Zhu Mei, können Sie mir sagen, wie ich meine früheren Arbeitskollegen verstehen soll?«

»Sie müssen uns nicht voll und ganz verstehen. Es genügt, wenn Sie unsere Liebe spüren.«

In dem Moment, als Zhu Mei dies gesagt hat, kommt der Bus. Die beiden umarmen und verabschieden sich.

Zhu Mei winkt dem abfahrenden Bus hinterher.

»Kommen Sie oft hierher nach Hause zurück!«

Zhou Yizhen steht im Bus und starrt vor sich hin. Als der Bus an ihrer Haltestelle hält, steigt sie aus, geht zu dem Markt in der Nähe und kauft frisches Gemüse. Daheim verweilt sie in Gedanken immer noch bei ihrem alten Haus. Sie ist entschlossen, den verworrenen Knäuel dieses alten Hauses fortan Faden für Faden aufzulösen.

Bekenntnisse eines Weidenbaums

(1)

Ich verdorre mit jedem Tag mehr, meine alten Blätter hängen herab, und mir fehlt jegliches Interesse, neue hervorzubringen; meine Rinde bröckelt ab, färbt sich rot; vorgestern sind an meinem Wipfel wieder fünf gelbe Blätter aufgetaucht. Selbst die Spatzen und die Elstern halten mich für einen toten Baum, das kann ich anhand der Häufigkeit, mit der sie auf meinen Zweigen wippen, erkennen. Früher war ich voller zarter Blätter und voller Würmer. Die Vögel flogen herbei, schnappten sich die Würmer und konferierten zugleich, hüpften hin und her und zankten, was das Zeug hielt. Jetzt bin ich nur noch ein Platz, an dem sie kurz rasten. Wenn sie müde vom Fliegen sind, halten sie auf meinen Zweigspitzen ein Nickerchen und fliegen dann wieder weg. Das ist so gekommen, weil ich keine zarten Blätter mehr hervorbringe, und ohne zarte Blätter haben die süßen kleinen Würmer nichts zu fressen. Inzwischen bin ich völlig überflüssig.

Am traurigsten ist die Abenddämmerung. Dann ist die Sonne noch nicht ganz hinter den Bergen verschwunden, im Garten ist es still, jenseits des Zauns huscht ab und zu der Schatten eines Bauern vorbei, und am Gartentor flackert unbemerkt der Schriftzug »Rosengarten«. Wenn ich mich ein klein wenig konzentriere, höre ich Klagelieder. Am Himmel, in den Bergen, in den Flüssen, unter der Erde, überall singt es, und der Gesang ist an mich gerichtet. Ich höre nicht gerne Klagelieder, doch diese Männerstimme in der Ferne lässt mich an keinem Tag los. Es ist wirklich ungehörig, und selbst wenn es mein Schicksal sein sollte, so braucht er dennoch nicht jeden Tag für mich zu singen. Aber vielleicht singt er ja für sich selbst, was immer noch ungehörig von ihm wäre, denn er sollte nicht zulassen, dass seine Stimme in so weite Fernen dringt. Wenn der Klagegesang anhebt, dann muss ich mich nur gedulden und bis zum Einbruch der Dunkelheit aushalten. Sobald es dunkel ist, hört er auf zu singen.

Die eigentliche Ursache für meine gegenwärtige Lage war das Verhalten des Gärtners. Letztes Jahr im Frühling pflanzte er mich in diesen Grasboden. Damals war ich bereits ein einjähriger kleiner Baum. Die Erde im Rosengarten war äußerst karg, das wusste ich seit meiner ersten Berührung mit dem Boden hier. Im Grunde genommen war es Sand, der weder Regen noch Dünger aufnahm. Der Gärtner verteilte nur eine ganz dünne Schicht Humus auf der Oberfläche und streute noch etwas Dünger darauf. Oberflächlich betrachtet war das Pflanzenwachstum üppig, doch in Wirklichkeit war es nur ein flüchtiger Schein. Auch mir ließ der Gärtner seine Pflege angedeihen. Er düngte meinen Boden und wässerte mich jeden zweiten Tag ein wenig. Ich ließ mich hier mit einer Geisteshaltung nieder, nach der ich einfach in den Tag hineinlebte. Damals hatte ich noch nicht die schmerzhafte Vorstellung entwickelt, dass als Pflanzen Geborene sich nicht im Raum bewegen können. Insgeheim spürte ich nur, dass diese Abhängigkeit von dem Gärtner nichts Gutes war. Wenn er mit einem Eimer Wasser am Gartentor auftauchte, wurde ich ganz aufgeregt. Die Blätter an meinen Zweigen zitterten, und ich vermochte nicht fest zu stehen. Das war das Wasser des Lebens. Je mehr ich davon aufsaugte, desto besser gedieh ich. Hier regnet es nur zwei- oder dreimal im Jahr. Auf den Himmel ist also kein Verlass, sondern allein auf den Gärtner. Wir Weiden ziehen die wichtigsten Nährstoffe zum Leben aus dem Wasser. Warum der Gärtner mich in diesen sandigen Boden umgepflanzt hat, ist mir ein Rätsel. Manchmal kommt es mir sogar vor, als schmiede er Ränke.

Das Gesicht des Gärtners ist ausdruckslos. Wir können kaum

Mutmaßungen darüber anstellen, was ihn ihm vorgeht. Gräser, Blumen und Sträucher, sie alle haben eine hohe Meinung von diesem Mann. Ich bin die Einzige, die in ihrer Meinung über ihn wankt. Zum Beispiel schwang er einmal, nicht weit von mir entfernt, eine Hacke und begann zu graben. Er grub immer tiefer und tiefer und durchschlug mit einem Hieb einen Strang meiner Wurzeln. Der Schmerz war erschütternd. Er aber, er füllte die ausgehobene Grube wieder auf, ebnete den Boden und grub an einer anderen Stelle. Er unternimmt oft solche rätselhaften Grabungen, bei denen er nicht nur mich verletzt, sondern auch andere Pflanzen im Rosengarten. Das Merkwürdige dabei ist, dass die anderen Pflanzen, soweit ich weiß, keinerlei Groll gegen ihn hegen. Im Gegenteil, sie rühmen sich ihrer Wunden. Nachts höre ich alle möglichen Kommentare.

Taiwangras: Oftmals wissen wir gar nicht, wie unser inneres System funktioniert. Zwar sind wir neugierig, doch wir erhalten darüber keine Informationen. Es ist der Gärtner, der unsere Neugier befriedigt. Selbst wenn wir einen hohen Preis dafür bezahlen, mit ihm zu kommunizieren, sind wir von ganzem Herzen dazu bereit.

Dattelbaum: Mich erfreut es am meisten, wie der Gärtner die Hacke schwingt. Er sieht tatsächlich einem meiner alten Großväter ähnlich, den ich nie kennengelernt habe. Jeden Tag rufe ich mir die Gestalt meines alten Großvaters ins Gedächtnis. Oftmals, wenn der Morgen graut, versuche ich, mir in dem Augenblick sein Bild vorzustellen, doch letztendlich gelingt es mir nicht. Der Gärtner hat übermenschliche Kräfte. Er braucht nur seine Hacke zu schwingen, dann sehe ich Großvaters mit Früchten überladene Gestalt und dahinter den grenzenlosen Sternenhimmel. Einmal hat er beim Hacken meine Hauptwurzel durchtrennt, das war ein ganz erregender Moment, in dem ich aus freien Stücken seine Hacke mit meinen Wurzeln begrüßt habe, als sei sie der Großvater des Dattelbaums.

Azalee: Die Art, wie er die Wassereimer an einer Stange über den Schultern trägt, kann sich sehen lassen. Er ist anspruchsvoll. Warum würde er sonst den Rosengarten als Heimstatt für uns wählen.

Löwenzahn: Hier mangelt es an Wasser. Ich träume jeden Tag von den Eimern, und meine feinen Samenfäden wachsen alle, während ich träume. Der Gärtner ist wirklich großzügig. Seine zwei großen Wassereimer lassen mich immerzu träumen. Manchmal wünsche ich mir, dass er mich mit einem Hieb seiner Hacke ausgräbt und in seinen leeren Eimer wirft. Ich habe Vorbeispazierende sagen hören, dass ich, anders als sonst Löwenzahn auf Sandböden, besonders viele Samenfäden habe. Sie ahnen nicht, dass meine feinen Fäden mit den Wassereimern zusammenhängen.

Glyzine: Der Gärtner ist ein attraktiver Mann! Ich bin zwar nicht in ihn verliebt, doch ich denke jeden Tag an ihn. Jedes Mal, wenn ich an ihn denke, verstärkt sich der Farbstoff in meinem Körper, und ich werde wunderschön. Hier sind auch ein paar andere gutaussehende Leute aufgetaucht, aber nie ist mir jemand begegnet, der so vollendet schön ist wie der Gärtner. Ich habe immer überlegt, wie ich wohl seine Aufmerksamkeit erregen könnte, doch keine meiner Methoden hat funktioniert. Es ist egal, ob ich hässlich bin oder gut aussehe, er nimmt keine Notiz von mir.

Sauerampfer: Allgemein gesagt, sind wir nicht dafür geschaffen, auf so trockenem Boden zu leben. Ich weiß nicht warum, aber seit der Gärtner uns hier Wurzeln schlagen lässt, haben wir alle das Gefühl, es könne kein geeigneteres Zuhause für uns geben. Manchmal ist die Kargheit des Bodens für unsere Sippe geradezu vorteilhaft. Warum das so ist? Nur wenn wir uns das Gefühl in Erinnerung rufen, von den Toten auferstanden zu sein, kehrt Wachstumskraft in unsere Körper zurück. Wir haben gehört, dass hingegen Artgenossen, die in Feuchtgebieten leben, vergleichsweise wenig Wachstumskraft haben. Die Rückenansicht des in sich ruhenden Gärtners gibt uns Kraft, er ist unsere Frohe Botschaft. Er hat, das sei betont, diese Heimstatt für uns gewählt. Wenn wir also manchmal Gerüchte hören, dass mysteriöse sektiererische Kräfte unsere Heimstatt erbaut haben sollen, dann zittern wir geradezu vor Wut!

Es gibt noch andere Laute, ein undeutliches Grummeln und Tschirpen, bei dem sich nicht genau sagen lässt, woher es kommt. Doch diese Laute haben einen noch tieferen Sinn und verstärken meine Unruhe und meine Neugier. Es sind diese verborgenen Bewohner, so kann man sagen, die mein Interesse am Leben aufrechterhalten. Zwar hat der Gärtner mir seit langem kein Wasser mehr gegeben, und dieser Kampf zwischen Leben und Tod ist bedrückend, doch es genügt, dieses Grummeln und Tschirpen zu hören, damit die dunklen Schatten in mir weichen und alles Begehren wieder erwacht. Es lässt sich kaum eindeutig sagen, wie diese Laute beschaffen sind. Meinem Gehör nach ist der erzählerische Anteil darin groß. Sie sind nicht an jemand Bestimmtes gerichtet, doch ich nehme beim Hören dieser eigentümlichen Sprache etwas Provozierendes darin wahr.

Ich verstehe nicht, warum der Gärtner mir wieder das Wasser kappt. Meine Wurzeln sind dicht unter der Oberfläche, sie stecken nur in der Sandschicht. Ich habe gehört, dass sich unter dem Sand bester Humus befindet, aber in einer sehr, sehr tief gelegenen Schicht. Die Wurzeln der Bäume meiner Generation werden selbst bei einer Wachstumszeit von zehn Jahren nicht bis dorthin reichen. Der Gärtner weiß das natürlich sehr wohl. Bedeutet sein Tun also, dass er mich schon aufgegeben hat? Wenn ja, warum hat er mich dann überhaupt hierher verpflanzt? Die Zeit in der Baumschule war völlig sorgenfrei! Damals hatten wir alle hohe Ideale und hofften, diese durch unsere Verpflanzung zu verwirklichen. Am dunklen Sternenhimmel sah ich viele Male ganz deutlich mein Schicksal. Damals wusste ich noch nicht, dass das mein Schicksal war, ich dachte, es sei nur ein schwarzer Schatten. Später kam der Gärtner, insgesamt kam er zweimal. Er war ein schweigsamer Mensch, anders als alle anderen. Auf seinem Unterhemd war ein schwarzer Fleck, doch ich konnte das schwarze Muster nicht gut sehen. Ich fühlte mich stark zu ihm hingezogen. Als sein Blick auf mich fiel, begann ich wie wild zu schwanken. Das Ergebnis ist offensichtlich.

Meine hohen Ideale blieben, nachdem ich mit allen zusammen hierhergebracht und eingepflanzt worden war, ungebrochen. Ich hoffte, bis zum Himmel hinauf zu wachsen und zu dem legendären Riesenbaum zu werden, in dessen Laub die Sterne träumen. In meiner früheren Baumschule gab es eine solche uralte Weide. Ihre belaubten Zweige wehten in der Luft und bedeckten die ganze Baumschule. Die Arbeiter dort sagten alle, einen so großen Baum hätten sie nie gesehen, und nannten die Weide »Königin der Bäume«. Jedes Mal, wenn ich aufblickte, sah ich sie. Für alle meine Pläne in der Zukunft nahm ich sie zum Vorbild. Ich war fest davon überzeugt, dass sie meine Zukunft war. Der Gärtner aber zerschlug alle meine Pläne. Zuerst pflanzte er mich in den kargen Sandboden und verlangsamte dadurch mein Wachstum. Zum Glück wässerte er mich zunächst noch, und in dieser Zeit wuchs ich gar nicht so langsam. Wahrscheinlich war es die Sehnsucht, die mich wachsen ließ. Es war übrigens nach Verlassen der Baumschule, dass ich mich mehr auf die Geschwindigkeit meines Wachstums konzentrierte. Später kappte er dann plötzlich und übergangslos meine Versorgung mit Wasser.

Bis heute erinnere ich mich an das Leid jener ersten Nacht. In meinem Herzen hegte ich Hoffnung, deshalb wurde jeder einzelne Augenblick zur Qual. Immer dachte ich, es würde ihm nachts einfallen, und er hole das Versäumte nach. Der brennende Durst stieß mich in einen Zustand zwischen Schlaf und Wachsein. Der Schemen eines Menschen kam und ging dann wieder. Er trug ein traditionelles langes Kleid mit riesigen Taschen. In beiden steckte jeweils eine Wasserflasche, die bei jeder Bewegung schallte. Ob das der Gärtner war? Ich konnte es einfach nicht mit Sicherheit sagen. Die zweite Nacht war auch nicht recht viel besser. Die grenzenlose Stille ließ mich noch mehr an Wasser denken. Ich wäre beinah wahnsinnig geworden. Der Mond am Himmel machte mir angst und bange, als hätte ich einen Geist gesehen. Die anderen Pflanzen im Garten schliefen alle tief, nur ich war hellwach. Irgendwie hatte ich das Gefühl, ich würde nicht sterben; und der Schrecken der Vorstellung, nicht zu sterben, fuhr mir in Mark und Bein. Als Kinder erzählte uns die Baumkönigin eine Geschichte von einem wandelnden Baum. An diese Geschichte erinnerte ich mich, und ich versuchte, meine Wurzeln auf der linken Seite fortzubewegen. Ich wurde vor Schmerz sofort ohnmächtig. Als ich wieder zu mir kam, war es heller Tag.

Nach diesen zwei Nächten, die wie ein Dreh- und Angelpunkt sind, ist meine Rastlosigkeit zur Ruhe gekommen, ich habe mich »meinem Schicksal ergeben«. Das bedeutet aber nicht, dass ich mich nicht weiterhin bemühe, meine Situation zu ändern. Es bedeutet vielmehr, dass ich meine Zukunftshoffnungen nicht länger auf die Gnade des Gärtners setze. Ich habe den Eindruck, dass er sich mir gegenüber nicht mehr gnädig erweist. Mit ausdruckslosem Gesicht und gesenktem Kopf geht er an mir vorüber. Seine Körpersprache scheint zu sagen, er denke, es sei nicht mehr nötig, mir zu helfen, ich solle mich aus eigener Kraft ernähren und selbst ums Überleben kämpfen. Ist das überhaupt möglich? Wir Pflanzen können nicht ohne Wasser wachsen, und auf diesem sandigen Grundstück gibt es höchstwahrscheinlich gar kein Grundwasser. Auch der Luft können wir kein Wasser entziehen. Der einzige Weg ist die künstliche Bewässerung. Natürlich habe ich auch daran gedacht, zu dem legendären wandelnden Baum zu werden. Ich habe es dreimal versucht und bin dreimal schmählich gescheitert – aus dem Holz bin ich nicht geschnitzt. Wie soll ich ums Überleben kämpfen? Sobald ich darüber nachdenke, werde ich völlig wirr, als ob jemand mit einem Hammer unablässig auf mich einschlägt. Sehnsüchtig sehe ich dem Gärtner zu, wie er klares Wasser aus dem Bach anschleppt und meine dankbaren Gefährten gießt – sie vergöttern ihn alle –, während meine Blätter vor Angst verbleichen. Ohne Wasser bleibt mir nur der Tod. Wie sollte ich keine Angst haben?

Während ich dem Tod entgegengehe, verliere ich langsam das Bewusstsein. Eines Morgens weckt mich ein Spatz.

Die Tatsache, dass ich noch lebe, ist völlig verblüffend. Mein Baumstamm enthält kaum noch Wasser, und mein Laub ist zum Großteil abgefallen. Die noch nicht abgefallenen Blätter werden eines nach dem anderen gelb. Die Ohnmacht hat mich stoßweise überfallen. Ich habe gedacht, ich wache nie wieder auf. Doch das ist ein Irrtum. Ich bin nicht nur aufgewacht, ich bin sogar hellwach. Meine Wahrnehmung ist schärfer als je zuvor. An jenem frischen Sommermorgen sitzt eine Spatzenmutter in meinen Zweigen und ruft unentwegt nach ihrem verlorengegangenen Jungen. Gibt es einen rührenderen Anblick? Ich weiß nicht, wie sie ihr Junges verloren hat, doch dieser beinah monotone Ruf, der nur Spatzen zu eigen ist, klingt für mich wie das traurigste Klagelied auf dieser Welt! Ich denke: Ah, ich bin noch am Leben! Nur lebende Wesen können derartige Gefühle empfinden. In dem Moment, als ich das denke, scheine ich mich selbst in einen Spatz zu verwandeln. Jedes Mal, wenn sie singt, wippen meine Zweige als Antwort, und ich sehe die Gestalt des Spatzenjungen in ihrem Geist.

Der Gärtner hat dieses Spiel zwischen mir und der Spatzenmutter beobachtet. Er streicht noch eine Weile in meiner Nähe herum und geht dann fort. Seinem Verhalten nach zu urteilen, bin ich ihm nicht gleichgültig. Wartet er bloß ab? Wird mir noch etwas zustoßen? Ich spüre eine Art vager Hoffnung in mir aufkommen, auch wenn ich noch nicht weiß, was es ist. Insgeheim muntere ich die Spatzenmutter auf. Auch sie nimmt meine Anwesenheit wahr und entledigt sich all der innwendigen Bitternis. Schließlich besinnt und mäßigt sie sich, hüpft auf meinen Zweigen hin und her, breitet dann die Flügel aus und fliegt zum Himmel.

Sie ist weggeflogen und lässt eine Leere zurück. Ich sehe den Gärtner dort mit einem kalten fiesen Grinsen.

Ein langer Riss bricht meinen Stamm auf und dringt tief in mein Innerstes hinein. Bald werde ich alles Wasser verloren haben, der Tod ist nicht mehr weit. Manchmal wache ich am frühen Morgen auf und habe das Gefühl, im Nebel zu treiben. »Ich« ist bereits verschwunden, nur ein kleiner Haufen gelb-grünliches Laub ist übrig. Meine Gedanken entbehren bereits das für ihr Ingangsetzen so notwendige Wasser, deshalb sind nur ein paar unerklärliche Späne und Spuren zurückgeblieben. Unter der sengenden Hitze der Sonne murmele ich so lange, bis sich mir der Kopf dreht: »nach links, nach rechts, in die Grotte hinein ...« Jedes Mal, wenn ich das sage, habe ich das Gefühl, der Gärtner versteckt sich irgendwo und gibt mir Zeichen mit der Hand. Es ist mir nicht klar, ob er mich anspornen oder abhalten will.

Bittere Zeiten, furchtbarer Verfall. Der Garten ist keine Hölle, doch aus meiner Perspektive, die ich vom Gärtner im Stich gelassen worden bin, ist es hier nicht besser als dort.

(2)

Ich bin ich ein weiteres Mal in Ohnmacht gefallen. Dieses Mal scheint es fast wie ein richtiger Tod – es war überhaupt nicht schmerzhaft, wie im Nu habe ich das Bewusstsein verloren. Die letzte Szene, an die ich mich erinnere, ist, wie der Gärtner mit einer Säge in der Hand auf mich zukommt. Doch er sägt mich nicht um. Nachdem ein Regenguss mich nass gemacht und aufgeweckt hat, stelle ich fest, dass ich nach wie vor auf der Wiese stehe. Ich beginne zu trinken, und tatsächlich schmeckt das Wasser nach einer so langen Zeit brennenden Durstes nun völlig anders! Diesen bitter-scharfen Geschmack verabscheue ich mehr als alles andere. Was ist hier los? Ach, es ist unerträglich, es ist besser, es nicht zu trinken! Doch der Durst lässt sich nicht unterdrücken, ganz automatisch trinke ich die vom Himmel herabregnende Chili-Brühe. Meine verkümmerten Wurzelfasern schwellen schnell wieder an, und auch mein Laub wird wieder grün. Meine Gefährten ringsum springen vor Freude, sie sind vollauf begeistert. Nur ich, mein Körper scheint über dem Feuer zu rösten, empfinde Schmerzen, die »dem Tod den Schrecken nehmen«. Könnte ich mich bewegen, würde ich bestimmt am Boden rollen. Ich bin prädestiniert dazu, an meinem angestammten Ort vor Hitze zu sterben, an der äußersten Schmerzgrenze ein ums andere Mal das Bewusstsein zu verlieren und es ein ums andere Mal wiederzuerlangen. Bei Höchsttemperaturen höre ich mich selbst wie im Delirium sagen: »Ich wäre lieber … ich wäre lieber …«

Zum Glück hört der Regen nach Kurzem auf. Ich sehe, immer noch unter Schmerzen, wie der Gärtner neben mir stehenbleibt. Er streichelt den langen Riss, den langen Spalt an mir und bricht in ein finstres Lachen aus. Sein bösartiges Lachen macht mich so wütend, dass ich am ganzen Körper heftig zittere und beinah noch einmal das Bewusstsein verliere. Kurz darauf geht er weiter und untersucht die Auswirkungen des Regenfalls auf seine Pflanzen. Er wird allseits jubelnd willkommen geheißen, denn der Regen ist ein Gabe des Himmels, ein ganz unerwartetes Geschenk. Nur meine Reaktion ist völlig anders, ich bin ja die einzige Pflanze im Garten, die nicht bewässert wird. Da ekeln mich meine angeschwollenen Wurzelfasern, mein Laub, das sich plötzlich satt getrunken hat. Ja, zum Schmerz kommt jetzt noch Ekel.

Vor Einbruch der Dunkelheit beginnt der Schmerz endlich nachzulassen, oder, besser gesagt, meine Wurzeln, mein Stamm und Laub sind taub geworden. Die Sonne verschwindet langsam hinter den Bergen, und die Luft ist durchdrungen von der Frische des Regens. Hin und wieder sieht man den Schatten eines Menschen am Gartentor vorbeihuschen, jeder von ihnen hält eine kleine rote Fahne in der Hand. Ich höre, wie das Taiwangras unter mir erklärt, dass die Leute alle zu einem Fest oben auf dem Hügel gehen, das heute Nacht gefeiert wird. »Dies ist nämlich der erste Regenguss in diesem Jahr«, sagt das Taiwangras zufrieden.

In dieser schleichend hereinbrechenden Dunkelheit habe ich das Gefühl, gerade anzufangen, etwas zu verstehen: In diesem Leben werde ich wohl nie wieder die Leichtigkeit und Fröhlichkeit erreichen, die alle so herbeisehnen, und ich muss angesichts des Dursts, der Anspannung und der Schmerzen lernen, eine andere Art von Frohsinn zu erlangen. Dieser Frohsinn ist genau wie das finstre Lachen des Gärtners. Wenn ich lerne, so zu lachen wie er, tut sich vor meinen Augen vielleicht ein noch weiterer Horizont auf.

Die Trockenheit der folgenden Tage lässt mich zu meinem ursprünglichen Zustand zurückkehren, doch in meinen Gefühlen und Gedankengängen hat eine Veränderung stattgefunden. Müsste ich mich selbst beschreiben, würde ich sagen, ich »nehme alles mit Gelassenheit«. Zuvor habe ich gegenüber dem

Gärtner jedes Mal Groll empfunden, wenn er den anderen Wasser gibt. Nun hat sich mein Gefühl ihm gegenüber auf einmal verändert. An der Gestalt des Gärtners lassen sich viele Schichten des Denkens ablesen. Die Art, wie er die Hacke auf dem Rücken trägt; die Art, wie er sich bückt, um die Erde zu hacken; die Art, wie er die Wassereimer an einer Stange über den Schultern trägt; die Art, wie er bewässert; die Art, wie er Dünger sammelt; die Art, wie er allen Dünger gibt ... je länger ich ihn beobachte, desto bedeutender finde ich ihn. Ich habe den Eindruck, dass dieser spindeldürre Mann eine ganze Palette von unterschiedlichen Zauberkünsten in sich birgt, die er alle an mir anwendet, und ich nur abzuwarten brauche, bis sie an mir ihre Wirkung entfalten.

Auf den ersten Blick ist dieser Garten alles andere als prächtig, er wirkt sogar ziemlich öde. Die Anlage der Pflanzen folgt auch nicht irgendeiner Ordnung, sondern sie ist völlig willkürlich – hier ein Büschel, dort ein Gestrüpp. Er heißt Rosengarten, doch es gibt keine Rosen, nur ein paar Azaleen, Chrysanthemen, Gardenien. Vor ein paar Tagen hat der Gärtner zwei Robinien ausgewählt und sie neben mich gepflanzt. Danach ist er weggegangen. Bis heute hat er sie nicht gegossen. Die gelben Blätter der beiden hängen schlaff herab, doch sie hegen gegen den Gärtner keinerlei Groll. Ich weiß, das sind nur ein paar oberflächliche Eindrücke. Im Unterschied zur Baumschule vertrauen die Pflanzen hier bei uns darauf, dass sie überleben. Ich weiß allerdings nicht, woraus sich dieses Vertrauen speist. Hängen sie nicht alle davon ab, dass der Gärtner sie gießt? Angenommen, er wird wider Erwarten krank oder hat einen Unfall? Ich habe diese Frage auch mit den beiden diskutiert, doch sie haben meine Annahme verworfen, wollten nichts davon hören. Was mich anbelangt, so habe ich inzwischen auch das Gefühl, überleben zu können. Da ich es bis zum heutigen Tag ohne Bewässerung ausgehalten habe, gibt es keinen Grund anzunehmen, ich könne es nicht weiterhin aushalten. Ach, wir sind ein außergewöhnlicher Garten! Schwer zu sagen, ob es nun an der Planung des Gärtners oder an unserem Fleiß liegt, dass dieser Garten so ein besonderes Flair hat.

Seht, die Blätter der Robinien fallen haufenweise ab, und wider Erwarten schwitzen die beiden Bäume umso stärker, je mehr sie dürsten. Sobald all ihr Schweiß ausgetreten ist, trocknen sie genau wie ich innerlich aus, und dann sprechen sie und ich die gleiche Sprache. Jetzt phantasieren sie gerade, dass sie zu einer Baumart werden, die sich überall hinbewegen kann. An den Körpern dieser beiden Gefährtinnen lese ich die Absichten des Gärtners ab. Apropos, wer ist überhaupt Herrin oder Herr über diesen Rosengarten? Bestimmt antwortet ihr, es ist der Gärtner. Ursprünglich war ich derselben Ansicht, in letzter Zeit hat sich meine Meinung allerdings geändert. Durch Beobachtung habe ich erfahren, dass das Verhalten des Gärtners in der Tat willkürlich ist, die Schichten seines Denkens keinem Plan folgen, sondern an sich so sind. Warum gibt er den Robinien kein Wasser? Seiner Einschätzung nach brauchen Robinien eben keines. Warum hat er mir zunächst Wasser gegeben und später keines mehr? Seiner Ansicht nach brauche ich kein Wasser, um zu überleben (diese Ansicht ist wahrscheinlich nicht falsch). Nachdem ich nun schon so lange im Rosengarten bin, habe ich das Gefühl, dass die Zukunft zunehmend dunkel und unergründlich ist. Jenseits des Zauns schichten sich die Schatten. In der trockenen, durchsichtigen Luft treiben sich noch zwielichtigere Dämonen herum. Ich brauche kein Baum zu werden, der sich überall hinbewegen kann, ich muss bloß an meinem angestammten Platz bleiben und darauf warten, dass irgendeine Veränderung eintritt. Es hat wirklich eine Veränderung eingesetzt.

Am Abend wacht ein Büschel meiner Wurzelfasern auf. Ich spüre, dass sie schon tief in ein fremdes Gebiet eingedrungen sind oder, anders gesagt, der Chili-Regenguss hat sie wachsen lassen. In der Erdschicht, in der sich die Wurzelfasern jetzt befinden, gibt es nach wie vor kein Wasser. Doch diese harte, körnige Beschaffenheit des Bodens vermittelt mir völlig unerwartet das Gefühl von einer Art Wasser. Meine Enden jucken, das ist ein Zeichen des Wachsens, und es ist auch ein Zeichen dafür, dass etwas Ungeahntes geschehen wird. Nach meiner Einschätzung ist dieses Büschel meiner Wurzeln innerhalb weniger Tage in eine Tiefe von mindestens einem Meter vorgedrungen, was man absolut ein »fliegendes Wachstum« oder ein Wunderwerk nennen kann. Es hat seit Tagen nicht geregnet, und das Büschel wächst immer noch. Nutze ich etwa einen anderen Nährstoff anstelle des Wassers? Trifft der Ausdruck »Wasser des Lebens« nicht mehr auf mich zu?

Spät in der Nacht höre ich den Gärtner undeutlich sprechen. Nachdem seine Stimme verklungen ist, kommt ein Stoß feinster, knisternder, verstörender Töne aus meinem eigenen Leib. Die welken Blätter auf meinem aschegrauen Haupt beginnen plötzlich grün zu schimmern und zu leuchten. Von diesen verstörenden Tönen wachen auch die zwei Robinien neben mir auf, und ich höre, wie sie ihre Bewunderung ausdrücken. Wie aus einem Munde sagen die beiden: »Der Gärtner ist so wohltätig gegenüber der Weide!« Sobald ihre Stimmen verklingen, bricht ein Tumult im Garten aus, alle reden wild durcheinander, verworren und undeutlich, ich höre eine gute Weile aufmerksam zu und kann schließlich zwei Wörter identifizieren: »Feuerwerk«. Sie sagen, ich lasse ein Feuerwerk los. Aber ich leuchte doch nur ein bisschen, warum also diese Aufregung?

Die Unruhe in mir hat sich bald gelegt, und ich fühle mich leer. Eigentlich sollte ich mich nicht leer fühlen, ich wachse doch und leuchte sogar. Unterstützt der Gärtner mich nicht insgeheim? Aber dennoch, ich bin leer. Vielleicht liegt es auch daran, dass ich hoffe, das nächste Mal wieder zu leuchten. Oder daran, dass ich überhaupt kein Selbstvertrauen habe. Ach, Gärtner,

Gärtner, geben Sie mir bloß kein Wasser! Ich bin ins Grübeln geraten, denn ich will wissen, was dieser unsichtbare Nährstoff eigentlich ist. Der Gärtner muss es wissen. Sie beneiden mich alle, denn ich bin die einzige Pflanze, die nachts leuchtet, und von allen unterstützt der Gärtner mich am meisten.

Bei Tagesanbruch ist mein Leib extrem leer, meine Blätter sind über Nacht fast völlig verwelkt, der Stamm ist jetzt noch röter, der Riss noch tiefer. Ich frage mich: Werde ich heute sterben? Außer dem Denken spüre ich in meinem Körper keinerlei Lebensaktivität mehr, und auch die Wurzelfasern spüre ich nicht mehr. Die ersten Strahlen der Morgensonne tauchen den Zaun in rötliches Licht, die Konturen des Gärtners zeichnen sich immer schärfer ab. Eine Stimme in dem leeren Raum vor mir wiederholt ständig den Satz: »Wer ist das? Wer ist das? Wer ist …?« Ich würde gerne deutlich sehen, zu wem diese Stimme gehört. Da »es« Laute von sich gibt, muss es Materie haben. Doch dem ist nicht so. Die Stimme wird von Schwingungen aus dem Nirgendwo hervorgebracht. Es ist erschreckend!

Wassereimer schleppend taucht der Gärtner am Gartentor auf, bleibt stehen und blickt in meine Richtung. Er sieht mich zittern und lacht – wieder dieses finstere Lachen! Er dreht mir den Rücken zu und geht seiner Aufgabe, die Pflanzen zu gießen, nach, ohne sich weiter um mich zu kümmern. In der Luft schwingt immer noch der Satz, und die Azalee sagt mit leiser Stimme: »Psst! Das ist ein Bär! Ein Schwarzbär!«

Ist es denn möglich, dass da ein Schwarzbär spricht? Warum sehe ich ihn nicht? Bin ich am Abkratzen?

»Ein Schwarzbär, das ist großartig!«, ruft die Azalee.

Nun, sie sieht also dieses großartige Wesen, und gerade eben hat mir der Gärtner übermittelt, dass ich noch am Leben bin und also nicht sterbe. Da ich nicht sterbe, wovor habe ich dann Angst? Also gebe ich auch Laute von mir.

»Oh – ho – ho!«

Ich habe drei Laute in die Luft gerufen! Meine Stimme kommt aus dieser Spalte heraus und hat einen wider Erwarten vollen Klang, der die Stimme des »Schwarzbären« völlig übertönt! Jetzt ist kein »Schwarzbär« mehr da, nur noch mein »Oh – ho – ho!«, das in der Luft wieder und wieder oszilliert. Die Pflanzen im Rosengarten lauschen alle überrascht. Dennoch höre ich die Azalee erschrocken flüstern: »Es ist wirklich ein Schwarzbär, wer hätte das gedacht?«

Erst nach einer ganzen Weile ist meine Stimme verklungen. Ich erinnere mich an die Worte der Azalee, und mir wird angst und bange. Ist es möglich, dass ich ein Schwarzbär bin? Früher in der Baumschule haben alle die bluttriefenden Geschichten über die Schwarzbären gehört. Damals haben die Schwarzbären alle Tiere auf dem gegenüberliegenden Berg gefressen. Nur sie selbst sind übrig geblieben und haben sich gegenseitig niedergemetzelt ... Azaleen sind die alleraufrichtigsten Pflanzen, sie lügen nie ... hat sie also die Wahrheit gesagt? Ihrer Ansicht nach ist es meine Stimme, die zuerst in der Luft erklungen ist, und auch die später erklungene ist meine. Vielleicht weiß der Gärtner längst Bescheid, und nur ich ... wie schrecklich! Schrecklich! Hilfe! ... ich falle in Ohnmacht.

Ich bin wieder erwacht. Natürlich bin ich kein Schwarzbär. Wenn ich einer wäre, hätte ich den Gärtner längst aufgefressen. Ich bin auch kein wandelnder Baum. Die Wurzelfasern sind der einzig bewegliche Teil an mir, doch ihre Wachstumskraft ist nur nach unten gerichtet. Gleichwohl habe ich vor dem Gärtner Angst. Hat er mich nicht gerade wieder angestarrt? Er hat so getan, als wolle er sich über die Glyzine beugen, doch in Wirklichkeit hat er einen Blick auf mich geworfen. Es ist, als komme dieser trübe Blick von meinen Vorfahren. Was sieht er an mir? Ich, eine in den letzten Zügen liegende Weide, eine Pflanze, deren Existenz sich von namenlosen Stoffen ernährt, ein Sonderling, der sein Dasein im Kampf zwischen Bewusstlosigkeit und Wiederaufwachen fristet, wenn also ich mich selbst betrachten soll, dann ist das bestimmt kein klarer Blick. Aus meinen Überlegungen ziehe ich den Schluss, dass ich mich durch das Bild, das der Gärtner mit Blick auf mich erzeugt, betrachten muss. Ich weiß, dass er sehr vieles an mir abliest, doch was genau, bekomme ich nicht zu fassen. Wenn ich ihn anschaue (wir Pflanzen sehen mit unserem Körper), spüre ich nur den starren Blick in seinen Augen. Dieses Starren macht mich ganz verlegen, deshalb kann ich ihn auch nicht lange anschauen und mir darüber klar werden, was er in mir eigentlich sieht. Ich weiß einzig und allein: Dieser Mensch hat mich die ganze Zeit durchschaut. Er ist einer dieser Sonderlinge, die alles um sich herum durchschauen.

Ach, ich bin so leer! In dem Moment lässt mich das Gefühl der Leere in meinem Körper unversehens so heftig erzittern, dass sogar meine Wurzeln tief in der Erde vibrieren. Wogegen bin ich nur gestoßen? Hier unten ist etwas! Ich kann nicht genau sagen, was es ist; es scheint etwas Hartes zu sein, das sich nicht bewegt, und zugleich etwas Lebendiges, das sich regt. Ich spüre, dass meine Wurzelfasern sich daran orientieren, ja, meine Wurzeln strecken sich dorthin aus, wo dieses Ding ist … bin ich dagegengestoßen? Nein, ich bin überhaupt nicht dagegengestoßen, aber ich bin sicher, dass es dort unten ist. Als meine Wurzelfasern sich kräftig ausstrecken, um sich dessen zu vergewissern, lässt das Gefühl der Leere etwas nach, obgleich ich aufgrund der Leere immer noch zittere.

Die Azalee dort sagt immer noch mit tiefer Stimme: »Es ist wirklich ein Schwarzbär, wer hätte das gedacht?«

Ihre Worte sind so stimulierend, dass ich einfach noch einmal rufen muss,

»Ho …«

Dieses Mal reicht meine Stimme ganz weit in die Ferne, und ich sehe, dass die Pflanzen im Garten alle aufmerksam zuhören. Sie sind nicht mehr erstaunt und wirken sehr konzentriert, und meine Stimme klingt in der Luft wider Erwarten ganz lange nach.

Als die übrigen Stimmen endlich verklungen sind, beginnen die Pflanzen im Garten heimlich zu tuscheln, und alle sagen die zwei Silben »Schwarzbär«. Vielleicht sind sie (einschließlich des Gärtners) davon überzeugt, dass ich eine Verkörperung des bösen Schwarzbären bin. Doch warum liegt in ihrem Tonfall dann so viel Bewunderung? Schaut, der Gärtner schwingt die Hacke in meine Richtung, will er mich etwa niedermachen? Nein, er lockert den Boden für mich auf! Sein Tun will sagen, in der Luft gibt es auch unsichtbare Nährstoffe, die durch Spalten in der Erde meine Wurzeln erreichen können.

Genau in dem Moment sehe ich die wandelnde Pflanze, die Glyzine in unserem Garten. Die Glyzine geht nicht mittels ihrer Füße, sie hat gar keine Füße. Sie hängt sich an den Rücken des Gärtners, und der nimmt sie mit, wohin er auch geht. Sie ist so aufgeregt! Ihr ganzer Körper läuft tiefdunkel, fast schwarz an. Ihr langes Wurzelwerk baumelt vom Rücken des Gärtners, es hängen noch Erdklumpen daran. Ich überlege hin und her, aber ich komme nicht darauf, wie sie in einem Nu alle Brücken hinter sich abbrechen, aus der Erde herausfliegen und sich an den Rücken des Gärtners hängen kann. Wenn wir Pflanzen die Erde verlassen, ist das normalerweise der sichere Tod. Das ist wahrscheinlich auch der Grund dafür, dass sie nicht zu einer Wandelpflanze geworden ist, sondern sich an den Rücken des Gärtners gehängt hat. Bestimmt hat sie das lange im Voraus geplant, sie ist die Pflanze in unserem Garten, deren Sehnsucht zu gehen am größten war. Bedenkt man, was sie zuvor gesagt hat, ist das verständlich. Jetzt hat sich ihr Wunsch endlich erfüllt und dabei jede Erwartung noch übertroffen. Sie und der Gärtner sind jetzt eins. Das macht sie zum glücklichsten Wesen auf der Welt. Ich denke, die Glyzine hat gewusst, dass der Gärtner sie nicht sterben lassen würde, und das war die Voraussetzung für ihren Erfolg.

Der Gärtner läuft geschäftig im Garten hin und her, während die Glyzine vor Aufregung und Nervosität zitternd an seinem Rücken hängt. Insgeheim beneide ich sie, aber ich weiß, dass mir wohl keine so hohe Gunst zuteilwird. Sie ist ein Rankengewächs, ich bin ein Baum. Nur Rankengewächse können auf Menschen klettern. Bäume bleiben besser an ihrem angestammten Ort und schmieden als Ausweg einen anderen Plan. Der Gärtner ist fertig mit seinem geschäftigen Tun und kommt zu dem Ort, wo die Glyzine ursprünglich gestanden hat. Er nimmt sie vom Rücken und pflanzt sie wieder in die Erde. Ich höre die Glyzine vor Behagen laut stöhnen. Bestimmt ist sie auf ihren Wagemut unendlich stolz. Ich für meinen Teil denke, wer das Ergebnis im Voraus kennt, braucht keinen großen Wagemut. Was ist mit mir, wo ist mein Ausweg?

Ich habe keinen Ausweg. Mein Ausweg liegt darin, mir einen Ausweg auszudenken, er liegt im »Denken« an sich. Ich denke doch immer noch, oder etwa nicht? Ich bin doch noch nicht tot, oder etwa doch? Meine Wurzeln sind doch im Vergleich zu vorher um das Doppelte gewachsen, oder etwa nicht? Das ist der Vorteil von Pflanzen, die sich nicht fortbewegen können! Wäre ich so geschickt wie die Glyzine, reichten meine Wurzeln nicht so tief.

Ach! Ich bleibe an meinem angestammten Ort, die Zukunft ist ungewiss, und noch größere Gefahren warten auf mich. Der Gärtner macht sich auf den Rückweg, dreht sich nochmals um und lächelt mich verständnisvoll an. Er ist ein Mensch, der nicht lachen kann. Seine Art zu lächeln erinnert mich an das Lächeln von Toten. Indem er mir Unbehagen bereitet, erreicht er mit mir stillschweigend eine Übereinkunft.

Dort unten im Boden drückt dieses Ding wieder gegen meine Hauptwurzel.

Fremde

Nach Mitternacht fielen die Temperaturen. Jühua verkroch sich in ihre Zudecke, denn sie spürte, wie der Wind durch die Ritzen zog. Ihr kleiner Körper steckte ganz fest in ihrem Bettzeug, der Kopf ganz zuunterst. In der Küche goss jemand Wasser von einem Gefäß in ein anderes, immer hin und her. Von dem Geräusch bekam sie am ganzen Körper Gänsehaut.

Ach, dieser Wind! Er polterte gegen die Türen, so dass das Holz krachte und knarzte. Für Jühua hörte es sich an wie wimmernde Kinder, die hereingelassen werden wollten. Wie kalt war es draußen? Bestimmt gefror alles zu dickem Eis. Als sie gestern über den Hof ging, hatte sie das Eis auf dem Abwasserkanal gesehen. Normalerweise war der Abwasserkanal hässlich anzusehen und stank. Doch sobald das Wasser zu Eis gefror, wurde er schön wie eine schwarze, frostig lächelnde Seerose. Als Jühua diese Gedanken durch den Kopf gingen, wurde die Kälte immer strenger, und ihre Brust schien wie von einem Eisklumpen verstopft.

Jemand rief aus der Küche: »Jühua! Jühua!« Wer war das?

Er rief und rief, und Jühua antwortete ein ums andere Mal. Doch die Zudecke dämmte ihre Stimme, und sie drang nicht hindurch. Schließlich sprang Jühua aus dem Bett, zog sich im Dunkeln tastend etwas über, schlüpfte in ihre Stiefel, um zur Lampe zu gehen und sie anzuzünden. Doch die Streichhölzer auf der Fensterbank waren feucht geworden, vielleicht von den Schneeflocken, die hereingeweht waren? Jühua hörte, dass ihre Eltern fest schliefen. Das taten sie immer, wenn es schneite. Wer war das in der Küche? Kein Mensch war dort. Nur das Eis, das sich im Spülbecken gebildet hatte, blinzelte ihr boshaft zu. Sie sah durch die Glasscheibe hinaus, es war ganz hell, der Himmel war von einer aufmunternd lichtgrauen Farbe. Der Wind hatte aufgehört zu wehen.

Sie stieß die Tür auf, die von der Küche zum Hof führte. Es lag tiefer Schnee, in dem ihre hohen Stiefel zur Hälfte versanken. Jeder Schritt war mühsam. Sie wagte nicht, weiterzugehen und blieb im Hof stehen. Da drangen Vogelstimmen durch die Luft zu ihr. Insgesamt waren es fünf Vögel, von der gleichen lichtgrauen Farbe wie der Himmel, nur etwas dunkler. Der Himmel war außergewöhnlich hell. Die Vögel kreisten die ganze Zeit über ihrem Kopf, mal höher und mal tiefer, als gäbe es etwas, das sie anzieht, doch als fänden sie keinen Platz, sich niederzulassen. Jühua hatte nie zuvor Vögel derart traurig rufen gehört.

Es war richtig kalt! Die Zweige der Weiden hatten sich alle in Eiszapfen verwandelt und fluoreszierten widerwillig. Neugierig geworden fragte sich Jühua, ob sie erfrieren werde, wenn sie noch länger im Hof bliebe. Ganz vorsichtig ging sie zurück bis zu den Stufen am Haus. In dem Moment sah sie einen Vogel, der herabstürzte und direkt vor ihr landete. Jühua bückte sich, um ihn zu fassen, doch er fuhr wild auf und entkam. Sie versuchte es noch einmal und erwischte ihn. Doch wonach sie gegriffen hatte war kein Vogel, sondern eine Handvoll Schnee. Sie stand da mit dem Schnee in der Hand und dachte, das könne wohl kein Traum sein. Sie sah noch einmal hin, die anderen vier »Schneevögel« hatten sich alle unweit von ihr niedergelassen und schauten sie neugierig an. Sie waren nicht lichtgrau, sondern es war ein leuchtendes Silberweiß, das sich im Schatten der Umfriedung hell abzeichnete.

»Jühua! Jühua!« Die unbekannte Stimme rief wieder aus der Küche nach ihr.

Wieder hörte sie das Geräusch von Wasser, das von einem Gefäß in ein anderes gegossen wurde, hin und her – bei der Kälte!

Ihr Blick wanderte über die Mauer in die Ferne. Dort war ein

Fluss. Der Fluss war auch hell, er verschmolz mit dem Leuchten des Himmels, Fluss und Himmel ließen sich nicht klar voneinander scheiden. Der Fluss war bestimmt gefroren. Ringsum war es jetzt, abgesehen von der Person in der Küche, die sie jeweils in kurzen Abständen rief, auffallend still. Jühua versuchte gestikulierend, die Vögel zu verscheuchen, und hüpfte lärmend die Stufen hinauf und hinunter. Doch die Vögel hatten überhaupt keine Angst.

Jühua wollte nicht ins Haus zurückgehen. Als ihr Blick auf dem Fluss ruhte, dachte sie daran, wie sie ihn einmal mit ihrem kleinen Bruder überquert hatte. Das Eis war so glatt gewesen, dass sie beide wie verrückt darauf hin und her geschlittert waren, bis das Brüderlein schließlich in ein Loch im Eis geschlüpft war. Sie sah, wie er dort hineinschlüpfte, er war eigentlich nicht ausgerutscht. An jenem Tag war es genauso still und ruhig, daran erinnerte sie sich ganz deutlich.

»Sie ist so früh aufgestanden, das Mädchen hat einiges auf dem Herzen.«

Es war Papa, der das sagte. Jühua spürte, dass ihre Nase schon taub vor Kälte war, und kehrte in die Küche zurück. Seltsam, Papa war gar nicht in der Küche. Aus dem Schlafzimmer dort drang lautes Schnarchen, offenbar schlief er noch. Wer ahmte da Papas Stimme nach? Beim Gedanken an einen solchen Streich konnte Jühua ein Lächeln nicht unterdrücken.

Dann stand Mama auf. Sie kam in die Küche und setzte Wasser für den Reis auf.

Jühua zog ihre Stiefel aus und half Mama, das Feuer anzuzünden. Schnell wurde ihr dabei wieder warm.

»Mama, heute Nacht hat sich jemand in unserer Küche zu schaffen gemacht«, sagte sie.

»Lass sie nur, es ist das alte Haus von deinem Großvater.«

Jühua schaute in die Flammen, und dabei schnürte es ihr das Herz zu.

Es war ein weißverschneiter Vormittag. Papa und Mama besuchten Verwandte unten am Fluss. Jühua war zu Hause und langweilte sich. Inzwischen hatte sie sich auch am Schnee, der draußen vor dem Fenster Himmel und Erde bedeckte, satt gesehen. Sie nahm ein paar Stickvorlagen zur Hand und schaute sie sich in allen Einzelheiten an. Dann räumte sie sie wieder weg und seufzte. Da kam ihr eine Idee: die Gräber besuchen gehen. Normalerweise ging Jühua nicht gerne an diesen Ort. Jedes Frühjahr, wenn ihre Eltern am Totengedenktag zum Friedhof gingen, um die Gräber zu fegen, hatte sie sich davor gedrückt. Sie hatte Angst. Jetzt war sie 13 Jahre alt, und natürlich hat sie keine Angst mehr vor solchen Dingen. Aber aus irgendeinem Grund war sie nie dort gewesen.

Sie ging an zwei Dörfern vorüber, kam zu einem dritten, und eineinhalb Kilometer außerhalb davon lagen die Gräber. Dieses dritte Dorf hieß »Mücke«, und Jühua erinnerte sich an die surrenden Insekten im Sommer. In dem Dorf war keine Menschenseele, alle Türen waren verschlossen, nicht einmal ein Hund lief herum. Bei genauerem Hinsehen bemerkte sie, dass die Steinplatten vor den Häusern mit einer Schicht Schnee bedeckt waren. War es möglich, dass in diesem Dorf niemand wohnte? Oder versteckten sie sich alle in ihren Häusern und kamen nicht heraus? Aus manchen Häusern drangen dumpfe, erstickte Laute, das waren Hunde. Sie mussten wohl schrecklich leiden! Ein Junge mit schwarzem Gesicht, der aussah wie ein Luchs, angelte in einem Pfuhl am Ende des Dorfs. Auf dem Pfuhl war eine dicke Eisschicht.

»Wo willst du hin?«, fragte er und hob dabei bedrohlich seine buschigen Augenbrauen.

»Ich besuche die Gräber.«

»Du wirst sterben. Wenn du erst einmal dort bist, kommst du nicht mehr zurück. Du wirst erfrieren.«

»Blödsinn. Das kann nicht sein!«

»Doch. Diesen Sommer ist Qibao alleine dorthin gegangen und nicht mehr zurückgekommen. Es sollten wenigstens drei Leute zusammen hingehen, damit einer berichten kann, falls etwas passiert.«

»Falls man einem Totengeist begegnet?«

»Nein! Nicht so etwas. Du gehst also tatsächlich hin??«

Sein Ton wurde ganz eindringlich, als befürchte er, Jühua würde ihr Vorhaben aufgeben.

Daraufhin ging Jühua in die weißverschneite weite Ebene. Anfangs hörte sie noch das dumpfe, erstickte Jaulen der Hunde, dann wurde es ganz still.

Sie senkte den Kopf und sah die Abdrücke ihrer Stiefel einen neben dem anderen im Schnee. Dann drehte sie sich leicht beunruhigt um und blickte zurück. Dabei stellte sie fest, dass sie überhaupt keine Fußspuren hinterlassen hatte. Unentschlossen blieb sie stehen. Sie wollte nach Mücke zurückkehren, doch das Dorf war schon verschwunden, und sie hatte bereits vergessen, in welcher Richtung es lag. Zum Glück hatte es aufgehört zu schneien, und der Himmel war klar und rein. Die Gräber in der Ferne, eines neben dem anderen, sahen aus wie gedämpfte Maisbrötchen. In all den Jahren hatte der Friedhof sich derart verändert, er war geradezu grenzenlos! Wie konnten hier nur so viele Menschen begraben sein? Oder gab es auch Fremde, die diesen Ort als Grabstätte wählten? Jühua fielen die Worte des Jungen ein und sie hatte Angst, aus dem Friedhof nicht wieder herauszufinden und zu erfrieren. Sie hatte das Gefühl, er hatte sie mit Absicht gedrängt, hierherzukommen. Ah! Dieser Teufel!

Endlich erreichte sie den Friedhof und stand zwischen den Gräbern. Eines sah aus wie das andere. Welches war das Grab ihres kleinen Bruders? Dieser Gedanke blitzte nur kurz in ihrem Kopf auf, dann dachte sie nicht mehr daran. Ringsum war es allzu still, wie gerne hätte sie eine Stimme gehört.

Plötzlich sah sie auf dem großen Grabstein zu ihrer Rechten

ein plumpes kleines Tier. Es war blassrot, seine Haut war hauch-dünn, fast durchsichtig, seine Beinchen waren zart und zitterten unter dem Gewicht des verhältnismäßig großen Körpers. Sein Kopf war runzelig, ähnlich dem eines alten Mannes. Die Angst in ihr war verebbt, und sie fühlte sich stark zu dem kleinen Kerl-chen hingezogen. Zu welcher Tierart mochte das heimatlose Wesen wohl gehören? War es eine Maus oder ein Frosch? Viel-leicht hatte es ja ein Zuhause in einem der Gräber und war nur herausgekommen, um ein wenig herumzulaufen und frische Luft zu schnappen.

Jühua nahm all ihren Mut zusammen und streichelte es. Seine Haut war warm, weich wie Satin. Aus halbgeöffneten Augenli-dern starrte es sie gleichgültig an. Aus irgendeinem Grund erin-nerte sie sein Blick an Papa. Papa war so einsam. Im letzten Som-mer hatte er sich absichtlich zum Schlafen in den Hof gesetzt. Es war ihm egal gewesen, dass die Mücken ihn stachen, und Jühua sollte das Räucherwerk gegen Insekten wegtragen. Nachts hatte sie ihn dann Soldatenlieder singen gehört.

Vielleicht war es eine Maus, aber warum hatte es keinen Schwanz? Mäuse gehörten zu den Tieren, die Jühua am meis-ten liebte. Sie hatte davon geträumt, im ältesten Haus des Dorfs wohnen zu können, wo es im und ums Haus herum überall Mäu-selöcher gab und wo diese kleinen Kerlchen immer geschäftig herumliefen. Jühua hätte gerne seine Stimme gehört, doch es gab keinen Laut von sich. Es wirkte ganz verfroren und sollte in sein Loch zurückkehren.

Jühua fror, sie musste sich bewegen, damit ihr Körper sich aufwärmte. In dem Moment, als sie das dachte, sah sie eine Stra-ße, die vom Friedhof abzweigte und ins Offene führte. Sie lief ein paar Schritte, drehte sich um und blickte auf das kleine Kerlchen. Dann lief sie ins Weite und ihr Geist war schlagartig leer. Zwi-schen Himmel und Erde wurde es sehr, sehr hell, und sie kniff die Augen zu. Irgendwie fühlte sie sich unwohl und blieb stehen.

Da wandte sie sich um und wollte zu dem Grabstein zurück, auf dem das kleine Kerlchen hockte. Sie lief und lief, doch sie sah den Friedhof nicht mehr. Offenbar war sie auf eine abzweigende Straße geraten, denn sie hatte nicht nur den Friedhof, sondern auch das Dorf Mücke aus den Augen verloren. Sie begann sich zu sorgen. Was war das für ein Ort? Ihrer Erinnerung nach sollte es hier eine Menge Pfuhle geben und daran anschließend Hügel. Die Pfuhle waren jetzt wohl alle mit Eis bedeckt, doch ebenso wenig sah man irgendeinen Hügel. Hier war offenbar nichts als freies Feld. Nie zuvor hatte Jühua ein so weites freies Feld gesehen. Im Vergleich zu dem Friedhof vorhin war es noch viel größer. In ihrem Kopf gab es den Begriff Ebene nicht. Der Himmel war ungewöhnlich hell, ihre Augen taten weh; sie war nicht in der Lage, etwas weiter entfernte Orte genauer zu sehen. Just in dem Moment stieg vor ihr ein dünner, sich kräuselnder Rauchfaden auf.

Sie lief auf den Rauch zu, er schien ganz nah, doch sie konnte ihn nicht einholen. Nachdem sie lange Zeit gelaufen war, zeichneten sich allmählich die Konturen eines Mädchens immer deutlicher ab. Das Mädchen war ungefähr so groß wie sie, hatte gelbe Kleider an und verbrannte gerade Papiergeld für die Toten. Um sie herum war der Schnee weggeschmolzen. Auf dem Boden lag ein großer Stapel noch nicht verbranntes Opfergeld.

»He, hallo! Kannst du mir sagen, ob es hier in der Nähe ein Dorf gibt?«, fragte Jühua.

»Du willst wissen, ob es hier in der Nähe einen Friedhof gibt? Ich sage es dir: nein.«

Sie sah konzentriert auf das Feuer und würdigte Jühua keines Blickes mehr.

Was für ein unabhängiges Mädchen, dachte Jühua. Sie bräuchte ihr nur zu folgen, dann würde sie in eine von Menschen bewohnte Ortschaft kommen. Doch offenbar hatte sie nicht die Absicht, in nächster Zeit aufzubrechen. Jühua hockte sich neben sie und schaute mit ihr in die Flammen. Sie schien allerdings eine Abneigung gegen Jühua zu haben, denn sie rückte ein paar Schritte von ihr ab. Nach einer Weile hielt sie es aber nicht länger aus und sagte zu Jühua:

»Wenn du heute noch nach Hause willst, dann hast du dich verrechnet.«

»Wo bist denn du zu Hause?«

»Mhm.«

»Wohnst du mit der Maus zusammen?«

»Woher weißt du das?!«

Erschrocken starrte sie Jühua an.

»Ich habe sie gesehen!«, rief Jühua aufgeregt. »Sie ist wirklich süß! Bring mich zu ihr, bring mich zu ihr! Wie heißt du??«

Plötzlich stocherte das Mädchen mit einem Bambusstöckchen in dem Opfergeld herum, so dass die brennenden Papierfetzen auf- und Jühua ins Gesicht flogen. Die Glut auf der Haut tat höllisch weh. Sie hielt den Ärmel schützend vors Gesicht und wich zurück.

Da war ein seltsamer Geruch, als sie wieder auf ihren Füßen stand und sich umblickte, war das Mädchen bereits weg. Das Opfergeld lag überall verstreut auf dem Boden, manche Scheine brannten noch, die meisten waren erloschen. Ein fauliger Gestank stieg auf, vermutlich strömte er von dem Papier aus. Der Himmel war immer noch so hell, und sie konnte etwas weiter Entferntes nicht klar sehen. Jühua wunderte sich: Wo wohnte das Mädchen bloß? Wie war es möglich, dass sie so schnell spurlos verschwand? Plötzlich schämte sie sich für ihre Ängstlichkeit und dachte, sie könne doch genau wie dieses Mädchen in die Schneelandschaft hineinlaufen; wenn sie sich verirrte, dann verirrte sie sich eben; es gab immer einen Weg. Verirrte sie sich nicht schon die ganze Zeit? Daraufhin tat sie einen Schritt, hielt aber sofort wieder verdutzt inne: Da hockte das kleine Kerlchen. War es dasselbe wie vorhin? Noch ehe sie es klar erkennen konnte, war es schon weggerannt. Mit seinen dünnen Beinchen lief es ganz geschwind durch den Schnee. Sie hätte es natürlich nicht einholen können, doch es lief gar nicht weit weg. Jühua sah, wie es in einem Graben verschwand. Ursprünglich war hier ein breiter Erdgraben.

Jühua hockte sich an den Rand des Grabens und schaute hinunter. In dem vollgeschneiten Graben waren außer seinen kleinen Fußspuren erstaunlicherweise noch die Fußstapfen eines Menschen. Sie mussten von dem Mädchen sein. Doch der Graben führte nirgendwohin. Von oben konnte man ihn restlos überblicken, er war ganz kurz und von Menschenhand ausgehoben. Wohin waren das Mädchen und die »Maus« verschwunden? In der öden Wildnis lebten, so erstaunlich es war, ein Mädchen und eine »Maus«! Dieser Gedanke erregte Jühua vor Freude. Den Graben hinter sich lassend ging sie weiter.

Sie wusste nicht, wie weit sie gegangen war, das Licht nahm ab, und vor ihr tauchten undeutlich die Schemen der Hügel und Berge auf. Unterhalb davon lag vermutlich das Dorf Mücke, doch warum schien es so fern wie der Horizont? Außerdem hatte Jühua die ganze Zeit ihre eigenen Fußstapfen im Schnee nicht gesehen. Seltsam, das Mädchen vorhin und sogar die »Maus« hatten Fußspuren im Schnee hinterlassen! Sie hüpfte ein paar Mal kraftvoll auf und ab, doch es half nichts. Sie hinterließ beim Auftreten keine Abdrücke im Schnee. Sie erinnerte sich, dass vor acht Jahren genau das Gleiche mit ihrem Körper geschehen war, sie hatte es später vergessen und erinnerte sich erst jetzt wieder daran. Damals ging ihre vierköpfige Familie am Fluss entlang durch den Schnee zum Haus ihrer Tante. Als Jühua sich zufällig umdrehte, sah sie, dass nur sie allein keine Fußspuren hinterließ. Als sie ihren Vater am Mantel zupfte, um ihn zu fragen warum, antwortete er unfreundlich: »Kleine Kinder sollen sich nicht nach allen Seiten umschauen.« Damals spürte sie, dass das eine sehr schwerwiegende Sache war, und zitterte vor Angst.

Auch im Haus der Tante zitterte sie die ganze Zeit. Sie argwöhnte, dass sie an einer tödlichen Krankheit leide und nicht mehr lange zu leben habe, während ihre Familie das vor ihr verheimlichte.

Bei Einbruch der Dunkelheit hatte sie endlich Mücke erreicht. Zu ihrem Erstaunen stellte sie fest, dass ihr Vater vor der Tür eines fremden Hauses stand. Er hatte einen Maiskolben in der Hand und nagte daran.

»Papa!!« Schluchzend stürzte Jühua auf ihn zu.

»Wie gut, dass du zurückgekommen bist, wie gut!«, sagte Mama, die aus der Tür des Hauses trat.

Zu dritt gingen sie schweigend zurück nach Hause. Niemand sprach unterwegs auch nur ein Wort.

Als sie zu Abend aßen, war es draußen schon stockdunkel.

»Jühua, wie kommt es, dass ich auf deiner rechten Wange immer einen Schmetterling sehe?«, fragte Mama.

Jühua blickte aufs Glas der Öllampe und sah den Schmetterling auch. Er war schwarz und haftete am Lampenschirm. Sie fasste an ihre rechte Wange und fühlte sich unwohl.

»Du kannst es dir nicht vorstellen«, sagte sie zu ihrer Mutter, »dieser Ort ist eine ganz andere Welt.«

»Schon möglich, dass ich es mir nicht vorstellen kann. Ich bin alt«, sagte Mama betrübt.

Jühua war erschöpft und schlief sofort ein. Doch später erwachte sie wieder, vielleicht weil der Kerl in der Küche solchen Lärm beim Umgießen des Wassers machte. »Jühua, Jühua!«, rief er sie.

Sie war so müde, ihr ganzer Körper schmerzte, doch auf einmal war sie schlagartig munter.

Der, der sie rief, war der Junge aus dem Dorf Mücke. Er stand draußen vor der Küche, seine Nase ans Fenster gedrückt. Jühua ging hin und öffnete die Tür.

»Schau!«, er zeigte zum Himmel.

Der ganze Himmel war voll von den Vögeln, zwei flogen ganz tief, sausten so dicht an ihm vorbei, dass sie mit ihren Flügeln über sein Gesicht strichen und ihm ein »aua« entfuhr.

»Tut es sehr weh?«, fragte Jühua.

»Na klar, die haben Kupferkörper und Eisenflügel.«

»Wirklich seltsam. Gestern waren sie noch Schneeflocken, ich habe eine erhascht …«

»Das ist gelogen!«, sagte er streng. »Wie willst du sie denn erhascht haben? Das ist unmöglich! Diese Vögel kommen nur bei Schneewetter geflogen, niemand kann sie einfangen.«

Jühua bemerkte, dass er barfuß im Schnee stand, und bewunderte ihn schlichtweg. Sie rief ihn herein, er solle sich am Feuer in der Küche wärmen. Er dachte angestrengt nach und sagte dann, »na gut«.

Zusammen gingen sie in die Küche. In dem Moment, als Jühua die Tür geschlossen hatte, stießen die Vögel heftig dagegen, »ta, ta, ta«. Die Tür bebte.

»Schau, ich habe doch gesagt, dass sie Körper aus Kupfer und Flügel aus Eisen haben.«

Jühua zündete das Brennholz im Ofen an. Sie sah das Gesicht des Jungen im Feuerschein immer schmaler werden, und das Herz in ihrer Brust begann wild zu schlagen, »dong dong«. Sie kämpfte heftig und sagte mit mückenfeiner Stimme:

»Du siehst meinem kleinen Bruder sehr ähnlich. Erzähle mir etwas über das Dorf Mücke.«

»Über Mücke dürfen wir mit Auswärtigen nicht sprechen.«

Jühua seufzte. Sie stocherte im Feuer, damit es höher aufflammte. Sie schaute noch einmal, ein schwarzer Schmetterling, so groß wie eine Fledermaus, weilte in der Luft – genau dort, wo sein Gesicht sein sollte. Und seine beiden Hände schabten mit aller Kraft am Boden, er hatte schon einen ganzen Haufen Erdbröckchen abgeschabt.

»Was machst du da!«, fragte sie erschrocken und insgeheim verängstigt.

»Ich bin mit ihm befreundet, mit dem auf dem Grabstein! Hast du kapiert?« Er schrie ohrenzerreißend, »siehst du, wie scharf meine Klauen sind, ich habe viel geübt!«

»Ah! Ah!«, Jühua holte leise Atem.

»Das ist unser Ort. Wenn es schneit, verbringen wir dort die Zeit immer so, du hast es gesehen. Wir hocken zusammen auf dem Friedhof. Du kennst die Vorzüge dieses Ortes gar nicht. Was wolltest du dort überhaupt?« Er knirschte laut mit seinen Zähnen.

Das Feuer war noch nicht erloschen, als er ging. Jühua spürte, dass er ihre Gesellschaft nicht schätzte. Sie streckte ihren Kopf zur Tür hinaus und sah den silbrigen Himmel. Die Welt war still und ruhig, nicht einmal die Weidenzweige klagten, schweigend hingen sie herab.

»Jühua! Jühua!« Mama schrie, als sie in die Küche kam.

»Wer war das?«

Mama zeigte mit der Fußspitze auf das herausgeschabte kleine Loch im Boden.

»Jemand aus dem Dorf Mücke«, antwortete Jühua leise.

»Ich verstehe. Es ist inzwischen so viele Jahre her, aber ihre Nachfahren haben immer noch nicht aufgegeben!«

»Wer?«

»Na, die Fremden. Damals warst du noch klein, dein Vater ging nach Mücke, um dort vorübergehend zu arbeiten, und lernte sie dort kennen … aber wozu erzähle ich das? Es liegt alles weit zurück, lass uns nicht davon sprechen.«

Sie stellte den Topf auf den Herd, um den Reis zu dämpfen.

»Ich bin müde, Mama«, sagte Jühua.

»Ja, du hast kaum geschlafen, seit du von dort zurückgekehrt bist. Geh schnell ins Bett.«

Jühua ging in ihr Zimmer und legte sich hin, doch sie fand kei-

nen Schlaf. Sie war so aufgewühlt, dass sie sich direkt wieder an-
zog, in ihre Stiefel schlüpfte und hinausging. Sie war wie in Trance und hörte den Vater neben sich sagen:

»Jühua, Jühua, wohin gehst du?«

Sie stieß in der weit offenstehenden Tür einen Schemel um,
ohne es zu bemerken, ging auf den Hof hinaus, immer weiter,
bis zur Straße. Sie war wirklich todmüde, warum nur fand sie
im Haus keinen Schlaf? Später lehnte sie sich gegen eine Weide und nickte ein. In einem kurzen Traum von zwei, drei Minuten sah sie in der Luft einen Schwarm silbrig weißer Vögel, die
alle auf einen dunklen Schatten auf dem Erdboden zustürzten,
wo lauter Vogelkadaver lagen. Dann wand sich aus diesem Haufen von Kadavern die »Maus« heraus. Jühua schreckte aus dem
Schlaf auf und kehrte in den Hof ihres Hauses zurück. Mama
sagte gerade zu Papa: »Es sind also diese Fremden ...«

»Jühua, hast du dich erholt?«, fragte Papa ernst.

»Ich bin schrecklich müde. Dort war es so hell, ich konnte
nicht schlafen ...«, sagte sie vage.

»Siehst du denn überhaupt deutlich? Ich sehe nur eine
schummrige Scheibe, der Mond ist aufgegangen, aber er scheint
nicht hell. Was suchst du denn im Haus?«

»Ich suche eine Maus. Ich würde mich am liebsten auf den
Tisch legen und ganz fest schlafen.«

Sie schloss die Augen, fand aber keinen Schlaf. Ihre Nerven
waren überanstrengt und überreizt. Wie hinter Nebelschleiern
hörte sie ihre Mutter in der Küche nach ihr rufen.

»Jühua, Jühua, sie ist hier!«

Jühua sprang auf und lief in die Küche.

»Wo? Wo?«, fragte sie.

Mama zeigte mit der Fußspitze auf ein neu ausgeschabtes
kleines Loch im Boden.

»Sie ist ganz schnell weggelaufen«, sagte Mama betrübt, »wie
eine Kugel aus einem Geschoss! Dass es schneit, ist für solche

Tierchen von Vorteil, sie können in Sekundenschnelle entwischen, ohne dass man weiß wohin.«

»War es eins mit ganz dünnen Beinchen?«, fragte Jühua.

»Ja, das sind die Haustiere der Fremden. Sie fressen Kadaver und lassen nur die Knochen übrig.«

»Wie hell es draußen ist, so hell wie …«, Jühua gähnte.

»… so hell wie ein Spiegel!«, aufgeregt vervollständigte Mama ihren Satz. »Gerade hat es wieder heftig geschneit. Der Junge aus Mücke geht um unser Haus herum, er hat schon mehrere Runden gedreht. Zwischendurch bückt er sich und vergräbt etwas im Garten. Er starrt auf unser Haus. Ich sehe schon, er ist ein Kind dieser Fremden!«

»Was ist das Problem mit den Kindern dieser Fremden?«

»Jühua! Jühua, warum glaubst du mir nicht? Das ist nicht gut!«

»Was ist das Problem mit den Kindern dieser Fremden?«, wiederholte Jühua stur ihre Frage.

»Die Fremden haben kein Zuhause, sie treiben sich die ganze Nacht in der Wildnis herum.«

»Ich verstehe, Mama, also genau wie diese Mäuse?«

»Du bist wirklich klug, Jühua.«

»Ich bin schrecklich müde.«

Endlich schlief Jühua ein.

Im Traum wurde sie von vielen Menschen gerufen, sie konnte sie alle verstehen und wollte antworten, aber ihre Stimme versagte. Papa rief sie zum Frühstück, Mama rief sie zum Mittagessen; die Tante rief sie zum Abendessen; der Junge aus Mücke rief sie, sie solle mit ihm angeln gehen; die kleine Xiaowan kam zu ihr, um sich Stickgarn zu leihen.

Sie lief in den Dörfern, von denen sie oft träumte, hin und her. Sie wusste, dass diese Orte nicht existierten, doch sobald sie einschlief, kamen sie in ihren Traum. Die Dörfer waren alle von weißem Schnee bedeckt, die Zweige der riesigen Trauerweiden waren in Eis gehüllt, der Himmel war trüb, und in der ganzen Gegend war keine Menschenseele. Ihre Schritte waren leicht, so leicht, dass es ihr unnatürlich vorkam. Sie blieb einen Moment stehen, um die Zweige einer Weide anzufassen, dabei blitzte folgender Gedanke in ihr auf: »Es wird gleich dunkel.« Bei der Berührung mit den Weidenzweigen, die sich wie Eiszapfen anfühlten, durchfuhr sie ein Zittern, und sie ließ sie sofort los. Sie blieb ein Weilchen unter dem Baum, kratzte den Schnee am Boden weg, so dass die Erde zum Vorschein kam. Insgeheim dachte sie, sie würde am nächsten Tag wiederkommen, und markierte die Stelle.

Als sie aufwachte, war ein neuer Morgen angebrochen. Sie hatte Rauch gerochen und war schlagartig wach. Sie sah das Gesicht der Mutter mit einem großen Lächeln über sich.

»Gestern sind dein Vater und ich wieder zu dem Haus gegangen.«

»Zu welchem Haus?«

»Na, zu dem Haus in Mücke. Er hat mit Papa gesprochen, weil du ihr Geheimnis entdeckt hast, woraufhin alle Dorfbewohner weggezogen sind. Jetzt lebt nur noch eine Familie dort. Wie kam es, dass du an diesen Ort vorgedrungen bist?«

»Wisst ihr, du und Papa, denn schon lange von diesem Ort?«

»Ja, seit vielen Jahren. Dein Vater hat dort kurze Zeit gearbeitet. Manchmal kam er nachts nicht nach Hause, weil er mit den Dorfbewohnern dorthin ging. Doch aus Angst machte er jedes Mal auf halbem Weg wieder kehrt. Es ist so viele Jahre her, aber er hat es immer bereut und sich deswegen geschämt.«

»Sind sie alle weggezogen? Ist diese eine Familie noch da?«

»Jetzt ist diese Familie auch fort. Natürlich lebt dort noch die Maus.«

»Papa, ach Papa«, seufzte Jühua.

Beim Frühstück wagte sie nicht, ihren Vater anzublicken, und senkte beim Essen den Kopf.

Als sie fertig war und den Kopf hob, sah sie, dass Papa schon vom Tisch aufgestanden war.

»Papa will sich ganz alleine dorthin durchschlagen. Bei diesem Schneegestöber hat er zu Hause keine Ruhe.«

»Wohin will er denn gehen?«

»Dorthin, wo du warst«, antwortete Mama lächelnd.

Jühua sprang auf, rannte in ihr Zimmer, schlüpfte in ihre Stiefel und jagte ihm hinterher.

Papa hatte bereits das Ende des Dorfs erreicht, er war nur noch ein kleiner schwarzer Punkt.

»Papa! Papa!!« Sie schrie und weinte zugleich.

Papa blieb stehen und wartete auf sie.

»Warum weinst du? Warum weinst du?«, fragte er ahnungslos.

»Wohin gehst du?«

»Nach Mücke«, antwortete er achselzuckend. Jühua ging schweigend neben ihm her.

Als sie bei der himmelhohen alten Weide vor Mücke ankamen, sagte Papa auf einmal:

»Jühua, erinnerst du dich noch, welchen Weg du gegangen bist?«

»Welchen Weg? Ich habe nicht darauf geachtet. Ich bin einfach gegangen, es war eine endlose weiße Weite ... lass mich überlegen, ja, Rauch! Jemand hat Opfergeld verbrannt.«

»Dein Erinnerungsvermögen ist beeindruckend, es täuscht dich nicht.«

Während sie sich unterhielten, erreichten sie den Hof eines Hauses. Dort hatte Papa neulich gestanden und an einem Maiskolben geknabbert. Doch jetzt waren Tür und Fenster fest verschlossen, kein Mensch war da. Das Seltsame war, dass unter dem Dachvorsprung zwei Schemel standen. »Jemand hat gewusst, dass wir kommen.« Papa setzte sich, während er sprach.

»Aber wer?« Jühua setzte sich auch.

»Ich weiß es nicht. Aber hier in Mücke ist es immer so. Sobald du den Ort betrittst, wird jede deiner Bewegungen beobachtet. Ha, dieses Mal ist es wirklich extrem, sogar die Bewohner dieses Hauses sind weggegangen.«

»Aber du hast gesagt, dass wir beobachtet werden. Von wem?«

Der Vater antwortete nicht, er horchte. Jühua tat es ihm gleich und horchte auch. Sie horchte und horchte, bis sie die Geduld verlor, denn ringsum war es ganz still, bis auf das eintönige Rauschen des Winds.

Sie stand auf und wollte sich umsehen. Als sie zur Hofmauer ging, sah sie den Jungen. Er rannte in Richtung Süden weg, sprang davon wie eine Bergziege.

»Hey – hey –«, rief Jühua ihm nach.

Der Wind hemmte ihre Stimme, der Junge hörte sie nicht. Sie drehte sich um, doch Papa saß nicht mehr unter dem Dachvorsprung. Er ging gerade hinter das Haus. Sie folgte ihm, nichts Gutes dabei ahnend. Ein weißer Lichtstrahl schien auf eine große Hundehütte hinter dem Haus. Es waren zwei alte Hunde darin, dem einen fehlte das rechte Ohr. Sie schmiegten sich aneinander, beobachteten die beiden Menschen ängstlich, leise zitternd.

»Es ist kalt«, sagte Jühua. Ihr war zum Weinen zumute.

Als Jühua und ihr Vater vor der Hundehütte hockten, wurde der Wind zunehmend stärker. Die Hütte wankte und schwankte, als würde sie gleich fortgeweht. Eine heftige Böe ergriff die Schneeflocken und blies sie den beiden ins Gesicht. Im Nu war es stockdunkel.

»Papa, lass uns gehen! Lass uns gehen!«

Sie wichen zur Seite, und eine riesige Schneeböe stieß die Hundehütte um. Die beiden alten Hunde liefen nicht weg und jaulten auch nicht, sie waren verschüttet. Jühua dachte die ganze Zeit: »Was ist hier nur los? Was ist hier nur los?«

»Lass uns nach Hause gehen«, sagte Papa.

»Lass uns lieber unter dem Dachvorsprung Schutz suchen, Papa. Der Wind ist zu stark, wir können nichts sehen, es könnte etwas passieren.«

Jühua flehte ihren Vater an, doch der lachte nur.

»Mach dir nicht so viele Sorgen, was soll schon passieren?«

Die beiden gingen dem Sturm entgegen. Mehrmals wurden sie von dem herabfallen Schnee, den der Wind zum Himmel hinaufgewirbelt hatte, fast begraben. Dann schoben Tochter und Vater den Schnee mit aller Kraft zur Seite und buddelten sich wieder frei. Es ging nur zäh voran, Jühuas Gesicht war von der Eiseskälte taub. Sie konnte nichts sehen, folgte dem Vater auf den Fersen. In ihrem völlig wirren Kopf war nur noch ein Gedanke: »Dieser Junge kann sogar bei einem solchen Schneetreiben in der öden Wildnis leben ...«

»Es sind Fremde!« Als der Vater diesen Satz sagte, waren sie wieder zu Hause. »Die Fremden sind ganz anders als wir. Wollen sie gehen, dann gehen sie. Wollen sie bleiben, dann bleiben sie.«

»Und was ist mit den Hunden?« Mama stand die Angst in den Augen.

»Es sollte alles in Ordnung sein«, antwortete Vater bestimmt.

Jühua erinnerte sich an den Blick des altes Hunds, dem ein Ohr fehlte, und sie zappelte unruhig auf ihrem Stuhl hin und her. Diese Leute waren alle weggegangen und hatten die Hunde zurückgelassen, sie hatten wirklich ein Herz aus Stein. Jemand flüsterte Jühua ins Ohr: »Sobald du uns entdeckst, ziehen wir weiter ...« Sie erschrak und schaute zu ihrem Vater. Der rauchte. Und der Rauch, den er ausatmete, bildete eine zu einem weißen Pilz geformte Wolke, die sein Gesicht bedeckte.

Nachdem Jühua die Küche aufgeräumt hatte, ging sie in ihr Zimmer. Es war ganz klein und hatte ein schmales Fenster zum Hof. Sie schaute hinaus und konnte ihren eigenen Augen kaum trauen.

Der Junge saß nackt auf einem Schneehaufen. Sein Kopf war auf eine Hand gestützt, als ob er schlafe. Jühua dachte, er sei vielleicht müde vom Laufen.

Ein paar Leute kamen durch das Tor in den Hof, diese Gesichter hatte sie schon einmal gesehen. Mit zusammengekniffenen Augen blickten sie in den gleißenden Himmel. Jühua hörte, wie sie langsam mit schweren Schritten ins Haus kamen. Jedes Mal, wenn sie mit dem Fuß auftraten, ächzte der Zement. Für Jühua hörte es sich an wie eine Horde alter Elefanten aus dem Wald.

Mama stand in der Tür und sagte zu Jühua:

»Die Fremden sind da.«

Die Königin

Die liebste Freizeitbeschäftigung der Leute aus Wangcun war es, die Königin auf der gepflasterten Straße, die durch das Dorf führte, auf ihrem Nachhauseweg vorbeiziehen zu sehen. Sie lebte nördlich der Ebene in einer menschenleeren Ödnis. Das zweistöckige Haus, das der alte König als junger Mann gebaut hatte, war viele Jahre Wind und Regen ausgesetzt gewesen, und das Holz war bereits schwarz, aber immer noch kräftig und in keiner Weise faul. Der König und seine Gemahlin waren längst gestorben, und nur die alten Leute im Dorf hatten sie noch vage in Erinnerung. Nach dem Tod des alten Königspaars nannten die Bewohner von Wangcun die einzige Tochter der beiden ganz selbstverständlich Königin. Kein Mensch wusste genau, wie alt sie war, und überhaupt scherte sich niemand in Wangcun um solche Dinge wie Lebensjahre. Ihrem Eindruck nach war die Königin noch nicht alt, aber auch nicht mehr jung, sondern bestenfalls eine Frau ohne Alter, was ihr wohl am ehesten entsprach. Jeder wusste, dass die Königin stolz war, was sich daran zeigte, dass sie seit je allein in dem alten Haus in der Ödnis wohnte, anstatt ins Dorf zu ziehen. Hätte sie den Wunsch geäußert, ins Dorf zu ziehen, wäre sie allseits willkommen gewesen. Nun lebte sie also in dem alten Haus mit einem Brunnen zum Wasserschöpfen und kam jeden Tag zum Markt, um Essen und Gebrauchsgegenstände zu kaufen. Aufgrund der Hinterlassenschaft des alten Königs war sie reich und brauchte nicht zu arbeiten. Als ein freches Gör aus Wangcun sie einmal mit »Schmarotzerin« begrüßte, wurde ihm später der Popo mit einem dünnen Stock versohlt. Die Eltern des Kinds schämten sich ob der schlechten Manieren ihres Sohnes. Aber er war ja noch klein und formbar und nach einer Tracht Prügel würde er weiter heranwachsen. Die Bewohner von Wangcun waren der Meinung, dass jeder die Bedeutung des Titels Königin verstehen und damit keinen Unfug treiben sollte.

Was aber hielt die Königin von den Leuten in Wangcun? Schwer zu sagen. Alle wussten, dass sie überaus liebenswürdig und höflich war. Sie grüßte jeden, dem sie begegnete, und hatte sogar Freude daran, anderen zu helfen (allerdings gab es hierzu äußerst selten Gelegenheit). Doch auf ihrem Weg durchs Dorf hielt sie nie an, um sich mit den Leuten, denen sie begegnete, zu unterhalten. Sie schien immer in Eile, mit ihren Gedanken immer anderswo. Das verriet ihr rastloser Blick. Ihr Haus war nie abgeschlossen. Daher schlüpfte eines Tages ein allzu neugieriger Kerl in ihren riesengroßen Salon. Zu dem Zeitpunkt war sie bereits auf dem Markt. Und was geschah danach? Gar nichts. Der Kerl blieb nicht einmal fünf Minuten im Haus und kam dann leichenblass wieder heraus. Die Leute aus Wangcun sagten alle, er habe damit eine von der Königin gezogene Grenze überschritten. Denn er könne doch nicht einfach wie ein guter Bekannter mir nichts, dir nichts in ihr Haus spazieren! Der junge Mann kannte weder Maß noch Mitte und würde die Früchte seines Tuns schon ernten. Die Dorfbewohner wussten nicht, was in der Königin vorging, und schon gar nicht, was sie von ihnen hielt. Doch sie hatten ein angeborenes Gefühl für Anstand, das sie eine würdevolle Distanz zu der Königin wahren ließ. Ob dieses Standesbewusstsein aus ihrer gegenseitigen Kommunikation hervorgegangen war? Oder aus einem uralten Gesetz über zwischenmenschliche Beziehungen? Der junge Kerl berichtete, dass es im Haus der Königin kein einziges Staubkorn gebe und die Krone des früheren Königs an der Wand hänge. Die Möbel und Gerätschaften im Palast seien zwar alt, aber würden im dunklen Lichtschein eindrucksvoll schimmern. Im Salon liege ein Teppich, auf dem sich der Thron der Königin befinde. Auf dem Esstisch im Speisesaal stehe eine riesige Gaslaterne. Beim Betreten des Hauses habe er sofort das Gefühl gehabt, zu ersticken. In den wenigen Minuten, die er dort verbrachte, habe er immer befürchtet, ohnmächtig zu werden, und sei wieder hinausgetappt. »Es war unheimlich, unheimlich«, sagte er. Obwohl keiner der Dorfbewohner je derart frech in das Haus der Königin eingedrungen war wie er, nickten sie alle bei dieser undeutlichen Beschreibung, denn genau so hatten sie sich das Haus der Königin vorgestellt.

Die Königin schien schwer zu arbeiten – bei Tagesanbruch hatte jemand beobachtet, wie sie Wasser aus dem Brunnen schöpfte; in tiefer Nacht hatte ein anderer sie gesehen, wie sie mit einer Laterne in der Wildnis nach Heilkräutern suchte. Die Dorfbewohner schlossen daraus, dass ihre Arbeit dazu diene, den »Palast« sauber zu halten und Essen für sich zu kochen. Bei windigem Wetter wehte es immer Asche und Sand ins Haus, so dass sie die Zimmer täglich fegen musste. Es war kein Leichtes, das Haus bis auf das letzte Körnchen Staub sauber zu halten. Apropos Kochen: Die Dorfbewohner vermuteten, dass die Königin nur ausgewählte Speisen aß. Das glaubten sie an ihrer Lebenskraft sowie an ihrer Leidenschaft für den Einkauf von Nahrungsmitteln zu erkennen. Wer ein scharfes Auge hatte, bemerkte, dass sie am liebsten Pilze, Stangensellerie, Wildschweinfleisch, Senfblätter und geröstete Erdnüsse aß, und stellte voller Bewunderung fest: »In der Tat, eine Vorliebe fürs Einfache!« Offenbar achtete sie nicht nur auf den Geschmack, sondern auch auf den Nährwert. Aus ihrer Küche strömten immer köstliche Gerüche. Die Dorfbewohner gönnten der Königin das gute Essen und ausreichend Ruhe, sie liebten ihre Reinlichkeit und ihre Kochkünste, denn sie hielten dies für die Quelle ihrer bezaubernden Art. Und die Königin selbst gönnte sich natürlich täglich ein gutes Essen und ausreichend Ruhe, außerdem liebte sie es, sauberzumachen und zu kochen – aber nicht, um andere dadurch zu bezaubern. Warum also dann? Das war ein Geheimnis.

In Bezug auf die Zeit hatte die Königin zwei äußerst widersprüchliche Haltungen: Zum einen war sie extrem wirr. Ihr war nie ganz klar, welcher Wochentag es war, Dienstag oder Donnerstag, der Dritte oder der Achte eines Monats. Manchmal irrte sie sich sogar im Monat. Zum anderen war sie extrem genau. Zum Beispiel, was sie zu bestimmten Zeiten eines jeden Tages tat und wie lange; wie sie die sieben Tage einer Woche einteilte; wie oft sie jeden Monat ausging usw.; sie musste ihre eigenen Regeln immer auf den Punkt genau einhalten. Ihr Tagwerk war wie ein Musikstück durchkomponiert, und zufrieden mit sich selbst sagte sie: »Seht her, ich bin wie ein Fisch im Wasser.« Den Dorfbewohnern war ihre Wirrnis bezüglich der Zeit egal (vielleicht wussten sie davon nichts), aber sie schätzen ihre Genauigkeit bezüglich der Zeit überaus. Sie hielten das für eine vornehme Eigenschaft. Kurz vor Marktschluss versammelten sie sich zu beiden Seiten der gepflasterten Straße und sagten mit Blick auf die Armbanduhr: »Die Königin kommt in acht Minuten …«, »noch sieben Minuten«, »noch vier Minuten« usw. Das war ein derart aufregender und feierlicher Moment. Die Königin kam, winkte den Dorfbewohnern zum Gruß, lief dann schnell wie der Wind davon und verschwand kurz darauf aus ihrem Blickfeld. Sie musste nach Hause eilen, um die Kartoffeln zu schälen, die Dicken Bohnen zu palen und ein Feuer zum Kochen zu entzünden. Nachdem sie gegessen, den Tisch abgeräumt und die Küche aufgeräumt hatte, musste sie sich noch hinsetzen und ihr Arbeitsjournal schreiben. In dem sogenannten Arbeitsjournal zeichnete sie jeweils ihre Tätigkeiten an einem bestimmten Tag auf und trug verschiedene Posten zu ihren Finanzen ein. Das Führen dieses Arbeitsjournals bescherte der Königin große Freude und Zufriedenheit. Nach dem Schreiben dieser Aufzeichnungen spürte sie, wie ihr ganzer Körper sich entspannte und mit neuer Lebenskraft füllte. Weil diese Tätigkeit so interessant war, unterbrach sie das Schreiben hin und wieder in der

Absicht, nach draußen zu gehen, zum Himmel zu schauen und dann wieder zu ihrem Schreibtisch zurückzukehren und ihre Einträge fortzusetzen. Einmal, als sie mit dem Blick zum Himmel vor ihrem Haus stand, fiel ein schwarzes Vögelchen auf ihre Schuhe, pickte ein paarmal an ihren Schnürsenkeln und flog dann wieder weg. In diesem winzigen Augenblick fühlte sie sich wie von einer Gunst überwältigt! Während sie ihre Freude absichtlich in die Länge zog, schenkte ihr der hohe Himmel in seiner Güte abermals noch größere Freude. Im Gegensatz dazu gab es in ihrem Palast keinen Kalender, und auch auf dem Markt hatte sie nie einen gekauft. Sie hatte ein Transistorradio, mit dem sie Nachrichten aus aller Welt empfing. Dieser kleine Kasten konnte ihr mitteilen, welchen Tag, welchen Monat und welches Jahr man schrieb. Sie hörte mit halbem Ohr hin, und innerhalb von wenigen Minuten hatte sie es wieder gründlich vergessen. Vielleicht war ihre eigene Zeit zu kostbar, als dass sie die Muße für eine weitere Unterscheidung gehabt hätte. Nach dem Tagebuchschreiben musste sie nämlich den Schlafzimmerteppich kehren, was eine so angenehme Arbeit war. Außerdem musste sie noch die Gaslampe abwischen, was sie auch gerne tat. Jedes Mal wischte sie den Glasschirm ganz sauber, bis sie sich selbst darin spiegeln konnte. Beim Blick in das Glas sagte sie leise: »Ich werde alt ...« Bei diesen Worten stieg in ihr ein Gefühl der Freude auf. Das war auch etwas, das andere Leute nur schwer verstanden. Warum machte sie das froh? Weil sie immer reicher an Erfahrungen wurde, in ihrem Tun immer mehr Sicherheit erlangte, und ihren königlichen Eltern dabei immer näher kam.

Die Leute glaubten, dass der alte König aus Wangcun stammte. Jemand behauptete sogar, dass er ursprünglich Messerschleifer von Beruf gewesen war. Im Laufe der Zeit trennte ihn eine immer größer werdende Distanz von den Dorfbewohnern, so dass er ganz allein dieses große Haus in der Ödnis baute und sich König nannte. Er heiratete eine junge Frau von auswärts.

Darüber, wie das Paar später wohlhabend wurde, wussten die Dorfbewohner nichts Näheres. Die älteren Leute erzählten, dass die beiden ein halbes Jahr lang verreist waren und reich wieder zurückkehrten. Tatsächlich interessierte sich niemand dafür, wie sie zu Reichtum gekommen waren, doch instinktiv begegnete jeder dem König mit Ehrfurcht. »Das ist unser König.« Oft waren die Leute bei diesen Worten den Tränen nahe. Niemand hatte dem Volk gegenüber angedeutet, dass dieser Mann der König sei, doch es entsprang dem Innersten ihrer Herzen, dass sie ihn als König betrachteten. Und aufgrund dieses einfachen Gefühls wurde die Tochter, nachdem ihre königlichen Eltern kurz aufeinander gestorben waren, von jedermann ganz natürlich Königin genannt. Die junge Königin glich ihrem Vater tatsächlich stark! Sie beherrschte zwar die Kunst des Messerschleifens nicht, doch aufgrund der Eleganz jeder ihrer Bewegungen sowie ihres scharfsichtigen Blicks konnte man über sie im Vergleich zu ihrem Vater sagen, »Türkis geht aus Blau hervor, doch es übertrifft das Blau«. Eine Königin, die den Palast in bester Ordnung hielt, ihre Aufgaben seelenruhig verrichtete und höchste Ansprüche an sich selbst stellte, verdiente die Verehrung der Einwohner von Wangcun. Jemand stellte fest, dass ihre Verehrung für die Königin die für den alten König noch übertraf! Das lag daran, dass erst die Präsenz der Königin dem Palast, der wie in den Wolken zu schweben schien, einen menschlichen Anstrich verlieh. Man brauchte nur zufällig an dem Holzhaus vorüberzugehen, um zu wissen, welches Gemüse die Königin an dem Tag aß. Der Duft ihres Essens ließ den Leuten aus Wangcun das Wasser im Mund zusammenlaufen. Sie konnten sich nicht vorstellen, was aus dem Palast würde, wenn die Königin nicht mehr wäre. Da sie es sich nicht vorstellen konnten, versuchten sie es erst gar nicht. Die Königin sollte unvergänglich sein. Vielleicht war das der Unterschied zwischen ihr und dem alten König? Die Leute aus Wangcun dachten darüber nicht weiter nach. Sie verehrten die Königin aus tiefstem Herzen, sie liebten ihre eigene (natürlich war sie das!) Königin, und das genügte. Hey, seht mal, wie leichtfüßig die Königin geht, man könnte fast meinen, sie fliege!

Ein junger Kerl namens Gu begegnete der Königin einmal tief nachts in der »Wüstenei«. Wegen rasender Kopfschmerzen hatte er noch einen Spaziergang gemacht. Die Wüstenei bestand aus Kieselsteinen, im Umkreis von mehreren Kilometern wuchsen keine Pflanzen. Doch nachts im Mondschein sah sie wunderschön aus – ein Streifen von silbrigem Glanz. Gu schlug sich beim Gehen gerade verzweifelt gegen den Kopf, als er ganz unerwartet der Königin begegnete. Mit ihrem weißen Rock schien sie wie eine vorüberschwebende Fee. Er war mindestens zweihundert Meter von ihr entfernt. In jener Nacht gebar Gu Phantasmen, und er sah sich selbst auf der Oberfläche des Monds. Sofort hatte er seine Kopfschmerzen vergessen, er wollte die Königin einholen und mit ihr sprechen – das war eine seltene Gelegenheit. Er beschleunigte seinen Schritt. Schließlich fing er einfach an zu rennen, doch aus irgendeinem Grund vermochte er sie nicht einzuholen. Auch die Königin rannte, und der Wind wehte unter ihren weißen Rock, so dass sie wie ein Segelboot über die Wüstenei zu gleiten schien. »Huhu —«, rief Gu und lief dabei immer schneller. Aber die Königin lief noch schneller als er, und auf einmal war sie spurlos verschwunden. Gu blieb stehen und sah sich ratlos nach allen Seiten um. Vor ihm lag nichts als ein Streifen silbriger Glanz. Wohin konnte die Königin gelaufen sein? War sie womöglich in ein Erdloch geschlüpft? Erst jetzt wurde Gu bewusst, dass seine Kopfschmerzen weg waren. Aufgeregt erinnerte er sich an die unmittelbar vorausgegangene Szene, musterte noch einmal wehmütig die wie Diamanten schimmernden Kieselsteine und schwor sich insgeheim: Morgen Nacht komme ich wieder. In der nächsten Nacht hatte er überhaupt keine Kopfschmerzen. Er wartete, bis seine Eltern eingeschlafen waren, und schlüpfte dann aus dem Haus. Der

Mond schien nicht. Ziemlich lange ging er durch die Dunkelheit und vertraute auf seine Erinnerung, um die Wüstenei wiederzufinden. Endlich kam er dort an, ringsum war es stockfinster. Selten hatte er auf eine solche Ödnis geschaut, es machte ihm Angst. Er war kein Feigling, aber er wollte auch nicht länger bleiben. Ohne die Königin war die Wüstenei eine Hölle. Der Nachhauseweg war schier endlos. Obwohl er sehr schnell ging, kam er erst bei Tagesanbruch heim. Er erinnerte sich, dass ihn unterwegs ein Mann mit einem Bambushut fragte: »Hast du Glück gehabt?«, und er eilig antwortete: »Das kann man wohl sagen ...« Zu dem Zeitpunkt war es ganz dunkel, und er hatte das Gesicht des Mannes nicht gesehen. Gu gab nicht auf und ging später noch mehrmals in die Wüstenei. Doch jedes Mal war es stockdunkel. Er wagte kaum, daran zurückzudenken. Nur seinem Onkel Mi erzählte er von dem, was ihm widerfahren war. Onkel Mi schwieg eine ganze Weile, ehe er sagte: »Geh nicht dorthin.« »Warum denn?«, fragte Gu. »Du willst selbst nicht dorthin gehen. Und außerdem ist doch die Königin bereits in deinem Herzen, nicht wahr? Gu, du musst stark sein!« Gu war dem Onkel aus tiefstem Herzen dankbar. Selbst Jahre später hatte Gu jenen Abend noch klar vor Augen. Er ging am hellen Tag wieder in die Wüstenei und nahm von dort ein paar Kieselsteine mit zurück. Sie waren matt, hatten überhaupt keinen Glanz. Doch Gu liebte diese Steinbrocken. Er hielt sie in der Hand und erzählte ihnen, was in jener Nacht geschehen war.

Nachdem einige ältere Dorfbewohner in Wangcun von Gus Erlebnis erfahren hatten, führten sie unter sich etliche Gespräche, doch keiner von ihnen war bereit, den Inhalt dieser Gespräche offenzulegen. Lächelnd sagten sie zu Gu: »Du hattest wirklich Glück, Gu, in jener Nacht ist die Königin zu einem Treffen mit ihren Eltern geeilt.« »Woher wisst ihr das?«, fragte Gu erstaunt. »Von derartigen Dingen wissen wir immer ein wenig im Voraus.« Die alten Leute waren um die Königin in Sorge, zugleich freuten sie sich mit ihr. Immerhin war sie mit ihren Eltern zusammengekommen. Doch tiefnachts ihre Körperkraft derart zu vergeuden, würde das nicht ihrer Gesundheit schaden? Früh am nächsten Morgen war sie wieder am Brunnen gewesen. Die alten Leute hatten von ihren Vorfahren gehört, dass das frühere Königspaar »auf der anderen Seite« der Wüstenei begraben sei und dass sie ihr Grab selbst ausgesucht hätten. Doch welche Seite war »die andere Seite«? Niemand war je dort gewesen außer der Königin. Es musste ganz entlegen sein, ein Ort mit vielen Akazienbäumen. Nachdem Gu seine Nachricht unter den Dorfbewohnern verbreitet hatte, beobachteten diese die Königin in den darauffolgenden Tagen noch genauer. Sie hatten das Gefühl, dass die Königin jetzt noch mehr Lebenskraft ausstrahlte; darüber hinaus legte sie im Palast alte Schallplatten auf, es waren alles Märsche. Es schien, als würde der Lebensgeist des alten Königs seine Tochter anregen und bewirken, dass sie für den Palast mit voller Schwungkraft Sorge trug. In Wangcun gab es keinen größeren und keinen majestätischeren Ort geistiger Stärkung als den Palast. Selbst die kleinen Schafhirten richteten ihre Blicke stets auf die Ebene.

Tatsächlich hatte die Königin in jener außergewöhnlichen Nacht kein Auge zugemacht. Nachdem sie von der »anderen Seite« der Wüstenei zurückgekehrt war, wusch sie sich mit dem Wasser aus dem Brunnen das Gesicht, setzte sich an den Schreibtisch und begann, ihr Arbeitsjournal zu schreiben. Der Eintrag war ziemlich obskur. Sie schrieb beispielsweise »drei Steinbrocken«, »Hürde«, »schubweise Kinderreime«, »signalisieren« und so weiter. Die Bedeutung einiger anderer ließ sich erraten, wie zum Beispiel »in zehn Minuten ein Kilometer«, »in einer halben Stunde fünf Kilometer« und so weiter. Wahrscheinlich notierte sie damit die Geschwindigkeit des an dem Tag zurückgelegten Wegs. Sie war vom Schreiben des Journals völlig absorbiert, ihre Wangen waren hochrot, ihre Augen glänzten – sie wirkte wie ein kleines Mädchen. Nachdem sie ihren Journaleintrag fertig geschrieben hatte, ging sie fünf Minuten im Zimmer auf und ab und erinnerte sich dabei an den jungen Kerl namens Gu. Sie schien zu wissen, warum er in die Wüstenei gelaufen war. Sie fragte sich, welche Pläne der Junge wohl für sein zukünftiges Leben habe. Ob diese verschwindenden Diamanten sein Leben eines Tages zerschlagen oder ob sie sich in seinen Händen in einen Zauberwürfel verwandeln würden? Sie war nicht im Geringsten besorgt um ihn, seine Verfolgungsjagd war Ausdruck seiner Willenskraft. Anschließend wandten sich die Gedanken der Königin wieder ganz konkret dem Palast zu – Schwalben nisteten im Dachvorsprung, zum ersten Mal. Das begeisterte sie.

(2)

Seit vor einigen Jahren der junge Kerl aus Wangcun in das Haus der Königin eingebrochen und von dessen Atmosphäre erschrocken sofort wieder weggelaufen war, hatte man von keinem anderen Besucher im Palast mehr gehört. Alle hielten das nämlich für ein Vergehen. Dennoch, eine merkwürdige Begebenheit hatte sich zugetragen. Ein kleines Mädchen namens Zhuzhu ging mit seiner Mutter zum Markt. Im Gedränge dort verlor die unachtsame Mutter ihr Kind. Zhuzhu wartete eine ganze Weile neben einer Kiepe mit Kartoffeln und beschloss, nachdem sie die Mutter nicht mehr sah, allein nach Hause zurückzukehren. Sie vertraute darauf, sich an den Heimweg zu erinnern, doch je länger sie ging, desto unvertrauter wurde ihr die Landschaft entlang der Straße. Sie hielt erst an, als sie zu einem großen Haus aus Holz kam. Vielleicht sollte sie hineingehen und die Leute, die dort wohnten, nach dem Weg nach Wangcun fragen, dachte sie.

Zhuzhu trat also ein, doch niemand war zu Hause. Hellauf

begeistert kletterte sie auf den langen Esstisch und spielte lange an der Gaslampe herum. Anschließend besichtigte sie den Salon. Sie fand, dass die beiden Porträts an der Wand und die Königskrone nicht besonders schön aussahen, dass die drei Blumenvasen aus Porzellan zu groß waren und ohnehin außer ihrer Reichweite lagen. Da entdeckte sie auf einmal eine kleine, hinter einem großen Schrank versteckte Treppe. Als sie auf Zehenspitzen hinaufkletterte, hörte sie ihr Herz pochen. Würden die Leute sie als kleine Diebin ergreifen? Sie würde ihnen einfach sagen, dass sie ihre Mama suche. Doch würden sie ihr glauben? Sie stieg ins obere Stockwerk hinauf. Das war ganz anders als das weitläufige Erdgeschoss mit seinen vielen Räumen. Im ersten Stock war nur ein stockdunkles Zimmer, dessen Tür weit offen stand. Daneben war eine enge, fast senkrechte Treppe. Zhuzhu betrat das Zimmer und hörte eine Frau fragen:

»Kleine, wie kommst du hierher?«

»Ich weiß es nicht mehr. Ich suche meine Mama …«, antwortete Zhuzhu panisch.

»Du hast den Weg vergessen? Das ist eine schlechte Angewohnheit«, sagte die Frau verstimmt.

»Ich, ich will mich bessern. Tante, ich erinnere mich wieder, ich bin über die andere Treppe an der Seite hier heraufgekommen. Darf ich jetzt gehen?«

»Nein, du kannst jetzt nicht heimgehen. Komm zu mir.«

Zhuzhu tastete sich vor, dabei trat sie der Frau auf den Fuß. Es war gruselig, sie begann zu weinen.

Die Frau nahm sie in die Arme und setzte sie auf ihren Schoß.

»Weine nicht, schau nur, wie tapfer unsere Zhuzhu ist!«

»Wer sind Sie?«, fragte Zhuzhu und rieb sich die Augen.

»Ich bin die Königin, hast du schon von mir gehört?«

»Guten Tag, Königin. Was muss ich tun, um Sie zu sehen?«

Die Königin saß auf einem Drehstuhl. Als sie ihn in die andere Richtung drehte, sah Zhuzhu am tiefblauen Himmel den

Fluss der Milchstraße. Zhuzhu bemerkte, dass die Königin und sie schwebend in der Luft saßen. Immer noch konnte sie das Gesicht der Königin nicht sehen. Die Königin drängte Zhuzhu hinunterzuspringen. Zhuzhu hatte Angst und klammerte sich verzweifelt an den Rock der Königin und ließ ihn nicht mehr los. Die wurde zornig, stand mit einem Ruck auf und warf das Mädchen von ihrem Schoß. Zhuzhu hörte, wie sie mit einem Plumps ins Wasser fiel, paddelte ein wenig wie ein Hund und erreichte plötzlich das Ufer. Da hörte sie undeutlich die Stimme der Königin: »Das ist der Fluss der Milchstaße …!«

Zhuzhu erkannte den Bach im Dorf wieder und sah, wie ihre Mutter auf sie zulief. Sie nahm sie in die Arme und lachte und weinte zugleich.

»Ich habe die Königin gesehen!«, rief Zhuzhu stolz, »sie hat mich umarmt, beinahe hätte ich den Fluss der Milchstraße am Himmel erreicht. Hätte ich bloß keine Angst gehabt, dann …«

Sie kehrten nach Hause zurück, wo sich Leute um sie drängten, die alle hören wollten, was Zhuzhu über den Palast der Königin erzählte. Das Mädchen, überwältigt von einem Gefühl der Reue, sprach nur einen halben Satz:

»Hätte ich bloß keine Angst gehabt, dann …«

Ihr Mund verzog sich und sie brach in Tränen aus.

»Was ist nur los mit dem Kind …«

»Die Königin hat sie erschreckt.«

»Die Königin hat sie in dunkle Geheimnisse eingeweiht. Das Mädchen hat wirklich Glück.«

»Dieses Mädchen ist von Natur aus unersättlich …«

Die Menge redete wild durcheinander, bis sie das Interesse verlor und sich zerstreute.

Sobald die Leute weg waren, hörte Zhuzhu auf zu weinen. Sie schaute aus dem Fenster und lachte auf einmal kalt auf.

»Zhuzhu, warum lachst du?«, fragte die Mutter überrascht.

»Sie haben einfach drauflosgefragt! Wie kann man andere

Leute nur so etwas fragen? Ich werde nie darüber reden können. Mama, ich kann es auch dir nicht sagen, du bist mir aber nicht böse, oder?«

»Nein, ich bin dir nicht böse. Auch mich reut es unendlich – dass du mir verloren gegangen bist. Aber anscheinend bist du nicht nur verloren gegangen, sondern zugleich erwachsen geworden. Dass die Leute sagten, du seist unersättlich, hat mich gefreut. Ein sattes Kind ist langweilig. Das war ein Kompliment, Zhuzhu«, sagte Mama lächelnd.

Zhuzhu zog die nassen Kleider aus und flocht ihre Zöpfe. Sie empfand keine Reue mehr. Insgeheim dachte sie, sie würde noch Gelegenheit haben, ganz viele Gelegenheiten. Das Haus der Königin war unschwer zu finden.

In Bezug auf die nächtlichen Aktivitäten der Königin stellten die Dorfbewohner alle möglichen Vermutungen an und beobachteten alle möglichen Zeichen. Ausnahmslos hielten die Leute diese Aktivitäten für außerordentlich wichtig. Man stelle sich vor, nur unweit vom Dorf eine Königin, die rennt! Darüber hinaus war sie die Königin der Einwohner von Wangcun! Das war zwar nicht weiter eigenartig, es symbolisierte den Ausbruch der inneren Wärmekraft der Dorfbevölkerung, doch die Leute von Wangcun gaben sich nicht damit zufrieden, eine Sache nur oberflächlich zu betrachten – sie wollten sich in sie hineinbohren. Ihr nicht absichtlich zu folgen war jedermanns Grundsatz, doch das bedeutete nicht, dass man gemaßregelt wurde, wenn man ihr in einem glücklichen Augenblick zufällig begegnete. Eine zufällige Begegnung galt beinahe als schicksalshaft und fand daher Anerkennung. Niemand hatte eine klare Vorstellung von dem alten Königspalast inmitten der Ödnis. Er lag weit draußen, die Gegend war einsam und verlassen. Wie man es auch nahm, es war ein der Königin angemessener Ort. Kein Dorfbewohner wäre so unverschämt gewesen, ihr dort einen Besuch abzustatten.

Dennoch kam es zu einem durchaus nicht beabsichtigten nächtlichen Besuch, den eine Witwe aus Wangcun namens Zhen der Königin abstattete. Es war an einem bezaubernden Herbstabend, als Zhen nach einem großen Streit mit ihrem Liebhaber, der bei ihr wohnte, wutentbrannt hinaus ins Freie lief. Sie verlor die Orientierung. Weder sah sie die umherflatternden Fledermäuse noch hörte sie den Gesang der Nachtvögel. Denn die Welt war mit einem Mal aus ihrem Blickfeld verschwunden. Der Grund, warum sie wie irrsinnig lief, war der, dass sie in sich eine solche Antriebskraft spürte. Es war ihr egal, ob sie sich verirrte, im Gegenteil, sie wollte gar nicht zurück nach Hause, nur weg. Und wenn ein Wolf sie fräße, sie würde nichts bereuen!

In der Dunkelheit war sie mit einem dumpfen Knall frontal gegen eine Wand aus Holz gestoßen und wäre vor Schmerz beinahe ohnmächtig geworden. Sie dachte, das Ende sei nah. Es dauerte eine ganze Weile, bis sie langsam wieder zu sich kam und feststellte, dass sie auf dem Boden saß. Knarzend öffnete sich das Eingangstor.

»Sind Sie gekommen, um mich zu besuchen?«, fragte eine Frau mit ruhiger Stimme.

»Ja, ich komme zu Besuch …«, nuschelte die Witwe Zhen.

»Dann kommen Sie schnell herein! Haben Sie nicht gehört, wie die Wölfe heulen?«, fragte die Frau.

Zhen strengte sich an, aber sie konnte nicht aufstehen. Die Frau zog sie ins Haus, und die Tür fiel mit einem erderschütternden Knall ins Schloss.

Im Haus war nichts zu sehen. Ohne zu wissen warum fühlte Zhen sich sofort wohl. Der Drang, wie irrsinnig zu laufen, war vollkommen verschwunden. Sie spürte, dass sie auf einem Lehnstuhl und die andere Frau ihr gegenüber saß. Unwillkürlich fragte sie:

»Königin?«

»So scheint es«, die Stimme gegenüber klang spöttisch.

»Es war überhaupt nicht meine Absicht, Sie zu stören.«

»Aber das haben Sie bereits getan. Im Übrigen haben Sie richtig vermutet, ich brauche niemanden, der mir Gesellschaft leistet. Doch in der Tat belehre ich gerne andere, das ist eine meiner Schwächen. Ihr Problem lässt sich einfach lösen, ich helfe Ihnen jetzt dabei.«

Zhen war sehr überrascht und wartete ab, wie die Königin ihr Problem wohl lösen würde. Doch circa zehn Minuten vergingen, und die ihr gegenüber sitzende Königin hatte noch immer keinen Mucks von sich gegeben; und auch nach weiteren zehn Minuten hatte sie sich noch nicht gerührt. Zhen wurde zwar ungeduldig, aber sie wartete noch geduldig einen Moment ab, bis sie schließlich versuchsweise ihre Hand ausstreckte und sich in dem schwarz-düsteren Raum vortastete. Daraufhin stand sie auf und ging auf ihr Gegenüber zu, ohne gegen irgendein Hindernis zu stoßen, denn die Königin war gar nicht dort. Aber gerade eben hatte sie ihr doch noch ganz eindeutig gegenübergesessen?

»Königin!«, rief sie.

Zhens Stimme, die in dem hohen leeren Raum widerhallte, klang unheimlich. Kalter Schweiß brach ihr am Rücken aus. Da verfing sich irgendetwas an ihrem Fuß. Sie setzte sich nochmals auf den Boden und griff mit der rechten Hand nach dem Ding. Es war offenbar eine Schlange! Die Schlange biss zu, entwand sich dann ihrem Griff und kroch zischend davon. Sie spürte, wie ihr Handrücken sofort anschwoll. Würde sie nun bald sterben?

»Königin, retten Sie mich! Ich werde sterben!!«, rief und rief sie immer wieder, bis sie heiser war und verstand, dass niemand da war, der sie retten könnte.

Sie musste sich selbst retten. Trotz des Schmerzes suchte sie das Eingangstor, das sie nach einer Weile auch ertastete. Sie stieß immer wieder dagegen, doch die Tür bewegte sich um keinen Deut. Sie war offenbar von außen verriegelt. Sich krümmend vor

Schmerzen waren ihre Kräfte bald erschöpft. Noch schlimmer war, dass die Angst wie in Wellen über sie kam. Sie spürte nämlich, dass das Gift sie von innen verschlang.

»Nein!«, rief sie laut.

Sie war eigentlich keine Frau, die sich leicht unterkriegen ließ. Dennoch spürte sie, dass die Stimme ihres »Nein« dünn und schwach gewesen war, nicht recht viel stärker als das Surren einer Mücke. Daraufhin fing sie an, gegen die Tür zu treten, und dachte, solange sie gegen die Tür treten konnte, würde sie wohl nicht sterben. Doch jeder Tritt schien auf Watte zu stoßen, denn es gab keinerlei Geräusch oder Gegenkraft.

»Zhen, ach Zhen …«, sagte ihr Liebhaber im Dunklen. Seine Stimme klang ganz komisch.

»Bah! Wie kommst du denn hierher?«, brüllte Zhen gegen die Dunkelheit an.

»Ich bin bei dir zu Hause.«

Zhen legte die Stirn in Falten und dachte nach. Ihr Zuhause konnte doch nicht in den Palast gezogen sein? Oder war der Palast zu ihrem Zuhause geworden? Hatte die Königin ihr vorhin nicht unzweifelhaft gegenübergesessen? Und wollte sie ihr nicht dabei helfen, ihr »Problem zu lösen«? Welcher Art war denn ihr Problem? Während sie über all dies nachdachte, entfaltete sich ihr »Problem« vor ihren Augen, sie sah einen bodenlosen Abgrund. Natürlich wollte sie nicht in den Abgrund fallen, aber sie wollte ihn auch nicht sofort verlassen. Die Wunde an ihrer Hand schien sie zu mahnen – sie hatte keine andere Wahl. Ihre Hand war angeschwollen wie ein Hefekloß.

Zhen lachte völlig unerklärlich einfach los und schrie wieder in die Dunkelheit hinein:

»Liuhei« (das war der Name des Liebhabers), »mach das Licht an.«

Dieses Mal wartete sie sehr lange, doch es kam keine Antwort. Zhen spürte, wie sich in ihrer Brust eine Art Gefühllosigkeit aus-

zubreiten begann. Doch warum verlor sie weder ihre Körperkraft noch ihr Bewusstsein? Diese Art zu sterben war geradezu
schrecklich!

Zhen begann, sich zu bewegen. Sie ging zwei Schritte und trat
dann mit dem Fuß. Sie trat mit dem Fuß wahllos um sich, und bei
jedem Tritt ging etwas krachend zu Bruch, vielleicht irgendwel-
ches Porzellan. Voller Schadenfreude dachte sie, sie wolle erst
etwas zerstören und dann sterben, zumindest wolle sie diesem
widerlichen Liuhei noch einen Schrecken einjagen. Nachdem
sie eine Weile um sich getreten hatte, spürte sie, dass irgendetwas nicht stimmte – wie kam es, dass sie immer Porzellan um-
stieß? War es möglich, dass Liuhei ihr einen bösen Streich spielte? Bei diesem Gedanken war ihre Leidenschaft zu zerstören
schlagartig erloschen. Just in dem Augenblick stieß sie mit dem
Fuß gegen einen Lehnstuhl; wahrscheinlich gegen den, auf dem
sie vorhin gesessen hatte. Nachdem sie sich gesetzt hatte, hörte
sie die Königin ihr gegenüber sprechen.

»Ist dein Problem nicht bereits gelöst?«, fragte sie ungeduldig.

»Ich danke Ihnen, Königin, doch, das denke ich auch. Also, ich
habe hier im Palast nichts mehr zu tun und kehre besser nach
Hause zurück.« Zhen spürte, wie ihre Kehle beim Sprechen trocken wurde.

»Zurück nach Hause?«, fragte die Königin höhnisch, »wie
denn?«

»Ich weiß es nicht – muss ich denn bald sterben?«

»Das musst du dich selbst fragen.«

Der letzte Satz der Königin schwebte in der Luft. Zhen wollte abermals gegen die Tür treten, und sie trat wieder und wieder
gegen das imaginäre Eingangstor, bis sie schier verrückt wurde.
Plötzlich fiel sie zu Boden.

»Liuhei, fahr zur Hölle!«, fluchte sie.

Sie hörte die Königin finster lachen und zugleich tastete sie
eine Türklinke – die Klinke zur Tür ihres eigenen Hauses. Knar-

zend ging sie auf, und in der Stube war es heller Tag. Alles stand an seinem Platz. Der bestickte Beutel mit ihrem Nähzeug lag auf dem Fensterbrett, als wolle er ihr etwas bedeuten. Jemand klopfte an der Tür, es war der Dorfvorsteher.

»Ah, Zhen, ich habe gehört, du hast Liuhei davongejagt? Er ist doch ein anständiger Kerl.«

»Wer erzählt solchen Unsinn? Liuhei ist wegen einer dringenden Angelegenheit in seine Heimat zurückgekehrt.«

»Da bin ich aber erleichtert, Zhen. Für mich bist du immer schon eine ganz besondere Frau.«

»Geh weg, geh! Hast du nichts zu tun? Kommst hierher und laberst!«

Sie schob den alten Dorfvorsteher, der sich den Mund vor Lachen zuhielt, vor die Tür.

Draußen quakten lauthals ein paar Frösche. Ob es bald regnen würde?

(3)

In letzter Zeit war die Königin tatsächlich nach Wangcun gekommen, und zwar oft. Das konnte man einigen Leuten am Gesicht ablesen. Der Dorfälteste war früh aufgestanden und hatte nichts zu tun, also ging er hinaus, um den Mist einzusammeln. Kaum hatte er das Haus verlassen, da begegnete er dem adrett gekleideten jungen Ölhändler.

»So früh schon unterwegs? Wer kauft zu dieser Stunde denn Sesamöl?«, fragte er ihn spöttisch.

»Es geht nicht unbedingt ums Verkaufen. Ein kleiner Gefallen für die Allgemeinheit, gute Laune, ein Abenteuer gestern Nacht, das sind alles mögliche Gründe, früh aufzustehen«, antwortete der fahrende Ölhändler.

»Haha, Abenteuer! Lass mal hören.«

»Nein, nein. Ich kann nicht davon sprechen.«

»Ich wünsche dir jeden Tag so ein Abenteuer!«

Der Dorfvorsteher, dieser alte Fuchs, ahnte, was das Abenteuer des jungen Ölverkäufers war, da er schon mehrere Begegnungen von dieser Art gehabt hatte. Er wusste, dass die Königin höchstpersönlich zu Besuch nach Wangcun kam. Zwar fanden ihre Besuche um Mitternacht statt, und kein Mensch hatte sie je wirklich gesehen, doch wer außer ihr selbst konnte es denn sein? Also, die hässliche Jijie aus Wangcun hatte ja gegen Abend am Straßenrand gesessen und sich gekämmt. Als die Abendsonne auf ihre linke Wange schien, hatte ihr Profil einfach hinreißend schön ausgesehen! Ja, da war der Dorfälteste geneigt, sie als »hinreißend schön« zu beschreiben.

»Jijie, die Kupplerin kommt bald zu dir«, hatte er zu ihr gesagt, als sei es ein Kompliment.

»Das ist mir egal! Bei ihrem letzten Besuch hat sie mir einen Schönheitszauber gegeben! Dorfvorsteher, schauen Sie mich an, brauche ich denn jetzt noch eine Kupplerin?« Jijie kam dem alten Dorfvorsteher herausfordernd nah.

Der Dorfälteste wich schrittweise zurück, die Seitenansicht und das Profil der schönen Jijie blendeten ihn so sehr, dass er nicht wagte, ihr ins Gesicht zu sehen. Insgeheim machte er sich Vorwürfe: Der Spaß ging zu weit!

Nun, der Dorfälteste hing seinen Gedanken nach, während er mehrere Haufen Schweinemist und Hundekot aufsammelte. Er wollte nach Hause gehen. Als er sich umdrehte, sah er die schwarz gekleidete Königin mitten auf der Straße stehen. Doch wie kam es, dass sie sich in eine kopflose Königin verwandelt hatte? Ah, das war allzu heroisch. Er wollte um sie herum- und dann weglaufen. Als er links herum kam, stellte sich ihm die schwarze kopflose Person links in den Weg, als er rechts herum kam rechts.

»Sie, also Sie haben wirklich Temperament ...«, stammelte der

Dorfvorsteher, »lassen Sie uns, Sie und ich, lassen Sie uns tanzen!«

Er wusste auch nicht, woher er seinen Mut nahm. Er warf den Korb samt Mist und Kot an den Straßenrand und streckte der Königin seine rauen Hände entgegen. In dem Moment, als die kopflose Königin die Hände des Dorfvorstehers ergriff, fühlte er sich wie ein Windrad drehen. Er hörte sich selbst »rettet mich« rufen, doch wie sollte er anhalten? Unentwegt wurde er in die Luft geschleudert, und er fuchtelte dabei wild mit den Armen herum. Später hörte er jemanden sagen:

»So ist der Dorfälteste eben.«

Bei diesen Worten fiel der Dorfvorsteher herunter. Er saß im Matsch, und der Po tat ihm vom Sturz weh. Derjenige, der gerade gesprochen hatte, fragte ihn:

»Dorfvorsteher, warum tanzen Sie nicht mehr?«

Daraufhin fragte der Dorfvorsteher ihn, ob er die Königin gesehen habe.

»Die Königin?«, der Mann riss die Augen auf. »Ich habe den Todesengel gesehen!«

»Gut möglich. Gerade eben war ich wirklich heiter. Schade, dass sie weg ist.«

»Wäre sie nicht fort, könnten Sie dann überhaupt hier sein? Sie hat kein Interesse an Ihnen, Sie tanzen zu schlecht!«

Der Dorfälteste hob seinen Korb wieder auf und ging nach Hause. Beim Gehen bemühte er sich, den Tanz gerade eben zu erinnern. Er war gar nicht so schlecht, und sie war gewiss die Königin.

»Ich habe heute mit der Königin getanzt«, erzählte der Dorfvorsteher seiner Frau, als er nach Hause kam.

»Beim Himmel, ich habe es sofort gesehen. Du bist ein völlig anderer geworden«, sagte sie.

»Die Königin hat den Todesengel gespielt und ich den Sohn des Todesengels.«

»Wirklich toll!«, sagte die Frau.

Er reichte ihr die Hand, und die beiden begannen sich wie ein Windrad zu drehen. Ach, welch Glück! Mitten in der Luft fiel dem Dorfvorsteher etwas ein, und er schien in Sorge. »Der Mist, der Mist ...«, sagte er immer wieder. Nachdem sie wieder auf dem Boden waren, fragte die Frau ihn, was er beim Tanzen gemurmelt habe.

Der Blick des Dorfältesten war wie verschleiert, und er antwortete: »Der Mist, den ich aufgesammelt habe, steht noch vor der Tür. Hast du dich gestern Nacht mit der Königin unterhalten?«

Die Frau des Dorfvorstehers zeigte nach draußen.

Der Dorfvorsteher ging zur Tür, stieß sie auf und sah die Königskrone am Boden.

»Es ist nicht angemessen, eine Königskrone vor die Haustür ganz gewöhnlicher Leute zu legen, nicht wahr?« Er bückte sich, hob die Krone auf und begutachtete sie im Sonnenlicht.

»Was heißt nicht angemessen? Sie würde dir bestimmt gut passen.«

Auf diese Bemerkung hin lachte die Frau ganz verstohlen. Ihr Ausdruck rief dem Dorfältesten die frühmorgendliche Begegnung auf der Straße wieder in Erinnerung. Er dachte, dass die Königin in ihrer aller Leben eingedrungen war. Sie war nicht als Gast gekommen und würde auf keinen Fall in Wangcun bleiben, gleichzeitig konnte sie es aber auch nicht verlassen. Das war so wunderbar. Einst, ehe der alte König starb, war auch er einmal in ihr Leben eingedrungen, doch die Leute in Wangcun erinnerten sich heute nicht mehr daran. Die Mutter des Dorfvorstehers hatte damals zu ihm gesagt: »In einer solchen Nacht erlöschen die Sterne am Himmel, und ein Erdfeuer verbrennt die Erdkruste ...« Weil sich keinerlei echte Katastrophen ereigneten, nahmen alle eine abwartende Haltung ein.

Nachdem der Dorfvorsteher die Krone in einen großen

Schrank im Haus gelegt hatte, hörte er darin das Geräusch von sprühenden Funken. »Schau nur, wie sehr sie uns vertraut!«, flüsterte seine Frau ihm ins Ohr. »Schließlich ist sie ja unsere eigene Königin!« flüsterte er zurück.

Die zwei waren alle beide ein wenig meschugge. Sie liefen vor dem großen Schrank auf und ab und schafften es nicht, wegzugehen.

»Dorfvorsteher! Dorfvorsteher ...«

Ein Mann stand vor der Tür und schrie. Er war ungefähr dreißig Jahre alt.

Der Dorfvorsteher schien enttäuscht und ging hinaus.

»Warum bist du noch nicht weg? Du hattest es mir doch versprochen!«

»Ich hatte Ihnen versprochen, aus Wangcun zu verschwinden ... doch gestern Nacht – «

»Sag es nicht!« Der Dorfvorsteher unterbrach ihn, »was willst du jetzt hier?«

»Geben Sie mir Arbeit.«

»Miste meinen Schweinestall aus. Und zwar so lange, bis du am ganzen Körper vor Schweiß stinkst!«

»Ja, gut!!«

Der Dorfvorsteher ging ins Haus und schloss die Tür. Seine Frau sah ihn vorwurfsvoll an.

»Was starrst du mich an? Er ist ganz jung und seit elf Jahren des Lebens überdrüssig. Das ist eine Schande.«

Es dauerte lange, bis die Königin sich entschieden hatte, dem Dorf Wangcun leibhaftig einen Besuch abzustatten. Sie begab sich zwar nach Wangcun mit seiner langjährigen Geschichte, aber sie wollte nicht, dass die Dorfbewohner sie erkannten und für eine der ihren hielten. Sie glaubte, wenn sie das täte, wäre das peinlich und ziemlich stillos. Während sie noch zögerte und zauderte, bildete sich ganz allmählich ein eigenartiges Netz von

Beziehungen zwischen ihr und den Leuten in Wangcun. Einer meinte eine ganz direkte Verbindung zur Königin zu haben, da er jeden Tag mit ihr debattierte und das Ergebnis dieser Debatte zur Richtlinie für sein eigenes Handeln machte. Er wollte nicht auch nur einen Tag auf diese Debatten verzichten, denn dann sei sein Leben fade. Als die Leute ihn fragten, wo er denn mit der Königin debattiere, führte er sie alle unversehens in die Küche und zeigte auf einen eisernen Topf mit Reissuppe: »Das ist sie, wir streiten immer in der Küche.« Die Leute waren zunächst verdutzt, aber dann begannen sie zu verstehen. »Bravo«, sagten sie, »was für ein Glück!«

Die Königin wusste, dass sie eine ganze Menge Verbündete hatte, die sie nie sehen würde. Diese Menschen hatten die unterschiedlichsten körperlichen Gebrechen, doch alle hatten sie einen starken Willen. Sie stand zu ihnen in mittelbarem Kontakt. »Manchmal hat ein mittelbarer Kontakt größeren Einfluss«, verkündete sie im Palast. In dem Moment, als sie dies verkündete, kam ihr Mütterchen Jiao'er wieder in den Sinn. Mütterchen Jiao'er hatte nur ein Bein. Im nächsten Jahr würde sie 85 Jahre alt sein. Sie hatte ihr ganzen Leben einsam und allein verbracht. Sie wohnte neben dem Tofu-Laden. Dem Hörensagen nach konnte sie früher ausgezeichneten Tofu herstellen. Doch nun war sie alt und schwach und dazu nicht mehr in der Lage. Eines Tages, als die König auf dem Rückweg vom Markt durch Wangcun kam, war unter der jubelnden Menge, die die Straßen säumte, auch das einbeinige Mütterchen Jiao'er. Die Königin hatte sie schon längst aus den Augenwinkeln wahrgenommen. Die alte Frau stand auf den Zehenspitzen ihres einen Beins, um auf sich aufmerksam zu machen. Sie wollte, dass die Königin Notiz von ihr nahm. Die begrüßte viele Menschen, aber mit Mütterchen Jiao'er sprach sie nicht. Als sie an der alten Frau vorüberging, warf sie ihr nur einen kurzen scharfen Blick zu und wandte sich dann sofort wieder ab. Aber in diesem blitzartigen

Austausch schlossen die beiden Frauen ewige Freundschaft. Von da an erhielt die Königin hin und wieder bruchstückhaft Nachrichten über Mütterchen Jiao'er, die sie ganz beiläufig aus ihrer Beobachtung der örtlichen Stimmungslage ableitete. Zum Beispiel wusste sie, dass die alte Frau wieder im Tofu-Laden aushalf. Das war eine erfreuliche Nachricht, die die Königin im Dorf die Umrisse des Palastes erkennen ließ.

»Großmama Jiao'er, hast du die Königin nachts gesehen?«, fragte ein Mädchen namens Binghua.

»Ja, damals war der Himmel über dem Dorf leuchtend hell!«

»Ist sie schön?«

»Ich habe sie nie deutlich gesehen.«

Großmama Jiao'er hatte die Königin tatsächlich nie deutlich gesehen – ihre Augen waren vom grauen Star befallen. Was sie gesehen hatte, war ein völlig durchlöcherter Mond. Warum konnte sie, wenn sie vom grauen Star befallen war, sich damals im Dorf am Straßenrand mit der Königin über Blicke austauschen? Als Binghua Großmama Jiao'er diese Frage stellte, antwortete die leicht verärgert: »In dem Moment war meine Seele doch aus dem Körper entwichen.«

Der junge Mann, der zuvor frech in das Haus der Königin eingebrochen war, hieß mit Vornamen Yueyue. Seine Situation war ähnlich der von Mütterchen Jiao'er. Die Königin schätzte seine Kühnheit und förderte ihn seither insgeheim. Sie glaubte, dass er zukünftig eine Schlüsselfigur in Wangcun sein würde. Seit seinem ersten völlig gescheiterten Abenteuer, bei dem er sich aus der dünnen Luft des Palastes zurückgezogen hatte, waren in seinem Herzen die Samen der Neugier und der Unrast eingepflanzt. Im Vertrauen auf seinen Enthusiasmus und seine vage Erinnerung unternahm er später noch drei weitere Versuche, in den Palast einzudringen. Das Ergebnis dieser drei Einbruchsversuche war mit jedem Mal schlechter, und beim letzten fand er nicht die leiseste Spur des Palastes oder der Königin. Auf der Ebene waren einige Jurten aufgetaucht, und in jeder wurde er beim Eintreten mit demselben eisigen Lächeln begrüßt. Doch Yueyue war inzwischen reifer geworden und empfand skurrilen, fremdartigen Gesichtern gegenüber keine Angst mehr, sondern nur noch eine gewisse Verlegenheit. Er grüßte diese Menschen höflich und zog sich dann wieder zurück. Die Königin, die sich versteckt hielt, beobachtete ihn heimlich mit Freude.

Yueyue überlegte insgeheim, ob es möglich war, dass sein früherer Eindruck sich verändert und ihn auf einen Abzweig geführt hatte. Oder ob der Palast der Königin sich aufgelöst und in diese Jurten und Schweinekoben verwandelt hatte. Eigentlich war keine dieser beiden Möglichkeiten schlecht, im Gegenteil, sie regten seine Neugier an, denn er war ja ein echter Einwohner von Wangcun. »Königin, Palast …«, murmelte Yueyue vor sich hin, als er plötzlich eine Frauenstimme hinter sich hörte: »Yueyue, Yueyue …« Yueyue spürte, dass die Person, die ihm antwortete, die Königin sein musste, und beschloss, einen vierten Versuch zu unternehmen.

Er rannte eine Zeitlang am Rand der Wüstenei umher und kam bis in die Mitte des Kieselgestades. Es war finster, feiner Nieselregen fiel auf den Kiesel, die Steine waren rutschig und schimmerten dunkel. Yueyue sagte zu sich selbst, dass es das letzte Mal sei und er bestimmt nicht zurückschrecken werde. Er stolperte über den Kies in der Wüstenei und kämpfte sich voran.

»Yueyue, machst du Fußgymnastik?«, begrüßte ihn Tante Mao.

Yueyue schaute auf und sah den Weg nach Wangcun vor sich.

»Lauf nicht blindlings herum«, sagte Tante Mao und schnitt dabei eine Grimasse. »Das, was du suchst, ist bei dir zu Hause. Schau mal in allen Ecken und Winkeln nach.«

Yueyue wusste, dass Tante Mao gerne Fabeln erzählte und ihre Geschichten oft wahr wurden.

Später suchte Yueyue nicht jeden verborgenen Winkel seines

Hauses ab, sondern er kaufte ein paar Bahnen schwarzen Stoff und verhängte damit die Fenster. Dann setzte er sich und rief sich das Aussehen des Palastes in Erinnerung. Jeden Tag stellte er sich ein weiteres Detail vor, und der Palast nahm in seinem Kopf allmählich lebendig Gestalt an. Die letzten beiden Ausstattungsgegenstände waren ein goldener Gehstock und eine Gaslampe. Die Gaslampe stand auf dem langen Tisch im Esszimmer, der goldene Gehstock lehnte an einer Tür zu einem der Zimmer im Palast. Yueyue bewegte den goldenen Gehstock vorsichtig zur Seite, stieß die Tür langsam auf und trat mit einem Schritt hinaus. Ihm gegenüber war der Schweinekoben seiner Familie, und die Schweine hinter dem Zaun grunzten vor Hunger. Yueyue rannte und schrie: »Königin! Königin …« Er stürzte in die Küche seines Hauses und begann, Gemüse für das Schweinefutter zuzubereiten. Sofort standen vor Hitze Schweißperlen auf seinem jugendlichen Gesicht. Das tat gut! Er wünschte, er würde jeden Tag ein solches Abenteuer erleben. Sieh mal einer an, hatte die Königin etwa nicht Kerzen an die vom Rauch des Feuerholzes verrußte Küchenwand gehängt? Er, Yueyue, war ein ganz gewöhnlicher Junge vom Land, doch die Königin sorgte sich um ihn … Er begann, das Schweinefutter zu kochen, und nahm, als er den Kochlöffel schwang, unversehens die Haltung eines Königs an.

»Yueyue, Yueyue!«, rief ihn leise eine Frau, die sich irgendwo im Raum befand.

Yueyues Augen leuchteten wie ein Regenbogen.

Venus

Die dreizehnjährige Schülerin Qiu Yiping war heimlich in ihren Cousin verliebt. Der Fünfunddreißigjährige war ein Wissenschaftler, der über Heißluftballons forschte, und trug den merkwürdigen Namen Xuwu. Er war Waise, beide Eltern waren jung gestorben. Qiu Yiping hatte den Cousin früher nie gesehen, doch seit etwa einem Jahr kam er oft in ihr Dorf, um Versuche mit seinem Heißluftballon durchzuführen, und hatte dabei Qiu Yipings Familie kennengelernt.

Sobald der Cousin ins Dorf kam, wurde Qiu Yiping nervös und war selbst in der Schule unkonzentriert. Nach dem Unterricht rannte sie wie verrückt nach Hause und hinauf auf den im Osten gelegenen Berg, um nach dem Cousin Ausschau zu halten. Er war groß, trug eine Brille, hatte einen leicht gekrümmten Rücken, einen schleppenden Gang und sah überhaupt nicht klug aus.

Der Berg im Osten hieß Gräberhügel, er lag tausend Meter über dem Meeresspiegel. Normalerweise ließ Xuwu den Heißluftballon von halber Höhe aus steigen und ihn dann mit dem Wind am Berg entlang bis über das Dorf der kleinen Yiping fahren. Dann kamen alle – Jung und Alt, Groß und Klein – aus ihren Häusern gelaufen, um dieses seltene Ereignis zu erleben. In diesen Momenten war Yiping unvergleichlich stolz.

Doch der Cousin blieb ganz selten bei Yipings Familie über Nacht, insgesamt bisher nur zweimal bei jeweils starkem Regen. Normalerweise schlief er in dem aus Rattan geflochtenen Korb unter dem Heißluftballon, in dem er alle Dinge für seinen täglichen Bedarf aufbewahrte. Die kleine Yiping sehnte sich Tag und Nacht danach, gemeinsam mit dem Cousin in dem Heißluftballon durch die Luft zu fahren, doch Xuwu lud sie nie dazu ein. Er sagte: »Es ist sehr gefährlich.« Yiping glaubte ihm nicht. Sie war überzeugt, dass der Cousin sie geringschätzte und als störend empfand.

Auf dem Berg zog der Cousin manchmal seine Jacke aus, unter der er nur ein gestreiftes Matrosen-Leibchen trug. Vornübergebeugt und krumm wie eine Garnele reparierte er den Heizer des Ballons. Manchmal aber tat er gar nichts, saß bloß da und schaute zum Himmel. Egal was der Cousin tat, die kleine Yiping wollte an seiner Seite sein, ja, auch ein ganzes Leben lang.

Der Heißluftballon war rot wie die im Abendlicht untergehende Sonne. Yiping hatte oftmals das Gefühl, dass der Cousin den Heißluftballon anblickte, als sei er seine Geliebte. Sie hörte einmal, wie ihre Eltern sagten, dass der Cousin weder verheiratet sei noch eine Freundin habe. Konnte es sein, dass der Heißluftballon seine Freundin war? Mitten in der Nacht ging Yiping diese Frage im Kopf herum; dabei funkelten ihre Augen im Dunkeln, und ihr wurde überall heiß. Nachts dachte sie sich auch alle möglichen Geschichten über ihren Cousin und seine früheren Freundinnen aus und war sicher, dass er welche gehabt hatte. Sie dürstete so sehr danach, mit ihm zusammen in den Bergen den Mond und die Sterne zu schauen! Doch das war unmöglich, die Eltern und die Nachbarn würden sie als »schamlos« beschimpfen.

Es war Sonntag. Qiu Yiping stand sehr früh auf und erledigte husch, husch ihre Aufgaben im Haushalt: Sie wusch die Wäsche und hängte sie zum Trocknen auf, bereitete dann sofort das Schweinefutter zu, fütterte die Hühner, fegte den Hof und kochte zu guter Letzt das Frühstück. Nachdem sie zwei geschmorte Süßkartoffeln verschlungen hatte, schlich sie sich über den Hof hinaus, nahm ihre Beine in die Hand und rannte in Richtung Gräberhügel. Sie befürchtete, ihre Eltern könnten sie zurückhalten.

Auf halber Höhe des Bergs angekommen, traf sie ihren Cousin schlafend in dem Rattankorb an. Er hatte die Decke halb übers Gesicht gezogen, was sehr süß aussah. Das Geräusch von Yipings Schritten weckte ihn, er setzte sich mit einem Ruck auf und suchte hektisch nach seiner Brille.

»Oh, ich habe verschlafen! Vor dem Morgengrauen war ich schrecklich müde«, sagte er verlegen. »Du kannst es dir einfach nicht vorstellen, Yiping, ich bin auf den Gipfel gestiegen und dann immer höher, immer höher! Plötzlich habe ich sie gesehen, sie war wie ein großer Vogel und flog an mir vorbei! Gütiger Himmel!«

»Wer? Wer war wie, wie ein großer Vogel, der flog, der an dir vorbeiflog?«, stotterte Yiping.

»Du verstehst es nicht, du verstehst es nicht.« Der Cousin winkte ab und verzog verärgert sein Gesicht.

»Lass uns nicht davon sprechen«, fügte er noch hinzu.

In seinem blauweiß gestreiften Matrosenleibchen stand er da, wusch sich das Gesicht und putzte sich die Zähne. Er sah aus wie ein Seidenreiher. Nachdem er mit seiner Morgentoilette fertig war, nahm er ein Brot aus dem Korb. Er schnitt es in lauter kleine Stücke, die er in Tomatensauce tunkte, und aß ganz langsam. Als er Yiping davon anbot, lehnte sie ab. Sie wollte doch nicht wie ein gefräßiges Kleinkind erscheinen!

Yiping hatte den Eindruck, der Cousin hing seinen eigenen Gedanken nach und hatte ihre Anwesenheit mehr oder weniger vergessen.

»Cousin, lass mich einmal in dem Heißluftballon mitfahren, nur einmal!«, flehte Yiping ihn an.

»Wie soll das gehen?«, er war sofort alarmiert. »Wenn deine Eltern das erfahren, teilen sie mich in zwei Hälften! Und dann die Leute im Dorf ... rede keinen solchen Unsinn.«

»Wir sorgen dafür, dass sie es nicht erfahren. Ich kann nachts weglaufen, still und heimlich, dann weiß niemand davon. Hast du nicht eben gesagt, du hast den großen Vogel nicht klar und deutlich gesehen, als er vorüberflog? Wenn du mir beibringst, wie man den Heißluftballon bedient, dann kümmere ich mich darum, und du kannst den großen Vogel klar und deutlich betrachten!«

Die kleine Yiping war verzweifelt, als sie das sagte, aber sie setzte alles aufs Spiel.

Der Cousin schien von ihren Worten gerührt, starrte sie mit großen Augen an und fragte: »Glaubst du das wirklich? Zum Teufel, ist das denn möglich?«

»Natürlich ist das möglich! Natürlich! Ganz bestimmt!«, rief Yiping.

Der Cousin faltete sorgfältig das Papier, in dem das Brot eingewickelt war, und legte es weg. Gedankenverloren blickte er auf den Kastanienbaum neben sich und sagte dann ohne Hast und Hatz:

»Yiping, setz dich.«

Yiping setzte sich zitternd und zagend auf einen Stein, ihr Gesicht war rot angelaufen.

»Kennst du die Venus?«, fragte er sie.

»Ja. Ich habe sie in der Dämmerung gesehen«, Yiping atmete erleichtert auf.

»Sie war es, die ich vor Tagesanbruch gesehen habe! Ringsum war es überall noch ganz dunkel, einzig sie leuchtete – grün, wie mir schien. Ich streckte die Hand aus, hätte sie fast berührt, doch da war eine Kraft, die ungeheuerlich an mir zog und mich von ihr riss. Es reut mich jetzt so. Warum bin ich nicht hinübergesprungen? Im schlimmsten Fall wäre ich gestorben! Eine solche Gelegenheit bietet sich nicht jedem, und ich habe sie verpasst! Was war nur los mit mir? Als ich hier landete, war es kurz vor Sonnenaufgang. Ich fühlte mich auf einmal lebensmüde und fiel in einen komatösen Schlaf. Bist du hierhergekommen, um mir zu helfen, Yiping?«

»Ja, ich bin hier, um dir zu helfen.«

»Denkst du, ich werde es schaffen?«

»Ja, ganz bestimmt«, sagte Yiping leise. Doch insgeheim dachte sie: »Ich hoffe allerdings, du schaffst es nicht, denn du sollst mit mir gemeinsam landen.«

Als sei ihm etwas eingefallen, legte der Cousin die Stirn in Falten und fragte:

»Haben die Leute in den zwei Dörfern hier in der Nähe in letzter Zeit über mich geredet?«

»Ja. Ich habe gehört, wie jemand gesagt hat, dass du dein eigenes Grab suchst. Ist das so?«

»Haha haha! Haha!« Der Cousin lachte laut auf.

»Natürlich fahre ich um den Gräberhügel herum, weil ich eine passende Grabstätte suche. Diese Sache muss doch in irgendeiner Verbindung mit der Venus stehen, meinst du nicht?«

»Ich weiß es nicht.« Yiping schüttelte den Kopf und ihr Gesicht verfinsterte sich.

Die beiden schwiegen. Sie blickten zum Himmel hinauf und dann wieder hinunter aufs Dorf.

Beim Abschied vereinbarten sie, dass Yiping um Mitternacht aus dem Haus schlüpfen und Xuwu sie am Fuß des Berges treffen würde. Als Yiping den Berg hinunterstieg, rief der Cousin ihr hinterher:

»Yiping, du musst dir am Nachmittag ein Schläfchen gönnen. Denn wenn du später einnickst, sind wir erledigt!«

»Ich weiß, Cousin! Ich werde nicht einnicken!«, antwortete Yiping fröhlich.

Sie flog geradezu nach Hause zurück, nahm sich sofort einen Eimer und schöpfte Wasser. Einen Eimer nach dem anderen, bis die beiden Tonnen voll waren. Als sie sich hinsetzte, um auszuruhen, kam Tante Li zu Besuch.

»Ist dein Cousin eigentlich ein Mensch oder ein Vogel? Er ist über meinen Kopf geflogen. Ich hab mich so erschrocken, dass ich hingefallen bin! Stell dir vor, ein erwachsener Mann, der über deinem Kopf hin und her fliegt, das ist doch nicht normal!

Ich lebe nun schon so lange, aber so etwas hat es hier im Dorf noch nie gegeben.«

Yiping hörte ihr wie verzaubert zu, schaute sie an und brach in lautes Lachen aus.

»Was belustigt dich so?«

Als Tante Li wieder ging, bemerkte Yiping, dass auch sie ein Lächeln auf dem Gesicht hatte. Was für Tricks spielte der Cousin eigentlich? Was wollte er den Dorfbewohnern mitteilen?

Yiping aß, räumte die Küche auf und ging anschließend zu Bett. Sie wollte ein langes Nachmittagsschläfchen halten.

Sie schloss die Augen und begann zu zählen. Sie zählte und zählte und wurde dabei so aufgeregt, dass sie vergaß, wie weit sie gezählt hatte. Also begann sie wieder von vorne. Das wiederholte sich mehrere Male, doch ohne Wirkung zu zeigen. Sie schaute auf die Uhr, es war schon mehr als eine Stunde vergangen. Sie beschloss aufzustehen, ging in den Gemüsegarten und pflückte grüne Bohnen.

Beim Bohnenpflücken schaute sie immer wieder auf den Gräberhügel. Einen Moment lang war ihr, als sehe sie einen kleinen roten Punkt auf den Gipfel steigen. Bei genauerem Hinsehen war dort nichts mehr. Wahrscheinlich hatte ihr die Sonne in die Augen geschienen. Als sie an die gefährlichen Ränke ihres Cousins dachte, hörte sie, wie hinter ihr jemand sagte:

»Also dieser Xuwu, der erträgt das Leben nicht mehr.«

Sie drehte sich um, sah aber niemanden auf der Straße. Wer hatte soeben gesprochen?

Den ganzen Nachmittag war Yiping mit den grünen Bohnen beschäftigt. Waschen, trocknen, bis sie schließlich fertig war.

Als die Sonne unterging, lief sie aus dem Haus, schaute zum Himmel. Sie suchte und suchte, doch sie konnte die Venus nicht sehen. Kein einziger Stern stand am Himmel. Sie wollte gerade ins Haus treten, als Tante Li auftauchte und sie bat, ihr noch eine Frage zu beantworten.

»Ist Xuwu denn so lange in unserem Dorf geblieben, weil er dich heiraten will?«

»So ein Blödsinn!«

Völlig außer sich stürzte Yiping an ihr vorbei ins Haus.

Yiping legte sich erst sehr spät schlafen. Bevor sie zu Bett ging, öffnete sie heimlich die Hintertür.

Alle paar Augenblicke leuchtete sie mit der Taschenlampe auf ihre Uhr. Kurz vor zwei zog sie sich an und schlich sich leise hinaus. Als sie am Hoftor stand, drehte sie sich noch einmal um und blickte zurück auf das Haus, das dunkelblau und düster aussah. Wie konnte das aus Lehmziegeln gebaute schäbige Haus nur dunkelblau sein? Normalerweise hatte es immer diese gelbliche oder gräuliche Farbe. War es möglich, dass der Mond hier mitmischte?

Yiping ging sehr schnell, fast im Laufschritt, und hatte den Fuß des Gräberhügels bald erreicht. Nachts wirkte der Berg besonders groß und mächtig, als sei er kein Berg, sondern als sei er die ganze Welt. Doch der Cousin wartete nicht wie vereinbart auf sie. Yiping war unruhig und ängstlich. Sie hörte ihr Herz in der Brust heftig schlagen und wartete kurz, ehe sie beschloss, auf den Berg zu steigen. Sie dachte, der Cousin habe vielleicht vergessen, was sie verabredet hatten, und warte auf sie dort, wo sie sich sonst trafen.

Beim Aufstieg hörte sie mehre Rufe eines merkwürdigen Vogels und dachte, sie müsse sterben. »Und wenn schon«, sagte sie zu sich selbst, dreimal hintereinander, und mit jedem Mal wuchs ihr Mut. Und irgendwie war sie stolz auf sich.

Schließlich sah sie den hellen Umriss der Gestalt ihres Cousins. Mit hängendem Kopf saß er auf einem Stein neben dem Heißluftballon und sah aus, als nehme er ihr Kommen gar nicht wahr. War es möglich, dass er ihr Vorhaben vergessen hatte?

»Cousin, lass uns aufbrechen!«, rief sie ihm zu.

»Ah, du bist es!« Er zuckte zusammen. »Nur mit der Ruhe, setz dich erst einmal.«

Yiping setzte sich auf einen anderen Stein, sie zitterte am ganzen Körper.

»Die Zeit am Himmel ist verschieden von der Zeit auf der Erde«, erklärte der Cousin. Er sprach langsam, Wort für Wort.

»Bring mir bei, wie man das Ding bedient.« Ihre Zähne klapperten beim Sprechen.

»Ich habe schon alles eingestellt, man braucht nichts mehr zu machen. Wenn sie nah an uns herankommt, dann müssen wir gut vorbereitet sein. Wenn ich mich dann entschließe, hinüberzuspringen, dann musst du sofort mit der Landung beginnen. Es ist ganz einfach, du musst nur den Schalter umlegen.«

Xuwu sprach ziemlich schnell, Yiping hatte nicht alles begriffen, sie blinzelte, war innerlich völlig aufgewühlt.

Die beiden setzten sich in den Rattankorb, der Cousin hielt den Steuerknüppel, und der Heißluftballon erhob sich langsam über die Erde. Yiping hatte Angst, sie wagte zunächst nicht, nach unten zu blicken, wollte sich erst beruhigen. Der Cousin begann, ununterbrochen zu reden.

»Yiping, du kannst dir einfach nicht vorstellen, was ich in der Luft erlebt habe. Gewöhnlich denken die Leute, ein Heißluftballon würde nicht besonders hoch fliegen, doch das ist bloß die Ansicht der gewöhnlichen Leute. Ich habe dir schon gesagt, dass ich tatsächlich der Venus begegnet bin, und bestimmt nicht nur einmal! In so einem Moment, an diesem Ort, und das wage ich zu versichern – stell dir nur einmal vor, wenn mir damals jemand geholfen hätte, hätte ich dann nicht einen Purzelbaum hinüber geschlagen? Sie ist dunkelgrün, ihre Oberfläche, das habe ich gefühlt, ist weich wie Haar, vielleicht eine Art Moos? Ich bereue es wirklich. Ich gehöre zu den Menschen, die hinterher immer schlauer sind. Yiping, ich weiß, dass die Leute im Dorf nicht viel von meinem Unterfangen halten, doch ich sehne mich so danach, dass sie mich verstehen. Diese Menschen sind meine Verwandten, meine Eltern sind hier aufgewachsen und erst danach weggegangen. Das hat dir deine Familie wohl nie erzählt? Das war nämlich ein Skandal! Als ich dann letztes Jahr ins Dorf kam, war mir, als sei ich in meine wahre Heimat zurückgekehrt. Du findest das bestimmt komisch – warum schlafe ich lieber auf dem Berg? Ich weiß auch nicht warum, aber ich muss mich von den Leuten im Dorf absondern. Nur auf dem Berg schlafe ich ruhig. Die Leute im Dorf sind meine Verwandten – Tante Li, Onkel Huang, Onkel Shu, deine Eltern. Sie gehen alle in meinen Träumen ein und aus ...« Plötzlich brach seine Rede ab. Yiping empfand heftigen Schwindel. Sie dachte, der Korb, in dem sie saßen, würde bestimmt gegen den Berg stoßen und alles wäre vorbei. Mit schwacher Stimme rief sie »Hilfe«.

Sie riss die Augen weit auf und stellte fest, dass ihr Ende noch nicht gekommen war. Der Heißluftballon sank, sie konnte bereits die Dächer der Häuser im Dorf erkennen. Die Dächer hatten die gleiche dunkelblaue Farbe wie vorhin, als sie weggelaufen war. Eigenartig, aber hübsch anzusehen.

»Cousin, wir sinken, willst du denn die Venus nicht weiter verfolgen?«

Yiping war ein klein wenig enttäuscht.

»Ich bin zu besorgt um meine Verwandten, du bist noch zu jung, um dieses Gefühl zu verstehen. Schau, Onkel Li kommt aus dem Haus! Er geht aufs Klo, er hat Durchfall. In unserem Dorf gibt es eine Vielfalt von Familien und Namen, Vertriebene, die von überall hierher geströmt sind und diesen Ort gegründet haben. Aber das weißt du ja wohl?«

Yiping hatte keine Ahnung, wovon er sprach. Sie strengte sich an, konnte aber Onkel Li nicht sehen. Zwischen zwei Häusern, neben einem Bambuszaun, schien ein Schatten vorbeizuhuschen. Doch der Heißluftballon fuhr zu schnell mit dem Wind, und sie konnte ihn nicht deutlich erkennen.

»Cousin, lass uns wieder steigen! Warum schweben wir so dicht über dem Dorf? Ich möchte so gerne die Venus sehen. Im Dorf gibt es nichts Interessantes. Schau, du hast wieder gewendet, und wir treiben immer noch ganz dicht über den Dächern. Was suchst du eigentlich?«

»Ich? Hast du es nicht selbst gesagt? Ich suche meine eigene Grabstätte.« Xuwu brach erneut in lautes Lachen aus. »Ich habe deinen Vater gesehen, er ist aufgestanden und hackt in der Dunkelheit Feuerholz. Das tut er immer. Damals, als ich an Cholera erkrankt war, hat er mich auf seinem Rücken ins Kreiskrankenhaus getragen.«

»Haben wir denn keine Möglichkeit, aufzusteigen? Ich möchte in mehrere tausend Meter Höhe aufsteigen.«

»Das ist unmöglich. Habe ich dir das nicht gesagt? Ich habe nur minderwertigen Brennstoff. Mein Heißluftballon kann höchstens auf fünfhundert Meter steigen. Mich interessiert die Höhe nicht. In einer totenstillen Nacht wie dieser ist mein Herz ganz dicht beim Dorf.«

»So ist das also – «, sagte Yiping mit langgezogener Stimme.

Sie warf einen Blick auf den Cousin und sah, dass er kicherte. In diesem flüchtigen Moment nahm sie eine ungemein große Distanz zwischen sich und ihm wahr. Ihr wurde schwarz vor Augen, und sie fragte murmelnd:

»Woher kommst du?«

Er antwortete zunächst nicht. Nach einer Weile hörte Yiping seine Stimme, die von der Erde her zu kommen schien, immer wieder abbrach und neu einsetzte.

»Das ist Tante Li, sie streckt ihren Kopf aus dem Fenster … jetzt geht sie zu einem anderen Haus. Sie sorgt sich um mich … sie ist mit mir verwandt. Passssss auf, lehn dich nicht hinaus, sie könnte erschrecken … dort ist eine Rauchwolke, das ist deine Mutter, die im Dunkeln das Frühstück macht …«

Yiping sah überhaupt nichts, ihre Augen waren von den plötzlich hervorströmenden Tränen ganz verschleiert. Leise und immer wieder fragte sie den Cousin:

»Soll ich weinen? Soll ich weinen … soll ich weinen …«

»Weine nur, weine«, sagte der Cousin.

Seine Stimme schien immer noch von der Erde her zu kommen. War es möglich, dass er gar nicht mehr neben ihr saß?

Yiping streckte ihre rechte Hand aus und fühlte, fühlte nur Luft! Ihr standen die Haare zu Berge. Gleichzeitig hörte sie ein dumpfes Geräusch – der Rattankorb war auf dem Boden umgekippt, und sie rollte in das danebenliegende Reisfeld.

Im Osten wurde es bereits hell. Yiping rappelte sich auf, ihr ganzer Körper war voller Schlamm, und sie sah aus wie eine Lehmfigur.

Ihre Mutter stand am Feldrain und rief nach ihr:

»Yiping! Yiping! Was ist los mit dir?«

Yiping wusch sich mit dem Wasser auf dem Feld und machte sich dann auf den Weg nach Hause. Sie verbarg ihr Gesicht in beiden Händen, Mama sollte sie nicht sehen.

»Ich habe geträumt! Ich habe geträumt!«, sagte sie unterwegs.

»Ach so, ein Traum! Das ist wirklich gefährlich«, sagte Mama seufzend.

Sobald sie zu Hause war, duschte Yiping und wusch sich das Haar. Anschließend ging sie in ihr Zimmer und verriegelte die Tür.

Erst als sie sich auf ihr Bett setzte, erinnerte sie sich daran, was vorhin geschehen war. Warum war sie auf das Reisfeld gerollt, war der Heißluftballon mit dem Wind wieder weggefahren? Als sie aus dem bewässerten Feld herauskrabbelte, hatte sie den Ballon nicht gesehen. Auch Mama hatte ihn offenbar nicht gesehen! Also muss der Cousin damit weggesegelt sein! Yiping fühlte sich völlig kraftlos, doch ihre Augen blieben trocken, sie konnte nicht weinen. Dann erinnerte sie sich noch daran, wie sie beide in dem Korb saßen und die Stimme des Cousins aus

dem Erdboden zu kommen schien, als er sagte: »Weine nur, weine.« Der Heißluftballon muss also allein weggeflogen sein. Und
war der Cousin vor ihr zur Erde gesprungen? Ihr Gesicht war
brennend heiß, sie schämte sich so sehr! Sie wünschte, es gebe
einen Ort, wo sie sich verstecken könnte.

Irgendwann hörte sie nebenan, aus dem Zimmer ihrer Eltern,
die Stimme von Tante Li.

»Heute früh ist er nicht gekommen. So ist er eben: Du wartest
eigens auf ihn, und er zeigt sich nicht, spielt mit dir Verstecken.
Ich ertrage es nicht, dass er ständig über meinen Kopf fliegt. Das
ist schlimmer als eine Hornisse!«

»Sein Experiment ist bald zu Ende, vermutlich reist er bald
ab«, sagte Mama tröstend.

»Wirklich? Aber ich will auch nicht, dass er abreist, ist das
nicht merkwürdig? In dem Jahr, als es so stark geschneit hat, ist
er ausgerutscht und in einen Brunnen gefallen, ohne zu ertrinken. Er ist ein Glückskind.«

Seufzend gingen die beiden Frauen in den Vorraum. Yiping
wunderte sich, warum sie seufzten.

Abends, als die Sonne gerade unterging, stand Yiping im Gemüsegarten und betrachtete die Venus am Himmel. Sie war
nicht grün, sondern gelb wie eine Margerite.

»Hast du sie gesehen?«, die Stimme des Cousins kam vom
Berg herüber, sie klang entfernt und schwach.

Yiping senkte den Kopf, auf ihrem Gesicht lag ein Lächeln. Sie
strengte sich an und blickte auf den Berg, und es war ihr, als sehe
sie dort ganz undeutlich einen hellen Punkt, der sich im Dickicht
hin und her bewegte. Kurz darauf war es stockfinster. Sie blickte noch einmal zum Himmel, und die Venus war nun wirklich
grün.

Editorische Notiz

Die Erzählungen dieses Bands sind zwischen 1996 und 2018 verstreut in unterschiedlichen chinesischen Zeitschriften erschienen. Die vorliegende Auswahl folgt der von Yale University Press kuratierten Ausgabe *I Live in the Slums. Stories*, New Haven und London, 2020.

Nachfolgend Originaltitel, Name der Zeitschrift sowie das Erscheinungsjahr der einzelnen Texte in diesem Band:

Geschichten aus dem Slum, Teile 1 – 5
Teil (1): 贫民窟的故事之一
Qingnian wenxue, 2006
Teil (2): 贫民窟的故事之二
Huacheng, 2007
Teil (3): 贫民窟的故事之三
Furong, 2007
Teil (4): 贫民窟的故事之四
Baihuazhou, 2007
Teil (5): 贫民窟的故事之五
Zuojia, 2007

In der Nachbarschaft von Menschen
与人为邻
Shanghai wenxue, 2016

Die alte Zikade
老蝉
Huacheng, 2010

Sumpfgebiet
沼泽地
Tiannan, 2013

Schuld
罪恶
Hunan wenxue, 1996

Die andere Seite der Wand
隔墙的那边
Tianjin wenxue, 2018

Schattenvolk
影族
Shanhua, 2010

Rabenberg
乌鸦山 (ursprünglich 鬼屋)
Zuojia, 2011

Welsfang
鲇鱼套 (ursprünglich 汪妈与小萍)
Changjiang wenyi, 2012

Glück
幸福
Huacheng, 2017

Lu'ers Kummer
鹿二的心事
Zuojia, 2012

Das alte Haus
旧居
Shanghai wenxue, 2013

Bekenntnisse eines Weidenbaums
一株柳树的自白
Renmin wenxue, 2013

Fremde
外地人
Shanghai wenxue, 2012

Königin
女王
Dayi wenxue, 2018

Venus
启明星
Huacheng, 2013

Ein Einblick in den Übersetzungsprozess von Eva Schestag findet sich in Form eines Journals auf der Website von TOLEDO (ein Programm des Deutschen Übersetzerfonds, www.toledo-programm.de).

Dank

Die Übersetzerin dankt

der Fondation Jan Michalski für den einzigartigen und inspirie-
renden Aufenthalt an diesem gänzlich dem Schreiben und der
Literatur gewidmeten Ort am Fuße des Schweizer Jura

**Fondation
Jan Michalski**

sowie dem Deutschen Übersetzerfonds für die großzügige För-
derung dieser Arbeit in Form eines Stipendiums

**Deutscher
Übersetzerfonds**

und nicht zuletzt der Ferdinand-Möller-Stiftung, namentlich deren Vorstand Wolfgang Wittrock, für die Gastfreundschaft und
die Möglichkeit, an dieser Übersetzung in der Stille und Zurück-
gezogenheit von Haus Möller in Zermützel inmitten schönster
Natur zu arbeiten.

Erste Auflage Berlin 2024
Copyright © der deutschen Ausgabe 2024
MSB Matthes & Seitz Berlin
Verlagsgesellschaft mbH
Großbeerenstraße 57A | 10965 Berlin
info@matthes-seitz-berlin.de
Copyright der chinesischen Originalausgabe *I Live in the Slums*
© Published by arrangement with Yale University Press

Alle Rechte vorbehalten,
insbesondere die Nutzung des Werkes für
Text und Data Mining im Sinne von
§ 44b UrhG.

Umschlag: Dirk Lebahn, Berlin
Satz: Hermann Zanier, Berlin
Druck: GGP Media GmbH, Pößneck
ISBN 978-3-7518-0979-5
www.matthes-seitz-berlin.de